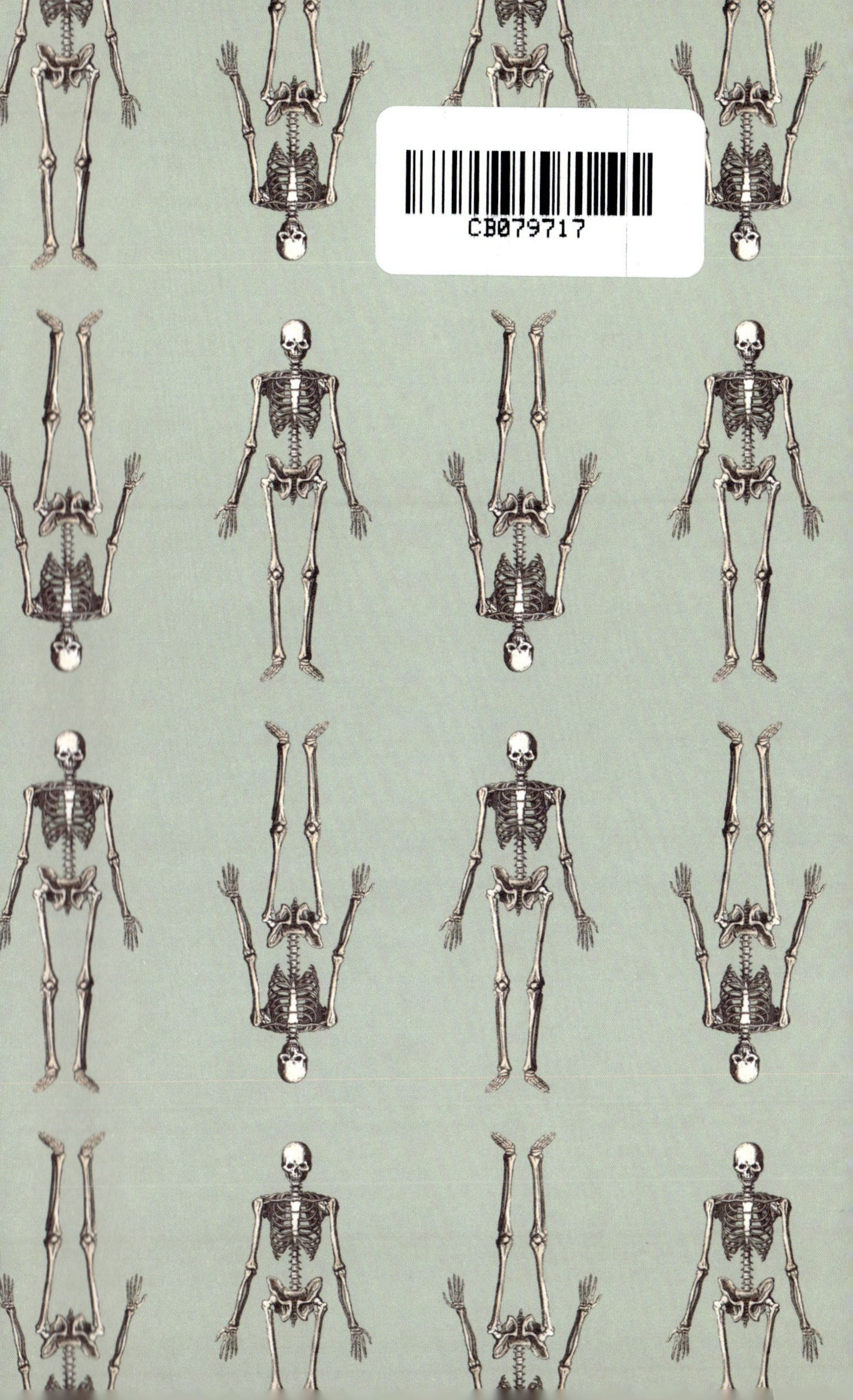

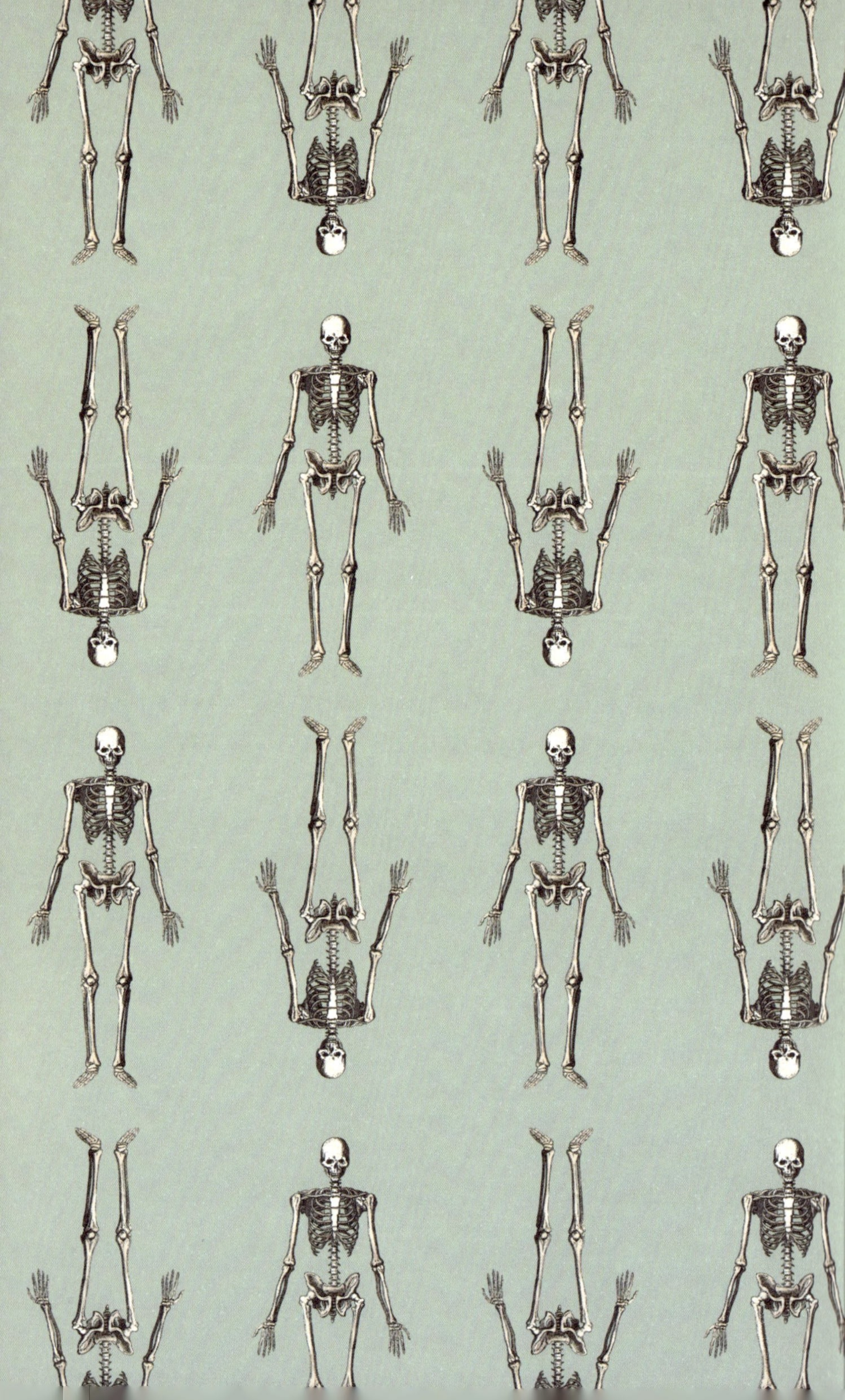

A morte de Artemio Cruz

Carlos Fuentes

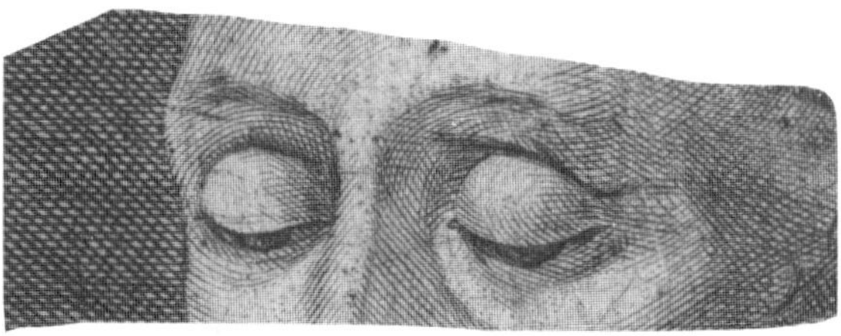

ÍNDICE

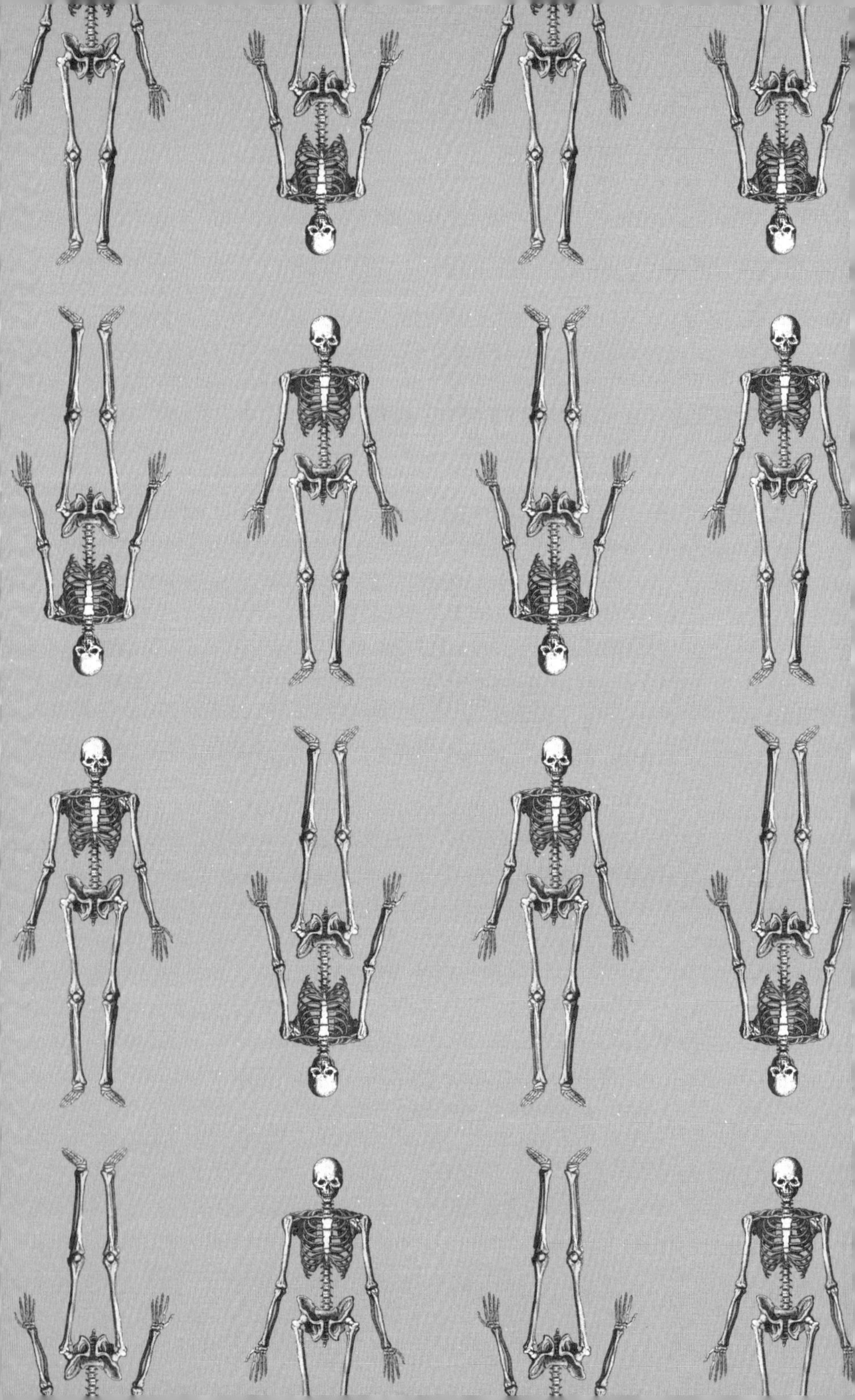

La préméditation de la mort
est préméditation de liberté.
MONTAIGNE, *Ensaios*

Homens que este chão pisais
do berço vindos iguais
e à morte indo sem calor
pois do céu vos vê o autor...[1]
CALDERÓN, *O grande teatro do mundo*

Moi seul, je sais ce que j'aurais pu faire... Pour
les autres, je ne suis tout au plus qu'un peut-être.
STENDHAL, *O vermelho e o negro*

... de mim e d'Ele e de nós três, sempre três!...
GOROSTIZA, *Morte sem fim*

No vale la vida: la vida no vale nada.
CANÇÃO POPULAR MEXICANA

1 Tradução de Maria de Lourdes Martini para a editora Francisco Alves (1988).

Para C. Wright Mills,
verdadeira voz da América do Norte,
amigo e companheiro na luta da América Latina

Acordo... Desperta-me o contato desse objeto frio com o membro. Não sabia que às vezes é possível urinar involuntariamente. Permaneço de olhos fechados. Não escuto as vozes mais próximas. Se abro os olhos, conseguirei escutá-las?... Mas as pálpebras pesam: dois chumbos, cobres na língua, martelos no ouvido, uma... uma espécie de prata oxidada na respiração. Tudo isso é metálico. Mineral outra vez. Urino sem saber. Talvez — andei inconsciente, lembro com um sobressalto — ao longo dessas horas eu tenha comido sem saber. Porque o dia mal raiava quando estendi a mão e larguei — também sem querer — o telefone no chão e fiquei de bruços sobre a cama, com os braços pendendo: um formigamento nas veias do punho. Agora acordo, mas não quero abrir os olhos. Por mais que não queira: algo brilha com insistência perto de meu rosto. Algo que se reproduz atrás de minhas pálpebras fechadas em uma fuga de luzes negras e círculos azuis. Contraio os músculos do rosto, abro o olho direito e o vejo refletido nas incrustações de vidro de uma bolsa de mulher. Sou isso. Sou isso. Sou esse velho de feições partidas pelos quadros desiguais do vidro. Sou esse olho. Sou esse olho. Sou esse olho sulcado pelas raízes de uma cólera acumulada, velha, esquecida, sempre atual. Sou esse olho avolumado e verde entre as pálpebras. Pálpebras. Pálpebras. Pálpebras oleosas. Sou esse nariz. Esse nariz. Esse nariz. Quebrado. De amplas narinas. Sou esses pômulos. Pômulos. Onde nasce a barba grisalha. Nasce. Careta. Careta. Careta. Sou essa careta que nada tem a ver com a velhice ou a dor. Careta. Com as presas enegrecidas pelo tabaco. Tabaco. Tabaco. O bafobafobafo de minha respiração embaça os vidros e uma mão recolhe a bolsa na mesa de cabeceira.

— Veja, doutor: está fingindo...

— Sr. Cruz...

— Até na hora da morte precisava nos enganar!

Não quero falar. Tenho a boca cheia de moedas velhas, *desse* sabor. Mas abro os olhos um pouco e por entre as pálpebras distingo as duas mulheres, o médico que cheira a coisas assépticas: suas mãos suarentas, que agora apalpam meu peito sob a camisa, exalam um miasma de álcool destilado. Tento recolher a mão.

— Calma, sr. Cruz, calma...

Não, não vou abrir os lábios: ou essa linha enrugada, sem lábios, no reflexo do vidro. Manterei os braços estendidos sobre os lençóis. Os cobertores chegam até o ventre. O estômago... ah... E as pernas permanecem abertas, com esse artefato frio entre as coxas. E o peito segue adormecido, com o mesmo formigamento surdo que sinto... que... que sentia quando passava muito tempo sentado no cinema. Má circulação, é isso. Nada mais. Nada mais. Nada grave. Nada mais grave. É preciso pensar no corpo. Pensar no corpo exaure. No próprio corpo. O corpo unido. Cansa. Não pensar. Estar. Penso, testemunho. Sou, corpo. Fica. Vai... vai... dissolve-se nessa fuga de nervos e escamas, de células e glóbulos dispersos. Meu corpo, no qual esse médico enfia os dedos. Medo. Sinto o medo de pensar em meu próprio corpo. E o rosto? Teresa retirou a bolsa que o refletia. Tento lembrar dele no reflexo; era um rosto fraturado em vidros sem simetria, com o olho muito perto da orelha e muito longe de seu par, com a careta distribuída em três espelhos circulantes. O suor corre por minha testa.

Fecho os olhos outra vez e peço, peço que me devolvam meu rosto e meu corpo. Peço, porém sinto essa mão que me acaricia e tenho vontade de me desprender de seu tato, mas careço de forças.

— Sente-se melhor?

Não a vejo. Não vejo Catalina. Vejo mais adiante. Teresa está sentada na poltrona. Tem um jornal aberto nas mãos. Meu jornal. É Teresa, mas o rosto está escondido atrás das folhas abertas.

— Abram a janela.

— Não, não. Pode apanhar um resfriado e complicar tudo.

— Deixe, mamãe. Não vê que ele está fingindo?

Ah. Esse incenso fede. Ah. Os murmúrios na porta. Chega com esse cheiro de incenso e camisolas pretas, com o hissopo à frente, chegando até mim com todo o rigor de uma advertência. Rá, caíram no truque.

— O Padilla não chegou?

— Chegou. Está lá fora.

— Deixe entrar.

— Mas…

— O Padilla entra primeiro.

Ah, Padilla, aproxime-se. Trouxe o gravador? Se sabe o que é melhor para você, deve tê-lo trazido, assim como o levava todas as noites à minha casa em Coyoacán. Hoje, mais que nunca, tentará passar a impressão de que tudo segue igual. Não perturbe os ritos, Padilla. Ah sim, você se aproxima. Elas não querem.

— Chegue perto, filhinha, para que a reconheça. Diga seu nome.

— Sou eu, a… a Gloria…

Se ao menos distinguisse melhor seu rosto. Se ao menos distinguisse melhor sua expressão. Deve reparar nesse cheiro de escamas mortas; deve olhar esse peito afundado, essa barba grisalha e desgrenhada, esse fluido incontrolável do nariz, esses…

Afastam-na de mim.

O médico tira meu pulso.

— Preciso consultar meus colegas.

Catalina roça minha mão com a sua. Que carícia inútil. Não a vejo direito, mas tento fixar meu olhar no seu. Eu a seguro. Pego sua mão gelada.

— Essa manhã eu o esperava com alegria. Cruzamos o rio a cavalo.

— O que você disse? Não fale. Não se canse. Não entendo.

— Queria voltar para lá, Catalina. Que inutilidade.

Sim: o padre se ajoelha ao meu lado. Murmura suas palavras. Padilla liga o gravador na tomada. Escuto minha voz, minhas palavras. Ai com um grito. Ai, grito. Ai, sobrevivi. São dois médicos que surgem na porta. Sobrevivi. Regina, sinto dor, sinto dor, Regina, me dou conta de que sinto dor. Regina. Soldado. Me abracem; sinto dor. Cravaram um punhal comprido e frio em meu estômago, existe alguém, existe outra pessoa que cravou o aço em minhas entranhas: sinto o cheiro desse incenso e estou cansado. Deixo que façam. Que me levantem pesadamente, enquanto gemo. Não devo a vida a vocês. Não consigo, não consigo, não escolhi, a dor dobra minha cintura, toco meus pés gelados, não quero essas unhas azuis, minhas novas unhas azuis, aiiiiiiaiiiii, sobrevivi: o que fiz ontem?: se pensar no que fiz ontem não pensarei mais no que está acontecendo. Esse é um pensamento claro. Muito claro. Pense em ontem. Você não está tão doido; não sofre tanto; conseguiu pensar isso. Ontem ontem ontem. Ontem Artemio Cruz voou de Hermosillo à Cidade do México. Sim. Ontem Artemio Cruz... Antes de ficar doente, ontem Artemio Cruz... Não, não se adoentou. Ontem Artemio Cruz estava em seu escritório e se sentiu muito doente. Ontem não. Hoje de manhã. Artemio Cruz. Não doente não. Não Artemio Cruz não. Outro. É um espelho disposto em frente à cama do doente. O outro. Artemio Cruz. Seu gêmeo. Artemio Cruz está doente. O outro. Artemio Cruz está doente: não vive: não, vive. Artemio Cruz viveu. Viveu durante alguns anos... Anos não ansiou: anos não não. Viveu durante alguns dias. Seu gêmeo. Artemio Cruz. Seu duplo. Ontem Artemio Cruz, o que só viveu alguns dias antes de morrer ontem Artemio Cruz... que sou eu... e é outro... ontem...

Você, ontem, fez o mesmo de todos os dias. Não sabe se vale a pena recordar isso. Só gostaria de recordar, recostado ali, na penumbra do quarto, o que vai acontecer: não quer prever o que já aconteceu. Em sua penumbra, os olhos enxergam adiante; não sabem adivinhar o passado. Sim; ontem voará de Hermosillo, ontem 9 de abril de 1959, no voo regular da Companhia Mexicana de Aviação que sairá da capital de Sonora, onde fará um calor infernal, às 9h55 da manhã, e chegará à Cidade do México, D. F., às 16h30 em ponto. Da poltrona do quadrimotor, verá uma cidade plana e cinza, um cinturão de tijolo cru e telhados de zinco. A aeromoça lhe oferecerá um chiclete embrulhado em celofane — recordará esse fato em particular, porque será (deve ser, não pense tudo no futuro a partir de agora) uma garota muito bonita e você sempre terá olhar treinado para isso, embora sua idade o condene a imaginar as coisas mais que fazê-las (usa mal as palavras: claro, jamais se sentirá condenado a isso, embora não possa mais que imaginar): o anúncio luminoso — *No Smoking, Fasten Seat Belts* — se acenderá no momento em que o avião, ao adentrar o Vale do México, descer abruptamente, como se perdesse a capacidade de se manter no ar rarefeito, e em seguida se inclinará para a direita e cairão os volumes, sacolas, malas de mão e se elevará um grito comum, entrecortado por um soluço baixo, e as chamas começarão a faiscar até que o quarto motor, sobre a asa direita, pare e todos continuem gritando e apenas você se mantenha sereno, imóvel, mascando chiclete e observando as pernas da aeromoça que correrá pelo corredor acalmando os passageiros. O sistema interno com o qual o motor combate o fogo funcionará e o avião aterrissará sem dificuldade, mas ninguém terá percebido que só você, um velho de setenta e um anos, manteve a compostura. Você sentirá orgulho de si mesmo, sem demonstrar. Pensará que cometeu tantos atos covardes que a coragem é fácil para você. Sorrirá e dirá a si mesmo que não, não, não é um paradoxo: é a verdade e, a propósito, até uma verdade universal. A viagem para Sonora terá sido feita em um automóvel — Volvo 1959, placa DF 712 — porque alguns figurões do governo pensariam em agir de forma muito inconveniente e você teria de percorrer esse caminho todo para confirmar a lealdade dessa rede de funcionários que você comprou — sim, comprou, você não se enganará com suas palavras protocolares: convencerei, persuadirei; não, comprará — para que cobrem capitações — outra palavra feia — de quem transporta peixe entre Sonora, Sinaloa e o Distrito Federal: dará dez por cento aos inspetores e o peixe chegará à cidade encarecido por essa rede de intermediários e você tirará um lucro vinte vezes superior ao valor original do produto. Irá se empenhar em recordar isso e cumprirá seu desejo, muito embora tudo isso lhe pareça uma matéria das páginas amarelas de seu jornal e você pense que, na verdade, recordar isso é perda de tempo. Mas insistirá, seguirá adiante. Insistirá. Gostaria de recordar outras coisas, mas, sobretudo, gostaria de esquecer o estado em que se encontra. Pedirá desculpas. Você não se encontra. Se encontrará. Irão levá-lo desmaiado à sua casa; desabará no escritório, virá o médico e dirá que será preciso esperar algumas horas para dar o diagnóstico. Virão outros médicos. Não saberão nada, não entenderão nada. Pronunciarão palavras difíceis. E você quererá imaginar a si mesmo. Como um odre vazio e enrugado. Tremerá sua barba, cheirará mal a boca, cheirarão mal as axilas, federá tudo no meio de suas pernas. Ficará ali atirado, sem banho, sem se barbear: será um depósito de suores, nervos irritados e funções fisiológicas inconscientes. Mas insistirá em recordar o que acontecerá ontem. Fará o traslado do aeroporto ao escritório e percorrerá uma cidade impregnada de gás mostarda, porque a polícia terá acabado de dispersar uma manifestação na Plaza del Caballito. Consultará com seu chefe de redação as manchetes da primeira página, os editoriais e as caricaturas e ficará satisfeito. Receberá a visita de seu sócio norte-americano e o fará ver os perigos dos chamados, equivocadamente, movimentos de depuração sindical. Depois irá ao escritório de seu gestor, Padilla, e ele lhe dirá que os índios andam tumultuando e você, através de Padilla, mandará dizer ao comissário comunal que os ponha no eixo, afinal de contas é para isso que o paga. Trabalhará muito ontem de manhã. Virá vê-lo o representante de um benfeitor latino-americano e você conseguirá fazer com que aumentem o subsídio de seu jornal. Telefonará para a cronista da página social e mandará que inclua em sua coluna uma calúnia sobre o tal Couto que está lhe causando dor de cabeça por causa dos negócios em Sonora. Fará tantas coisas! E depois se sentará com Padilla para contabilizar seus bens. Isso o divertirá muito. Uma parede inteira de seu escritório estará coberta como quadro que indica a extensão e as relações entre os negócios administrados: o jornal, os investimentos em bens imóveis — Cidade do México, Puebla, Guadalajara, Monterrey, Culiacán, Hermosillo, Guaymas, Acapulco —, os domos de enxofre em Jáltipan, as minas de Hidalgo, as concessões madeireiras em Tarahumara, a participação na rede de hotéis, a fábrica de tubos, o comércio pesqueiro, as financeiras de financeiras, a rede de operações na bolsa, as representações legais de empresas norte-americanas, a administração dos empréstimos ferroviários, cargos de consultor em instituições fiduciárias, as ações em empresas estrangeiras — corantes, aço, detergentes — e um dado que não aparece no quadro: quinze milhões de dólares depositados em bancos de Zurique, Londres e Nova York. Acenderá um cigarro apesar das advertências do médico, e repetirá para Padilla os passos que formaram essa riqueza. Empréstimos a curto prazo e juros altos para os camponeses do estado de Puebla, logo depois do término da revolução; aquisição de terrenos perto da cidade de Puebla, prevendo seu crescimento; graças a uma amigável intervenção do presidente em exercício, terrenos para loteamento na Cidade do México; aquisição do jornal metropolitano; compra de ações de mineração e criação de empresas mistas mexicano-estadunidenses nas quais você apareceu como figura de fachada para atender às leis; homem de confiança dos investidores norte-americanos; intermediário entre Chicago, Nova York e o governo do México; manejo da bolsa de valores para alavancá-los, derrubá-los, vender, comprar conforme gosto e utilidade; o Eldorado e a consolidação definitiva com o presidente alemão: aquisição de terrenos comunais tomados dos camponeses para projetar novos loteamentos em cidades do interior, concessões de exploração de madeira. Sim — você suspirará e pedirá um fósforo a Padilla —, vinte anos de confiança, de paz social, de colaboração de classes; vinte anos de proteção aos interesses da empresa, de líderes submissos, de greves interrompidas. E então levará as mãos à barriga e à cabeça de cabelos crespos e grisalhos, de rosto oleoso, dará um soco vazio no vidro da mesa e mais uma vez, agora tão próximo, verá o reflexo de seu gêmeo adoentado, enquanto todos os ruídos fogem, rindo, para fora de sua cabeça e o suor de toda essa gente o rodeia, a carne de toda essa gente o sufoca, fazendo-o perder os sentidos. O gêmeo refletido se incorporará ao outro, que é você, ao velho de setenta e um anos que jazerá, inconsciente, entre a cadeira giratória e a grande escrivaninha de aço: e estará aqui e não saberá que dados passarão para sua biografia e quais serão silenciados, escondidos. Não saberá. São dados vulgares e não será o primeiro nem o único com uma ficha corrida semelhante. Deve ter ficado satisfeito. Já deve ter recordado isso. Mas recordará outras coisas, outros dias, terá de recordá-los. São dias que longe, perto, empurrados para o esquecimento, rotulados pela lembrança — encontro e rechaço, amor fugaz, liberdade, rancor, fracasso, vontade —, foram e serão algo além dos nomes que você lhes possa dar: dias em que seu destino o perseguirá com olfato de galgo, e o encontrará, cobrará, encarnará com palavras e atos, matéria complexa, opaca, adiposa para sempre entretecida com a outra, a impalpável, a de seu ânimo absorvido pela matéria: amor de marmelo fresco, ambição de unhas que crescem, tédio da calvície progressiva, melancolia do sol e deserto, indolência dos pratos sujos, distração dos rios tropicais, medo dos sabres e da pólvora, perda dos lençóis arejados, juventude dos cavalos pretos, velhice da praia abandonada, encontro do envelope com selo estrangeiro, repugnância do incenso, enfermidade da nicotina, dor da terra vermelha, ternura do pátio à tarde, espírito de todos os objetos, matéria de todas as almas: corte de sua memória, que separa as duas metades: solda da vida, que volta a uni-las, dissolvê-las, persegui-las, encontrá-las: a fruta tem duas metades: hoje voltarão a se unir: lembrará a metade que deixou para trás: o destino o encontrará: bocejará: não é preciso lembrar: bocejará: as coisas e seus sentimentos foram se desfiando, caíram fraturadas ao longo do caminho: lá atrás havia um jardim: se pudesse voltar a ele, se pudesse encontrá-lo outra vez no fim: bocejará: você não mudou de lugar: bocejará: está sobre a terra do jardim, mas os galhos pálidos negam as frutas, o leito empoeirado nega as águas: bocejará: os dias serão distintos, idênticos, longínquos, atuais: logo esquecerão a necessidade, a urgência, o assombro: bocejará: abrirá os olhos e as verá ali, ao seu lado, com essa falsa solicitude: murmurará seus nomes: Catalina, Teresa: elas não chegarão a dissimular esse sentimento de traição e violação, de desaprovação irritada, que por necessidade deverá se transformar, agora, em aparência de preocupação, afeto, dor: a máscara da apreensão será o primeiro signo desse trânsito que sua enfermidade, seu aspecto, a decência, o olhar alheio, o costume herdado, imporá a elas: bocejará: fechará os olhos: bocejará: você, Artemio Cruz, ele: acreditará em seus dias de olhos fechados:

(1941: Julho 6)

Ele passou no automóvel rumo ao escritório. O motorista dirigia e ele lia o jornal, mas nesse momento, por acaso, ergueu os olhos e as viu entrar na loja. Fitou-as e piscou os olhos e então o carro arrancou e ele continuou lendo as notícias sobre Sidi Barrani e El Alamein, olhando as fotografias de Rommel e Montgomery: o motorista suava sob o calor do sol e não podia ligar o rádio para se distrair e ele pensou que não tinha sido má ideia se associar aos cafeeiros colombianos quando a guerra na África teve início e elas entraram na loja e a empregada lhes pediu que por favor sentassem enquanto ia avisar a patroa (porque sabia quem eram as duas mulheres, a mãe e a filha, e a patroa dera ordens para que a avisassem sempre que elas entrassem): a empregada caminhou em silêncio sobre os tapetes até o quarto dos fundos onde a patroa etiquetava convites apoiada sobre a mesa de couro verde; deixou cair os óculos pendurados em uma corrente de prata quando a empregada entrou e disse que a senhora e a filha estavam ali e a patroa suspirou e disse: "Ah sim, ah sim, ah sim, a data já se aproxima", e agradeceu-lhe por avisar e ajeitou o cabelo violáceo e franziu os lábios e apagou o cigarro mentolado e na sala da loja as duas mulheres haviam se sentado e não diziam nada nada até que viram surgir a patroa e então a mãe, que tinha uma ideia das convenções, fingiu continuar uma conversa jamais iniciada e disse em voz alta: "… mas esse modelo parece muito mais bonito. Não sei o que você acha, mas eu escolheria esse modelo; é muito bonito, de verdade, muito lindo". A garota assentiu, porque estava acostumada a essas conversas que a mãe não dirigia a ela, mas à pessoa que agora entrava e estendia a mão para a filha mas não para a mãe, a qual cumprimentava com um sorriso enorme e a cabeça violeta bem inclinada. A filha fez menção de se deslocar para a direita do sofá, para que a patroa coubesse, mas a mãe a deteve com o olhar e um dedo agitado perto do peito; a filha não se mexeu mais e olhou com simpatia para a mulher de cabelos pintados que permanecia de pé e perguntava se já haviam decidido que modelo escolheriam. A mãe disse que não, não, ainda não estavam decididas e por isso queriam ver todos os modelos outra vez, porque disso também dependia todo o resto, ou seja, detalhes como a cor das flores, os vestidos das madrinhas, tudo isso.

— Lamento muito lhe dar tanto trabalho; eu gostaria…

— Por favor, senhora. É um prazer atendê-la.

— Sim. Queremos ter certeza.

— Naturalmente.

— Não gostaríamos de nos equivocar e depois, em cima da hora…

— Tem razão. Melhor escolher com calma, não é, depois…

— Sim. Queremos ter certeza.

— Vou dizer para as meninas se prepararem.

Ficaram sozinhas e a filha esticou as pernas; a mãe olhou para ela alarmada e moveu todos os dedos ao mesmo tempo, porque conseguia ver as ligas da moça, e também fez sinal para que passasse um pouco de saliva na meia da perna esquerda; a filha procurou e encontrou o lugar onde a seda havia rasgado e molhou o dedo indicador na saliva e untou o local… "É que estou com um pouco de sono", explicou à mãe em seguida. A senhora sorriu e acariciou sua mão e as duas permaneceram sentadas nos sofás de brocado rosa, sem falar, até que a filha disse que estava com fome e a mãe respondeu que depois tomariam café no Sanborn's embora ela só fosse acompanhá-la porque recentemente tinha engordado muito.

— Você não tem com que se preocupar.

— Não?

— Tem a silhueta muito juvenil. Mas depois, tem que se cuidar. Em minha família todas tivemos boa silhueta na juventude e depois dos quarenta perdemos a linha.

— Você está muito bem.

— Você não lembra mais, é isso, não lembra mais. E além disso…

— Hoje acordei com fome. Comi bem no café.

— Agora não se preocupe. Depois sim, tem que se cuidar.

— A maternidade engorda muito?

— Não, não é esse o problema; esse não é o problema real. Dez dias de dieta e fica igualzinha a antes. O problema é depois dos quarenta.

Lá dentro, enquanto preparava as duas manequins, a patroa ajoelhada, de alfinetes na boca, movia as mãos nervosamente e criticava as garotas por terem pernas tão curtas; como deixar com boa aparência mulheres de pernas tão curtas? Precisavam fazer exercício, disse, tênis, equitação, tudo o que serve para melhorar a raça e as manequins disseram que ela parecia muito irritada e a patroa respondeu que sim, aquelas duas mulheres a irritavam muito. Disse que a senhora tinha por costume nunca lhe estender a mão; a menina era mais simpática, mas um pouco distraída, como se nem estivesse ali; mas enfim, não as conhecia bem e não podia falar, e, como diziam os americanos, *the costumer is always right* e é preciso ir ao saguão sorrindo, dizendo *cheese*, *che-eeeese* e *che-eeeese*. Era obrigada a trabalhar, mesmo não tendo nascido para trabalhar, e estava acostumada com essas senhoras ricas de hoje em dia. Por sorte, aos domingos podia se reunir com os amigos de antigamente, com quem cresceu, e sentir-se um ser humano ao menos uma vez na semana. Jogavam bridge, disse às garotas, e aplaudiu ao ver que já estavam prontas.

Malditas pernas curtas. Espetou com cuidado na almofadinha de veludo os alfinetes que ainda restavam em sua boca.

— Ele virá para o chá de bebê?

— Quem? Seu noivo ou seu pai?

— Ele, o papai.

— E como quer eu saiba?!

Ele viu passar o domo laranja e as colunas brancas, robustas do Palácio de Belas-Artes, mas olhou para cima, onde os cabos se uniam, separavam, corriam — não eles, ele, a cabeça recostada na lã cinza do assento — paralelos ou se conectavam nos distribuidores de tensão: a fachada ocre, veneziana do Correio e as esculturas frondosas, as ubres plenas e as cornucópias esvaziadas do Banco do México: acariciou a faixa de seda do chapéu de feltro marrom e com a ponta do pé volteou a correia do assento dobradiço da limusine, à frente dele: os mosaicos azuis do Sanborn's e a pedra lavrada e enegrecida do convento de São Francisco. O automóvel parou na esquina da rua Isabel la Católica e o motorista abriu a porta e tirou o quepe enquanto ele, ao contrário, pôs o chapéu, penteando com os dedos sobre a testa as mechas que ficaram de fora, e o cortejo de vendedores de loteria e engraxates e mulheres de panos na cabeça e crianças com o lábio superior lambuzado de ranho o rodeou até ele passar pelas portas giratórias e arrumar a gravata no vidro da antessala e atrás, no segundo vidro, que dava para a rua Madero, um homem idêntico a ele, mas tão distante, arrumava também o nó da gravata, com os mesmos dedos manchados de nicotina, o mesmo paletó transpassado, mas sem cor, rodeado pelos mendigos, e deixava a mão cair ao mesmo tempo que ele e em seguida lhe dava as costas e caminhava em direção ao centro da rua, enquanto ele procurava o elevador, desorientado por um instante.

Mais uma vez as mãos estendidas a desanimaram e apertou o braço da filha para mergulhá-la apressadamente naquele calor irreal, de estufa, naquele cheiro de sabões e lavanda e papel couchê recém-impresso. Deteve-se um instante para olhar os itens de beleza organizados atrás do vidro e olhou para si mesma, piscando os olhos para enxergar bem os cosméticos dispostos sobre uma faixa de tafetá vermelho. Pediu um pote de *cold-cream Theatrical* e dois batons da mesma cor, a cor daquele tafetá, e procurou duas notas na bolsa de couro de crocodilo, em vão: "Tome, me arranje uma nota de vinte pesos". Recebeu o pacote e o troco e entraram no restaurante e acharam uma mesa para dois. A garota pediu suco de laranja e waffles de noz para a garçonete que vestia uma *tehuana*[2] e a mãe não conseguiu resistir e pediu um pão com manteiga na chapa e as duas olharam ao redor, tentando encontrar rostos conhecidos, até que a garota pediu licença para tirar o casaco do tailleur amarelo porque o sol que se embrenhava através da claraboia estava muito forte.

— Joan Crawford — disse a filha. — Joan Crawford.

— Não, não. Não se pronuncia assim. Não é assim a pronúncia. Cró-for, Cró-for; eles pronunciam assim.

— Crau-for.

— Não, não. Cró, cró, cró. O "a" e o "u" juntos têm som de "ó". Acho que é assim que pronunciam.

— Não gostei muito do filme.

— Não, não é dos melhores. Mas ela está chiquérrima.

— Me entediei muito.

— Mas você queria tanto ir...

— Tinham me dito que era muito bom, mas não era.

— Dá para se distrair.

— Cró-ford.

— Sim, acho que eles pronunciam assim, Cró-for. Acho que o "d" não se pronuncia.

— Cró-for.

— Acho que sim. A não ser que eu esteja enganada.

A garota derramou o mel nos waffles e fatiou-o em pedacinhos depois de se certificar de que todos os sulcos estavam cheios de mel. Sorria para a mãe cada vez que enchia a

---

2 TEHUANA: Traje tradicional usado por mulheres do povo zapoteca do Istmo de Tehuantepec, no sul do México, conhecido por suas cores vibrantes e bordados florais.

boca com aquela farinha tostada e melada. A mãe não olhava para ela. Uma mão brincava com a outra, acariciava com o polegar as polpas e parecia querer levantar as unhas: olhava as duas mãos perto dela, sem querer olhar os rostos: como uma mão voltava para pegar a outra e como a ia descobrindo, lentamente, sem saltar um único poro da outra pele. Não, não tinham anéis nos dedos: deviam ser namorados ou algo assim. Tentou desviar o olhar e fixá-lo na poça de mel que inundava o prato da filha, mas sem querer voltava às mãos do casal na mesa ao lado e conseguia evitar o rosto deles, mas não as mãos acariciadas. A filha brincava com a língua entre as gengivas, retirando os pedaços de farinha e nozes soltos, e depois limpou os lábios e manchou o guardanapo de vermelho, mas antes de se pintar outra vez buscou com a língua as sobras do waffle e pediu para a mãe um pedaço de pão com passas. Disse que não queria café porque ficava muito nervosa, embora adorasse café, mas não agora, porque já estava bastante nervosa. A senhora lhe acariciou a mão e disse que precisavam ir porque ainda tinham muito o que fazer. Pagou a conta e deixou gorjeta e as duas se levantaram.

O norte-americano explicou que se injeta água fervente nos depósitos; a água os derrete e o enxofre é trazido à superfície pelo ar comprimido. Voltou a explicar o sistema e o outro norte-americano disse que estavam muito satisfeitos com as explorações e cortou várias vezes o ar com a mão, agitando-a muito perto do rosto duro e avermelhado e repetindo: "Domos, bom. Piritas, ruim. Domos, bom. Piritas, ruim. Domos bom...". Ele tamborilava os dedos sobre o vidro da mesa e assentia, acostumado com que eles, ao falarem espanhol, achassem que ele não entendia, não porque falassem um mau espanhol, mas porque ele não entendia nada direito. "Piritas ruim." O técnico estendeu o mapa da região sobre a mesa e ele recolheu os cotovelos enquanto desenrolavam o pergaminho. O segundo explicou que a região era tão rica que podia ser explorada ao máximo até meados do século XXI; ao máximo, até se esgotarem os depósitos; ao máximo. Repetiu mais sete vezes e recolheu o punho que tinha deixado cair, no início da arenga, sobre a mancha verde ladeada de triângulos que indicavam as descobertas do geólogo. O norte-americano piscou o olho e disse que os bosques de cedro e mogno também eram imensos e que nessa parte ele, o sócio mexicano, ficaria com cem por cento dos ganhos; nisso eles, os sócios norte-americanos, não se metiam, embora o aconselhassem a reflorestar continuamente; tinham vistos os bosques destruídos por toda parte: não percebiam que aquelas árvores eram dinheiro? Mas não era da sua conta, pois com ou sem os bosques os domos estavam ali. Sorriu e se levantou. Cravou os polegares entre o cinto e o tecido das calças e balançou o charuto apagado nos lábios até que um dos norte-americanos se levantou com um fósforo aceso na mão. Aproximou-o do charuto e ele o fez circular entre os lábios até que a ponta brilhou acesa. Pediu dois milhões de dólares em dinheiro e eles perguntaram a troco de quê: eles o aceitavam de bom grado como sócio de capital com trezentos mil dólares, mas ninguém podia receber um centavo até o investimento começar a produzir: o geólogo limpou os óculos com um pequeno pedaço de camurça que trazia no bolso da camisa e o outro começou a caminhar da mesa para a janela e da janela para a mesa, até que ele repetiu serem essas suas condições: nem sequer se tratava de um adiantamento, de um crédito, nada nesse sentido: era o pagamento devido a ele pela tentativa de arranjarem a concessão; se fossem ver, sem esse pagamento prévio, não existiria concessão: com o tempo eles recuperariam o presente que lhe ofereceriam agora; mas sem isso, sem o homem de fachada, sem o *frontman* — e pedia que o desculpassem pelos termos —, não conseguiriam obter uma concessão para explorar os domos. Tocou a campainha e chamou seu secretário e o secretário leu rapidamente uma folha de cifras concisas e os norte-americanos disseram ok várias vezes, ok, ok, ok, e ele sorriu e lhes ofereceu dois copos de uísque e disse que eles podiam explorar o enxofre até meados do século XXI, mas que ele não, não iriam explorá-lo nem sequer por um minuto do século xx e todos brindaram e os outros sorriram enquanto murmuravam em voz baixa f.d.p. uma só vez.

Caminhavam as duas de braços dados. Caminhavam devagar com a cabeça baixa e paravam na frente de cada vitrine e diziam que bonito, que caro, tem outra melhor mais adiante, veja só esse, que bonito, até que se cansavam e entravam em um café e procuravam um lugar afastado da entrada por onde espiavam os vendedores de bilhetes lotéricos e de onde se erguia o pó seco e grosso, e também afastado dos sanitários, e pediam dois Canada Dry de laranja. A mãe aplicava o pó e olhava os próprios olhos ambarinos no espelho do estojo, olhava o tom das duas bolsas de pele que começavam a rodeá-los e fechava a tampa depressa. As duas observavam o borbulhar do refresco de soda e anilina e esperavam o gás escapulir para bebê-lo aos golinhos. A garota, disfarçadamente, separava o pé do sapato e acariciava os dedos apertados e a senhora, sentada diante de seu refresco de laranja, lembrava os quartos separados da casa, separados mas contíguos, e os ruídos que a cada manhã e a cada noite conseguiam atravessar a porta fechada: um pigarreio ocasional, a queda dos sapatos sobre o piso, o baque do chaveiro na prateleira, as dobradiças sem lubrificar do guarda-roupas, às vezes até o ritmo da respiração durante o sono. Sentiu frio nas costas. Havia se aproximado naquela mesma manhã, caminhando na ponta dos pés, da porta fechada e sentiu frio nas costas. Surpreendeu-se ao pensar que todos os ruídos ínfimos e normais eram ruídos secretos. Voltou para a cama e se enrolou nos cobertores e fixou o olhar no céu baixo, por onde se espalhava um leque de luzes redondas, fugazes: a lantejoula da sombra das castanheiras. Bebeu os restos de um chá gelado e dormiu até que a garota veio despertá-la, lembrando-a de que tinham um dia cheio de tarefas pela frente. E só agora, com o copo frio entre os dedos, relembrou essas primeiras horas do dia.

Reclinou-se na cadeira giratória até as molas rangerem e perguntou ao secretário: Algum banco quis arriscar? Algum mexicano confiou em mim? Pegou o lápis amarelo e apontou com ele a cara do secretário: que constasse isso; que Padilla servisse de testemunha: ninguém quis arriscar e ele não deixaria aquela riqueza apodrecer nas selvas do Sul; se os gringos eram os únicos dispostos a dar dinheiro para as explorações, o que podia fazer? O secretário indicou as horas e ele suspirou e disse que tudo bem. Convidava-o para almoçar por sua conta. Podiam comer juntos. Conhecia algum lugar novo? O secretário disse que sim, um lugar de aperitivos novo e muito simpático; muito boas as *quesadillas*[3], de nata, de queijo, de *huitlacoche*[4]; ficava perto dali. Podiam ir juntos. Estava cansado; não queria voltar ao escritório naquela tarde. De certo modo, deviam comemorar. Como não? Além disso, nunca tinham almoçado juntos. Desceram em silêncio e caminharam até a avenida 5 de Mayo.

— Você é muito jovem. Quantos anos tem?

— Vinte e sete.

— Quando se formou?

— Há três anos. Mas...

— Mas o quê?

— A teoria é muito diferente da prática.

— E acha engraçado? O que te ensinaram?

— Muito marxismo. Até escrevi minha tese sobre a mais-valia.

— Deve ser uma boa disciplina, Padilla.

— Mas a prática é muito diferente.

— Você é isso, marxista?

— Bem, todos meus amigos eram. Deve ser coisa da idade.

— Onde fica o restaurante?

— Logo adiante, dobrando a esquina.

— Não gosto de caminhar.

— Fica aqui pertinho.

Dividiram os pacotes e caminharam até o Belas-Artes, onde o motorista tinha ficado à sua espera: continuavam ca-

---

3 QUESADILLAS: Prato típico mexicano feito com tortilla dobrada e recheada

4 HUITLACOCHE: Fungo comestível do milho considerado iguaria no México, com sabor terroso.

minhando de cabeça baixa, voltadas para as vitrines como antenas, e de repente a mãe segurou trêmula o braço da filha e deixou cair um pacote porque na frente delas, perto delas, dois cães rosnavam com uma cólera fria, separavam-se, rosnavam, mordiam o pescoço um do outro até sangrar, corriam para o asfalto, voltavam a se engalfinhar com mordidas afiadas e rosnados: dois cães vira-latas, sarnentos, babões, um macho e uma fêmea. A garota juntou o pacote e conduziu a mãe até o estacionamento. Ocuparam seus lugares no carro e o motorista perguntou se voltariam a Las Lomas e a filha disse que sim, uns cachorros tinham assustado sua mãe. A senhora disse que não era nada, já tinha passado: foi tão inesperado e tão perto dela, mas podiam voltar para o centro naquela tarde, porque ainda restavam muitas compras, muitas lojas. A garota disse que havia tempo; ainda faltava mais de um mês. Sim, mas o tempo voa, disse a mãe, e seu pai não se importa com o casamento, deixa todo o trabalho para nós. Além disso, você precisa aprender seu lugar; não deve cumprimentar todo mundo com um aperto de mãos. Além disso, quero que essa história do casamento se resolva logo, porque acho que servirá para seu pai se dar conta de que já é um homem maduro. Talvez se impressione com tudo isso, talvez.

Sinto essa mão que me acaricia e gostaria de me desprender de seu tato, mas me faltam forças. Que carícia inútil. Catalina. Que inútil. O que me dirá? Pensa ter enfim encontrado as palavras que nunca se atreveu a proferir? Hoje? Que inútil. Que sua língua não se mova. Não se permita o ócio de uma explicação. Seja fiel ao que sempre aparentou; seja fiel até o fim. Veja: aprenda com sua filha. Teresa. Nossa filha. Que difícil. Que inútil pronome. Nossa. Ela não finge. Ela não tem nada a dizer. Veja só ela. Sentada com as mãos dobradas e o vestido preto, esperando. Ela não finge. Antes, longe de meus ouvidos, deve ter lhe dito: "Tomara que aconteça logo. Porque ele é capaz de estar fingindo a doença, só para nos deixar apavoradas". Deve ter dito algo assim. Escutei algo parecido quando acordei hoje de manhã desse sono longo e plácido. Lembro-me vagamente do sonífero, do calmante de ontem à noite. E você deve ter respondido: "Meu Deus, espero que não sofra muito": deve ter querido dar um significado diferente para as palavras de sua filha. E não sabe que significado dar às palavras que eu murmuro:

— Essa manhã eu o esperava com alegria. Cruzamos o rio a cavalo.

Ah, Padilla, se aproxime. Trouxe o gravador? Se sabe o que é melhor para você, deve tê-lo trazido, assim como o levava todas as noites à minha casa em Coyoacán. Hoje, mais que nunca, tentará passar a impressão de que tudo segue igual. Não perturbe os ritos, Padilla. Ah sim, está se aproximando. Elas não querem.

— Não, bacharel, não podemos permitir.

— É um costume de muitos anos, senhora.

— Não está vendo a cara dele?

— Deixe eu tentar. Já está tudo pronto. É só ligar o gravador na tomada.

— Você se responsabiliza?

— Dom Artemio... Dom Artemio... Trouxe a gravação desta manhã...

Faço que sim com a cabeça. Tento sorrir. Como todos os dias. Homem de confiança, o Padilla. Claro que merece minha confiança. Claro que merece boa parte de minha herança e a administração perpétua de todos os meus bens. Quem, se não ele? Ele sabe de tudo. Ah, Padilla. Ainda guarda todas as fitas de minhas conversas no escritório? Ah, Padilla, você sabe de tudo. Preciso lhe pagar bem. Deixo-lhe de herança minha reputação.

Teresa está sentada, com o jornal aberto que esconde seu rosto.

E eu o sinto chegar com esse cheiro de incenso e camisolas pretas e o hissopo à frente para me despedir com todo o rigor de uma advertência; rá, caíram no truque; e essa Teresa choraminga por ali e agora tira o estojo de maquiagem da bolsa e ajeita o nariz para voltar a choramingar. Imagino-me no último instante, se o caixão cai em um buraco e uma multidão de mulheres choraminga e aplica pó no nariz sobre minha tumba. Bem; me sinto melhor. Me sentiria perfeito se esse cheiro, o meu, não se erguesse das dobras dos lençóis, se não reparasse nessas manchas ridículas com que os sujei... Estou respirando com esse ronco espasmódico? É assim que receberei essa nódoa negra e confrontarei seu ofício? Aaah. Aaah. Preciso ritmá-la... Aperto os punhos, aaah, os músculos faciais e tenho ao meu lado esse rosto farinhento que vem me garantir a fórmula que amanhã, ou depois — e nunca?, nunca — aparecerá em todos os jornais, "com todo o amparo da Santa Madre Igreja...". E aproxima seu rosto riscado de minhas faces ardentes de pelos brancos. Faz o sinal da cruz. Murmura o "Eu, pecador" e só consigo virar o rosto e emitir um grunhido enquanto encho a cabeça com essas imaginações que eu gostaria de despejar em sua cara: a noite em que o carpinteiro pobre e sujo se deu ao luxo de montar na virgem aturdida que acreditara nas histórias e fraudes de sua família e guardava as pombinhas brancas no meio das coxas achando que assim daria à luz, as pombinhas escondidas no meio das pernas, no jardim, debaixo da saia, e agora o carpinteiro montava nela cheio de um desejo justificado, porque devia ser muito bonita, muito bonita, e montava nela enquanto crescem os choramingos indignados da insuportável Teresa, essa mulher pálida que deseja, gozosa, minha rebeldia final, o motivo para sua própria indignação final. É inacreditável vê-las ali, sentadas, sem se agitarem, sem recriminarem. Quanto tempo durará? Agora não me sinto tão mal. Talvez me recupere. Um baque e tanto!, não é? Tentarei ficar com uma cara boa, para ver se vocês aproveitam e esquecem esses gestos de afeto forçado e esvaziam pela última vez o peito dos argumentos e insultos que trazem engasgado na garganta, nos olhos, nessa humanidade sem atrativos em que as duas se transformaram. Má circulação, é isso, nada de grave. Bá. Fico entediado de vê-las ali. Deve haver algo mais interessante ao alcance dos olhos semicerrados que veem as coisas pela última vez. Ah. Me trouxeram para esta casa, não para a outra. Ora. Quanta discrição. Terei de censurar Padilla pela última vez. Padilla sabe qual é minha verdadeira casa. Lá eu poderia me deleitar vendo as coisas que tanto amo. Abriria os olhos para observar um teto de vigas antigas e cálidas; teria ao alcance da mão a casula de ouro que adorna minha cabeceira, os candelabros da mesa de cabeceira, o veludo dos respaldos, o cristal da Bohemia de meus copos. Teria Serafim fumando perto de mim, inalaria a fumaça. E ela estaria arrumada, como ordeno que fique. Bem arrumada, sem lágrimas, sem tecidos pretos. Lá não me sentiria velho e cansado. Tudo estaria preparado de modo tal a me lembrar de que sou um homem vivo, um homem que ama, igual a igual a igual a antes. Por que estão sentadas ali, velhas feias descuidadas falsas me lembrando de que não sou o mesmo de antes? Tudo está preparado. Lá na minha casa tudo está preparado. Sabem o que deve ser feito em casos assim. Me impedem de lembrar. Dizem o que sou agora, jamais o que fui. Ninguém tenta explicar nada antes que seja tarde demais, bá. Como vou me entreter aqui? Sim, já vi que organizaram tudo para dar a entender que todas as noites venho a esse quarto e durmo aqui. Vejo esse closet entreaberto e vejo a silhueta de ternos que nunca usei, de gravatas sem marcas, de sapatos novos. Vejo uma escrivaninha sobre a qual amontoaram livros que ninguém leu, papéis que ninguém assinou. E esses móveis elegantes e grosseiros: quando arrancaram os lençóis empoeirados que os cobriam? Ah… tem uma janela. Tem um mundo lá fora. Tem esse vento alto, de meseta, que agita árvores negras e finas. É preciso respirar…

— Abram a janela…

— Não, não. Pode apanhar um resfriado e complicar tudo.

— Teresa, seu pai não está escutando…

— Está fingindo. Fecha os olhos e finge.

— Cale a boca.

— Cale a boca.

Vão calar a boca. Vão se afastar da cabeceira. Mantenho os olhos fechados. Lembro que saí para almoçar com Padilla, naquela tarde. Isso já lembrei. Venci-os em seu próprio jogo. Tudo isso cheira mal, mas é caloroso. Meu corpo exala calor. Calor para os lençóis. Venci muita gente. Venci todo mundo. Sim, o sangue flui bem em minhas veias; logo vou me recuperar. Sim. Flui caloroso. Ainda leva calor. Eu os perdoo. Não me feriram. Está tudo bem, falem, digam. Não me importa. Eu os perdoo. Que caloroso. Logo estarei bem. Ah.

Você ficará satisfeito de se impor sobre eles; confesse: impôs-se para que o aceitassem como seu par: poucas vezes sentiu-se mais feliz, porque desde que começou a ser o que é, desde que aprendeu a apreciar o toque dos bons tecidos, o sabor dos bons licores, o cheiro das boas loções, tudo isso que nos últimos anos foi seu prazer único e isolado, desde então você firmou o olhar mais acima, no Norte, e desde então viveu com a nostalgia do erro geográfico que não lhe permitiu ser de todo um deles: admira sua eficácia, suas comodidades, sua higiene, seu poder, sua vontade, e olha ao redor e acha intolerável a incompetência, a miséria, a sujeira, a indolência, a nudez deste pobre país que nada tem; e sofre ainda mais por saber que, por mais que tente, não pode ser como eles, só pode ser um calco, uma aproximação, pois no fim das contas, responda: sua visão de tudo isso, em seus piores ou melhores momentos, foi tão simplista quanto a deles? Nunca. Nunca conseguiu pensar preto no branco, em mocinhos e bandidos, em Deus e o Diabo: admita que sempre, mesmo quando parecia ser o contrário, encontrou no preto o germe, o reflexo de seu oposto: sua própria crueldade, quando foi cruel, não estava tingida de certa ternura? Sabe que todo extremo contém seu exato oposto: a crueldade, a ternura; a covardia, a coragem; a vida, a morte: de alguma maneira — quase inconsciente, por ser quem é, vir de onde vem e pelas coisas que viveu — sabe disso, portanto nunca poderá ser parecido com eles, que não sabem. Isso te incomoda? Sim, não é confortável, é incômodo, é muito mais confortável dizer: aqui está o bem e aqui está o mal. O mal. Você nunca será capaz de apontá-lo. Talvez porque, mais desamparados, não queremos que se desvaneça essa zona intermediária, ambígua, entre a luz e a sombra: essa zona onde podemos encontrar o perdão. Onde você poderá encontrá-lo. Quem não será capaz, por um só instante de vida — como você —, de encarnar ao mesmo tempo o bem e o mal, de se deixar conduzir ao mesmo tempo por dois fios misteriosos, de cor diferente, partindo do mesmo novelo para que então o fio branco suba e o fio preto desça e, apesar de tudo, os dois voltem a se encontrar em seus próprios dedos? Você não desejará pensar em tudo isso. Você me detestará por lembrá-lo. Quis ser como eles e agora, na velhice, quase consegue. Mas quase. Só quase. Você mesmo impedirá o esquecimento; sua coragem será gêmea de sua covardia, seu ódio nascerá de seu amor, a vida inteira terá abrigado e prometido sua morte: não terá sido bom nem mau, generoso nem egoísta, íntegro nem traidor. Deixará que os demais afirmem suas qualidades e seus defeitos; mas quanto a você, como poderá negar que cada uma de suas afirmações se negará, que cada uma de suas negações se afirmará? Ninguém ficará sabendo, exceto você, talvez. Que sua existência será fabricada com todos os fios do tear, como a vida de todos os homens. Que não lhe faltará nem sobrará uma única oportunidade para fazer de sua vida o que quiser que seja. E se será uma coisa, e não outra, será porque, apesar de tudo, terá de escolher. Suas escolhas não negarão o resto de sua vida possível, tudo o que deixará para trás cada vez que escolher: só irão estreitá-las, estreitá-las a ponto de hoje sua escolha e seu destino serem uma coisa só: a moeda já não terá duas faces: seu desejo será idêntico ao seu destino. Morrerá? Não será a primeira vez. Terá vivido tanta vida morta, tantos momentos de mera gesticulação. Quando Catalina grudar o ouvido na porta que os separa e escutar seus movimentos; quando você, do outro lado da porta, se mover sem saber que o escutam, sem saber que alguém vive pendente dos ruídos e silêncios de sua vida atrás da porta, quem viverá nessa separação? Quando ambos souberem que bastaria uma palavra e não obstante se calarem, quem viverá nesse silêncio? Não, isso não gostaria de lembrar. Gostaria de recordar outra coisa: esse nome, esse rosto que se gastará com o passar dos anos. Mas saberá que ao recordar isso você se salvará, se salvará muito facilmente. Recordará antes o que te condena, e salvo ali saberá que o restante, o que considerará a salvação, irá condená-lo: recordar o que quer. Recordará Catalina jovem, quando a conheceu, e a comparará com a mulher desvanecida de hoje. Recordará e recordará por quê. Encarnará o que ela, e todos, pensaram então. Não saberá. Terá de encarná-lo. Nunca escutará as palavras dos outros. Terá de vivê-las. Fechará os olhos: fechará. Não cheirará esse incenso. Não escutará esses prantos. Recordará outras coisas, outros dias. São dias que chegarão de noite à sua noite de olhos fechados e você só poderá reconhecê-los pela voz: jamais com a vista. Deverá dar crédito à noite e aceitá-la sem vê-la, acreditar nela sem reconhecê-la, como se fosse o Deus de todos os seus dias: a noite. Agora estará pensando que bastará fechar os olhos para obtê-la. Sorrirá, apesar da dor que volta a se insinuar, e tentará esticar um pouco as pernas. Alguém tocará sua mão, mas você não responderá a essa carícia, atenção, angústia, cálculo?, porque terá criado a noite com seus olhos fechados e do fundo desse oceano de tinta navegará até você um barco mercante de pedra que o sol do meio-dia, quente e sonolento, alegrará em vão: muralhas espessas e enegrecidas, erigidas para defender a Igreja do ataques dos índios e, também, para unir a conquista religiosa à conquista militar. Avançará até seus olhos fechados, com o rumor crescente de seus pífanos e tambores, a tropa rude, isabelina, espanhola, e você atravessará debaixo de sol a ampla esplanada com a cruz de pedra no centro e as capelas abertas, a prolongação do culto indígena, teatral, ao ar livre, nas esquinas. No alto da igreja que se ergue ao fundo da esplanada, as abóbadas de *tezontle*[5] repousarão sobre os esquecidos alfanjes mudéjares, signo de mais um sangue sobreposto ao dos conquistadores. Avançará até a fachada do primeiro barroco, ainda castelhano, mas já rico em colunas de videiras profusas e claves aquilinas: a fachada da Conquista, plácida e severa, com um pé no mundo velho, morto, e outro no mundo novo que não começava aqui, mas também do outro lado do mar: o novo mundo chegou com eles, com semblante de muralhas austeras para proteger o coração sensual, alegre, ganancioso. Avançará e penetrará na nave da embarcação, onde o exterior castelhano terá sido vencido pela plenitude, macabra e sorridente, desse céu índio de santos, anjos e deuses índios. Uma só nave, enorme, correrá até o altar de douradas folhas caídas, de sombria opulência de rostos mascarados, de reza lúgubre e festiva, sempre compelido, por essa liberdade, a única concedida, de decorar um templo e enchê-lo do tranquilo sobressalto, da resignação esculpida, do horror ao vazio, aos tempos mortos, dos quais prolongavam a morosidade deliberada do trabalho livre, os instantes excepcionais de autonomia na cor e na forma, longe desse mundo exterior de chicotes e ferrolhos e varíola. Caminhará, à conquista de seu novo mundo, pela nave sem um espaço limpo: cabeças de anjos, videiras derramadas, florações policromáticas, frutos redondos, vermelhos capturados em meio às trepadeiras de ouro, santos brancos incrustrados, santos de olhar espantado, santos de um céu inventado pelo índio à sua imagem e semelhança: anjos e santos com o rosto do sol e da lua, com a mão protetora das colheitas, com o dedo indicador dos cães-guia, com os olhos cruéis, desnecessários, alheios, do ídolo, com o semblante rigoroso dos ciclos. Os rostos de pedra atrás das máscaras rosa, bondosas, ingênuas, mas impassíveis, mortas, máscaras: cria a noite, enche de vento as velas pretas, fecha os olhos Artemio Cruz...

5 TEZONTLE: Rocha vulcânica avermelhada muito usada na arquitetura colonial do México. O material confere cor e textura típicas a edifícios históricos, especialmente na Cidade do México.

(1919: Maio 20)

Ele contou a história dos últimos momentos de Gonzalo Bernal na prisão de Perales e isso lhe abriu as portas desta casa:

— Foi sempre tão puro — disse dom Gamaliel Bernal, o pai —; sempre pensou que a ação contamina e nos obriga a trair a nós mesmos, a não ser quando presidida pela clareza de pensamento. Acredito que por isso se separou da casa. Bem, acredito em parte, porque esse vendaval arrastou a todos nós, inclusive aqueles de nós que não saímos do lugar. Não, o que quero explicar é que para meu filho o dever consistia em se aproximar para explicar, para oferecer ideias coerentes, sim, acho que para impedir que, como todas as causas, esta não suportasse a prova da ação.

Não sei, seu pensamento era muito complicado. Ele pregava a tolerância. Alegra-me saber que morreu com valentia. Alegra-me vê-lo aqui.

Não tinha ido direto ver o velho. Antes, percorreu certos lugares de Puebla, falou com certas pessoas, averiguou o que era preciso averiguar. Por isso, agora escutava sem mover um músculo do rosto os argumentos desvanecidos do velho enquanto este escorava o crânio branco no respaldo de couro lustroso, voltando o perfil para a luz amarelada que granulava o pó espesso da biblioteca confinada, onde era preciso subir em uma escada com rodinhas para acessar as estantes superiores, riscando o piso pintado de ocre, e alcançar os largos e compridos volumes encadernados, obras francesas e inglesas de geografia, belas-artes, ciências naturais, cuja leitura frequentemente exigia o uso da lupa que dom Gamaliel segurava, imóvel, entre suas velhas mãos sedosas, sem perceber que a luz oblíqua atravessava o vidro e se concentrava, acesa, em uma dobra da calça listrada, passada com esmero: ele sim reparou. Um silêncio incômodo os separava.

— Perdão, posso lhe oferecer alguma coisa? Ou melhor: fique para jantar conosco.

Abriu as mãos em gesto de convite e prazer e a lupa caiu no colo daquele homem magro, com carne espichada sobre os ossos endurecidos, com brilhantes florações de cabelo grisalho amarelado no crânio, na queixada, nos lábios.

— Não tenho medo dos tempos de hoje — havia dito antes, com a voz sempre precisa e cortês, modulada dentro desses tons, plana fora deles —; de que serviria minha educação — fez um gesto com a lupa indicando as estantes repletas de livros — se não me permitisse compreender a inevitabilidade das mudanças? As coisas mudam de aparência, queiramos ou não; por que teimar em não vê-las, em suspirar pelo passado? Cansa muito menos aceitar o imprevisto! Ou não devemos chamá-lo assim? Você, senhor... desculpe, esqueci sua patente... sim, tenente-coronel, tenente-coronel... digo, desconheço suas origens, sua vocação... gosto de você porque compartilhou as últimas horas de meu filho... então: você que participou, foi capaz de prever tudo? Eu não participei e tampouco fui capaz. Talvez tanto nossa atividade quanto nossa passividade sejam idênticas nisso, no fato de serem ambas bastante cegas e impotentes. Se bem que deve haver alguma diferença... você não acha? Enfim...

Ele não perdia de vista os olhos ambarinos do idoso, demasiadamente decididos a criar um ambiente de cordialidade, demasiadamente seguros por trás da máscara de doçura paternal. Talvez aqueles movimentos senhoris das mãos, aquela nobreza fixa do perfil e do queixo barbado, aquela inclinação atenta da cabeça fossem naturais. Ele pensou que, não obstante, até a naturalidade pode ser fingida; às vezes, a máscara dissimula bem demais os gestos de um rosto que não existe fora ou debaixo dela. E a máscara de dom Gamaliel era tão parecida com seu verdadeiro rosto que era inquietante pensar na linha divisória, na sombra impalpável que poderia separá-los: pensou nisso e também que um dia poderia dizer isso ao velho sem rodeios.

Soaram ao mesmo tempo todos os relógios da casa e o velho se levantou para acender o lampião de acetileno que repousava na escrivaninha de vime. Lentamente, ergueu a cortina e manuseou alguns papéis. Pegou um só nas mãos e deu meia-volta para encarar a poltrona do recém-chegado. Sorriu, franziu o cenho e voltou a sorrir enquanto depositava um papel sobre os demais. Levou, com graça, o dedo indicador ao ouvido: um cão latia e arranhava com as patas o outro lado da porta.

Ele aproveitou que o velho estava de costas para despejar a interrogação oculta. Nenhum traço do sr. Bernal rompia a harmônica nobreza do conjunto: visto de costas, caminhava com elegância e retidão: o cabelo branco, um pouco solto, coroava o idoso que se dirigia à porta. Era inquietante — inquietou-se ao pensar nisso outra vez —; era perfeito demais. Possivelmente, sua cortesia não era senão a companheira natural de sua ingenuidade. O pensamento o perturbou: o velho caminhava com passos lentos em direção à porta, o cão latia: a luta seria fácil demais, desprovida de sabor. Mas e se, por outro lado, a simpatia disfarçasse a astúcia do velho?

Quando o vaivém eriçado da sobrecasaca se interrompeu e a mão branca acariciou a maçaneta de cobre da porta, dom Gamaliel fitou-o por cima do ombro, com aqueles olhos ambarinos, e com a mão livre acariciou a barba. O olhar parecia compreender os pensamentos do desconhecido e o sorriso, ligeiramente torto, imitava o de um vidente prestes a descobrir a sorte inesperada. Se no gesto do velho o desconhecido pôde entender e aceitar um convite para a cumplicidade silenciosa, o movimento de dom Gamaliel foi tão elegante, tão solapado, que não deu a esse cúmplice a oportunidade de devolver o olhar e selar o pacto tácito.

A noite havia caído e a luz incerta do lampião destacava, mal e mal, as lombadas douradas dos livros e as bordas decoradas do papel de parede que recobria as paredes da biblioteca. Quando a porta se abriu, ele lembrou a longa fileira de salas que se sucediam do saguão principal da velha casa interiorana até a biblioteca, abrindo-se, peça após peça, para o pátio de esmaltes e azulejos. O mastim saltou com alegria e lambeu a mão do dono. Atrás do cão surgiu a garota vestida de branco, um branco que contrastava com a luz noturna que se prolongava atrás dela.

Deteve-se por um instante no umbral enquanto o cão saltava na direção do desconhecido e farejava seus pés e mãos. O sr. Bernal, rindo, agarrou-o pela coleira de couro vermelho e murmurou alguma desculpa. Ele não entendeu. De pé, abotoando o casaco com os movimentos precisos da vida militar, alisando-o como se ainda vestisse a farda de campanha, permaneceu imóvel diante da beleza daquela jovem que não ultrapassava o marco da porta.

— Minha filha Catalina.

Não se moveu. O cabelo liso e castanho que caía sobre o pescoço longo, quente — pôde ver de longe a oleosidade da nuca —, os olhos a um só tempo duros e líquidos, com olhar trêmulo, uma dupla bolha de vidro: amarelos como os do pai, porém mais francos, menos acostumados a fingir com naturalidade, reproduzidos nas outras dualidades daquele corpo esbelto e fornido, nos lábios úmidos e entreabertos, nos peitos altos e firmes: olhos, lábios, seios duros e suaves, de uma consistência alternada entre o desamparo e o rancor. Mantinha as mãos unidas em frente às coxas, e ao caminhar sua estreita cintura esvoaçava o traje de voal abotoado nas costas, largo em torno das cadeiras firmes, estreito próximo aos tornozelos finos. Avançou na direção dele uma carne de ouro pálido, que revelava já na testa e nas bochechas o claro-escuro desvanecido de todo o corpo, e lhe ofereceu a mão em cujo contato ele buscou, sem encontrar, a umidade, a emoção delatada.

— Fez companhia ao seu irmão nas horas finais; falei de você para ele.

— Você teve sorte, senhor.

— Me falou de vocês, pediu que eu viesse vê-los. Portou-se com valentia, até o fim.

— Não era valente. Amava demais tudo... isso.

Ela tocou o próprio peito e em seguida separou a mão para fingir uma parábola no ar.

— Idealista, sim, muito idealista — murmurou o velho, e suspirou. — O senhor jantará conosco.

A garota tomou o braço do pai e ele, com o mastim ao lado, seguiu os dois por cômodos estreitos e úmidos, apinhados de jarros de porcelana e banquetas, relógios e cristaleiras, móveis com pátina e quadros religiosos de pouco valor e amplas proporções: as pernas douradas das cadeiras e das mesinhas repousavam sobre o mesmo piso de madeira pintada, sem tapetes, e as lâmpadas permaneciam apagadas. Apenas na sala de jantar um grande lustre de vidro talhado iluminava o pesado mobiliário de mogno e a tela quebradiça de uma natureza-morta na qual luziam as cerâmicas e as frutas incendiadas do trópico. Dom Gamaliel espantou com o guardanapo os mosquitos que voavam ao redor da fruteira real, menos farta que a pintada. Com um gesto, convidou-o a sentar.

De frente para a moça, pôde enfim fixar a mirada em seus olhos imóveis. Sabia o motivo da visita? Adivinhava nos olhos daquele homem o sentimento de triunfo, culminado pela presença física da mulher? Discernia o leve sorriso da sorte e da segurança? Sentia a afirmação possessiva mal dissimulada? Os olhos dela só lhe devolviam uma estranha mensagem de dura fatalidade, como se se mostrasse disposta a aceitar tudo e, por outro lado, a transformar essa resignação em oportunidade para triunfar sobre o homem que de forma silenciosa e sorridente começava a torná-la sua.

Ela estranhou a força com que sucumbia, o poder de sua fraqueza. Ergueu os olhos para observar, impudicamente, os traços fortes do desconhecido. Não pôde evitar o contato com os olhos verdes. Bonito não, belo não era. Mas aquela pele oliva do rosto, esparramada pelo corpo com a mesma força linear, sinuosa, dos lábios grossos e dos nervos saltados na fronte, prometia um tato desejável por ser desconhecido. Debaixo da mesa, ele espichou o pé até tocar a ponta da sapatilha feminina. A garota baixou as pálpebras e olhou o pai de soslaio; removeu o pé. O anfitrião perfeito sorria com a benevolência de sempre; brincava com um copo entre os dedos.

A entrada da velha criada indígena com a panela de arroz rompeu o silêncio e dom Gamaliel comentou que o fim da temporada de secas estava um pouco atrasado este ano; por sorte, as massas de nuvens já se acumulavam ao redor das montanhas e as colheitas seriam boas: não tanto quanto no ano passado, mas boas. Era curioso — disse — como esta velha casa conservava sempre a umidade, essa umidade que manchava os cantos sombreados e dava vida à samambaia e ao pintassilgo do pátio. Era, talvez, um símbolo propício para uma família que cresceu e prosperou graças aos frutos da terra: enraizada no vale de Puebla — comia o arroz, recolhia-o no prato com movimentos precisos do garfo — desde o início do século XIX e mais forte, sim, que todas as contingências absurdas de um país incapaz de tranquilidade, apaixonado pela convulsão.

— Às vezes acho que a falta de sangue e de morte nos desespera. É como se só nos sentíssemos vivos estando rodeados de destruição e fuzilamentos — continuou o velho com sua voz cordial. — Mas nós seguiremos, seguiremos sempre, porque aprendemos a sobreviver, sempre...

Pegou a taça do convidado e encheu-a de vinho espesso.

— Mas é preciso pagar um preço para sobreviver — disse o hóspede com secura.

— Sempre é possível negociar o preço mais conveniente...

Ao encher a taça da filha, dom Gamaliel acariciou sua mão.

— Tudo consiste — prosseguiu — na fineza dos atos. Não é preciso alarmar ninguém nem ferir sensibilidades... A honra deve ficar intacta.

Ele buscou outra vez o pé da garota. Dessa vez ela não evitou o contato. Ergueu a taça e olhou o desconhecido sem enrubescer.

— É preciso saber distinguir as coisas — murmurou o velho secando os lábios com o guardanapo. — Por exemplo, os negócios são uma coisa e a religião é outra.

— Vê como é devoto, comungando todos os dias com sua filhinha?

— Pois esse aí que você vê, tudo o que tem roubou dos padres, quando Juárez pôs a leilão os bens do clero e qualquer comerciante com algumas economias pôde arrumar um terrenão imenso.

Passou seis dias em Puebla antes de se apresentar na casa de dom Gamaliel Bernal. A tropa foi dispersa pelo presidente Carranza e então ele se lembrou da conversa com Gonzalo Bernal em Perales e tomou o rumo de Puebla: por puro instinto, mas também pela certeza de que naquele mundo destruído e confuso deixado pela Revolução, saber isto — um sobrenome, um endereço, uma cidade — era saber muito. A ironia de ser ele quem retornava a Puebla, e não o fuzilado Bernal, divertia-o. Era, de certo modo, um baile de máscaras, uma substituição, uma brincadeira que podia ser executada com a máxima seriedade; mas também era uma prova de vida, da capacidade de sobreviver e fortalecer o próprio destino com os alheios. Quando entrou em Puebla, quando divisou da estrada de Cholula os cogumelos vermelhos e amarelos das cúpulas derramadas sobre o vale, sentiu que entrava duplicado, com a vida de Gonzalo Bernal acrescentada à sua, com o destino do morto somado ao seu: como se Bernal, ao morrer, tivesse delegado as possibilidades de sua vida incumprida à dele. Talvez as mortes alheias alonguem nossa vida, pensou. Mas não vinha a Puebla para pensar.

— Este ano não conseguiu comprar nem as sementes. Suas dívidas foram se acumulando, pois desde o ano passado os camponeses se revoltaram contra ele e foram semear as terras ociosas. Alegaram que, se não lhes desse as terras, não trabalhariam, não voltariam a semear seus campos. E ele se recusou apenas por orgulho e ficou sem colheita. Antes, os rurais teriam posto ordem nos revoltosos, mas agora... já canta outro galo.

— E não só isso. Os devedores também se rebelaram; não querem mais pagá-lo. Dizem que, com os juros que recebeu, já está mais que pago. Percebe, meu coronel? Todos têm muita fé de que agora as coisas irão mudar.

— Ah, mas o velho aí segue teimoso, sem dar braço a torcer. Prefere morrer a ceder, para quem quer que seja.

Perdeu no último lance de dados e deu de ombros. Fez sinal para o dono da cantina servir mais bebidas e todos lhe agradeceram o gesto.

— Quem está devendo para esse dom Gamaliel?

— Ora... e quem não está?, eu pergunto.

— Tem algum amigo bastante próximo, algum confidente?

— Mas é claro, o padre Páez, aqui de perto.

— Não destituíram o clero?

— Então... o padreco dá a salvação eterna a dom Gamaliel, e em troca dom Gamaliel dá ao padreco a salvação na Terra.

O sol os cegou quando saíram à rua.

— Abençoado seja Deus por suas criações.

— Quem é essa mulher?

— E quem mais seria, meu coronel... A filhinha do referido.

Caminhou, encarando a ponta dos sapatos, pelas velhas ruas traçadas como um tabuleiro de xadrez. Quando parou de escutar a batida da sola nos paralelepípedos e seus pés ergueram um pó ressecado e cinza, dirigiu o olhar às paredes amendoadas do antigo templo fortaleza. Cruzou a larga esplanada e entrou na nave silenciosa, ampla e dourada. Novamente, seus passos ressoaram. Avançou até o altar.

Redondo, coberto de uma pele morta, em todo o corpo do padre brilhavam apenas os dois olhos de carvão ao fundo das faces inchadas. Desde que vira o desconhecido avançar pela nave e o espiou, escondido atrás de uma alta coxia, antigo coro das freiras que fugiram do México durante a República Liberal, o cura identificou nos movimentos alheios o caráter marcial inconsciente de um homem acostumado ao estado de alerta, às ordens e ao ataque. Não era só a pequena deformação das pernas de ginete: era certa força nervosa do punho formado no contato diário com a pistola e as rédeas: mesmo quando, como agora, esse homem simplesmente caminhava de punho cerrado, era o bastante para que Páez reconhecesse uma força inquietante. Empoleirado no local secreto das freiras, pensou que um homem assim não vinha cumprir atos de devoção. Ergueu a batina e desceu, lentamente, pela escada em caracol que conduzia ao velho convento desabitado. A saia arremangada, os ombros levantados até a orelha, o corpo negro e o rosto branco e sem sangue, os olhos penetrantes: descia pisando com cuidado. Os degraus precisavam de conserto urgente: seu antecessor havia perdido o equilíbrio em 1910, com consequências fúnebres. Mas Remigio Páez, semelhante a um morcego inflado, parecia penetrar com seus olhinhos todas as escuridões do cubo negro, úmido e escarapelado. E a escuridão, o perigo, obrigavam-no a despertar todos os sentidos e refletir: um militar em sua igreja, vestido à paisana, sem companhia nem escolta? Ah, a novidade era grande demais para passar despercebida. Bem que havia previsto. Passariam as batalhas, as violências, os sacrilégios — pensou no bando que, apenas dois anos antes, levou todas as casulas e todos os objetos sagrados — e a Igreja permanente, fundada para os séculos dos séculos, voltaria a se entender com os poderes da cidade terrestre. Um militar vestido de civil... sem escolta...

Desceu roçando com uma mão a parede túmida, por onde escorria um fio escuro. O padre lembrou que logo teria início a época das chuvas. Ele próprio já havia se encarregado, com todos os seus poderes, de alertar esse fato em cima do púlpito e em cada uma de suas confissões: é um pecado, um grave pecado contra o Espírito Santo se recusar a receber as dádivas do céu; ninguém pode atentar contra os desígnios da Providência, e a Providência organizou as coisas como são e assim devem aceitá-las todos; todos devem sair para lavrar as terras, recolher as colheitas, entregar os frutos da terra a seu legítimo dono, um dono cristão que paga as obrigações de seu privilégio entregando, pontualmente, os dízimos à Santa Madre Igreja. Deus castiga a rebeldia e Luzbel sempre é derrotado pelos arcanjos — Rafael, Gabriel, Miguel, Gamaliel… Gamaliel.

— E a justiça, padre?

— A justiça final é atribuída lá em cima, filho. Não a procure neste vale de lágrimas.

As palavras, murmurou o padre ao descansar, por fim, no piso firme e sacudir o pó da batina; as palavras, malditos rosários de sílabas que atiçam o sangue e as ilusões de quem deve se contentar em passar depressa por essa vida breve e gozar, em troca da prova mortal, na vida eterna. Atravessou o claustro e caminhou por uma passagem de arcadas. Justiça! Para quem, por quanto tempo? Quando a vida poderia ser tão agradável para todos, se todos compreendessem a fatalidade de seu destino e não andassem por aí, surrupiando, se rebelando, ambicionando…

— Sim, creio; sim, creio… — repetiu em voz baixa o padre, e abriu a porta entalhada da sacristia.

— Admirável trabalho, não é? — disse enquanto se aproximava do homem alto parado diante do altar. — Os frades mostraram estampas e gravuras aos artesãos indígenas, e eles as foram transformando em formas cristãs conforme seus gostos… Dizem que há um ídolo escondido atrás de cada altar. Se é o caso, trata-se de um ídolo bom, que não exige mais sangue como os deuses pagãos…

— Você é o sr. Páez?

— Remigio Páez — disse com um sorriso torto. — E o senhor: general, coronel, major…?

— Só Artemio Cruz.

— Ah.

Quando o tenente-coronel e o padre se despediram diante da fachada da igreja, Páez dobrou as mãos sobre o ventre e observou o visitante se afastando. A manhã azul e límpida destacava e aproximava os contornos dos vulcões: o casal da mulher adormecida e seu guardião solitário. Piscou os olhos: não tolerava aquela luz transparente: observava com gratidão o avanço das nuvens escuras que logo umedeceriam o vale e apagariam o sol, todas as tardes, com sua pontual tormenta cinza.

Deu as costas ao vale e retornou à sombra do convento. Esfregou as mãos. Pouco lhe importavam a soberba e os insultos daquele pé-rapado. Se era essa a forma de salvar a situação e permitir a dom Gamaliel passar seus últimos anos de existência resguardado contra qualquer perigo, não seria Remigio Páez, ministro do Senhor, a desbaratar as coisas com brados de indignação e ciúme de cruzado. Pelo contrário: agora lambia os beiços pensando na sabedoria de sua humildade. Se aquele homem queria salvar seu orgulho, hoje ou amanhã o padre Páez o escutaria de cabeça baixa, às vezes balançando-a afirmativamente, como se aceitasse com pesar as culpas que o poderoso servo atribuía à Igreja. Tirou o chapéu preto do cabide, colocou-o com descuido sobre a cabeça recoberta de mechas castanhas e dirigiu seus passos à casa de dom Gamaliel Bernal.

— Posso fazer isso, claro! — afirmou o velho aquela tarde, após conversar com o padre. — Mas me pergunto, que truque usará para entrar aqui? Disse ao padre que viria me ver hoje mesmo. Não... não entendi direito, Catalina.

Ela ergueu o rosto. Descansou uma mão sobre o lenço de estame no qual, com esmero, ia desenhando um padrão floreado. Três anos antes, comunicaram-lhe a notícia; Gonzalo tinha morrido. Desde então, pai e filha foram se aproximando até converterem o lento transcorrer das tardes, sentados nas cadeiras de vime do pátio, em algo além de um consolo: um costume que, segundo o velho, deveria se prolongar até sua morte. Pouco importava que o poder e a riqueza de antes fossem se desmembrando; afinal, era esse o tributo que devia pagar ao tempo e à velhice. Dom Gamaliel firmou posição em uma luta passiva. Não agiria para sujeitar os camponeses, mas jamais aceitaria invasões ilegais. Não exigiria que os devedores pagassem os empréstimos e os juros, mas eles que não contassem com um único centavo seu, nunca mais.

Esperava que um dia retornassem de joelhos, quando a necessidade os obrigasse a abandonar o orgulho. Mas ele se manteria firme em sua resolução. E agora... chega esse desconhecido e promete conceder empréstimos a todos os camponeses, a juros muito mais baixos que o imposto por dom Gamaliel, e se atreve, ainda por cima, a propor que os direitos do velho proprietário passem gratuitamente a suas mãos, com a promessa de reembolsar um quarto do que conseguir recuperar. Isso ou nada.

— Só imagino; suas exigências não devem parar por aí.

— As terras?

— Sim, está tramando algo para me tirar as terras, não duvide.

Ela, como todas as tardes, percorreu as gaiolas vermelhas do pátio, cobrindo-as com toldos de lona depois de observar os movimentos nervosos dos tordos e pintarroxos que bicavam o alpiste e chirriavam, pela última vez, antes que o sol desaparecesse.

O velho não esperava um álibi tão sólido. O último homem a ver Gonzalo, seu companheiro de cela, o portador das últimas palavras de amor para o pai, a irmã, a esposa e o filho.

— Me disse que pensou em Luisa e no menino antes de morrer.

— Papai. Combinamos que não...

— Não contei nada. Não sabe que ela se casou outra vez nem que meu neto carrega outro nome.

— O senhor não fala disso há três anos. Por que agora?

— Tem razão. Nós o perdoamos, não é? Pensei que devemos perdoá-lo por passar para o lado inimigo. Pensei que devemos tentar compreendê-lo...

— Pensei que todas as tardes o senhor e eu, aqui, o perdoávamos em silêncio.

— Sim, sim, é isso mesmo. Você me entende sem necessidade de palavras. Que reconfortante! Você me entende...

Por isso, quando esse hóspede temido, aguardado — porque alguém, algum dia, precisava chegar e dizer: "Eu o vi. Eu o conheci. Ele se lembrou de vocês" —, ostentou o álibi perfeito, sem mencionar sequer os problemas reais da rebelião campesina e dos pagamentos suspensos, dom Gamaliel, depois de levá-lo à biblioteca, pediu licença e caminhou rapidamente — esse velho lento que equiparava a pausa à elegância — até o aposento de Catalina.

— Arrume-se. Tire esse vestido negro; ponha algo que lhe caia bem. Vá até a biblioteca quando o relógio marcar as sete.

Não disse mais nada. Ela obedeceria: seria essa a prova de todas as tardes melancólicas. Ela entenderia. Restava essa cartada para salvar as coisas: bastou para dom Gamaliel sentir a presença e adivinhar a vontade daquele homem para compreender — ou para dizer a si mesmo — que qualquer adiamento seria suicida, que era difícil contrariá-lo e o sacrifício exigido seria pequeno e, de certa maneira, não tão repulsivo. Já havia sido alertado pelo padre Páez: um homem alto, cheio de força, com olhos verdes hipnóticos e uma fala cortante. Artemio Cruz.

Artemio Cruz. Assim se chamava, então, o novo mundo surgido da guerra civil; assim se chamava quem vinha para substituí-lo. Desventurado país — disse a si mesmo o velho enquanto caminhava, outra vez detidamente, rumo à biblioteca e àquela presença indesejada, embora fascinante —; desventurado país que a cada geração tem que destruir os antigos proprietários e substituí-los por novos amos, tão carniceiros e ambiciosos quanto os anteriores. O velho imaginava a si mesmo como produto final de uma civilização peculiarmente *criolla*[6]: a dos déspotas esclarecidos. Deleitava-se ao pensar como um pai, às vezes duro, ao fim e ao cabo provedor, sempre depositário de uma tradição de bom gosto, de cortesia, de cultura.

Por isso o levara à biblioteca. Ali ficava mais evidente o caráter venerável — quase sagrado — do que dom Gamaliel era e representava. Mas o hóspede não se deixou impressionar. Não escapou à perspicácia do velho, enquanto reclinava a cabeça contra o respaldo de couro e semicerrava os olhos para ver melhor seu oponente, que aquele homem trazia a reboque uma nova experiência, forjada a marteladas, acostumada a tudo apostar porque nada tinha. Não mencionou sequer as verdadeiras razões de sua visita. Dom Gamaliel aceitou que era melhor assim: talvez o recém-chegado compreendesse as coisas com tanta sutiliza quanto ele, embora suas motivações fossem mais poderosas: a ambição — o velho sorriu ao lembrar desse sentimento, para ele mera palavra —; o impulso imediato de reivindicar os direitos ganhos com sacrifício, luta, feridas: essa cicatriz de sabre na testa. Dom Gamaliel não pensava sozinho: nos lábios silenciosos e no olhar eloquente do outro estava escrito o que o idoso, brincando com a lupa, sabia ler.

O estranho não moveu um dedo quando dom Gamaliel se aproximou da escrivaninha e tirou dali aquele papel: sua lista de devedores. Melhor. Por esse caminho, os dois se entenderiam bem; assim não seria necessário mencionar esses assuntos tão incômodos, assim tudo se resolveria por caminhos mais elegantes. O jovem militar compreendeu logo o estilo do poder, pensou consigo dom Gamaliel, e esse sentimento de herança facilitou os amargos trâmites aos quais a realidade o obrigava.

— O senhor não viu como ele me olhava? — gritou a moça depois que o hóspede disse boa noite. — O senhor não

6 CRIOLLA: O termo designa, no contexto latino-americano, a pessoa de origem europeia — especialmente espanhola — nascida na América, distinta tanto dos indígenas quanto dos peninsulares (nascidos na Europa).

percebeu seu desejo... a sujeira daqueles olhos?

— Sim, sim — o velho acalmou a filha com as mãos. — É natural. Você é muito bonita, sabia? Mas saiu pouco dessa casa. É natural.

— Não sairei nunca!

Dom Gamaliel acendeu lentamente o charuto que tingia de amarelo seus espessos bigodes e a origem da barba no queixo. — Pensei que você entenderia.

Moveu lentamente a poltrona de vime e olhou o firmamento. Era uma das últimas noites de clima seco, de céu tão limpo que, piscando os olhos, era possível perceber a verdadeira cor das estrelas. A garota escondeu as bochechas coradas no meio das mãos.

— O que o padre disse a ele? É um herege! É um homem sem Deus, sem respeito... E o senhor acredita na história que inventou?

— Calma, calma. As fortunas nem sempre são criadas à sombra da divindade.

— O senhor acredita nessa história? Por que Gonzalo morreu e este senhor não? Se os dois estavam condenados na mesma cela, por que não estão mortos os dois? Eu sei, eu sei: não é verdade o que veio nos contar; inventou essa história para humilhar o senhor e para que eu...

Dom Gamaliel parou de se balançar. As coisas iam se resolvendo tão bem, tão tranquilamente! E agora, da intuição da mulher, surgiam os argumentos que o velho já havia imaginado, avaliado e descartado por inúteis.

— Você tem a imaginação dos vinte anos — levantou-se e apagou o charuto. — Mas, se quer franqueza, serei franco. Esse homem pode nos salvar. Qualquer outra consideração é desnecessária...

Suspirou e esticou os braços para tocar as mãos da filha.

— Pense nos últimos anos de seu pai. Não acha que mereço um pouco de...?

— Sim, papai, não falo mais nada...

— E pense em você mesma.

Ela baixou a cabeça.

— Sim, entendo. Sabia que aconteceria alguma coisa assim desde que Gonzalo foi embora de casa. Se estivesse vivo…

— Mas não está.

— Não pensou em mim. Vai saber no que pensou.

Atrás do círculo de luz emitido pelo candeeiro que dom Gamaliel levantava alto, pelos velhos corredores frios, a garota forçou-se a percorrer diversas imagens antigas e confusas: lembrou os rostos tensos e suarentos dos colegas de escola de Gonzalo, as longas discussões no quarto dos fundos; lembrou o olhar iluminado, obstinado, ansioso do irmão, aquele corpo nervoso que parecia, às vezes, existir fora da realidade, que amava o conforto, os bons jantares, o vinho, os livros e que, em arroubos periódicos de raiva, repudiava aquela tendência sensual e conformista. Lembrou a frieza de Luisa, sua cunhada; as brigas violentas que cessavam quando a menina entrava na sala; o pranto sufocado em riso da mulher de Gonzalo quando lhe anunciaram sua morte; a saída silenciosa, certa madrugada, quando pensou que todos estavam dormindo, mas a jovenzinha espiava detrás das cortinas da sala: a mão dura do homem de chapéu-coco e bengala que segurava a de Luisa e ajudava-a a subir, junto com o menino, na carruagem preta carregada com as malas da viúva.

Só podia vingar aquela morte — Dom Gamaliel beijou-a na testa e abriu a porta do quarto — abraçando aquele homem, abraçando-o, mas negando-lhe a ternura que ele gostaria de encontrar nela. Matando-o em vida, destilando a amargura até envenená-lo. Fitou-se no espelho, procurando em vão novas feições que a mudança devia ter impresso em seu rosto. E assim também se vingariam ela e seu pai do abandono de Gonzalo, de seu idealismo idiota: entregando a moça de vinte anos — por que derramava lágrimas de compaixão ao pensar em si mesma, em sua juventude? — ao homem que acompanhou Gonzalo durante aquelas últimas horas que ela não conseguia recordar, reprimindo a autocomiseração, direcionando-a para o irmão morto, sem um soluço de fúria, sem uma contração do rosto: se ninguém lhe explicava a verdade, ela se aferraria ao que acreditava ser a verdade. Tirou as meias pretas. Ao roçar as mãos nas pernas, fechou os olhos: não devia mais admitir a lembrança do pé tosco e forte que buscou o céu durante o jantar e inundou seu peito de um sentimento desconhecido, indomável. Talvez seu corpo não fosse obra de Deus — ajoelhou-se, apertou os dedos entrelaçados contra o cenho —, senão de outros corpos, mas seu espírito era. Não permitiria que aquele corpo tomasse um caminho delicioso, espontâneo, desejoso de carícias, enquanto o espírito lhe ditava outro diferente. Levantou o lençol e escorregou sobre a cama de olhos fechados. Estendeu a mão para apagar a lamparina. Cobriu o rosto com o travesseiro. Nisso não devia pensar. Não, não, não devia pensar. Não havia mais a ser dito. Dizer o outro nome, contar ao seu pai. Não, não. Era desnecessário rebaixar o pai. O mês vindouro, o quanto antes: que aquele homem desfrutasse do ágio, das terras, do corpo de Catalina Bernal... que diferença fazia... Ramón... Não, esse nome não, não mais. Dormiu.

— O senhor mesmo disse, dom Gamaliel — disse o hóspede na manhã seguinte, ao retornar. — Não se pode deter o curso das coisas. Vamos entregando aos camponeses essas terras, que no fim das contas são terras de temporada e lhes renderão muito pouco. Vamos fracionar para que só consigam semear culturas de menor porte. Logo o senhor vai ver como, ao mesmo tempo em que precisarão nos agradecer por isso, deixarão as mulheres cuidando das terras ruins e voltarão a trabalhar em nossas terras férteis. Veja só: o senhor pode até virar um herói da reforma agrária sem que isso lhe custe nada.

O idoso o observou, divertindo-se, com um sorriso oculto pela camada grossa de barba.

— Já falou com ela?

— Já falei...

Ela não conseguiu se conter. A barba a fez estremecer quando ele aproximou a mão e tentou erguer o rosto de olhos fechados. Tocava pela primeira vez aquela pele lisa, dissolvida em creme, frutuosa. E acompanhava-os o cheiro penetrante das plantas do pátio, ervas sufocadas de umidade, cheiro de terra podre. Amava-a. Soube, ao tocá-la, que a amava. Precisava fazê-la compreender que seu amor era real, embora as aparências apontassem o contrário. Podia amá-la como amou outra vez, a primeira vez: sabia-se dono da ternura que experimentara. Voltou a tocar as bochechas quentes da moça: sua rigidez ao sentir aquela mão desconhecida sobre a pele não foi suficiente para dominar as lágrimas reprimidas que escorriam entre suas pálpebras.

— Não precisará reclamar; não terá do que reclamar — murmurou o homem, aproximando o rosto dos lábios que se esquivavam do contato. — Eu sei como te amar...

— Precisamos te agradecer... por ter olhado por nós — respondeu ela com a voz mais baixa.

Ele abriu a mão para acariciar a cabeleira de Catalina.

— Você entende, não é? Vai viver ao meu lado; precisa esquecer muitas coisas... Prometo respeitar suas coisas... Você precisa me prometer que nunca mais...

Ela ergueu a vista e apertou os olhos com um ódio que nunca tinha sentido antes. A saliva secou em sua boca. Quem era aquele monstro, quem era aquele homem que sabia tudo, tomava tudo e quebrava tudo?

— Quieto... — disse a garota e se desvencilhou da carícia.

— Já falei com ele. É um sujeito fraco. Não te amava de verdade. Se deixou assustar bem depressa.

A garota limpou com a mão as partes do rosto tocadas por ele.

— Sim, não é forte como você... não é um animal como você...

Quis gritar quando ele a segurou pelo braço, sorriu e cerrou o punho:

— O tal Ramonzinho vai embora de Puebla. Você não o verá nunca mais...

Soltou-a. Ela caminhou até as gaiolas vermelhas do pátio:

o trinado dos passarinhos. Uma a uma, enquanto ele a contemplava sem se mexer, foi abrindo as grades pintadas. Um pintarroxo pôs o corpo para fora e alçou voo. O tordo resistia, acostumado com a água e o alpiste. Ela o fez pousar sobre o dedo mindinho, beijou uma asa e lançou-o no ar. Fechou os olhos quando o último pássaro voou e deixou que aquele homem a tomasse, a encaminhasse para a biblioteca onde dom Gamaliel esperava, outra vez sem pressa.

Sinto que mãos me seguram pelas axilas e me erguem para melhor me acomodar nos grandes travesseiros suaves e o linho fresco é como um bálsamo para meu corpo ardente e frio; sinto isso mas ao abrir os olhos vejo diante de mim o jornal aberto que oculta o rosto do leitor: penso que Vida Mexicana está ali, estará todos os dias, sairá todos os dias e não haverá poder humano que o impeça. Teresa — é quem lê o jornal — solta-o alarmada.

— Aconteceu alguma coisa? Está se sentindo mal?

Preciso acalmá-la com uma mão e ela percorre o jornal. Não; sinto-me contente, dono de um escárnio gigantesco. Talvez. Talvez um golpe de mestre seria deixar um testamento particular para ser publicado no jornal, relatando a verdade sobre minha proba empresa de liberdade informativa... Não; como me agito, retorna a pontada no ventre. Tento esticar a mão até Teresa, pedindo um alívio, mas minha filha se perdeu outra vez na leitura do jornal. Antes, vi o dia se apagar por trás das janelas e escutei o rumor piedoso das cortinas. Agora, na penumbra do quarto de teto em relevo e armários de azinheira, não consigo discernir muito bem o grupo mais distante. O quarto é muito grande, mas ela está ali. Deve estar sentada rigidamente, com o pano rendado entre as mãos e a tez descolorida, e talvez não me escute quando murmuro:

— Essa manhã eu o esperava com alegria. Cruzamos o rio a cavalo.

Só me escuta esse estranho que nunca vi antes, de bochechas escanhoadas e sobrancelhas negras, pede-me um ato de penitência enquanto penso no carpinteiro e na virgem, e me oferece as chaves do céu.

— O que o senhor diria… em um transe assim…?

Eu o surpreendi. E Teresa precisa estragar tudo com seus gritos:

— Deixe-o em paz, padre, deixe. Não vê que não podemos fazer nada?! A vontade dele é ser condenado, e morrer como viveu, frio e debochando de tudo…

O sacerdote a afasta com um braço e aproxima os lábios de meu ouvido: quase me beija. — Não precisam nos escutar.

E eu consigo grunhir:

— Então mostre sua coragem e ponha todas essas velhas para correr.

Ele se levanta em meio às vozes indignadas das mulheres tomando-as pelo braço e Padilla se aproxima, mas elas não querem.

— Não, bacharel, não podemos permitir.

— É um costume de muitos anos, senhora.

— O senhor se responsabiliza?

— Dom Artemio… Trouxe a gravação desta manhã…

Eu assinto. Tento sorrir. Como todos os dias. Homem de confiança, o Padilla.

— A tomada fica ao lado da cômoda.

— Obrigado.

Sim, sem dúvida é minha voz, minha voz de ontem — ontem, hoje de manhã? não diferencio mais — e pergunto a Pons, meu chefe de redação — ah, a fita chia; ajuste-a direito, Padilla, escutei minha voz ao contrário: chia como uma cacatua —: ali estou eu:

"— Como vê a situação, Pons?

"— Está feia, mas fácil de resolver, por enquanto.

"— Agora sim, coloque o jornal em cima, sem paliativos. Seja duro. Não poupe nada.

"— Você quem manda, Artemio.

"— Menos mal que o público está bem preparado.

"— São tantos anos insistindo.

"— Quero ver todos os editoriais e a primeira página... Pode levar em minha casa, a hora que for.

"— Já sabe, vai ser tudo na mesma linha. Desmascarada a conjuração vermelha. Infiltração externa alheia à essência da Revolução Mexicana...

"— A grande Revolução Mexicana!

"— ... líderes manipulados por agentes estrangeiros. Tambroni será muito duro, Blanco está preparando uma boa coluna associando o líder ao Anticristo e as caricaturas estão cheias de veneno... Como está se sentindo?

"— Ai, não muito bem. Indisposições. Logo passa. Que vontade de ser jovem de novo, viu?

"— É, que vontade...

"— Diga para o sr. Mc.Corkery entrar."

Tusso na fita magnética. Escuto as dobradiças da porta que se abre, fecha. Sinto que nada se move em meu ventre, nada, nada, e os gases não saem, por mais que empurre... Mas não os vejo. Entraram. A porta de mogno se abre, fecha, e não se ouvem os passos sobre o tapete espesso. Fecharam as janelas.

— Abram a janela.

— Não, não. Pode apanhar um resfriado e complicar tudo...

— Abram...

"— *Are you worried, Mr. Cruz?*

"— Bastante. Sente-se e eu explico. Quer beber alguma coisa? Puxe o carrinho para perto. Não me sinto muito bem."

Escuto o movimento das rodinhas, o choque das garrafas umas contra as outras.

"— *You look o.k.*

Escuto o gelo cair dentro do copo, a pressão da água com gás disparada pelo sifão.

"— Veja: vou explicar o que está em jogo, caso não tenham entendido. Informe ao escritório central que se esse dito movimento de depuração sindical triunfar, pode interromper a exploração...

"— A exploração?

"— Isso, vamos nos foder, em bom mexi..."

— Desliguem isso! — grita Teresa, aproxima-se do gravador. — Mas que falta de respeito é essa...?

Consigo mover uma mão, esboçar uma careta. Perco algumas palavras da gravação.

"— ... o que propõem esses líderes ferroviários?"

Alguém assoa o nariz com nervosismo. Onde?

"— ... expliquem às companhias, para que não sejam ingênuos de pensar que este é um movimento democrático, entende, para se libertarem de diretores corruptos. Não.

"— *I'm all ears, Mr. Cruz.*"

Sim, deve ser o gringo quem espirra. Ah-ha-ha.

— Não, não. Pode apanhar um resfriado e complicar tudo.

— Abram.

Eu e não só eu, outros homens, poderíamos procurar na brisa o perfume de outra terra, o aroma arrancado pelo ar em outros meios-dias: cheiro, cheiro: longe de mim, longe desse suor frio, longe desses gases inflamados: obriguei-as a abrir a janela: posso respirar o quanto quiser, entreter-me escolhendo os odores que o vento traz: sim bosques outonais, sim folhas queimadas, ah sim ameixeiras maduras, sim sim trópicos podres, sim salinas duras, pinhas abertas com um golpe de facão, tabaco estendido à sombra, fumaça de locomotivas, ondas de mar aberto, pinheiros cobertos de neve, ah metal e guano, quantos sabores traz e leva esse movimento eterno: não, não, não me deixarão viver: sentam-se de novo, levantam-se e caminham e voltam a sentar-se juntas, como se fossem uma única sombra, como se não pudessem pensar ou agir em separado, sentam-se de novo, ao mesmo tempo, de costas para a janela, para bloquear a passagem do ar, para me sufocar, para me obrigar a fechar os olhos e recordar coisas já que não me deixam ver coisas, tocar coisas, cheiras coisas: maldita dupla, quanto demorarão para chamar um cura, apressar minha morte, arrancar-me confissões? Continua ali, de joelhos, a cara lavada. Tento dar as costas a ele. A dor lateral me impede. Aaaai. Já deve ter terminado. Devo estar absolvido. Quero dormir. Aí vem a pontada. Aí vem. Aaa-ai. E as mulheres. Não, não essas. As mulheres. As que amam. Como? Sim. Não. Não sei. Esqueci o rosto. Por Deus, esqueci esse rosto. Não. Não posso esquecê-lo. Onde está? Ai, se era um rosto tão lindo, como posso esquecê-lo. Era meu, como vou esquecê-lo. Aaaaaaa-ai. Amei você. Como vou te esquecer. Foi minha, como vou te esquecer? Como era, por favor, como era? Posso acreditar em ti, durmo contigo, como era? Como te invocarei? O quê? Por quê? Outra vez a injeção? Ã? Por quê? Não não não, outra coisa, rápido, recordo outra coisa; isso dói; isso dói; aaaaa-ai; isso dói; isso adormece... isso...

Você fechará os olhos, consciente de que suas pálpebras não são opacas, de que mesmo fechando-as a luz penetra até a retina: a luz do sol que se deterá, emoldurada pela janela aberta, na altura de seus olhos fechados: os olhos fechados que eliminam o detalhe da visão, alteram o brilho e a cor, mas não eliminam a visão em si, a mesma luz dessa moeda de cobre que derreterá ao poente. Fechará os olhos e pensará ver mais: só verá o que o cérebro quiser que veja: mais do que oferece o mundo: fechará os olhos e o mundo exterior já não competirá com sua visão imaginativa. Fechará as pálpebras e essa luz imóvel, invariável, repetida de sol criará atrás de suas pálpebras outro mundo em movimento: luz em movimento, luz que pode exaurir, amedrontar, confundir, alegrar, entristecer: atrás de suas pálpebras fechadas, saberá que a intensidade de uma luz que penetrará até o fundo dessa placa reduzida e imperfeita poderia provocar-lhe sentimentos alheios à sua vontade, ao seu estado. No entanto, poderá fechar os olhos, inventar uma cegueira passageira. Não poderá fechar os ouvidos, simular uma surdez fictícia; deixar de tocar alguma coisa, mesmo que seja o ar, com os dedos, imaginar uma insensibilidade absoluta; conter a passagem contínua de saliva pela língua e o palato, superar o sabor de si mesmo; impedir a respiração trabalhosa que continuará enchendo de vida seus pulmões, seu sangue, escolher uma morte parcial. Sempre verá, sempre tocará, sempre saboreará, sempre cheirará, sempre escutará: terá gritado quando atravessarem sua pele com essa agulha cheia de um líquido calmante; gritará antes de sentir qualquer dor. O anúncio da dor viajará até o cérebro antes que a própria dor seja sentida pela pele: viajará para prevenir-se da dor que sentirá, para deixá-lo em estado de alerta de modo que perceba, de modo que sinta a dor de forma mais aguda, pois perceber enfraquece, transforma-nos em vítimas quando percebemos que só perceberemos as forças que não nos consultarão, não nos levarão em conta;

agora: os órgãos da dor, mais lentos, vencerão os da prevenção reflexa,

e você se sentirá dividido, homem que receberá e homem que fará, homem sensor e homem motor, homem constituído de órgãos que sentirão, transmitirão o sentimento às milhões de minúsculas fibras que se estenderão até o córtex sensorial, até essa superfície da metade superior do cérebro que durante setenta e um anos receberá, acumulará, gastará, desnudará, devolverá as cores do mundo, os tatos da carne, os sabores da vida, os cheiros de terra, os sons do ar: devolvendo-os ao motor frontal, aos nervos, músculos e glândulas que transformarão seu próprio corpo e a fração do mundo exterior que lhe corresponderá conforme o acaso

mas em seu meio sono, a fibra nervosa que conduzirá o impulso da luz não se conectará com a zona da visão: escutará a cor, como saboreará os tatos, tocará o som, verá os cheiros, cheirará o gosto: estenderá os braços para não cair nos poços do caos, para recuperar a ordem de toda a sua vida, a ordem de fato recebida, transmitida ao nervo, projetada na zona correta do cérebro, devolvida ao nervo transformado em efeito e novamente em ato: estenderá os braços e detrás dos olhos fechados verá as cores de sua mente e por fim sentirá, sem ver, a origem do tato que escuta: os lençóis, o roçar dos lençóis nos dedos crispados, abrirá as mãos e sentirá o suor das palmas e talvez lembrará que nasceu sem as linhas da vida ou da fortuna, da vida ou do amor: nasceu, nascerá com a palma lisa, mas bastará que nasça para que, em poucas horas, essa superfície em branco se encha de signos, de traços, de anúncios: morrerá com linhas densas, esgotadas, mas bastará que morra para que, em poucas horas, toda marca do destino tenha desaparecido de suas mãos:

caos: não tem plural

ordem, ordem: você se prenderá aos lençóis e repetirá em silêncio, dentro de si, as sensações que a ordem de seu cérebro aloja, esclarece: localizará mentalmente, com um esforço, os lugares que advertem a sede e a fome, o suor e o calafrio, o equilíbrio e a queda: localizará no cérebro inferior, o servente, o doméstico que cumpre as funções imediatas e libera o outro, o superior, para o pensamento, a imaginação, o desejo: filho do artifício, da necessidade ou do acaso, o mundo não será simples: não poderá conhecê-lo na passividade, deixando que as coisas lhe aconteçam: precisará pensar para que a associação de perigos não o derrote, imaginar para que a mera adivinhação não o prive, desejar para que o tecido do incerto não o devore: sobreviverá:

se reconhecerá:

reconhecerá os demais e deixará que eles — ela — o reconheçam: e saberá que se oporá a cada indivíduo, porque cada indivíduo será um obstáculo a mais para atingir as metas de seu desejo;

desejará: como gostaria que seu desejo e o objeto desejado fossem a mesma coisa; como sonhará com a realização imediata, a identificação sem separações entre o desejo e o desejado:

repousará de olhos fechados, mas não deixará de ver, não deixará de desejar: recordará, porque assim tornará sua a coisa desejada: para trás, para trás, na nostalgia, poderá tornar seu tudo o que quiser: não para a frente, para trás:

a memória é o desejo satisfeito:

sobreviva com a memória, antes que seja tarde demais, antes que o caos o impeça de lembrar.

(1913: Dezembro 4)

Ele sentiu o oco do joelho da mulher, úmido, junto à sua cintura. Sempre suava dessa maneira ligeira e fresca: quando desvencilhou o braço da cintura de Regina, sentiu também ali a umidade de cristais líquidos. Estendeu a mão para acariciar as costas inteiras, lentamente, e acreditou pegar no sono: poderia permanecer assim durante horas, sem outra ocupação além de acariciar as costas de Regina. Quando fechou os olhos, deu-se conta da infinidade amorosa desse corpo jovem abraçado ao seu: pensou que a vida inteira não bastaria para percorrê-lo e descobri-lo, para explorar essa geografia suave, ondulante, de acidentes pretos, rosados. O corpo de Regina esperava e ele, sem voz e sem vista, espichou-se na cama, tocando os barrotes de ferro com as pontas das mãos e dos pés: esticou-se para ambas as extremidades da cama. Viviam dentro daquele cristal negro: a madrugada ainda estava longe. O mosquiteiro não pesava e os isolava de tudo o que ficava fora dos dois corpos. Abriu os olhos. A bochecha da mulher se aproximou da sua; a barba desgrenhada raspou a pele de Regina. Não bastava a escuridão. Os olhos largos de Regina brilhavam, entreabertos, como uma cicatriz negra e luminosa. Respirou fundo. As mãos de Regina se uniram sobre a nuca do homem e os perfis voltaram a se aproximar.

O calor das coxas se fundiu em uma só chama. Ele respirou: quarto de blusas e camisolas engomadas, de marmelos abertos sobre a mesa de nogueira, de luminária apagada. E mais perto, o tufo marinho da mulher macia e úmida. As unhas produziram um ruído de gato nos lençóis; as pernas voltaram a se erguer, ligeiras, para aprisionar a cintura do homem. Os lábios procuraram o pescoço. As pontas dos seios tremeram alegremente quando ele aproximou os lábios, rindo, afastando a ampla cabeleira desgrenhada. Se Regina falasse: ele sentiu o hálito próximo e tapou os lábios dela com a mão. Sem língua e sem olhos: só a carne muda, abandonada ao próprio prazer. Ela entendeu.

Apertou-se mais perto do corpo do homem. Sua mão desceu até o sexo do homem, e a dele, até o monte duro e quase liso daquela menina: recordou-a nua, de pé, jovem e dura em sua imobilidade, mas ondulante e suave enquanto caminhava: lavando-se em segredo, fechando as cortinas, atiçando o braseiro. Voltaram a dormir, cada um possuído pelo centro do outro. Só as mãos, uma mão, mexeu-se no sono sorridente.

" — Eu vou te seguir.

"— Vai morar onde?

"— Vou me embrenhar em cada povoado antes que seja tomado. E te esperarei ali.

"— Vai largar tudo?

"— Levarei alguns vestidos. Você me dará dinheiro para comprar frutas e comida e eu te esperarei. Quando entrar no povoado, estarei lá. Com um vestido eu me viro."

A saia que agora descansava na cadeira do quarto alugado. Ao despertar, ele gosta de tocá-la e também as outras coisas: o pente, os chinelos pretos, os pequenos brincos largados na mesa. Gostaria, nesses momentos, de oferecer a ela algo mais que esses dias de separações e difíceis encontros. Já houve situações em que alguma ordem imprevista, a necessidade de caçar o inimigo, alguma derrota que os fazia recuar em direção ao norte, separou-os durante várias semanas. Mas ela, como uma gaivota, parecia identificar, por cima das mil incidências da luta e da fortuna, o movimento da maré revolucionária: se não no povoado combinado, apareceria cedo ou tarde em outro. Iria de povoado em povoado, perguntando pelo batalhão, escutando as respostas dos velhos e mulheres que restavam nas casas:

"— Passaram por aqui já faz uns quinze dias.

"— Dizem que não sobrou ninguém vivo.

"— Quem sabe. Pode ser que voltem. Deixaram uns canhões esquecidos.

"— Tome cuidado com os federais, eles andam atacando todo mundo que ajuda os revoltosos"

e acabariam se encontrando de novo, como agora. Ela estaria com um quarto preparado, com frutas e comida, e a saia estaria jogada em uma cadeira. Ela o esperaria assim, pronta, como se não quisesse perder um minuto com as coisas desnecessárias. Mas nada era desnecessário. Vê-la caminhar, arrumar a cama, soltar o cabelo. Tirar as últimas roupas e beijar todo o seu corpo, enquanto ela permanece de pé e ele vai se ajoelhando, percorrendo-a com os lábios, saboreando a pele e a penugem, a umidade do caracol: recolhendo na boca os tremores da menina erguida que acabará agarrando a cabeça do homem com as mãos para obrigá-lo a descansar, a deixar os lábios em um só lugar. E gozará de pé, apertando a cabeça do homem, com um suspiro entrecortado, até que ele a sinta limpa e a leve nos braços até a cama.

"— Artemio, vou te ver de novo?

"— Nunca diga isso. Faça de conta que só nos conhecemos uma vez."

Nunca voltou a perguntar. Envergonhou-se de tê-lo feito uma vez, de ter pensado que seu amor poderia ter fim ou ser medido como se mede o tempo de outras coisas. Não tinha por que lembrar onde, ou por quê, conheceu aquela jovem de vinte e quatro anos. Era desnecessário se ocupar de algo além do amor e dos encontros durante os poucos dias de descanso, quando as tropas ocupavam uma praça e paravam para se recompor, consolidando sua presença no território arrebatado da ditadura, para se abastecer e projetar a ofensiva seguinte. Decidiram isso, os dois, sem nunca dizê-lo. Jamais pensariam no perigo da guerra nem no tempo da separação. Se um deles não aparecesse no encontro seguinte, cada qual seguiria seu caminho sem dizer nada: ele para o sul, rumo à capital; ela de regresso ao norte, para as costas de Sinaloa, onde o conheceu e se deixou amar.

"— Regina... Regina...

"— Lembra daquela rocha que entrava no mar como um barco de pedra? Ainda deve estar lá.

"— Eu te conheci lá. Ia muito nesse lugar?

"— Todas as tardes. Uma lagoa se forma entre as rochas e dá para ver o próprio rosto na água branca. Um dia eu estava me olhando e seu rosto surgiu ao lado do meu. De noite, as estrelas refletiam no mar. De dia, via-se o sol ardente.

"— Não sabia o que fazer naquela tarde. Estávamos lutando e de repente tudo acabou, os desgraçados se renderam e já estávamos acostumados a outra vida. Então comecei a lembrar das outras coisas e te encontrei sentada nessa rocha. Com as pernas molhadas.

"— Eu também queria. Apareceu ao meu lado, do meu lado, refletido no mesmo mar. Não percebeu que eu também queria?"

A madrugada demorou para chegar, mas um véu cinza descobriu o sono dos dois corpos, unidos pelas mãos. Ele despertou primeiro e observou o sono de Regina. Parecia o fio mais tênue da teia de aranha dos séculos: parecia um gêmeo da morte: o sono. As pernas recolhidas, o braço livre sobre o peito do homem, a boca úmida. Gostavam do amor da aurora: viviam-no como uma festa para celebrar o novo dia. A luz opaca mal percorria os contornos de Regina. Dentro de uma hora se escutariam os sons do povoado. Agora, só a respiração da jovem morena que dorme repleta de serenidade, que é a parte viva do mundo em repouso. Só uma coisa teria o direito de despertá-la, só uma felicidade teria direito de interromper essa felicidade do corpo sereno no sono, recortado sobre o lençol, envolto em si mesmo com uma lisura de lua enlutada. Tem direito? A imaginação do jovem saltou por cima do amor: contemplou-a adormecida como se repousasse do novo amor que em breves segundos a despertaria. Quando é maior a felicidade? Acariciou o seio de Regina. Imaginar o que será uma nova união; a própria união; a alegria cansada da lembrança e novamente o desejo pleno, aumentado pelo amor, de um novo ato de amor: felicidade. Beijou a orelha de Regina e viu de perto seu primeiro sorriso: aproximou o rosto para não perder o primeiro gesto de alegria. Sentiu que a mão voltava a brincar com ele. O desejo floresceu por dentro, semeado de gotas grávidas: as pernas lisas de Regina voltaram a buscar a cintura de Artemio: a mão cheia sabia de tudo: a ereção escapou dos dedos e despertou com eles: as coxas se separaram tremendo, cheias, e a carne erguida encontrou a carne aberta e entrou acariciada, rodeada pelo pulso ansioso, coroada de óvulos jovens, apertada em meio àquele universo de pele macia e amorosa: reduzidos ao encontro do mundo, à semente da razão, às duas vozes que nomeiam no silêncio, que dentro batizam todas as coisas: dentro, quando ele pensa em tudo menos nisso, pensa, conta as coisas, não pensa em nada, para que isso não se acabe: tenta encher a cabeça de mares e areias, de frutos e ventos, de casas e animais, de peixes e semeares, para que isso não acabe: dentro, quando ergue o rosto de olhos fechados e o pescoço se estira com toda a força das veias inchadas, quando Regina se perde e se deixa vencer e responde com a respiração grossa, franzindo o cenho e com os lábios sorridentes que sim, sim, gosta, sim, não a solte, continue, sim, não termine, sim, até se dar conta de que tudo aconteceu ao mesmo tempo, sem que um pudesse contemplar o outro porque ambos eram a mesma coisa e diziam as mesmas palavras:

"— Agora sou feliz.

"— Agora sou feliz.

"— Te amo, Regina.

"— Te adoro, meu homem.

"— Te faço feliz?

"— Não acaba nunca; como dura: como me preenche"

enquanto nas ruas um balde d'água ressoou sobre o pó e os patos selvagens passaram grasnando junto ao rio e um maluco anunciou as coisas que ninguém poderia deter: as botas arrastaram o som das esporas, os cascos voltaram a ressoar e os cheiros de azeite e manteiga correram entre as portas e as casas. Ele estendeu a mão e procurou os cigarros no remendo da camisa. Ela se aproximou da janela e abriu. Permaneceu ali, respirando, com os braços abertos, na ponta dos pés. O círculo de montanhas pardas avançou com o sol até os olhos dos amantes. Ergueu-se o cheiro da padaria do povoado e, de mais longe, o sabor de murta emaranhada com ervas daninhas nas barrancas apodrecidas. Ele só viu o corpo nu, de braços abertos que queriam, agora, agarrar as costas do dia e arrastá-lo com ela para a cama.

— Quer tomar o café?

— É muito cedo. Deixe-me terminar o cigarro antes.

A cabeça de Regina se recostou no ombro do jovem. A mão grande e nervuda acariciou as ancas dela. Os dois sorriram.

— Quando eu era menina, a vida era bonita. Havia muitos momentos bonitos. As férias, os descansos, os dias de verão, as brincadeiras. Não sei por que quando cresci passei a esperar coisas. De menina, não. Por isso comecei a ir àquela praia. Disse a mim mesma que era melhor esperar. Não sabia por que tinha mudado tanto durante aquele verão e tinha deixado de ser menina.

— Você ainda é, sabia?

— Com você? Com tudo o que fazemos?

Ele riu e a beijou e ela dobrou o joelho, na posição de uma ave de asas fechadas, aninhada no peito dele. Agarrou-se ao pescoço do homem, entre risos e choramingos fingidos.

— E você?

— Eu não lembro. Te encontrei e te amo muito.

— Me diga. Por que eu soube, quando te vi, que nada

mais importaria? Sabe: disse a mim mesma que naquele exato momento precisava decidir. Que, caso você passasse reto, eu perderia toda a minha vida. Você não?

— Sim, eu também. Não pensou que era só mais um soldado em busca de alguma diversão?

— Não, não. Não vi seu uniforme. Só vi seus olhos refletidos na água e então não consegui mais ver meu reflexo sem o seu ao meu lado.

— Linda; amor; vá ver se temos café.

Quando se separaram, naquela manhã idêntica a todas as de um amor de sete jovens meses, ela lhe perguntou se a tropa partiria em breve outra vez. Ele disse que não sabia o que o general pretendia fazer. Talvez precisassem sair para desbaratar algum grupo de federais derrotados que ainda estava pela comarca, mas de todo modo o quartel permaneceria naquele povoado. Havia bastante água e gado nas redondezas. Era um bom lugar para passar um tempo. Chegaram cansados de Sonora e mereciam uma folga. Às onze todos deviam se apresentar ao comando na praça. Em cada povoado por onde passava, o general averiguava as condições de trabalho e expedia decretos reduzindo a jornada para oito horas e repartindo as terras entre os camponeses. Se havia uma fazenda no local, mandava queimar o armazém onde os funcionários eram obrigados a fazer suas compras. Se havia agiotas — e sempre havia, se não tivessem fugido com os federais —, declarava nulas todas as dívidas. O problema era que a maior parte da população estava lutando e quase todos os restantes eram camponeses, e por isso faltava gente para se encarregar de aplicar os decretos do general. Então o melhor era tirar logo o dinheiro dos ricos remanescentes em cada povoado e esperar que a revolução triunfasse para legalizar a questão de terras e da jornada de oito horas. Agora, era preciso chegar ao México e expulsar da presidência o bêbado Huerta, assassino de dom Panchito Madero. "Quantas voltas!", murmurou enquanto ajeitava a camisa cáqui dentro da calça branca. Quantas voltas! De Veracruz, sua terra, até a Cidade do México e de lá até Sonora, quando o professor Sebastián pediu que fizesse o que os velhos já não conseguiam fazer: ir para o norte, pegar em armas e libertar o país. Na época ainda era um pirralho, embora estivesse prestes a completar vinte e um anos.

Palavra, nem sequer havia dormido com uma mulher. E como poderia decepcionar o professor Sebastián, que lhe havia ensinado as três coisas que sabia: ler, escrever e odiar os padres?

Parou de falar quando Regina colocou as xícaras de café na mesa.

— Está fervendo!

Era cedo. Saíram na rua abraçados pela cintura. Ela de saia engomada; ele de chapéu de feltro e farda branca. O casario onde viviam ficava perto da barranca; as campânulas pendiam sobre o vazio e um coelho destroçado pelas presas do coiote apodrecia em meio à folhagem. No fundo corria um riacho. Regina tentou vê-lo, como se esperasse encontrar, outra vez, o reflexo de sua ficção. As mãos se uniram: o caminho até o povoado se encarapitava à beira da ravina e das montanhas descia o eco dos melros. Não: som de cascos ligeiros, perdidos entre as nuvens de poeira.

— Tenente Cruz! Tenente Cruz!

O rosto sempre sorridente de Loreto, o ajudante do general, perdeu-se, ao parar o cavalo com um único relincho seco, atrás do suor e do pó que o embalsamava.

— Venha logo — ofegou enquanto limpava o rosto com um lenço —; há novidades: sairemos logo, logo. Já tomou o café? No quartel estão servindo ovos.

— Já tenho os meus — respondeu com um sorriso.

O abraço de Regina foi um abraço de poeira. Somente quando se afastou o cavalo de Loreto, quando descansou a terra, surgiu a mulher inteira, agarrada aos ombros do jovem amante.

— Me espere aqui.

— O que acha que é?

— Deve haver grupos dispersos nos arredores. Nada sério.

— Te espero aqui?

— Sim. Não se mova. Estarei de volta essa noite ou no

mais tardar amanhã cedo.

— Artemio... Um dia voltaremos lá?

— Quem sabe. Quem sabe quanto isso vai durar. Não pense nisso. Sabia que te amo muito?

— Também te amo. Muito. Acho que para sempre.

Fora, no pátio central do quartel, nas cavalariças, a tropa havia recebido a nova ordem de marcha e preparava as coisas com a calma de um ritual. Rondavam os canhões enfileirados, puxados por mulas brancas e extenuadas; atrás vinham os vagões carregados de munição sobre os trilhos que conectavam o pátio à estação. A cavalaria prendia rédeas, arriava alforjes carregados de víveres, conferia a estabilidade das selas, acariciava as crinas hirsutas dos cavalos de guerra, tão dóceis e lentos no trato com os homens: manchados de pólvora, com as barrigas tomadas pelos carrapatos da planície: duzentos cavalos se movimentavam pausadamente em frente ao quartel, oveiros, rodados, de um preto empoeirado. A infantaria lubrificava os rifles e passava em fila diante do anão risonho que distribuía os cartuchos. Chapéus do Norte: chapéus de feltro cinza, de aba dobrada. Lenços presos no pescoço. Cartucheiras presas na cintura. Poucas botas: calças de brim e sapatos de couro amarelo, quando não sandálias. Camisas listradas, sem gola. Aqui e ali — nas ruas, nos pátios, na estação — chapéus yaquis enfeitados com ramas: os músicos com varas nas mãos e instrumentos metálicos no ombro. Os últimos goles de água quente. Braseiros repletos de frituras. Pratos de ovos rancheiros. Uma gritaria se ergueu da estação: uma plataforma cheia de índios mayos chegava ao povoado com um tamborilar agudo e uma agitação de arcos coloridos e flechas rústicas.

Ele abriu caminho: lá dentro, em frente ao mapa mal afixado em uma parede, o general explicava: — Os federais lançaram uma contraofensiva às nossas costas, no território liberado pela revolução. Pretendem nos vencer pela retaguarda. Esta madrugada, um vigia avistou da montanha uma fumaceira espessa que se erguia na direção dos povoados ocupados pelo coronel Jiménez. Desceu para contar, e lembrei que o coronel havia mandado empilhar em cada povoado um monte alto de tábuas e dormentes para incendiá-lo e nos avisar se fosse atacado. É essa a situação. Precisamos nos dividir. A metade retorna para o outro lado da montanha, para ajudar Jiménez. A outra metade partirá para dificultar a vida do grupo que derrotamos ontem, e veremos se não chegará outra grande ofensiva do Sul. Neste povoado ficará só uma brigada. Mas parece difícil que cheguem até aqui. Major Gavilán... tenente Aparicio... tenente Cruz: o senhor volta para o Norte.

As fogueiras acendidas por Jiménez estavam apagando quando ele passou, ao redor do meio-dia, pelo posto de vigilância na encosta da montanha. Lá embaixo via-se o trem apinhando de gente: corria sem apitar e carregava os morteiros e os canhões, as caixas de víveres e as metralhadoras. O grupo de cavalaria desceu as ladeiras escarpadas com dificuldade, e os canhões, na via, começavam a disparar sobre os povoados que supunham ter sido ocupados outra vez pelos federais.

— Vamos mais rápido — disse ele. — O fogo durará umas duas horas, e depois entramos para explorar.

Nunca compreendeu por quê, tão logo os cascos de seu cavalo tocaram o primeiro terreno plano, perdeu a noção da tarefa concreta de que lhe haviam incumbido. A presença de seus homens se desvaneceu, junto com o sentimento firme de alcançar um objetivo, e em seu lugar apareceu uma ternura, uma lamúria interior por algo perdido, um desejo de retornar e esquecer tudo nos braços de Regina. Era como se a esfera inflamada do sol houvesse vencido a presença próxima da cavalaria e o rumor distante dos canhões: em vez daquele mundo real, outro, sonhado, no qual só ele e seu amor tinham direito à vida e motivo para salvá-la.

— Lembra daquela rocha que entrava no mar como um barco de pedra?

Contemplou-a outra vez, querendo beijá-la, temendo despertá-la, certo de que só de contemplá-la já a fazia sua: só um homem é dono — pensou — de todas as imagens secretas de Regina, e esse homem a possui e jamais renunciará a ela. Ao contemplá-la, contemplava-se a si mesmo. As mãos soltaram as rédeas: tudo o que é, todo o seu amor, está fundido na carne dessa mulher que contém eles dois. Gostaria de retornar... explicar o quanto a ama... os detalhes de seus sentimentos... para que Regina saiba...

O cavalo relinchou e se encabritou; o ginete caiu sobre o chão duro, de barro e arbustos espinhosos. As granadas dos federais choveram sobre a cavalaria e ele, ao levantar, só conseguiu discernir, em meio à fumaça, o peito ardente de seu cavalo, a couraça que deteve o fogo. Ao redor do corpo caído caracoleavam sem propósito mais de cinquenta cavalos: mais para cima, não havia luz: o céu desceu um degrau e era um céu de pólvora, não mais alto que os homens. Correu até uma das árvores baixas: as rajadas de fumaça escondiam mais que aqueles galhos pelados. A trinta metros começava um bosque baixo, mas denso. Uma gritaria sem propósito chegou aos seus ouvidos. Saltou para agarrar as rédeas de uma montaria solta e passou só uma perna sobre as ancas: escondeu o corpo atrás do cavalo e o atiçou: o cavalo galopou e ele, com a cabeça pendendo e os olhos cobertos pelo próprio cabelo revolto, agarrou-se à sela e às bridas com desespero. Desapareceu por fim o brilho da manhã; a sombra permitiu-lhe abrir os olhos, desprender-se da carne do animal e girar até colidir com um tronco.

Ali voltou a sentir a mesma coisa de antes. Rodeavam-no todos os sons confusos da batalha, mas entre a proximidade e o som que chegava aos seus ouvidos interpôs-se uma distância irreconciliável: aqui, a leve agitação dos galhos, os movimentos escorregadios das lagartixas, faziam-se ouvir minuciosamente. Só, reclinado contra o tronco, voltou a sentir a vida doce, serena, que fluía com languidez por seu sangue: o bem-estar do corpo que se impunha a qualquer tentativa rebelde do pensamento. Seus homens? O coração bateu uniforme, sem sobressaltos. Estariam procurando-o? O que fariam sem suas ordens? Os olhos procuraram, em meio ao teto de folhas, o voo escondido de algum pássaro. Teriam perdido a disciplina; correriam, também eles, para se esconderem nesse bosquezinho providencial? Mas a pé não era possível cruzar de novo a montanha. Devia esperar aqui. E se o tomassem prisioneiro? Não pôde mais pensar: um rangido afastou os galhos, perto do rosto do tenente, e um homem desfaleceu em seus braços: seus braços o rechaçaram por um instante e logo voltaram a segurar aquele corpo do qual pendia um trapo vermelho, sem força, de carnes rasgadas. O ferido apoiou a cabeça no ombro do companheiro:

— Estão... dando... duro...

Sentiu o braço destruído sobre suas costas, manchando-a e jorrando um sangue conturbado. Tentou afastar o rosto retorcido de dor: maçãs altas, boca aberta, olhos fechados, bigode e barba revolvidos, curtos, como os seus. Se tivesse olhos verdes, seria seu gêmeo...

— Existe saída? Estamos perdendo? Sabe alguma coisa da cavalaria? Saíram em retirada?

— Não... não... foram... pradiante.

O ferido tentou apontar, com o braço saudável, o outro, destruído pela metralha, sem desfazer a terrível careta que parecia sustentá-lo e prolongar sua existência.

— Avançam? Como?

— Água, companheiro... muito mal...

O ferido desmaiou, abraçado a ele com uma força estranha, cheia de solicitudes silenciosas. O tenente deteve aquele peso de chumbo lavrado sobre o próprio corpo. Os tremores do canhão retornaram ao seu ouvido. Um vento inseguro sacodia as copas das árvores. Mais uma vez, o silêncio e a quietude rompidos pela metralha. Pegou o braço saudável do ferido e se desvencilhou do corpo atirado sobre o seu. Segurou sua cabeça e o recostou sobre o chão de raízes nodosas. Destampou o cantil e bebeu um gole longo: aproximou-o dos lábios do ferido: a água escorreu pelo queixo enegrecido. Mas o coração batia: perto do peito do ferido, ele, de joelhos, perguntou-se se continuaria batendo por muito tempo. Afrouxou a pesada fivela de prata do cinto do ferido e deu-lhe as costas. O que estaria acontecendo lá fora? Quem estava ganhando? Ficou de pé e caminhou bosque adentro, para longe do ferido.

Caminhou tateando, afastando de vez em quando os ramos baixos, tateando sempre. Não estava ferido. Não precisava de ajuda. Deteve-se ao lado de um olho d'água e encheu o cantil. Um riachinho, morto antes de nascer, escorria do olho d'água e se perdia fora do bosque, sob o sol. Ele tirou a farda e enxaguou com as duas mãos o peito, as axilas, os ombros ardentes, secos, ásperos, os músculos esticados dos braços, a pele verdosa, lisa, de escamas grossas. O borbulhar o impediu: não quis se ver refletido no olho d'água. Aquele corpo não era seu: Regina havia dado a ele outra posse: havia-o reclamado com cada carícia. Não era dele. Era mais dela. Salvá-lo para ela. Já não viviam sozinhos e isolados; já haviam derrubado os muros da separação; já eram dois e um só, para sempre. Passaria a revolução; passariam os povoados e as vidas, mas isso não passaria. Já era sua vida, a de ambos. Enxaguou o rosto. Saiu de novo à planície.

A cavalgada de revolucionários vinha da planície em direção ao bosque e à montanha. Correram velozmente ao seu lado enquanto ele, desorientado, desceu até os povoados em chamas. Escutou o chicotear sobre as ancas dos cavalos, o estrondo seco de alguns fuzis, e ficou sozinho na planície. Fugiam? Girou sobre si mesmo, levando as mãos à cabeça. Não entendia. Era preciso partir de um lugar, com uma missão clara, e jamais perder o fio dourado: só assim era possível compreender o que acontecia. Bastaria um minuto de distração para que todo o xadrez da guerra se transformasse em um jogo irracional, incompreensível, feito de movimentos trôpegos, abruptos, carentes de sentido. Essa nuvem de poeira... esses cavalos furiosos que avançavam a galope... esse ginete que grita e agita um ferro branco... esse trem parado na distância... essa nuvem de poeira cada vez mais próxima... esse sol mais próximo a cada minuto da cabeça aturdida...

essa espada que roça sua testa... essa cavalgada que passa a seu lado e o atira ao chão...

Levantou-se acariciando a ferida da testa. Precisava adentrar o bosque outra vez: era a única opção segura. Cambaleou. O sol derreteu o olhar e esfumou em crostas o horizonte, a pradaria seca, a linha de montanhas. Ao chegar ao arvoredo, agarrou-se a um tronco; desabotoou a farda e rasgou a manga da camisa. Cuspiu nela e levou a umidade à testa lacerada. Amarrou o pedaço de tecido ao redor da cabeça: a cabeça que explodiu quando os galhos secos trovejaram ao seu lado, sob o peso de botas desconhecidas. O olhar dolorido subiu pelas pernas próximas: o soldado era da tropa revolucionária e carregava nas costas outro corpo, um saco ensanguentado, desbaratado, com o braço coagulado.

— Encontrei-o na entrada do bosque. Estava morrendo. Arrancaram-lhe o braço, meu... meu tenente.

O soldado alto e preto aguçou os olhos até identificar as insígnias.

— Acho que morreu. Pesa como morto.

Descarregou o corpo e o recostou contra a árvore: ele havia feito o mesmo meia hora, quinze minutos antes. O soldado aproximou o rosto da boca do ferido; ele voltou a reconhecer a boca aberta, as faces altas, os olhos fechados.

— Sim. Já morreu. Se tivesse chegado um pouco antes, talvez conseguisse salvá-lo.

Fechou os olhos do morto com a mão quadrada. Fechou a fivela de prata e ao inclinar a cabeça disse por entre os dentes brancos:

— Caralho, meu tenente. Se não houvesse no mundo uns quantos valentes como ele, como ficaria o resto?

Ele deu as costas ao soldado e ao morto e voltou a correr na direção da planície. Era preferível. Mesmo que não ouvisse nem visse nada. Mesmo que o mundo passasse como uma sombra debulhada ao seu lado. Mesmo que todos os ruídos da guerra e da paz — tordos, vento, bramidos distantes — que persistiam se transformassem naquele tambor único, surdo, que englobava todos os ruídos e os reduzia a uma mesma tristeza. Tropeçou em um cadáver. Ajoelhou-se ao seu lado, sem saber por quê, minutos antes de uma voz abrir caminho no tamborilar opaco de todos os sons.

— Tenente... tenente Cruz...

A mão repousou sobre o ombro do tenente; ele levantou o rosto.

— O senhor está ferido, tenente. Venha conosco. Os federais fugiram. Jiménez manteve a posição. Regresse conosco ao quartel em Río Hondo. As forças de cavalaria fizeram uma grande batalha; multiplicaram-se, de verdade. Venha. O senhor não está bem.

Ele segurou os ombros do oficial. Murmurou:

— Para o quartel. Sim, vamos...

O fio estava perdido. O fio que lhe permitiu percorrer, sem se perder, o labirinto da guerra. Sem se perder: sem desertar. Não tinha forças para segurar as rédeas. Mas o cavalo estava amarrado na montaria do major Gavilán durante a lenta passagem através da montanha que separa a planície do combate do vale onde ela está à sua espera. O fio ficou para trás. Lá embaixo, o povoado de Río Hondo não mudou: é o mesmo casario de telhados quebrados e muros de adobe, rosa, avermelhado, branco, cercado de nogueiras, que abandonou naquela manhã. Pensou distinguir, junto aos lábios verdes da barranca, a casa, a janela onde Regina deve estar à sua espera.

Gavilán trotava à frente dele. As sombras do entardecer projetaram a ficção da montanha sobre os corpos cansados dos dois militares. O cavalo do major se deteve um instante, esperando que o do tenente emparelhasse. Gavilán lhe ofereceu um cigarro. Mal apagou a chama, os cavalos voltaram a trotar. Mas ele já viu, ao acender o cigarro, toda a dor no rosto do major e baixou a cabeça. Fizera por merecer. Saberiam a verdade de sua deserção durante a batalha e arrancariam suas insígnias. Mas não saberiam toda a verdade: não saberiam que quis se salvar para regressar ao amor de Regina, tampouco entenderiam se ele explicasse. Nem saberiam que abandonou o soldado ferido, que poderia ter salvado aquela vida. O amor de Regina arcaria com a culpa pelo soldado abandonado. Assim devia ser. Baixou a cabeça e pensou que pela primeira vez na vida sentia vergonha. Vergonha: não era isso que espreitava nos olhos claros, diretos, do major Gavilán. O oficial acariciou com a mão livre a barba de pelos loiros, empastados de poeira e sol.

— Devemos a vida ao senhor, tenente. Você e seus homens contiveram o avanço. O general lhe dará uma recepção de herói... Artemio... Posso tratá-lo por Artemio?

O major tentou sorrir. Pôs a mão livre sobre o ombro do tenente e prosseguiu, com um sorriso seco:

— Já lutamos juntos há tanto tempo e, veja só, nem sequer nos tratamos pelo primeiro nome.

Com os olhos, o major Gavilán solicitou uma resposta. A noite caiu com seu cristal sem matéria e o último resplendor surgiu atrás das montanhas, já distantes, escondidas na escuridão, recolhidas. No quartel, ardiam chamas que à tarde não puderam ser vistas de longe.

— Cachorros! — disse de repente o major com a voz entrecortada. — Entraram de surpresa no povoado, por volta da uma. Claro que não conseguiram chegar até o quartel. Mas se vingaram nos bairros das redondezas; ali fizeram das suas. Prometeram se vingar de todos os povoados que nos ajudarem. Fizeram dez reféns e mandaram dizer que seriam enforcados se não entregássemos a praça. O general respondeu com fogo de morteiros.

As ruas estavam cheias de soldados e gente, de cachorros soltos e crianças, soltas como os cães, chorando nos quícios das portas. Alguns incêndios ainda não tinham se extinguido e as mulheres estavam sentadas no meio da rua em cima dos colchões e apetrechos resgatados.

— O tenente Artemio Cruz — murmurou Gavilán, agachando-se para alcançar a orelha de alguns soldados.

— O tenente Cruz — correu o murmúrio dos soldados

para as mulheres.

As pessoas abriram passagem para os dois cavalos; o retinto do major, nervoso em meio à multidão que o apertava, e o preto do tenente, que de cachaço baixo se deixava conduzir pelo primeiro. Algumas mãos se estenderam: eram os homens do grupo de cavalaria comandado pelo tenente. Apertaram sua perna em saudação; apontaram para a testa onde o sangue havia manchado o trapo amarrado; murmuraram uma felicitação surda pelo triunfo. Atravessaram o povoado: ao fundo despenhava a barranca e as árvores balançavam na brisa noturna. Ele ergueu o olhar: o casario branco. Buscou a janela, todas estavam fechadas. O fulgor das velas iluminava a entrada de algumas casas. Os grupos negros, encolhidos, acocoravam-se em diversas entradas.

— Não baixem nenhum deles! — gritou o tenente Aparicio de seu cavalo, enquanto o fazia serpentear e afastava com o chicote as mãos que se erguiam implorando. — Gravem bem isso, todos vocês! Saibam direito contra quem estamos lutando! Obrigam os homens do povo a matar seus irmãos. Vejam bem. Assim mataram a tribo yaqui, porque não quis ter suas terras roubadas. Como mataram os trabalhadores de Río Blanco e Cananea por não quererem morrer de fome. Como matarão todos, se não acabarmos com eles. Vejam.

O dedo do jovem tenente Aparicio percorreu o amontoado de árvores próximo à barranca: as cordas de sisal, malfeitas, cruas, arrancavam, ainda, sangue dos pescoços; mas os olhos abertos, as línguas roxas, os corpos inanimados balançados de leve pelo vento que soprava da serra estavam mortos. Na altura dos olhares — alguns perdidos, outros enfurecidos, a maioria doce, sem entender, cheias de dor silenciosa — só as sandálias enlameadas, os pés descalços de um menino, os sapatos pretos de uma mulher. Ele desceu do cavalo. Aproximou-se. Abraçou a saia engomada de Regina com um grito exausto, encatarrado: com seu primeiro pranto de homem.

Aparicio e Gavilán conduziram-no até o quarto da moça. Obrigaram-no a se deitar, trocaram o trapo sujo por uma venda, limparam o ferimento. Quando saíram, ele abraçou o travesseiro e escondeu o rosto. Queria dormir, só isso, e em segredo disse a si mesmo que talvez o sonho pudesse voltar a igualá-los, a reuni-los. Percebeu que era impossível; que agora, sobre aquela cama de mosquiteiros amarelados, era possível perceber com intensidade maior que a da presença o cheiro da cabeleira úmida, do corpo liso, das coxas mornas. Estava ali como jamais estivera na realidade, mais vivo que nunca na cabeça febril do jovem: mais ela, mais sua, agora que a recordava. Talvez, durante os breves meses de amor, nunca tivesse visto a beleza dos olhos com tanta emoção, nem podido compará-los, como agora, a seus gêmeos brilhantes: joias negras, mar fundo quieto sob o sol, fundo de areia revolvida no tempo, cerejas escuras da árvore de carne e entranhas quentes. Nunca lhe disse isso. Não houve tempo. Não houve tempo para dizer-lhe tantas coisas do amor. Nunca houve tempo para a última palavra. Talvez fechando os olhos ela retornasse inteira, para viver das carícias ansiosas que pulsavam na polpa dos dedos do homem. Talvez bastasse imaginá-la para tê-la sempre ao seu lado. Quem sabe a lembrança não pudesse de fato prolongar as coisas, entrelaçar as pernas, abrir as janelas para a madrugada, pentear o cabelo e ressuscitar os cheiros, os sons, o tato. Levantou-se. Buscou tateando, no quarto escuro, a garrafa de mescal. De repente não servia para esquecer, como dizem todos, mas para trazer as lembranças à tona mais depressa.

Regressaria às rochas daquela praia, enquanto o álcool branco iluminava seu estômago. Regressaria. Para onde? Para aquela praia mítica, que nunca existiu? Para aquela mentira de garota adorada, aquela ficção de um encontro junto ao mar, inventado por ela para que ele se sentisse limpo, inocente, seguro do amor? Atirou o copo de mescal no chão. A bebida servia para isso, para desbaratar as mentiras. Era uma linda mentira.

— Onde nos conhecemos?

— Não se lembra?

— Me conte você.

— Não lembra daquela praia? Eu ia lá todas as tardes.

— Estou lembrando. Você viu o reflexo de meu rosto ao lado do seu.

— Lembre-se: e depois nunca mais quis me vê-lo sem seu reflexo ao lado do meu.

— Sim, lembro.

Ele devia acreditar naquela linda mentira, sempre, até o fim. Não era verdade: ele não havia entrado naquele povoado de Sinaloa, como em tantos outros, procurando a primeira mulher que passasse, desavisada, pela rua. Não era verdade que aquela garota de dezoito anos havia sido colocada à força em um cavalo e violada em silêncio no dormitório conjunto dos oficiais, longe do mar, voltado para a serra escarpada e seca. Não era verdade que ele tinha sido perdoado em silêncio pela honradez de Regina; quando a resistência cedeu ao prazer e os braços que jamais haviam tocado um homem o tocaram pela primeira vez com alegria e a boca úmida, aberta, só repetia, como na noite passada, que sim, sim, tinha gostado, com ele tinha gostado, queria mais, tinha sentido medo dessa felicidade. Regina do olhar sonhador e luminoso. Como aceitou a verdade de seu prazer e admitiu que estava apaixonada por ele; como inventou a história do mar e do reflexo na água adormecida para esquecer o que depois, ao amá-la, poderia envergonhá-lo. Mulher da vida, Regina, potranca cheia de sabor, limpa fada da surpresa, mulher sem desculpas, sem palavras de justificação. Nunca conheceu o tédio; nunca o acabrunhou com queixas lamuriosas. Estaria sempre ali, em um povoado ou em outro. Talvez se dissipasse agora mesmo a fantasia de um corpo inerte pendendo de uma corda e ela... ela já estaria em outro povoado. Somente se adiantara. Sim: como sempre. Saiu sem incomodar e foi para o Sul. Atravessou as linhas dos federais e encontrou um quartinho no povoado seguinte. Sim: porque ela não poderia viver sem ele, nem ele sem ela. Sim. Era mera questão de sair, montar o cavalo, empunhar a pistola, continuar a ofensiva e encontrá-la no descanso seguinte.

Procurou a farda na escuridão. Atravessou as cartucheiras sobre o peito. Lá fora, o cavalo preto, o tranquilo, estava amarrado a um poste. As pessoas não se afastavam dos enforcados, mas ele não olhou mais naquela direção. Montou o cavalo e correu rumo ao quartel.

— Para onde fugiram esses filhos da puta? — gritou para um dos soldados de guarda no quartel.

— Para o outro lado da barranca, meu chefe. Dizem que estão entrincheirados perto da ponte, esperando reforços. Que querem tomar o povoado de volta. Entre, coma um pouco.

Desmontou. Caminhou sem pressa até as fogueiras do pátio, onde as panelas de barro balançavam sobre as toras cruzadas e se elevava o som das mãos de mulher batendo a massa de farinha. Meteu a colher no caldo fervente de miúdos, beliscou a cebola, a pimenta em pó, o orégano; mastigou as tortilhas nortenhas, duras, frescas; os pés de porco. Estava vivo.

Arrancou do círculo de ferro enferrujado a tocha que iluminava a entrada do quartel. Afundou as esporas na barriga do cavalo preto: os que ainda caminhavam pela rua deram passagem; o cavalo surpreso tentou encabritar, mas ele apertou as bridas, voltou a afundar as esporas e sentiu, por fim, que o cavalo entendia. Não era mais o cavalo do homem ferido, do homem hesitante que naquela tarde atravessou a montanha. Era outro cavalo: entendeu. Agitou a crina para que ele entendesse: contava com uma montaria de guerra, tão furiosa e veloz como seu ginete. E o ginete levantava a tocha e iluminava, já, o campo pelo qual se contornava o povoado para desembarcar na ponte sobre a barranca.

Também uma fogueira iluminava a entrada da ponte. Os quepes dos *pelones*[7] reverberavam com avermelhada palidez. Mas os cascos do cavalo preto arrastavam toda a força da terra, iam recolhendo grama e poeira e espinhos, iam deixando um rastro de fagulhas derramados pela tocha empunhada

7 **PELONES:** Termo usado para se referir aos federalistas. Durante a Revolução Mexicana, os federalistas defendiam a autonomia dos estados frente ao governo central. Representavam interesses regionais e buscavam descentralizar o poder político e administrativo.

pelo homem que se lançou sobre o posto da ponte, saltou por cima da fogueira, disparou a pistola contra os olhos atordoados, contra as nucas escuras, sobre os corpos que não entendiam, que faziam retroceder os canhões, que não sabiam distinguir na noite a solidão do ginete que precisa chegar ao Sul, ao povoado seguinte, onde o esperam...

— Abram caminhos, federas filhos duma puta! — gritam as mil vozes daquele homem.

A voz da dor e do desejo, a voz da pistola, o braço que aproxima a tocha das caixas de pólvora e faz estalarem os canhões e faz fugir os cavalos sem ginete, em meio ao caos de relinchos e labaredas e estalidos que agora encontram eco distante nas vozes perdidas do povoado, no sino que começa a repicar na torre avermelhada da igreja, no pulsar da terra que suporta os cascos da cavalaria revolucionária, que agora cruza a ponte e encontra a destruição e a fuga e as fogueiras apagadas, mas que não encontra nem os federais nem o tenente, o que cavalga para o sul, a tocha erguida, os olhos incendiados de seu cavalo: para o sul, com o fio entre as mãos, para o sul.

Eu sobrevivi. Regina. Como se chamava? Não. Você Regina. Como se chamava você, soldado sem nome? Sobrevivi. Vocês morreram. Eu sobrevivi. Ah, me deixaram em paz. Pensam que estou dormindo. Lembrei de você, lembrei seu nome. Mas você não tem nome. E os dois avançam em minha direção, de mãos dadas, com as órbitas esvaziadas, achando que vão me convencer, despertar minha compaixão. Ah, não. Não devo a vida a vocês. Devo-a ao meu orgulho, estão ouvindo?, devo-a ao meu orgulho. Desafiei. Ousei. Virtudes? Humildade? Caridade? Ah, dá para viver sem isso, dá para viver. Não dá para viver sem orgulho. Caridade? Para quem teria utilidade? Humildade? Você, Catalina, o que teria feito de minha humildade? Com ela teria me derrotado de desprezo, teria me abandonado. Já sei que você se perdoa imaginando a santidade desse sacramento. Arrã. Não fosse minha riqueza, teria se importado bem pouco com um divórcio. E você, Teresa, se apesar de eu sustentá-la me odeia, me insulta, o que teria feito me odiando na miséria, insultando-me na pobreza? Imaginem-se sem meu orgulho, fariseias, imaginem-se perdidas nessa multidão de pés inchados, esperando eternamente um ônibus em todas as esquinas da cidade, imaginem-se perdidas nessa multidão de pés inchados, imaginem-se empregadas em uma loja, em um escritório, batendo a máquina de escrever, embrulhando pacotes, imaginem-se economizando para comprar um carro a prestação, acendendo velas para a Virgem para manter a ilusão, pagando parcelas de um terreno, suspirando por uma geladeira, imaginem-se sentadas em um cinema de bairro todos os sábados, comendo amendoim, tentando encontrar um táxi na saída, almoçando fora uma vez por mês, imaginem-se com todas as justificativas que evitei para vocês, imaginem-se tendo de gritar que não há lugar como o México para se sentirem vivas, imaginem-se tendo que sentir orgulho dos *sarapes* e de Cantinflas e da música de mariachi e do ensopado camponês para se sentirem vivas, ai ai, imaginem-se tendo que confiar de verdade nas oferendas, na peregrinação aos santuários, na eficácia da oração para se manterem vivas.

— *Domine, non sum dignus...*

"— Saúde. Primeiro, querem cancelar todos os empréstimos de bancos norte-americanos para a Linha Ferroviária do Pacífico. O senhor sabe quanto a Linha Ferroviária paga todos os anos pelos juros sobre os empréstimos? Trinta e nove milhões de pesos. Segundo, querem mandar embora todos os consultores para a renovação da ferrovia. Sabe quanto ganhamos? Dez milhões por ano. Terceiro, querem mandar embora todos os que administramos os empréstimos norte-americanos para as linhas ferroviárias. O senhor sabe quanto ganhou e quanto eu ganhei no ano passado...?

"— *Three million pesos each...*

"— Isso mesmo. E não para por aí. Faça o favor de mandar um telegrama para a National Fruits Express contando que esses líderes comunistas querem cancelar o aluguel de carros frigoríficos que rendem para a companhia vinte milhões de pesos anuais e para nós, uma boa comissão. Saúde."

Arrã, Arrã. Isso foi bem explicado. Boçais. Se não fosse eu a defender seus interesses, boçais. Ah, caiam fora todos, deixem-me ouvir. Vamos ver se não me entendem. Vamos ver se não compreendem o que quer dizer um braço dobrado desse jeito...

"— Sente-se, gatinha. Já vou te atender. Díaz: tenha muito cuidado para que não saia uma única linha sobre a repressão da polícia contra esses baderneiros.

" — Mas parece que teve um morto, senhor. Além disso, foi bem no centro da cidade. Vai ser difícil...

"— Nada, nada. São ordens de cima.

"— Mas sei que um jornal dos trabalhadores vai publicar a notícia.

"— E no que você está pensando? Não te pago para pensar? Não te pagam na fonte para pensar? Avise a Procuradoria para fecharem essa gráfica..."

Preciso de tão pouco para pensar. Uma fagulha. Uma fagulha para dar vida a essa rede complexa, enorme. Outros seres precisam de um gerador elétrico que me mataria. Preciso navegar em águas turvas, comunicar-me a longas distâncias, repelir os inimigos. Ah, sim. Vire isso. Não me interessa.

"— María Luisa. Esse Juan Felipe Couto, como sempre, quer dar uma de esperto... É só isso, Díaz... Me alcance o copo d'água, boneca. Estou dizendo: quer dar uma de esperto. Que nem o Federico Robles, lembra? Mas não para cima de mim...

"— Quando, meu capitão?

"— Obteve com minha ajuda a concessão para construir uma estrada em Sonora. Até o ajudei para aprovarem um orçamento umas três vezes superior ao custo real da obra, sabendo que a estrada passaria pelas terras irrigadas que comprei dos vereadores. Acabo de ser informado que o salafrário também comprou suas terrinhas praqueles lados e planeja desviar a estrada para que passe por suas propriedades...

"— Mas que canalha! Parece tão decente...

"— Então, bonequinha, já sabe; ponha algumas fofocas em sua coluna falando sobre o divórcio iminente de nosso amigo. Bem de leve, só para dar um susto nele.

"— Além disso, temos algumas fotos de Couto em um cabaré com uma loirota que vendo assim não parece a madame Couto.

"— Guarde para o caso de ele não responder..."

Dizem que não há nada unindo as células da esponja e, no entanto, a esponja está unida: é o que dizem, lembro disso porque dizem que se rasgamos violentamente uma esponja, a esponja esfiapada volta a se unir, nunca perde sua unidade, busca uma forma de agregar outra vez suas células dispersas, nunca morre, ah, nunca morre.

— Essa manhã eu o esperava com alegria. Cruzamos o rio a cavalo.

— Você o dominou e arrancou de mim.

Levanta-se em meio às vozes indignadas das mulheres e as segura pelo braço e eu continuo pensando no carpinteiro e depois em seu filho e no que teríamos evitado se o tivessem deixado solto com seus doze agentes de relações públicas, solto como uma cabra, vivendo do conto dos milagres, descolando refeições de graça, camas de graça e compartilhadas para os curandeiros sagrados, até que a velhice e o esquecimento o derrotassem, e Catalina e Teresa e Gerardo se sentam nas poltronas do fundo do quarto. Quanto tempo até trazerem um padre, apressarem minha morte, arrancarem minhas confissões? Ah, bem que queriam saber. Como irei me divertir? Como, como? Você, Catalina, seria capaz de me dizer o que nunca me disse para me amolecer e saber isso. Ah, mas eu sei o que você gostaria de saber. E o rosto afilado de sua filha não esconde. Não demorará para aparecer aqui esse pobre-diabo inquirindo, lacrimejando, para ver se enfim consegue desfrutar de tudo isso. Ah, como me conhecem mal. Acham que uma fortuna assim se dilapida entre três farsantes, entre três morcegos que nem sequer sabem voar? Três morcegos sem asas: três ratos. Que me desprezam. Sim. Que não conseguem evitar o ódio dos mendigos. Que detestam as peles que as cobrem, as casas que habitam, as joias que ostentam, porque fui eu quem as deu. Não, não me toquem agora...

— Me deixem...

— É que veio o Gerardo... Gerardito... seu genro... veja.

— Ah, o pobre-diabo...

— Dom Artemio...

— Mamãe, não aguento, não aguento não aguento!

— Está doente...

— Bá, logo eu me levanto, vocês vão ver...

— Falei que estava fingindo.

— Deixe que ele descanse.

— Estou dizendo que está fingindo! Fingindo como sempre para debochar de nós como sempre como sempre.

— Não não, o médico diz...

— O médico não sabe de nada. Eu o conheço melhor. É só mais um truque.

— Não diga nada!

Não diga nada. Esse óleo. Untam meus lábios com esse óleo. As pálpebras. As narinas. Não sabem o quanto custou. Elas não tiveram que decidir. Nas mãos. Nos pés gelados que não sinto mais. Elas não sabem. Elas não tiveram que expor tudo. Nos olhos. Abrem minhas pernas e me untam as coxas com esse óleo.

— *Ego te absolvo.*

Eles não sabem. Ela não falou. Não disse.

Você viverá setenta e um anos sem se dar conta: não parará para pensar que seu sangue circula, seu coração bate, sua vesícula se esvazia de líquidos serosos, seu fígado secreta bile, seu rim produz urina, seu pâncreas regula o açúcar de seu sangue: não provocou essas funções com seu pensamento: saberá que respira mas não pensará nisso porque não depende de seu pensamento: irá se fazer de desentendido e viverá: poderia dominar suas funções, fingir a morte, cruzar o fogo, suportar uma cama de vidros: simplesmente viverá e deixará que as funções se virem sozinhas. Até hoje. Hoje, quando as funções involuntárias te obrigarão a se dar conta, te dominarão e acabarão por destruir sua personalidade: pensará que respira cada vez que o ar passar trabalhosamente em direção a seus pulmões, pensará que o sangue circula cada vez que as veias de seu abdômen pulsarem com essa presença dolorosa: vão te derrotar porque te obrigarão a perceber a vida em vez de vivê-la. Triunfo. Você tentará imaginar — é tal a lucidez que o obriga a perceber o menor dos pulsares, todos os movimentos de atração, de separação, e ainda mais terrível, o movimento do que já não se move — e dentro de você, em suas entranhas, essa membrana serosa revestirá a cavidade de seu abdômen e se dobrará em torno das vísceras e uma de suas dobras, essa dobra de tecido, vasos sanguíneos e linfáticos que une o estômago e o intestino às paredes abdominais, essa dobra de células adiposas, deixará de ser irrigada pela grossa artéria do rio celíaco de seu sangue que alimenta seu estômago e suas vísceras abdominais, penetra na raiz da dobra e desce obliquamente até a raiz do intestino médio, depois de ter corrido atrás do pâncreas, originando outra artéria que irriga um terço de seu duodeno, sua aorta, sua veia cava inferior, sua uretra direita, seu nervo genitofemoral e as veias de seus testículos. Essa artéria correrá, manchada, espessa, encarnada, durante setenta e um anos, sem que você saiba. Hoje saberá. Ela vai parar. O leito vai secar. Durante setenta e um anos essa artéria empreenderá um esforço angustiante: no curso de sua descida há um momento no qual, pressionada por um segmento de sua coluna vertebral, precisará avançar, ao mesmo tempo, para baixo, para a frente e abruptamente para trás outra vez. Durante setenta e um anos sua artéria mesentérica passará, pressionada, por essa prova, por esse salto mortal. Hoje não conseguirá mais. Hoje não resistirá à pressão. Hoje, no veloz movimento de pistão para baixo, para a frente, para trás, parará, convulsa, congestionada, esgotada, massa de sangue paralisado, rocha púrpura que obstruirá seu intestino: sentirá o pulsar da pressão crescente, sentirá: é seu sangue que para pela primeira vez, que dessa vez não alcança a margem de sua vida, para e se congela dentro do fervor de seu intestino, para apodrecer, estancado, sem ter alcançado a margem de sua vida:

E é quando Catalina se aproximará de você, perguntará se não quer nada, para você que só conseguirá dar atenção à dor crescente, tentando repeli-la com a vontade de sono, de repouso, enquanto Catalina não puder evitar esse gesto, essa mão estendida que recolherá em seguida, temerosa, para uni-la com a outra junto aos seus peitos de matrona, para separá-las novamente e, dessa vez, aproximá-la, trêmula, de sua testa: acariciará sua testa e você não perceberá, perdido na concentração aguda da dor, não perceberá que pela primeira vez em muitas décadas Catalina aproxima a mão de sua testa, acaricia sua testa, afasta os cabelos grisalhos, empapados de suor, que a cobrem e volta a acariciá-la, com um temor agradecido, no fim das contas, de que você seja derrotado pela ternura, uma ternura envergonhada de si mesma, uma vergonha que no fim das contas parece ser aplacada pela certeza de que você não percebe que ela o acaricia, talvez lhe transmita com os dedos, sobre a testa, algumas palavras que querem se misturar com essa lembrança sua que não para de correr, perdida no fundo dessas horas, inconsciente, alheia à sua vontade mas fundida à sua memória involuntária, a que desliza em meio aos resquícios de sua dor e repete, agora, as palavras que você não escutou então. Ela também pensará em seu orgulho. Ali nascerá a fagulha. Ali você a escutará, nesse espelho comum, nessa poça que refletirá os rostos de ambos, que os afogará quando tentarem se beijar, um ao outro, no reflexo líquido de seus rostos: por que não olha para um lado?; ali estará Catalina em sua carne; por que tenta beijá-la no reflexo frio da água, por que ela não aproxima o rosto do seu, por que, como você, o afunda nas águas estancadas e repete, agora que você não a escuta, "eu me deixei levar"? Talvez sua mão fale de uma liberdade excessiva que vence a liberdade. A liberdade que erige uma torre sem fim, não alcança o céu, mas reparte o abismo, rompe a terra: você a nomeará: separação: se recusará: orgulho: sobreviverá, Artemio Cruz: sobreviverá porque irá se expor: se expor ao risco da liberdade: vencerá o risco e, sem inimigos, se transformará em seu próprio inimigo para continuar a batalha do orgulho: vencidos todos, só faltar vencer a si mesmo: seu inimigo sairá do espelho para travar uma última batalha: a ninfa inimiga, a ninfa de hálito espesso, filha de deuses, mãe do sedutor caprino, mãe do único deus morto no tempo dos homens: do espelho sairá a mãe do Grande Deus Pã, a ninfa do orgulho, seu duplo, outra vez seu duplo: seu último inimigo, na terra despovoada dos vencidos por seu orgulho: sobreviverá: descobrirá que a virtude é só desejável, mas a soberba é só necessária: e no entanto, essa mão que neste momento acaricia sua testa chegará ao fim, com sua pequena voz, para silenciar o grito dos desafios, para lembrá-lo de que só no fim, mesmo que seja o fim, a soberba é supérflua e a humildade, necessária: seus dedos pálidos tocarão sua testa febril, desejarão acalmar sua dor, desejarão te dizer hoje o que não disseram há quarenta e três anos:

(1924: Junho 3)

Ele não a ouviu dizer, quando acordou de sua insônia: "Eu me deixei levar". Deitada ao lado dele. As madeixas castanhas cobriam seu rosto e em todas as dobras da carne sentiu uma umidade fatigada, um cansaço do verão. Passou uma mão na boca e previu o novo dia de sol vertical, o aguaceiro da tarde, a transição noturna do bafo ao frescor, e não quis recordar o que acontecera durante a noite. Escondeu o rosto no travesseiro e repetiu: "Eu me deixei levar".

A alvorada apagou os penachos da noite e entrou, fria e clara, pela janela entreaberta do quarto. Definiu de novo os detalhes que a escuridão confundiu em um só abraço.

"Sou jovem; tenho direito..."

Vestiu a camisola e fugiu do lado do homem antes que o sol ultrapassasse a linha de montanhas.

"Tenho direito; está abençoado pela igreja."

Agora, da janela do quarto, viu-o coroando o longínquo Citlaltépetl. Aconchegou o garoto nos braços e permaneceu ao lado da janela.

"Ah, que fraqueza; sempre quando acordo essa fraqueza, esse ódio, esse desprezo que nunca paro de sentir..."

Seu olhar cruzou o do índio sorridente que atravessava a grade da horta, tirava o chapéu de palha e meneava a cabeça...

"... quando acordo e olho seu corpo adormecido ao meu lado..."

Seus dentes brancos brilhavam, sobretudo quando ele se aproximava.

"Me ama de verdade?"

O patrão enfiou a camisa dentro das calças justas e o índio deu as costas à janela da mulher.

"Já se passaram cinco anos..."

Ela deu as costas ao campo.

— O que o traz aqui tão cedo, Ventura?

— Me guiam meus ouvidos. Posso encher o cantil?

— Está tudo pronto no povoado?

Ventura assentiu: caminhou até a cisterna; mergulhou o cantil na água; bebeu um gole; encheu outra vez.

"Talvez ele mesmo tenha esquecido os motivos para nosso casamento..."

— E o que dizem seus ouvidos?

— Que o velho dom Pizarro não quer ver o senhor nem banhado a ouro.

— Isso eu já sei.

— E dizem meus ouvidos que vai aproveitar o rebuliço de hoje que é domingo para se vingar...

"...e agora me ame de verdade..."

— Benditos sejam seus ouvidos, Ventura.

— Bendita seja minha mãe que me ensinou a andar com elas sempre limpinhas e sem cera.

— Já sabe o que tem que fazer.

"... me ame e admire minha beleza..."

O índio riu sem som, acariciou as abas do chapéu esfiapado e olhou para a varanda coberta por um beiral de telhas, onde aquela bela mulher havia sentado na cadeira de balanço.

"... minha paixão..."

Ventura lembrava dela, já de muitos anos, sempre sentada ali, às vezes com o ventre redondo e grande, noutras esbelta e silenciosa, sempre alheia ao trânsito das carretas repletas de grãos, aos bramidos dos touros ferrados, à queda seca das ameixas durante o verão na horta plantada pelo novo senhor ao redor da casa de campo. "... o que eu sou..."

Ela observava os dois homens. Observava com o olhar de um coelho que mede a distância a separá-lo dos lobos. A morte de dom Gamaliel a despojara, subitamente, das defesas orgulhosas dos primeiros meses: o pai representou uma continuidade da ordem e das hierarquias e em seguida a primeira gravidez justificou o afastamento, o pudor e as advertências.

"Meu Deus, por que não posso ser a mesma de noite e de dia?"

E ele, ao voltar o rosto para acompanhar o olhar do índio, encontrou o rosto imóvel da esposa e pensou que durante aqueles primeiros anos havia sido indiferente à frieza; ele mesmo carecera da vontade para atender esse mundo, esse mundo secundário do que nunca chega a se integrar, a se formar, a encontrar seu nome, a sentir-se antes de nomear.

"... de noite e de dia?

Outro, mais urgente, solicitava-o.

"(— O senhor governo não liga para nós, sr. Artemio, por isso viemos pedir que nos dê uma mão.

"— Estou aqui para isso, rapazes. Terão sua estradinha, eu prometo, mas com uma condição: não levarão mais suas colheitas ao moinho de dom Cástulo Pizarro. Não percebem que esse velho se recusa a compartilhar um palmo de terra sequer? Não o ajudem. Tragam tudo para o meu moinho e me deixem a tarefa de levar as colheitas ao mercado.

"— O senhor tem razão, só que se fizermos isso dom Pizarro nos mata.

"— Ventura: entregue os rifles aos rapazes para que aprendam a se defender.)"

Ela se mexeu lentamente. Recordava, contava dias e muitas vezes meses durante os quais seus lábios não se abriram. "Ele jamais me censurou pela frieza com que o trato durante o dia."

Tudo parecia transcorrer sem sua participação, e o homem forte que apeava com os dedos calejados e a testa plissada de suor e poeira passava reto com o chicote em mãos para desabar na cama e acordar mais uma vez antes do sol e empreender, todos os dias, o longo passeio do cansaço ao longo das terras que deviam produzir, render: ser, conscientemente, seu pedestal.

"Parece lhe bastar a paixão com que o aceito durante a noite."

Terras de milho, no pequeno vale irrigado que rodeava os cascos das velhas fazendas: Bernal, Labastida, Pizarro; terras de cacto e pulque[8] mais adiante, onde o barro começava outra vez.

("— Há queixas, Ventura?

"— É que disfarçam, patrão, porque apesar de tudo agora estão melhor que antes. Mas percebeu que o senhor só distribuiu as terras improdutivas e ficou com as irrigadas.

"— E o que mais?

"— Que agora o senhor continua cobrando juros sobre o que empresta, igual dom Gamaliel fazia antes.

"— Olha só, Ventura. Vá lá e explique a eles que os juros altos de verdade eu cobro dos latifundiários como o tal Pizarro e dos comerciantes. Agora, se eles se sentem lesados por causa de meus empréstimos, posso suspendê-los. Achei que estava prestando um serviço...

"— Não, isso não...

"Conte a eles que daqui a pouco tempo vou cobrar as hipotecas de Pizarro e aí sim vou entregar para eles os terrenos irrigados que vou tirar do velho. Diga para aguentarem e terem confiança, que logo eles vão ver.")

Era um homem.

"Mas esse cansaço e essa preocupação o afastavam. Não pedi esse amor apressado que me deu em algumas tardes."

Dom Gamaliel, apaixonado pela sociedade, pelos passeios e pelas comodidades da cidade de Puebla, esqueceu o casarão camponês e deixou que o genro administrasse tudo a gosto."

---

8 **PULQUE:** Bebida alcoólica tradicional do México feita a partir da fermentação do suco extraído do agave, espessa, esbranquiçada e de sabor levemente ácido. Era consumida por povos indígenas muito antes da chegada dos espanhóis.

"Aceitei como ele quis. Ele me pediu para não aceitar dúvidas ou questionamentos. Meu pai. Tinha sido comprada e devia permanecer aqui..."

Mas enquanto o pai vivesse e ela, a cada quinze dias, pudesse viajar até Puebla e passar o dia ao seu lado, encher os armários de seus doces e queijos preferidos, cumprir com ele as devoções do templo de São Francisco, ajoelhar-se diante da múmia do Beato Sebastián de Aparicio, percorrer o mercado do Parián, dar a volta na praça de armas, fazer o sinal da cruz nas grandes pias de pedra da catedral herreriana[9] e simplesmente assistir ao ir e vir de seu pai pela biblioteca do pátio...

"Ah sim, sem dúvida, ele me protegia, me apoiava."

... as razões de uma vida melhor não se perderiam de todo e o amado mundo costumeiro, os anos da infância, teriam realidade suficiente para permitir que ela retornasse ao campo, ao marido, sem pesar.

"Sem voz nem atitude, comprada, testemunha muda dele."

Podia imaginar a si mesma como uma visita de passagem àquele mundo alheio, erguido da lama pelo marido.

Possuía seu mundo real no pátio sombreado de Puebla, nos prazeres do linho fresco estendido sobre a mesa de mogno, na textura das vasilhas pintadas à mão e dos talheres de prata, no cheiro.

"... de peras fatiadas, marmelo, compotas de pêssego..."

("— Já sei que o senhor levou dom León Labastida à ruína. Essas três casinhas de Puebla valem uma fortuna.

"— Veja só, Pizarro. Labastida pede empréstimo atrás de empréstimo, sem se importar com os juros. Ele mesmo enrolou a corda no pescoço.

"— Deve se divertir vendo a queda dos velhos orgulhosos. Mas comigo não vai conseguir. Não sou um caipira como esse Labastida.

---

9 **CATEDRAL HERRERIANA:** Igreja construída ou reformada segundo o estilo de Juan de Herrera, com linhas austeras, planta simétrica e fachada sóbria, refletindo a influência do renascimento espanhol na arquitetura colonial.

"— O senhor cumpra pontualmente seus compromissos e não se preocupe com o que pode acontecer.

"— Ninguém vai me derrubar, Cruz, isso eu posso jurar.")

Dom Gamaliel sentiu a proximidade da morte e preparou as próprias exéquias com luxo e detalhe. O genro não pôde negar os mil pesos à vista que o velho exigiu. O catarro crônico foi endurecendo, como uma bolha de vidro fervente posta ao sol, e logo seu peito fechou e os pulmões só conseguiam puxar aquele ar minguado e frio que ia se embrenhando entre as comissuras de uma massa de fleuma, irritação e sangue.

"Ah, sim, objeto de um prazer ocasional."

O velho encomendou um coche adornado de prata, coberto por um pálio de veludo negro e puxado por oito cavalos que deveriam ostentar rédeas de prata e uma plumagem negra sobre a crina. Se fez conduzir em cadeira de rodas até a varanda da sala enquanto o coche e os cavalos ajaezados passavam, repetidamente, pela rua e em frente ao seu olhar de febre.

"Mãe? Que parto sem alegria, sem dor."

Disse à jovem esposa que tirasse os quatro grandes candelabros de ouro da vitrine e os polisse: deviam estar ao seu redor tanto no velório como na missa de corpo presente. Rogou para que ela mesma fizesse sua barba, porque continuava crescendo durante várias horas: só o pescoço e as bochechas, e um pouco de tesoura no cavanhaque e no bigode. Para que o vestisse com o peitilho duro e o fraque e desse veneno ao mastim.

"Imóvel e muda; por orgulho."

Legou à filha suas propriedades e designou o genro como usufrutuário e administrador. Só mencionou isso no testamento. Tratou-a, mais que nunca, como a garota que havia crescido ao seu lado, e jamais falou da morte do filho ou daquela visita, a primeira. A morte parecia a ocasião para afastar piedosamente todos esses acontecimentos e restaurar, em um ato final, o mundo perdido.

"Tenho direito a destruir seu amor, se seu amor é verdadeiro?"

Dois dias antes de morrer, deixou a cadeira de rodas e se

deitou na cama. Recostado contra uma massa de travesseiros, mantinha a postura elegante e ereta, o perfil aquilino e sedoso. Às vezes espichava a mão para confirmar a proximidade da filha. O mastim gania debaixo da cama. Os lábios lineares, por fim, abriram-se com um espasmo de terror e a mão não conseguiu mais se estender. Permaneceu sobre o peito imóvel. Ela ficou ali, contemplando aquela mão. Era a primeira vez que presenciava a morte. Sua mãe havia morrido quando ainda era muito pequena. Gonzalo morreu longe.

"Então é essa quietude tão próxima, essa mão que não se move."

Muito poucas famílias acompanharam o grande coche em seu percurso até o templo de São Francisco e, depois, ao cemitério do morro. Temiam, talvez, se encontrar com ele. Seu esposo mandou alugar a casa de Puebla.

"Que desamparo, daquela vez. Não bastava o garoto. Não bastou Lorenzo. Pus-me a pensar no que poderia ter sido minha vida ao lado do outro, o dos barrotes: a vida que este impediu."

"(— O velho Pizarro fica o dia inteiro sentado em frente à casa da fazenda, com uma escopeta em mãos. Não lhe resta nada além da casa.

"— Sim, Ventura. Não lhe resta nada além da casa.

"— Também restam alguns rapazes que se dizem muito valentes e que são fiéis a ele até a morte.

"— Sim, Ventura. Não esqueça seus rostos.")

Certa noite, ela percebeu que o espiava sem querer. Insensivelmente, foi esquecendo essa indiferença sem afeto dos primeiros anos para começar a busca, nas horas pardas do entardecer, o olhar do esposo, os movimentos pausados do homem que estendia as pernas sobre a banqueta de couro ou se agachava para acender a velha lareira durante as horas frias do campo.

"Ah, deve ter sido um olhar frágil, cheio de compaixão por mim mesma, solicitando o dele; inquieto, sim, porque não conseguia dominar a tristeza e o desamparo em que essa morte me deixou. Pensei que essa inquietude fosse só minha...

Não se deu conta de que, ao mesmo tempo, um homem novo começou a observá-la com novos olhos de repouso e confiança, como se quisesse dar a entender que os tempos difíceis já haviam passado.

"(— Pois é, todos falam em quando vai repartir as terras de dom Pizarro.

"— Diga para aguentarem firme. Não veem que Pizarro ainda não se rendeu? Diga para aguentarem com os rifles caso o velho se atreva a se meter comigo. Quando as coisas se acalmarem, vou repartir logo as terras.

"— Eu guardo seu segredo. Sei que o senhor já anda vendendo as terras boas de dom Pizarro para uns colonos em troca de terrenos lá em Puebla.

"— Os pequenos proprietários também darão emprego aos camponeses, Ventura. Vamos, beba isso e sossegue...

"— Obrigado, dom Artemio. Sabe bem que eu...")

E que agora, estabelecidos os alicerces do bem-estar, começava outro homem, disposto a mostrar a ela que sua força também servia para os atos da felicidade. Na noite em que esses olhares enfim se encontraram em um instante de atenção silenciosa, ela pensou pela primeira vez em muito tempo no próprio penteado e levou uma mão à nuca de cabelo castanho.

"... enquanto ele sorria para mim, de pé ao lado da lareira, com isso, com uma espécie de candor... Tenho direito a negar a mim mesma uma felicidade possível...?

"(— Diga para eles devolverem os rifles, Ventura. Não são mais necessários. Agora cada um tem seu lote e as extensões maiores são minhas ou de meus protegidos. Não têm mais nada a temer."

"— Mas é claro, patrão. Eles concordam e agradecem sua ajuda. Alguns andavam sonhando com muito mais, mas agora concordam outra vez e dizem que é melhor que nada.

"— Escolha uns dez ou doze dos mais machos e entregue a eles os rifles. Não quero que surjam descontentes aqui ou ali.")

"Depois senti rancor. Eu me deixei levar... E gostei. Que vergonha."

Ele queria apagar a lembrança da origem e ser amado sem memórias do ato que a obrigou a desposá-lo. Deitado ao lado da mulher, pedia em silêncio — isso entendeu — que os dedos entrelaçados daquela hora fossem algo mais que uma resposta imediata.

"Talvez com aquele eu sentisse algo mais; não sei; só conheci o amor de meu esposo; ah, entregue com uma paixão exigente, como se não pudesse viver nem mais um instante sem saber que eu lhe correspondo..."

Repreendia-se pensando que as aparências serviam de prova contra ele. Como fazê-la acreditar que a amara desde o momento em que a viu passar por uma rua de Puebla, antes de saber quem era?

"Mas quando nos separamos, quando dormimos, quando começamos a viver um novo dia, preciso disso, dos gestos, dos acenos capazes de prolongar na vida diária esse amor da noite."

Poderia ter dito a ela, mas uma explicação levaria a outra e todas as explicações conduziriam a um dia e um lugar, um calabouço, uma noite de outubro. Queria evitar esse retorno: soube que para tanto só poderia fazê-la sua sem palavras; disse a si mesmo que a carne e a ternura falariam sem palavras. Então outra dúvida o assaltava. Essa moça compreenderia tudo o que ele queria dizer-lhe quando a tomava nos braços? Saberia apreciar a intenção da ternura? Não era muito excessiva, imitada, aprendida a resposta sexual dela? Não se perdia, na representação involuntária da mulher, qualquer promessa de compreensão verdadeira?

"— Talvez tenha sido pudor. Talvez vontade de que esse amor às escuras fosse, de verdade, excepcional."

Mas ele não se atrevia a perguntar, a falar. Confiava que os fatos acabariam se impondo; o costume, a fatalidade, a necessidade também. Até onde ela podia olhar? Seu único futuro era ao lado dele. Talvez essa simples evidência acabasse por fazê-la esquecer daquilo, do início. Dormia ao lado da mulher com esse desejo, já um sonho.

"Eu pedindo perdão por ter esquecido no gosto as razões de meu rancor... Meu Deus, como posso responder a essa força, ao brilho desses olhos verdes? Qual pode ser minha própria força, uma vez que esse corpo feroz, terno, me toma em seus braços e não me pede permissão, nem perdão pelo que eu poderia jogar em sua cara... Ah, não tem nome, as coisas acontecem antes que eu consiga nomeá-las..."

("—Há tanto silêncio nesta noite, Catalina... Tem medo de rompê-lo? Eu disse alguma coisa?

"— Não... Não fale.

"— Nunca me pede nada. Gostaria que de vez em quando...

"— Deixo você falar. Você sabe as coisas que...

"— Sim. Não é preciso falar. Gosto de você, gosto de você... Nunca pensei...")

Iria se deixar levar. Iria se deixar amar; mas quando acordasse voltaria a lembrar de tudo e oporia seu rancor silencioso à força do homem.

"Não te direi. Você me vence de noite. Eu te venço de dia. Não te direi. Que nunca acreditei no que nos contou. Que meu pai sabia esconder sua humilhação atrás de sua dignidade, homem cortês, mas que posso vingá-lo em segredo ao longo da vida inteira."

Levantava-se da cama, trançando o cabelo solto, sem olhar para a cama bagunçada. Acendia a vela e orava em silêncio, como em silêncio demonstraria, durante as horas de sol, que não tinha sido derrotada, mesmo que a noite, a segunda gravidez, o ventre inchado dissessem o contrário. E só nos momentos de verdadeira solidão, quando nem o rancor do passado nem a vergonha do prazer ocupavam seu pensamento, sabia dizer a si mesma com honradez que ele, sua vida, sua força,

"— ... me oferecem essa estranha aventura, que me enche de medo..."

Era um convite para a aventura, para se atirar de cabeça em um futuro desconhecido, no qual os procedimentos não seriam sancionados pela santidade do uso. Inventava e criava tudo de baixo, como se nada tivesse acontecido antes, Adão sem pai, Moisés sem Tábuas. Não era assim a vida, não era assim o mundo organizado por dom Gamaliel.

"Quem é? Como surgiu de si mesmo? Não, não tenho a coragem necessária para acompanhá-lo. Preciso me conter. Não devo chorar quando lembro minha vida de menina. Que saudade."

Comparava os dias felizes da infância ao galope incompreensível de rostos duros, ambições, fortunas arruinadas ou criadas do nada, hipotecas vencidas, juros caducados, orgulhos sujeitados.

"(— Nos reduziu à miséria. Não podemos fazer um trato com você; você é parte do que ele nos faz.)"

Era verdade. Esse homem.

"Esse homem que amo irremediavelmente, esse homem que talvez me ame de verdade, esse homem a quem não sei o que dizer, esse homem que me leva e me traz do prazer à vergonha, da vergonha mais deprimente ao prazer mais, mais..."

Esse homem tinha vindo para destruí-los: já os destruíra, e ela só salvou seu corpo, mas não sua alma, vendendo-se a ele. Passou longas horas em frente à janela aberta para o campo, perdida na contemplação do vale sombreado por terebintos, balançando de vez em quando o berço do bebê, esperando o segundo parto, imaginando o futuro que poderia lhes propiciar o aventureiro. Entrou no mundo como entrou no corpo da esposa, vencendo o pudor, com aquela alegria, quebrando as regras da decência, com aquele gosto. Sentou à mesa aqueles homens, capatazes das terras, peões de olhar cintilante, gente que desconhecia as boas maneiras. Aboliu todas as hierarquias encarnadas por dom Gamaliel. Transformou aquela casa em um estábulo de brutamontes que falavam de coisas incompreensíveis, entediantes, sem graça. Começou a receber comissões de vizinhos, a escutar frases de adulação. Precisava ir à Cidade do México, ao novo Congresso. Eles o indicariam. Quem, senão ele, poderia representá-

-los de verdade? Se ele e sua senhora se dispusessem a percorrer os povoados aos domingos, veriam como eram queridos e como sua eleição estava garantida.

Ventura voltou a inclinar a cabeça antes de colocar o chapéu. Um peão conduziu a caleça até a porteira e ele deu as costas ao índio e caminhou até a cadeira de balanço onde se encontrava a mulher grávida.

"Ou é meu dever conservar até o fim o rancor que sinto?"

Ofereceu a mão e ela a segurou. As ameixas podres se abriram sob seus pés, os cachorros latiram e correram ao redor da caleça e os galhos das ameixeiras espargiram o frescor do orvalho. Ao lhe oferecer ajuda para subir na caleça, apertou involuntariamente o braço da esposa e sorriu.

— Não sei se te ofendi de algum jeito. Se fiz isso, peço que me perdoe.

Esperou alguns instantes. Se ela pelo menos mostrasse alguma perturbação. Isso teria bastado para ele: um gesto que, mesmo não sendo de carinho, delatasse uma mínima debilidade, o signo suficiente de uma ternura, de um desejo de proteção.

"Se ao menos pudesse me decidir, se ao menos pudesse."

Como em seu primeiro encontro, ele correu a mão até a palma dela e voltou a tocar uma carne sem emoção. Tomou as rédeas e ela sentou-se ao seu lado e abriu a sombrinha azul sem dirigir o olhar ao marido.

— Cuidem do menino.

"Dividi minha vida em noite e dia, como se atendesse a duas razões. Por que não posso escolher só uma, meu Deus?"

Ele olhou fixamente para o oriente. A terra do milho, sulcada por fios de água que os camponeses canalizavam, com as mãos, para as semeaduras jovens, protegendo os montículos onde se escondia a semente, passou ao lado da estrada. Os gaviões planavam ao longe: emergiram os cetros verdes dos cactos; os facões trabalhavam cortando incisões nos troncos: era seiva. Só o gavião, do alto, conseguia distinguir a mancha úmida e fértil que rodeava as casas das terras do novo patrão, que foram antigas terras de Bernal, Labastida e Pizarro.

"Sim: ele me ama, deve me amar."

A saliva prateada dos riachinhos se esgotava logo e a exceção cedia lugar à regra: a planície calcária dos cactos. À passagem da caleça, os trabalhadores largaram facões e picaretas, os boiadeiros chicotearam os burricos: as nuvens de poeira se ergueram sobre outra terra, seca sem transição. À frente da caleça, como um enxame negro, ia a procissão religiosa que não demoraram a alcançar.

"Devia dar a ele todos os motivos para me amar. Não me lisonjeia sua paixão por mim? Não me lisonjeiam suas palavras de amor, sua ousadia, as provas de seu prazer? Mesmo assim. Mesmo grávida, não me deixa. Sim, me lisonjeiam sim."

O lento avanço dos peregrinos deteve-os: meninos vestidos com túnicas brancas de debruns dourados, algumas com auréolas de papel prateado e arame tremendo sobre a cabeça negra, de mãos dadas com mulheres de corpo coberto, bochechas vermelhas e olhares vítreos, que faziam o sinal da cruz e murmuravam as ladainhas antigas: de joelhos, com os pés descalços e as mãos acorrentadas aos rosários: que detinham o homem de pedras feridas que cumpria a promessa, que açoitavam o pecador que recebia com gozo as chicotadas sobre as costas nuas e a cintura envolta por correntes espinhentas: as coroas de espinho abriam feridas nas testas morenas, os escapulários de sisal sobre os peitos de pele macia: os murmúrios em língua indígena não se erguiam além da superfície de terra ponteada de gotas vermelhas que os pés lentos aplainavam e em seguida ocultavam: pés de crostas duras, calejados, acostumados a levar uma segunda camada de pele lodosa. A caleça não avançava.

"Por que não sei aceitar tudo sem algo estranho em meu coração, sem uma ressalva? Quero entender as coisas como demonstração de que ele não pode resistir à atração de meu corpo e só posso entendê-lo como prova de que o subjuguei, de que posso arrancar dele todas as noites esse amor e no dia seguinte desprezá-lo com minha distância e frieza. Por que não me decidir? Por que preciso me decidir?"

Os doentes apertavam as rodelas de cebola contra as têmporas ou se deixavam percorrer pelos ramos santos das mulheres: centenas, centenas: um só ganido sem interrupção rompia o silêncio baixo dos murmúrios: até os cães babões, de pele morrinhenta, ofegavam baixo, correndo em meio à multidão de passo lento que esperava a aparição, à distância, das torres de gesso rosado, a fachada de azulejos e as cúpulas de mosaicos amarelos. As cabaças subiam até os lábios finos dos penitentes, e pelos queixos escorria a fleuma espessa do pulque. Olhos em branco, bichados; rostos manchados pela sarna; cabeças raspadas das crianças doentes; narizes carcomidos pela varíola: sobrancelhas apagadas pela sífilis: a marca do conquistador nos corpos dos conquistados que avançavam de joelhos, de quatro, a pé, até o santuário erigido para honrar o deus dos tehuelches[10]. Centenas, centenas: pés, mãos, chagas, suor, lamentos, crostas, pulgas, lodo, lábios, dentes: centenas.

"Preciso me decidir; não tenho outra possibilidade na vida além de ser, até a morte, a mulher deste homem. Por que não aceitar isso? Sim, é fácil pensar. Não é tão fácil esquecer os motivos de meu rancor. Deus. Deus, me diga se estou eu mesma destruindo minha felicidade, me diga se devo preferi-lo a meus deveres de irmã e de filha..."

A caleça abria passagem com dificuldade pela trilha de poeira, em meio aos corpos que não conheciam a pressa, que avançavam de joelhos, a pé, de quatro, rumo ao santuário. Os cactos nas laterais impediam-nos de sair da estrada e dar meia-volta, e a mulher branca se defendia do sol com a sombrinha entre os dedos, era balançada suavemente pelos ombros dos peregrinos: os olhos de gazela, os lóbulos rosados, a brancura uniforme da pele, o lenço que lhe cobria o nariz e a boca, os seios altos por trás da seda azul, o ventre grande, os pequenos pés cruzados e as sapatilhas de cetim:

---

10 **TEHUELCHES:** Povos indígenas da Patagônia, no sul da Argentina e Chile, conhecidos por seu estilo de vida nômade. Foram descritos por exploradores como de grande estatura e habitavam regiões frias e áridas.

"Temos um filho. Meu pai e meu irmão estão mortos. Por que o passado me hipnotiza? Deveria olhar para a frente. E não sei me decidir. Permitirei que os fatos, a sorte, algo fora de mim decida por mim? É possível. Deus. Espero outro filho..."

As mãos se esticaram na direção dela: primeiro o membro calejado de um índio velho e grisalho, em seguida os braços, nus sob o xale, das mulheres; um murmúrio contido de admiração e carinho, uma ânsia de tocá-la, umas sílabas aflautadas: — Mamãezinha, mamãezinha. A caleça parou e ele saltou, empunhando o chicote sobre as cabeças escuras, gritando para que abrissem caminho: alto, vestido de preto, com o chapéu engalanado enfiado até a sobrancelha...

"Meu Deus, por que me impôs este compromisso?..."

Ela tomou as rédeas, virou o cavalo com violência para a direita, atirando ao chão os peregrinos, até que o cavalo relinchou, levantou as patas dianteiras, quebrou as vasilhas de barro, os cestos com galinhas que cacarejaram, revoaram, golpeou as cabeças dos índios caídos no chão, girou em círculo, suarento e brilhoso, os nervos do pescoço estirados e os olhos bulbosos: ela sentiu sobre o corpo todos os suores e as chagas, a gritaria surda, os insetos, o bafo de pulque subindo; chicoteou, de pé, equilibrada pela gravidade do ventre, as rédeas sobre o lombo do animal. A multidão abriu passagem, com pequenos gemidos de inocência e espanto, braços levantados, corpos atirados contra a muralha de cactos e ela correu de volta,

"Por que me deu esta vida em que preciso escolher? Não nasci para isso..."

ofegante, longe desse povo, em direção à casa perdida nas reverberações, oculta pela rápida altura das árvores frutíferas que ele plantou.

"Sou uma mulher fraca. Só queria uma vida tranquila, em que os outros escolhessem por mim. Não... não sei decidir.... Não consigo... Não consigo..."

As mesas compridas foram dispostas perto do santuário, debaixo do sol; as moscas voaram em esquadrilhas densas sobre as grandes panelas de feijão e os tacos duros amontoados em cima de uma toalha de papel-jornal: as garrafas de pulque curado em cereja e as espigas secas e os docinhos tricolores de amêndoa rompiam a opacidade da comida e das panelas. O prefeito subiu em um palanque e o apresentou e o elogiou e ele aceitou a candidatura a deputado federal, acertada meses antes em Puebla e na Cidade do México com o governo que reconhecia seus méritos revolucionários, seu bom exemplo ao se retirar do exército para cumprir os postulados da reforma agrária e seus excelentes serviços ao suprir a ausência de autoridade na comarca, instaurando a ordem por sua conta e risco. Os que entravam e saíam do templo choravam em voz alta para sua virgem e seu deus, lamuriavam-se, ouviam os discursos e bebiam dos garrafões. Alguém gritou. Soaram vários tiros. O candidato não perdeu a compostura, os índios mastigavam os tacos e ele cedeu a palavra a outro letrado da região enquanto o tambor indígena o saudava e o sol se escondia atrás das montanhas.

— Como avisei — murmurou Ventura quando as gotas redondas da chuva pontual começaram a retinir em seu chapéu —, ali estavam os matadores de dom Pizarro, apontando para o senhor assim que subiu ao palanque.

Ele, sem chapéu, enfiou na cabeça o agasalho de folhas de milho.

— E como ficaram?

— Bem frios — sorriu Ventura. — Nós os cercamos ainda antes de começar a fala.

Colocou o pé no estribo do cavalo.

— Larguem todos eles na porta de Pizarro.

Odiou-a quando entrou na sala calada, nua, e a encontrou sozinha, balançando a cadeira e acariciando os próprios braços como se a chegada do homem a enchesse de um frio intangível, como se o hálito do homem, o suor seco de seu corpo, o som temido de sua voz, carregassem um vento gelado. O nariz fino e reto da mulher tremeu: ele atirou o chapéu na mesa e as esporas avançaram, riscando o piso de ladrilho.

— Me... Me assustaram...

Ele não falou. Tirou o agasalho e estendeu-o perto da lareira. A água corria ceceando pelas telhas do teto. Era a primeira vez que ela tentava uma justificativa.

— Perguntaram por minha mulher. Hoje foi um dia importante para mim.

— Sim, eu sei...

— Como posso te dizer... todos... todos precisamos de testemunhas de nossa vida para conseguirmos vivê-la...

— Sim...

— Você...

— Eu não escolhi minha vida! — disse ela erguendo a voz, apertando com as mãos os braços da cadeira de balanço. — Se obriga as pessoas a fazerem sua vontade, depois não exija de ninguém gratidão nem...

— Contra sua vontade? Então por que gosta de mim? Por que fica uivando na cama, se depois fica aí de cara amarrada? Quem te entende?

— Miserável!

— Vamos, hipócrita, responda, por quê?

— Seria igual com qualquer homem.

Ergueu os olhos para enfrentá-lo. Já estava dito. Preferia se rebaixar.

— E o que você sabe? Posso te dar outra cara e outro nome...

— Catalina... Eu te amei... Minha parte eu fiz.

— Me deixe. Estou em suas mãos para sempre. Já tem o que queria. Contente-se e não peça coisas impossíveis.

— Por que desistir? Sei que gosta de mim...

— Me deixe. Não toque em mim. Não esfregue na cara minha fraqueza. Juro que não me deixarei mais levar... com isso.

— Você é minha mulher.

— Não chegue perto. Não deixarei de cumprir. Isso te pertence... É um de seus triunfos.

— Sim, e vai ter que aguentar pelo resto da vida.

— Agora já sei como me consolar. Com Deus a meu lado, com meus filhos, nunca me faltará alívio...

— Por que Deus estaria do seu lado, farsante?

— Não me importo com seus insultos. Eu já sei como me consolar.

— Pelo quê?

— Não se esquive. De saber que vivo com o homem que humilhou meu pai e traiu meu irmão.

— Vai pagar por isso, Catalina Bernal. Está plantando em minha cabeça a ideia de lembrar de seu pai e seu irmão cada vez que abrir as pernas para mim.

— Não pode mais me ofender.

— Não tenha tanta certeza.

— Faça o que quiser. A verdade dói? Você matou meu irmão.

— Seu irmão não teve tempo de ser traído. Tinha vontade de ser mártir. Não quis se salvar.

— Ele morreu e você está aqui, bem vivo e aproveitando sua herança. Isso é tudo o que sei.

— Então que se dane, e tenha em mente que nunca renunciarei a você, nunca, nem depois que eu morrer, mas também sei humilhar. Vai pagar por não ter se dado conta...

— Acha que não reparei em sua cara de animal quando dizia me amar?

— Não queria você distanciada, mas envolvida em minha vida...

— Não toque em mim. Isso é o que nunca poderá comprar.

— Esqueça esse dia. Pense que vamos viver a vida inteira juntos.

— Afaste-se. Sim. Penso nisso. Tantos anos pela frente.

— Então me perdoe. Estou pedindo outra vez.

— Você me perdoa?

— Não tenho nada por que te perdoar.

— Me perdoa por não te perdoar pelo esquecimento em que vai caindo o outro, o que eu amava de verdade? Se ao menos pudesse lembrar bem de seu rosto... Também por isso te odeio, por ter me feito esquecer a cara dele... Se ao menos tivesse experimentado esse amor antes, já poderia dizer que vivi... Tente me entender; odeio mais ele que você, porque se deixou assustar e nunca mais voltou... Talvez esteja te dizendo essas coisas porque não posso dizer a ele... sim, me diga que é uma covardia pensar assim... não sei; eu... eu sou fraca... e você, se quiser, pode amar muitas mulheres, mas eu ficarei amarrada a você. Se ele tivesse me tomado à força, hoje não precisaria lembrá-lo e odiá-lo sem conseguir lembrar como era seu rosto. Fiquei insatisfeita para sempre, entende?... escute, não se afaste... e como não tenho a coragem de culpar a mim mesma por tudo o que aconteceu e tampouco tenho ele por perto para odiá-lo, ponho a culpa em você, e odeio você, que é tão forte, que consegue suportar tudo... Me diga se perdoa isso, porque eu não conseguirei perdoá-lo enquanto não perdoar a mim mesma e o outro que foi embora... tão fraca... Mas não quero pensar nem falar; deixe-me viver em paz e pedir perdão a Deus, não a você...

— Acalme-se. Preferia você com seus silêncios dissimulados.

— Já sabe. Pode me ferir quantas vezes quiser. Até essa arma eu te dei. Talvez porque queira que você também me odeie e se acabem de uma vez nossas ilusões...

— Seria mais simples esquecer tudo e começar de novo.

— Não funcionamos assim.

A mulher imóvel lembrou sua primeira decisão, quando dom Gamaliel lhe explicou o que estava acontecendo. Sucumbir com força. Deixar-se vitimar para se vingar.

— Nada é capaz de me deter, percebe? Diga-me uma coisa capaz de me deter.

— É que isso é mais fácil.

— Estou dizendo para não me tocar, não me acariciar!

— O ódio é mais fácil, estou dizendo. O amor é mais difícil e exige mais...

— Isso é o natural. É o que vem para mim.

— Não é preciso cultivar ou gostar dele. Sai sozinho.

— Não me toque!

Não olhou mais para o marido. A ausência de palavras apagava a proximidade daquele homem alto e escuro, de bigode espesso, que sentia as têmporas e a nuca oprimidas por uma dor pétrea. Adivinhou algo mais nos olhos belos e nublados da esposa. Aquela boca fechada esfregava em sua cara, com um ricto de desprezo dissimulado, as palavras que nunca diria.

"Pensa que, depois de ter feito tudo o que fez, ainda tem direito ao amor? Pensa que as regras da vida podem ser mudadas para que, ainda por cima, receba essas recompensas? Você perdeu a inocência no mundo lá fora. Não conseguirá recuperá-la aqui dentro, no mundo dos afetos. Talvez tenha tido seu jardim. Eu também tive o meu, meu pequeno paraíso. Agora nós dois os perdemos. Tente lembrar. Não pode encontrar em mim o que já sacrificou, o que já perdeu para sempre e por obra sua. Não sei de onde vem. Não sei o que fez. Só sei que em sua vida perdeu o que depois me fez perder: o sonho, a inocência. Nunca mais seremos os mesmos."

Ele quis lê-las no rosto imóvel da esposa. Involuntariamente, sentiu-se próximo da razão que ela não expressava. A palavra retornou ao seu temor oculto. Cainita: essa palavra atroz não devia brotar, jamais, dos lábios de sua mulher que, mesmo perdendo a esperança de amor, seria, todavia, sua testemunha — muda, receosa — nos anos por vir. Cerrou a mandíbula. Só um ato poderia, talvez, desfazer esse nó da separação e do rancor. Só algumas palavras, ditas agora ou nunca mais. Se ela as aceitasse, poderiam esquecer e começar de novo. Se não aceitasse...

"Sim, estou vivo e ao seu lado, aqui, porque deixei que outros morressem por mim. Posso te falar dos que morreram porque lavei as mãos e dei de ombros. Aceite-me, assim, com essas culpas, e me encare como um homem que precisa... Não me odeie. Tenha misericórdia, Catalina amada. Porque eu te amo; sopese de um lado minhas culpas e do outro meu amor, e verá que meu amor é maior..."

Não se atrevia. Perguntava-se por que não se atrevia. Por que ela não exigia a verdade — dele, incapaz de revelá-la, ciente de que essa covardia os afastava ainda mais e fazia dele, também, responsável pelo amor fracassado — para que os dois se limpassem da culpa que, para ser redimido, esse homem queria compartilhar?

"Sozinho não; sozinho não consigo."

Durante esse breve minuto íntimo e silencioso...

"Eu já sou forte. Minha força é aceitar sem luta essas fatalidades."

... ele aceitou também a impossibilidade de se elevar, de regressar... Ela se levantou murmurando que o menino estava dormindo sozinho no quarto. Ele ficou sozinho e imaginou, imaginou-a de joelhos, diante do crucifixo de marfim, cumprindo o último ato que a desprendia

"de meu destino e de minha culpa, aferrada à sua salvação pessoal, rechaçando isso, isso que devia ser nosso, embora te ofereça em silêncio; você não voltará mais..."

Cruzou os braços e saiu na noite do campo, erguendo a cabeça para saudar a brilhante companhia de Vênus, a primeira estrela em uma abóbada que se povoava velozmente de luzes. Em outra noite passada tinha olhado os astros; não ganhava nada lembrando disso. Não era mais aquele, nem os astros eram os mesmos que seu olhar juvenil contemplou.

A chuva havia cessado. O pomar exalava um cheiro profundo de goiaba e *tejocote*, de ameixa e pera. Ele havia plantado as árvores do jardim. Ele havia erguido a cerca que separava a casa e a horta, seu domínio íntimo, das terras cultiváveis.

Quando as botas pisaram a terra úmida, enfiou as mãos nos bolsos da calça e caminhou lentamente até a porteira. Abriu-a e seguiu até a casa vizinha. Durante a primeira gravidez da esposa, aquela jovem índia o recebera ocasionalmente, com um silêncio inerte e total ausência de perguntas ou previsões.

Entrou sem avisar, empurrando a porta de supetão, na casinha de barro quebradiço. Tomou-a pelo braço, despertando-a do sono, já tocando o calor da carne escura, adormecida. A moça olhou assustada o rosto descomposto do patrão, o cabelo crespo que caía sobre os olhos de vidro verdoso, os grossos lábios rodeados de pelos ásperos e revoltos.

— Venha, não se assuste.

Ela ergueu os braços para vestir a blusa branca e estendeu uma mão para pegar o xale. Ele a levou para fora. Ela mugia baixo, como um bezerrinho enlaçado. E ele ergueu o rosto para o céu, revestido naquela noite com todas as suas luzes.

— Está vendo aquela estrelinha brilhante? Parece ao alcance da mão, não é? Mas até você sabe que nunca irá tocá-la. É preciso dizer não ao que não podemos tocar com as mãos. Venha; vai morar comigo na casa grande.

A jovem entrou de cabeça baixa na horta.

As árvores lavadas pelo aguaceiro brilharam na escuridão. A terra fermentada se encheu de odores espessos e ele respirou fundo.

E lá em cima, no quarto, ela deixou a porta entreaberta e se deitou. Acendeu o candeeiro. Virou de cara para a parede, cruzou as mãos sobre os ombros e recolheu as pernas. Um instante depois, esticou-as e procurou tateando as sapatilhas no chão. Levantou-se e caminhou pelo quarto, levantando e baixando a cabeça. Acariciou, sem se dar conta, o garoto que dormia na cama pequena. Alisou o ventre. Voltou a se deitar e permaneceu assim esperando escutar os passos do homem no corredor.

Eu deixo que façam, não consigo pensar nem desejar; eu me acostumo a essa dor: nada pode durar eternamente sem se transformar em costume; a dor que sinto debaixo das costelas, ao redor do umbigo, nos intestinos, já é minha dor, uma dor que rói: o sabor de vômitos em minha língua é meu sabor; o inchaço de meu ventre é meu parto, comparo-o ao parto, rio. Tento tocá-lo. Percorro do umbigo ao púbis. Novo. Redondo. Pastoso. Mas o suor frio cede. Esse rosto sem cor que consigo ver nos vidros sem simetria da bolsa de Teresa, que passa ao lado da minha cama, nunca se desgruda da bolsa, como se houvesse ladrões no quarto. Eu sofro esse colapso. Não sei mais. O médico foi embora. Disse que ia chamar outros médicos. Não quer se responsabilizar por mim.

Não sei mais. Mas eu os vejo. Entraram. A porta de mogno se abre, fecha-se, e não se escutam os passos sobre o tapete espesso. Fecharam as janelas. Correram, com um ceceio, as cortinas cinza. Entraram. Ah, tem uma janela. Tem um mundo lá fora. Tem esse vento alto, de meseta, que agita árvores negras e finas. É preciso respirar...

— Abram a janela...

— Não, não. Pode apanhar um resfriado e complicar tudo.

— Abram...

— *Domine, non sum dignus*...

— Estou cagando para Deus...

— ... porque crê nele...

Muito esperto. Isso foi muito esperto. Me acalma. Já não penso nessas coisas. Sim, por que insultá-lo, se não existe? Isso me faz bem. Vou admitir tudo isso porque me rebelar é conceder que essas coisas existem. Vou fazer isso. Não sei no que estava pensando. Desculpas. O padre me entende. Desculpas. Não vou lhes dar razão me rebelando. Assim é melhor. Devo fazer cara de tédio. É a que convém. Quanta importância dão a tudo isso. A um fato que para o mais interessado, para mim, significa o fim da importância. Sim. Assim ficaremos bem. Assim. Quando me dou conta de que tudo deixará de ter importância, os demais tentam transformar na coisa mais importante: a própria dor, a salvação da alma alheia. Lanço esse som oco pelas narinas e deixo que façam e cruzo os braços sobre a barriga. Oh, caiam fora todos, deixem-me ouvir. Vamos ver se não me entendem. Vamos ver se não compreendem o que quer dizer um braço dobrado assim...

"— ... alegam que dá para fabricar esses mesmos carros aqui no México. Mas nós vamos impedir, não é? Vinte milhões de pesos são um milhão e meio de dólares...

"— *Plus our commissions...*[11]

"— O gelo não vai te fazer muito bem com esse catarro.

"— *Just have* febre. *Well, I'll be...*[12]

11 "Mais nossas comissões..."

12 "Só tenho febre. Bem, eu vou..."

"— Não terminei. Além disso, dizem que os fretes cobrados pelas companhias mineradoras pelo transporte do centro da República até a fronteira são baixíssimos, equivalem a um subsídio, custa mais caro transportar legumes do que os minerais de nossas companhias...

"— *Nasty, nasty...*[13]

"— Pois é. O senhor compreende que, se aumentarem os fretes, será insustentável para nós trabalhar as minas...

"— *Less proffits, sure, lesproffitsure lesslessless...*"[14]

— O que foi, Padilla? Ei, Padilla. Que cacofonia é essa? Ei, Padilla.

— Acabou a fita. Um instantinho. Continua do outro lado.

— Ele não escuta, doutor.

Padilla deve sorrir como sabe fazer. Padilla me conhece. Eu escuto. Ah, eu escuto, ai. Esse som enche meu cérebro de eletricidade. Esse som de minha própria voz, minha voz reversível, sim, que volta a chiar e pode ser ouvida correndo para trás, como um guincho de esquilo, mas minha voz como meu nome que só tem onze letras e pode ser escrito de mil maneiras Amuc Reoztrir Zurtec Marzi Itzau Erimor mas que tem sua chave, seu padrão, Artemio Cruz, ah meu nome, escuto meu nome que chia, para, corre no sentido contrário:

"— O senhor seja simpático, Mr. Corkery. Telegrafe tudo isso para as matrizes interessadas lá nos Estados Unidos. Mobilizem a imprensa de lá contra as ferrovias comunistas do México.

"— *Sure, if you say they're commies, I feel it my duty to uphold by any means our...*[15]

"— Sim, sim, sim. Que bom que nossos ideais coincidem com nossos interesses, não é verdade? E outra coisa: o senhor fale com seu embaixador, para que ele pressione o governo mexicano, que acabou de começar e ainda está meio verdinho.

---

13 "Que maldade, que maldade..."

14 "Menos lucros, claro, menoslucrosclaro menosmenosmenos"

15 "Claro, se são comunistas, sinto que é meu dever impedir com todos os meios que nós..."

"— *Oh, we never intervene.*[16]

"— Perdoe minha brusquidão. Recomende que ele estude o assunto serenamente e ofereça sua opinião desinteressada, tendo em vista sua preocupação natural pelos interesses dos cidadãos norte-americanos no México. Que explique a eles a necessidade de manter um clima favorável para os investimentos, e com essas agitações...

"— OK, OK."

Ah, que bombardeio de signos, de palavras, de estímulos para meu ouvido cansado; ah, que fadiga, ah, que linguagem sem linguagem; ah, mas eu disse, é minha vida, devo escutá-la; ah, não entenderão meu gesto porque mal consigo mexer os dedos: que desliguem de uma vez, já me entediei, o que tem a ver, que saco, que saco... Tenho algo a lhes dizer:

— Você o dominou e o arrancou de mim.

— Essa manhã eu o esperava com alegria. Cruzamos o rio a cavalo.

— A culpa é sua. Sua. Você é o culpado.

Teresa deixa o jornal cair. Catalina diz ao se aproximar do leito, como se eu não pudesse ouvi-la:

— Parece muito mal.

— Já disse onde está? — pergunta Teresa em voz mais baixa.

Catalina faz que não com a cabeça.

— Não está com os advogados. Deve ser escrito à mão. Se bem que ele seria capaz de morrer sem testamento, só para complicar nossa vida.

Escuto-as de olhos fechados e dissimulo, dissimulo.

— O padre não conseguiu arrancar nada dele?

Catalina deve ter negado. Sinto que se ajoelha ao lado da cabeceira e diz com a voz lenta e quebradiça:

— Como está se sentindo?... Não tem vontade de conversar um pouquinho?... Artemio... Tem uma coisa muito séria... Artemio... Não sabemos se você deixou testamento. Queríamos saber onde...

16 "Oh, nós nunca intervimos."

A dor vai passando. Elas não veem o suor frio que escorre por minha testa, nem minha imobilidade tensa. Escuto as vozes, mas só agora volto a distinguir as silhuetas. Tudo retorna ao foco normal e as distingo inteiras, com os rostos e trejeitos, e quero que a dor regresse ao meu ventre. Digo a mim mesmo, digo a mim mesmo lúcido que não as amo, que jamais as amei.

— ... queríamos saber onde...

Imaginem-se diante de um comerciante que não vende fiado, malditas, diante de um despejo domiciliar, diante de um advogado tramposo, diante de um médico enganador, imaginem-se na insignificante classe média, malditas, fazendo fila, fazendo fila para comprar leite adulterado, pagar impostos prediais, arranjar audiências, arrumar um empréstimo, fazendo fila para sonhar que podem chegar mais alto, invejando quando passam a mulher e a filha de Artemio Cruz em seu automóvel, invejando uma casa em Las Lomas de Chapultepec, invejando um abrigo de visom, um colar de esmeraldas, uma viagem para o exterior, imaginem-se em um mundo sem meu orgulho e minha decisão, imaginem-se em um mundo no qual eu fosse virtuoso, no qual eu fosse humilde: para baixo, de onde saí, ou para cima, onde estou: só aí, afirmo, há dignidade, não no meio, não na inveja, na monotonia, nas filas: tudo ou nada: conhecem meu mote? entendem-no?: tudo ou nada, tudo no preto ou tudo no vermelho, com colhões, jogando, apostando até a mãe, correndo o risco de ser fuzilado pelos de cima ou pelos de baixo; isso é ser homem, como eu fui, não do jeito que vocês queriam, homem pela metade, homem de picuinhas, homem de gritos destemperados, homem de bordéis e cantinas, macho de cartão-postal, ah, não, eu, não! eu não tive que gritar com vocês, eu não tive que beber para assustá-las, eu não tive que bater em vocês para me impor, eu não tive que me humilhar para rogar seu carinho: eu lhes dei a riqueza sem esperar recompensa, carinho, compreensão, e porque não lhes exigi nada não puderam me abandonar, ficaram presas ao meu luxo, maldizendo-me como talvez não teriam maldito meu parco salário embrulhado em papel manilha, mas obrigadas a me respeitar como não teriam respeitado minha mediocridade, ah velhas otárias, velhas metidas, velhas impotentes que tiveram todos os objetos da riqueza e seguem tendo a cabeça da mediocridade: se ao menos tivessem aproveitado o que lhes dei, se ao menos tivessem compreendido para que servem, como se usam as coisas do luxo: enquanto isso eu tive tudo, estão ouvindo?, tudo o que se compra e tudo o que não se compra, tive Regina, estão ouvindo, amei Regina, se chamava Regina e me amou, me amou sem dinheiro, me seguiu, me deu a vida lá embaixo, estão ouvindo?: te escutei, Catalina, escutei o que disse a ele um dia:

"— Seu pai; seu pai, Lorenzo... Acha...? Acha que é possível aprovar...? Não sei, de homens santos... de verdadeiros mártires..."

— *Domine non sum dignus*[17]...

Você sentirá, no fundo de sua dor, o cheiro desse incenso que não acaba de se dissipar e saberá, atrás de seus olhos fechados, que as janelas também foram fechadas, que já não respira o ar fresco da tarde: só o tufo do incenso, o rastro do sacerdote que virá para lhe dar a absolvição, um ofício extremo que você não pedirá, que aceitará, contudo, para não gratificá-los com sua rebeldia de última hora: desejará que tudo aconteça sem que você deva nada a ninguém e desejará recordar-se em uma vida em que ninguém lhe deverá nada: ela o impedirá, a lembrança dela — dirá seu nome: Regina; dirá seu nome: Laura; dirá seu nome: Catalina; dirá seu nome: Lilia — que somará todas as suas lembranças e o obrigará a reconhecê-la: mas transformará até mesmo essa gratidão — saberá, por trás de cada grito de dor aguda — em compaixão de si mesmo, em perda de sua perda: ninguém te dará mais, para tirar mais de você, que essa mulher, a mulher que amou com seus quatro nomes distintos: quem mais?:

---

17 "Senhor, eu não sou digno..."

Você resistirá: terá formulado um voto secreto: não reconhecer suas dívidas: terá revestido do mesmo esquecimento Teresa e Gerardo: um esquecimento que justificará porque não saberá nada deles, porque a garota crescerá ao lado da mãe, longe de você que só terá vida para o filho, porque Teresa se casará com esse rapaz cujo rosto você jamais conseguirá fixar na memória, esse rapaz apagadiço, esse homem cinza que não deverá gastar e ocupar o tempo de graça dispensado à sua memória: e Sebastián: não quererá recordar o professor Sebastián: não quererá recordar aquelas mãos quadradas que puxarão suas orelhas, que baterão em você com uma régua: não quererá recordar os nós doloridos, os dedos embranquecidos de giz, as horas em frente ao quadro-negro aprendendo a escrever, a multiplicar, a desenhar coisas básicas, casas e círculos, não quererá: é sua dívida:

gritará e os braços o deterão: quererá se levantar e caminhar para acalmar sua dor:

cheirará o incenso,

cheirará o jardim fechado,

pensará que não é possível escolher, que não se deve escolher, que aquele dia você não escolheu: deixou-se fazer, não foi responsável, não criou nenhuma das duas morais que naquele dia lhe solicitaram: não conseguiu ser responsável pelas opções que não criou: sonhará, afastado de seu corpo que grita e se retorce, afastado do facão que foi cravado em sua barriga até arrancar lágrimas, sonhará com esse ordenamento da vida, criado por você mesmo, que nunca poderá revelar porque o mundo não lhe dará a oportunidade, porque o mundo só lhe oferecerá suas tábuas estabelecidas, seus códigos em litígio, que você sonhará, que você não pensará, que você não viverá: o incenso será um cheiro com tempo, um cheiro que se conta:

o padre Páez viverá em sua casa, será escondido no porão por Catalina: você não terá culpa, não terá culpa;

não lembrará o que conversarão, você e ele, naquela noite, no porão: não lembrará se ele, se você dizem: como se chama o monstro que voluntariamente se disfarça de mulher, que voluntariamente se castra, que voluntariamente se embebeda com o sangue fictício de um Deus?: quem dirá isso?: mas que ama, eu juro, porque o amor de Deus é muito grande e habita todos os corpos, justifica-os: temos nossos corpos por graça e bênção de Deus, para lhes dar os minutos de amor dos quais a vida inteira gostaríamos de nos despojar: não sinta vergonha, não sinta nada e em troca esquecerá seus pesares: que não pode ser pecado porque todas as palavras e todos os atos de nosso amor breve, apressado, de hoje e nunca de amanhã, são só uma consolação que nos damos você e eu, uma aceitação dos males necessários da vida que depois justifique nosso arrependimento, pois como há de existir o verdadeiro arrependimento sem o reconhecimento do mal verdadeiro em nós? como nos dar conta do pecado cujo perdão precisamos implorar de joelhos se antes não cometemos o próprio pecado?: esqueça sua vida, deixe-me apagar a luz, esqueça tudo e depois rogaremos juntos por nosso perdão e elevaremos uma prece que apague nossos minutos de amor: para consagrar este corpo que foi criado por Deus e diz Deus em cada desejo frustrado ou satisfeito, diz Deus em cada carícia secreta, diz Deus na entrega de um sêmen que Deus plantou entre suas coxas:

viver é trair seu Deus; cada ato da vida, cada ato que nos afirma como seres vivos, exige a violação dos mandamentos de seu Deus;

falará essa noite com o major Gavilán em um bordel, com todos os velhos companheiros, e não lembrará o que se disseram, naquela noite, não lembrará se eles dizem, se você diz, com a voz fria que não será a voz dos homens: a voz fria do poder e do interesse: desejamos o maior bem possível para a pátria: conquanto seja compatível com nosso bem-estar pessoal: sejamos inteligentes:

podemos chegar longe: façamos o necessário e não o impossível: determinemos de uma vez só todos os atos de força e crueldade que nos sejam úteis de uma vez: para não termos de repeti-los: vamos escalonando os benefícios para que o povo o saboreie: a revolução pode ser feita muito depressa: mas amanhã nos exigirão mais e mais e mais: e então não teríamos nada a oferecer se já fizemos e demos tudo: salvo talvez nosso sacrifício pessoal: para que morrer se não vamos ver os frutos de nosso heroísmo?: tenhamos sempre um pouco de prudência: somos homens, não mártires: tudo nos será permitido se mantivermos o poder: você perde o poder e te ferram: dê-se conta de nossa sorte: somos jovens mas estamos aureolados com o prestígio da revolução armada e triunfante: para que lutamos?: para morrermos de fome?: quando é necessária a força é justa: o poder não se compartilha:

e amanhã? estaremos mortos, deputado Cruz; que se virem como puderem os que vierem depois:

domine non sum dignus, domine non sum dignus: sim, um homem que pode falar dolorosamente com Deus, um homem que pode perdoar o pecado porque o cometeu, um sacerdote que tem o direito de sê-lo porque sua miséria humana lhe permite atuar a redenção no próprio corpo antes de outorgá-la aos demais: *domine non sum dignus*:

você rechaçará a culpa; você não será culpado da moral que não criou, que encontrou já feita: você teria amado

amado

amado

amado

ah, se eram felizes aqueles dias com o professor Sebastián que não desejará mais recordar, sentado em seus joelhos, aprendendo as coisas elementares das quais deve se afastar para ser um homem livre, não um escravo dos mandamentos escritos sem consultá-lo: ah, se eram felizes

aqueles dias de aprendizagem, aqueles ofícios que ele te ensinou para que pudesse ganhar a vida: aqueles dias com a forja e os martelos, quando o professor Sebastián voltava cansado e iniciava essas aulas só para você, para que você pudesse se fazer valer na vida e criar suas próprias regras: você rebelde, você livre, você novo e único: não desejará recordar isso; ele te mandou, você partiu para a revolução: não sai de mim essa lembrança, não chegará a você:

não terá resposta para os códigos opostos e impostos;
você inocente;
você quererá ser inocente;
você não escolheu, aquela noite.

(1927: Novembro 23)

Ele olhou com os olhos verdes para a janela e o outro lhe perguntou se não queria nada e ele piscou e olhou com os olhos verdes para a janela. Então o outro, que até esse momento havia permanecido muito, muito calmo, sacou violentamente a pistola da cintura e colocou-a com uma batida sobre a mesa: ele escutou a reverberação dos copos e das garrafas e esticou a mão mas o outro já sorria, antes que ele pudesse dar um nome à sensação física que o gesto abrupto, a batida e seu efeito sobre aqueles copos de vidro azul, aquelas garrafas brancas, despertou na boca de seu estômago. Mas o outro sorriu e um automóvel passou velozmente pela esquina, entre vaias e impropérios, e os faróis iluminaram a cabeça redonda do outro. O outro fez girar o tambor do revólver e mostrou a ele que só havia duas balas; girou de novo, ajustou o gatilho e pôs a boca da arma junto à têmpora. Ele tentou desviar o olhar, só que aquele quartinho não oferecia um ponto fixo para a atenção: as paredes despidas, pintadas de anil, e o piso de *tezontle* nivelado e as mesas, as duas cadeiras, os dois homens. O outro esperou até que os olhos verdes parassem de circular pelo quarto e regressaram ao punho, ao revólver e à têmpora. Sorria, mas suava, e ele também. Tentou discernir no silêncio o tique-taque do relógio guardado no bolso direito do casaco. Talvez batesse mais fraco que seu coração; tanto fazia, porque a detonação da pistola já estava em seus ouvidos, desde antes, e ao mesmo tempo o silêncio dominava todos os outros sons, inclusive o possível — ainda não — de um revólver. O outro esperou. Ele viu. O outro apertou o gatilho e um clique seco e metálico se perdeu no silêncio e lá fora a noite seguia idêntica, sem lua. O outro permaneceu com a arma apontada contra a têmpora e começou a sorrir, a rir às gargalhadas: o corpo gordo tremia desde lá de dentro, como um pudim, desde lá de dentro porque não se movia por fora. Assim permaneceram vários segundos e ele tampouco se mexia: agora respirava o cheiro de incenso que desde aquela manhã o acompanhava em todos os lugares e só através da fumaça imaginária pôde distinguir o rosto do outro, que continuava rindo desde lá de dentro antes de voltar a colocar a pistola sobre a mesa, estender os dedos chatos, amarelos, e empurrar lentamente a arma para ele. A felicidade turva nos olhos do outro poderia ser um anúncio de lágrimas retidas; ele não quis averiguar. Doía-lhe no estômago a lembrança, que ainda não era lembrança, daquela figura obesa com a arma encostando na têmpora; o medo no outro, sobretudo o medo dominado, apertava-lhe os intestinos e o impedia de falar: seria o fim: iriam encontrá-lo naquele quarto com o gordo morto, haveria um argumento contra ele. Já tinha reconhecido a própria pistola, guardada sempre na gaveta do armário, sem se dar conta até agora de que o gordo a aproximava com os dedos curtos, com o punho enrolado em um lenço que talvez tivesse se desprendido da mão se o outro... Mas caso não se desprendesse, o suicídio era evidente. Para quem? Um comandante da polícia morre em um cômodo vazio com seu inimigo diante de si. Quem armou contra quem? O outro afrouxou o cinto e bebeu de um gole até o fundo do copo. O suor manchava suas axilas e escorria pelo pescoço. Os dedos, atarracados de tão curtos, insistiram em aproximar a pistola dele. O que diria? Sua participação já estava toda provada; ele não ia tirar o corpo fora, né?; não é mesmo?; Ele perguntou o que estava provado e o outro disse que estava provado que de sua parte não havia pendências, que se era questão de morrer não tiraria o corpo fora, de nada adiantava ficar dando voltas para sempre e era isso. Se isso não o convencesse, então saberia que não havia jeito de convencê-lo. Era uma prova — disse o outro — de que ele deveria passar para o lado deles; ou pouco tempo atrás não havia um de seu bando disposto a demonstrar, às custas de sua vida, que o queriam daquele lado? Acendeu um cigarro e lhe ofereceu outro e ele mesmo acendeu o seu e aproximou o fósforo do rosto cor de café do gordo, mas o gordo apagou com um sopro e ele se sentiu cercado. Pegou a pistola e deixou o cigarro na borda do copo em um equilíbrio precário, sem se dar conta de que a cinza caiu dentro da tequila e se depositou no fundo. Apertou a boca da pistola contra a têmpora e não sentiu temperatura alguma, embora tenha imaginado que devia sentir frio e lembrou que tinha trinta e oito anos, mas que ninguém se importava com isso e muito menos o gordo e ainda menos ele mesmo.

E naquela manhã havia se vestido em frente ao grande espelho ovalado de seu quarto e o incenso tinha chegado até seu nariz e ele dilatou as narinas. Também emanou do jardim um cheiro de castanha sobre a terra seca e limpa do mês. Viu o homem forte, de braços fortes, barriga lisa e sem gordura, de músculos firmes colados ao redor do umbigo escuro onde morriam os pelos do sexo e da barriga. Passou uma mão pelas faces, pelo nariz quebrado, e voltou a sentir o cheiro do incenso. Escolheu uma camisa limpa no armário e não se deu conta de que o revólver não estava mais ali e terminou de se vestir e abriu a porta do quarto — Não tenho tempo; de verdade; não tenho tempo. Estou dizendo que não tenho tempo.

O jardim havia sido plantado com hortaliças ornamentais dispostas em ferradura e flores de lis, com rosais e arbustos, e sua franja verde rodeava a casa de um andar, construída em conformidade com o estilo florentino, com colunas esbeltas e frisos de gesso e entrada em pórtico. As paredes exteriores foram pintadas de rosa e nos salões, que ele percorreu aquela manhã, a luz incerta da hora isolava os perfis tachonados dos candeeiros, a estatuária de mármore, as cortinas de veludo, as poltronas altas de brocado, as cristaleiras e os filetes de ouro dos divãs. Mas parou junto à porta lateral no fundo do salão, com a mão sobre a maçaneta de bronze, e não quis abrir e descer.

"Era de um pessoal que foi morar na França. Compramos por uns trocados, mas o restauro foi muito caro. Eu disse ao meu marido: deixe-me fazer tudo, deixe sob meus cuidados, eu sei como..."

O gordo saltou da cadeira, ágil, cheio de fôlego, e desviou a mão que empunhava a pistola: ninguém escutou o tiro, porque era tarde e estavam sozinhos, sim, talvez tenha sido por isso que ninguém escutou, e foi se incrustar na parede azul da peça enquanto o comandante ria e dizia que por ora bastava de jogos, ainda mais de jogos perigosos: para quê, se dava para ajeitar tudo tão facilmente? Tão facilmente, pensou ele; já é hora de as coisas se ajeitarem facilmente; nunca viverei tranquilo?

— Por que não me deixam em paz? Por quê?

— Mas isso é muito fácil, camarada. Depende de você.

— Onde estamos?

Não chegou; trouxeram-no; e embora estivessem no centro da cidade, o motorista o deixou enjoado, desviou para a esquerda, desviou para a direita, converteu aquele traçado espanhol, de retângulos, em um labirinto de voltas cegas. Tudo isso era imperceptível, como a mão curta e frágil do outro, que lhe arrebatou a arma, sempre rindo, e voltou a sentar, mais uma vez pesado, gordo, suarento, com os olhos faiscando.

— Por acaso não somos os mais fodas? Sabe? Seja sempre amigo dos mais fodas, porque enquanto estiver com eles ninguém te fode. Vamos beber.

Brindaram e o gordo disse que o mundo se dividia entre os fodas e os manés e era preciso escolher logo. Também disse que seria uma pena se o deputado — ele — não soubesse escolher a tempo, porque eles eram muito gente fina, muito gente boa e davam a todos a oportunidade de escolher, mas nem todos eram tão espertos quanto o deputado, resolviam se fazer de machões e acabavam pegando em armas, mesmo sendo tão fácil trocar de lugar como quem não queria e amanhecer do lado certo. Por acaso era a primeira vez que virava a casaca? Então, onde estivera nos últimos quinze anos? Dava-lhe sono aquela voz, gorda como a carne, sussurrante e rasteira como uma cobra: uma garganta de anéis contráteis, lubrificada pelo álcool e pelos cubanos:

— Não gosta?

O outro olhou fixamente e ele continuou acariciando a fivela do cinto sem perceber, até que retirou os dedos porque a chapa de prata o lembrava do frio ou do calor da pistola e ele queria estar de mãos livres.

— Amanhã vão fuzilar os padres. Te digo isso também como prova de amizade, porque tenho certeza de que você não é desses pau mole...

Afastaram as cadeiras. O outro se dirigiu à janela e bateu forte no vidro com os nós dos dedos. Fez um sinal e depois estendeu a mão para o homem. O outro ficou na porta enquanto ele descia para buscar o balde escuro e fétido no qual despejou o conteúdo de uma lixeira e tudo ficou cheirando a casca de laranja podre, a jornal úmido. O homem que estava ao lado da porta levou um dedo ao chapéu branco e indicou que a Avenida 16 de Septiembre ficava daquele lado.

— O que acha?

— Que devemos passar para o outro lado.

— Pois eu não vou.

— E você?

— Estou ouvindo eles.

— Ninguém mais está nos ouvindo?

— A Saturno é de confiança e de sua casa não sai nenhum boato...

— E se não saem, eu tiro...

— Quando nos acertamos com o chefe e eles nos ferram

junto com o chefe.

— Ele já era. O novo armou uma cilada muito bem armada.

— O que você propõe?

— Acho que temos de marcar presença.

— Nem que me cortem as orelhas. Somos ou não somos?

— Como é?

— Existem jeitos.

— Mas assim, não muito óbvios, né?

— Claro. Quem sai...

— Não, não, eu não diria nada.

— Nem que sim nem que não meio que ao mesmo tempo...

— Voto em fecharmos com um ou com o outro, como homens...

— Acorde, meu general, que já está clareando.

— E então?

— Pois... é essa a situação. Cada um sabe para onde vai correr.

— Pois... quem sabe.

— Eu diria.

— Sejamos claros, acha que nosso caudilho não vai ganhar?

— Eu acho, eu acho...

— O quê?

— Não, não acho mais nada.

— E você, afinal?

— Pois também estou começando a achar...

— Agora, na hora da verdade, nem lembrem dessa conversa de hoje.

— E quem vai lembrar do que quer que seja?

— Digo por via das dúvidas.

— Cale essa boca. Traz alguma coisa para nós, vamos.

— As danadas das dúvidas, messiê.

— Então, nada de sairmos correndo juntos?

— Juntos sim, mas cada macaco no seu galho...

— ... e que no fim sigam repartindo as bananas no mesmo lugar de sempre.

— Ali mesmo. Isso aí.

— O senhor não vai comer, meu general Jiménez?

— Cada um sabe de si.

— Agora, se alguém resolver soltar a língua...

— Mas tá pensando o quê, meu irmão? Aqui não é todo mundo irmão?

— Eu diria que sim, mas em um piscar de olhos a gente lembra da mamãezinha que nos pariu e, para ser franco, começam as dúvidas...

— As danadas das dúvidas, como diz a Saturno...

— As danadíssimas, meu coronel Gavilán.

— E unzinho que seja acaba lembrando.

— Um vai e decide sozinho, e aí já era.

— Mas todos querem salvar a pele, né?

— Com honra, sr. deputado, sempre com honra.

— Com honra, meu general, nem precisa falar.

— Então...

— Aqui não aconteceu nada.

— Nada, nadinha, nada.

— Mas vão dar mesmo essa invertida no nosso chefe?

— Em qual, no de antes ou no de agora?

— No de antes, no de antes...

Chicago, Chicago, that toddlin' town: a Saturno levantou a agulha da vitrola e bateu palmas: "Filhinhas, filinhas, em ordem...", enquanto ele colocou a bobina e afastou as cortinas, rindo, e só as viu de soslaio, refletidas no espelho manchado daquela sala, morenas mas empoadas e cheias de creme, as pintas postiças desenhadas nas bochechas, sobre os peitos, junto aos lábios, as sapatilhas de cetim e verniz, as saias curtas, as pálpebras azuladas e a mão do Cérbero endomingado e também empoado: — Meu presentinho, senhor?

E aquilo continuaria muito bem, ele sabia, ao esfregar o abdômen com a mão direita e se demorar no jardinzinho na frente da casa de encontros para respirar o orvalho da grama e o frescor da água em sua fonte de veludo lamacento: bem, o general Jiménez já devia ter tirado os óculos azuis e estaria esfregando as pálpebras secas, as escamas da conjuntivite que nevavam sobre sua barba: pediria que tirasse as botas para ele, que alguém tirasse as botas porque estava cansado e porque estava acostumado a tirarem por ele as botas e todos ririam porque o general aproveitaria a postura da garota para erguer-lhe a saia e mostrar as nádegas redondas e escuras cobertas pela seda lilácea, embora os demais preferissem o raro espetáculos daqueles olhos sempre velados, abertos como grandes ostras insípidas, e todos, os amigos, os irmãos, os companheiros, estenderiam os braços e deixariam que as jovens pensionistas da Saturno tirassem seus ternos, mas elas seguiriam como abelhas ao redor dos que ostentavam a farda do exército, como se nenhuma soubesse o que poderia existir debaixo do uniforme, os botões com a águia e a serpente, as insígnias de ouro: ele as vira rodopiar assim, úmidas, recém-saídas do casulo, com os braços mestiços erguidos e o pó e a esponja de maquiagem nas mãos, branqueando as cabeças dos amigos, os irmãos, os companheiros recostados sobre as camas com as pernas abertas e as camisas manchadas de conhaque, as têmporas empapadas e as mãos secas, enquanto o ritmo do charleston se embrenhava, enquanto elas os desvestiam lentamente e beijavam cada parte nua e gemiam quando eles espichavam os dedos: olhou as próprias unhas com os pontos brancos que se diziam prova da mentira e a meia-lua do polegar, e o cachorro latiu perto dele. Ergueu as lapelas do casaco e caminhou na direção da casa, embora preferisse retornar a outro lugar e dormir abraçado pelos corpos empoados e soltar o ácido que esticava seus nervos e o obrigava a permanecer de olhos abertos, olhando desnecessariamente aquelas fileiras de casas baixas, acinzentadas, rodeadas de sacadas repletas de vasos de porcelana e vidro, aquelas fileiras de palmeiras secas e empoeiradas da avenida, cheirando desnecessariamente os restos de torta de milho e vinagrete.

Passou a mão pelas maçãs do rosto. Vasculhou o molho de chaves incômodas. Ela estaria lá embaixo neste momento: ela, que subia e descia as escadas entapetadas sem fazer ruído e sempre se assustava ao vê-lo entrar: "Ai! Que susto você me deu. Não esperava você tão cedo", e ele se perguntava por que ela assumia atitudes de cumplicidade para esfregar a culpa na cara dele. Mas isso eram nomes e os encontros, a atração repelida antes de iniciar seu movimento, a recusa que às vezes aproximava os dois, ainda não tinham nome, nem antes de nascer nem depois de se consumar, pois os dois atos eram um só. Uma vez, na escuridão, seus dedos e os dela se encontraram na maçaneta da escada e ela apertou sua mão e acendeu a luz para que ele não tropeçasse, porque não sabia que ela descia enquanto ele subia, mas o rosto dela não era o sentimento da mão e ela apagou a luz e ele quis chamar isso de perversidade mas esse tampouco era o nome, porque o costume não pode ser perverso quando deixa de ser premeditado e excepcional. Conhecia um objeto, suave, envolto em seda e lençóis de linho, um objeto do tato porque as luzes do quarto jamais eram acesas nesses momentos: só naquele momento da escada, e então ela não escondeu o rosto nem fingiu. Foi uma única vez que não precisava ser lembrada, mas que não obstante revolvia o estômago dele com o afã agridoce de repeti-la. Pensou e sentiu isso quando já havia se repetido, quando se repetiu naquela mesma madrugada e a mesma mão tocou a sua, dessa vez no corrimão que levava ao porão da casa, embora nenhuma luz tenha se acendido e ela apenas perguntou: "O que está procurando aqui?", antes de se corrigir e repetir em tom monótono: "Ai, que susto! Não esperava você tão cedo. Juro que não esperava você tão cedo": monótona, sem deboche, e ele só respirava esse cheiro quase corpóreo, esse cheiro com palavras, com escárnio.

Abriu a porta da adega e de início não a identificou, porque também parecia feito de incenso; ela segurou o braço do hóspede secreto que tentava esconder as dobras da batina entre as pernas e esfumar o cheiro sagrado batendo os braços, antes de se dar conta da inutilidade de tudo — a proteção dela, a teatralidade negra — e baixar a cabeça em um gesto imitativo de consumação que precisou confortá-lo e garantir-lhe que cumpria, para a própria satisfação, se não para a das testemunhas que não o fitavam, que se fitavam entre si, as atitudes consagradas da resignação. Quis, pediu que o homem que acabava de entrar olhasse para ele, que o reconhecesse: de soslaio, o cura viu que não podia desgrudar os olhos da mulher, nem ela dele, por mais que ela abraçasse, cobrisse aquele ministro do Senhor que sentia no espasmo da vesícula, na injeção amarela dos olhos e da língua, a promessa de um terror que, chegado o momento — o momento seguinte, porque não haveria outro — não saberia esconder. Só lhe restava este momento, pensou o sacerdote, para aceitar o destino, mas neste momento não havia testemunhas. Esse homem de olhos verdes pedia: pedia a ela que pedisse, que se atrevesse a pedir, que tentasse o sim ou não do acaso e ela não conseguia responder; já não conseguia responder. O padre imaginou que, outro dia, ao sacrificar a possibilidade de responder ou de pedir, ela havia sacrificado essa vida, a vida do sacerdote. As velas destacavam a opacidade da pele, matéria que sustenta a transparência e o brilho; as velas reconstituíam em um gêmeo negro todas as brancuras do rosto, o pescoço, os braços. Esperou que ela pedisse. Viu a contração daquela garganta que queria beijar. O padre suspirou: ela não pediria e restava somente a ele, diante do homem de olhos verdes, aquele momento para atuar a resignação, porque amanhã não poderia, sem dúvida seria impossível, amanhã a resignação esqueceria seu nome e se chamaria vísceras, e as vísceras não conhecem as palavras de Deus.

Dormiu até o meio-dia. Acordou com a música de um órgão na rua e não se preocupou em identificar a canção, porque o silêncio da noite anterior — ou sua lembrança, que era a noite e o silêncio — impunha longos momentos mortos que cortavam a melodia e em seguida recomeçava o ritmo lento e melancólico que se embrenhava pela janela entreaberta antes que aquela memória sem sons voltasse a interrompê-lo. O telefone tocou e ele tirou do gancho e escutou a risada contida do outro e disse:

— Alô.

— Já está no comando, sr. deputado.

— É mesmo?

— O sr. Presidente está a par.

— Então...

— Já sabe. Um gesto. Uma visita. Sem necessidade de dizer nada.

— A que horas?

— Passe aqui lá pelas duas.

— Até logo.

Ela o escutou do quarto contíguo e começou a chorar, presa à porta, mas depois não escutou mais nada e secou as bochechas antes de sentar-se diante do espelho.

Comprou o jornal de um vendedor de rua e tentou lê-lo enquanto dirigia, mas só conseguiu dar uma espiada nas manchetes que falavam do fuzilamento dos homens que haviam atentado contra a vida do caudilho, o candidato. Lembrou-se dele nos grandes momentos, na campanha contra Villa, na presidência, quando todos lhe juraram lealdade, e olhou a foto do Padre Pro, de braços abertos, recebendo a carga. Passavam ao seu lado as capotas brancas dos novos automóveis, passavam as saias curtas e os chapéus de sino das mulheres e as calças balão dos descoladinhos de agora e os engraxates sentados no chão, ao redor da fonte da rã, mas não era a cidade o que passava diante daquele olhar vítreo e fixo, e sim a palavra. Saboreou-a e a viu nos olhares rápidos que das calçadas se cruzaram com o seu, viu-a nas atitudes, nas piscadelas, nos gestos passageiros, nos ombros escolhidos, nos sinais profanos dos dedos. Sentiu-se perigosamente vivo, preso ao volante, marcado pelos rostos, pelos gestos, pelos mendigos das ruas, entre duas oscilações do pêndulo. Devia fazê-lo hoje porque amanhã, fatalmente, os humilhados de hoje o humilhariam. Um reflexo do vidro o cegou e ele levou a mão às pálpebras: sempre havia escolhido bem, um cara foda, o caudilho emergente contra o caudilho em ocaso. Abriu-se o imenso Zócalo com as guaritas entre as arcadas, e os sinos da catedral entoaram o bronze profundo das duas da tarde. Mostrou a credencial de deputado ao guarda da entrada pela rua Moneda. O inverno cristalino do planalto recortava a silhueta eclesiástica do México antigo e grupos de estudantes em época de provas desciam pelas ruas Argentina e Guatemala. Estacionou o automóvel no pátio. Entrou no elevador gradeado. Percorreu as salas de jacarandá e lustres luminosos e tomou assento na antessala. Ao seu redor, as vozes mais baixas só se levantavam para pronunciar com unção as três palavras.

— O senhor Presidente.

— O sonhor Prosodonto.

— A sanhar Prasadanta.

— O deputado Cruz? Entre.

O gordo lhe estendeu os braços e os dois trocaram tapinhas nas costas e nas cinturas e esfregaram as cadeiras e o gordo riu como sempre, de dentro e para dentro, e fez com o dedo indicador o gesto de atirar na cabeça e voltou a rir sem voz, com a agitação silenciosa da barriga e das bochechas escuras. Abotoou com dificuldade o colarinho do uniforme e perguntou se ele lera os jornais e ele disse que sim, que já havia entendido o jogo mas que tudo aquilo não tinha importância e só viera para reiterar seu apoio ao sr. Presidente, seu apoio incondicional, e o gordo perguntou se ele queria alguma coisa e ele falou de uns terrenos baldios nos arredores da cidade, que não valiam grande coisa hoje mas que com o tempo poderiam ser loteados, e o outro prometeu resolver o assunto porque no fim das contas já eram camaradas, já eram irmãos, e o sr. deputado vinha lutando, uuuuf, desde o ano 13 e já tinha direito a viver seguro e resguardado dos vaivéns da política: disse-lhe isso e acariciou seu braço e voltou a lhe dar tapinhas nas costas e nas cadeiras para selar a amizade. Abriu a porta de maçanetas douradas e saíram do outro despacho o general Jiménez, o coronel Gavilán e outros amigos que haviam passado a noite anterior com a Saturno e passaram sem vê-lo, com as cabeças inclinadas, e o gordo voltou a rir e lhe disse que muitos amigos seus tinham vindo para ficar à disposição do sr. Presidente nesse momento de unidade, e estendeu o braço e o convidou a entrar.

No fundo do despacho, junto a uma luz esverdeada, viu aqueles olhos parafusados no fundo do crânio, aqueles olhos de tigre à espreita, e baixou a cabeça e disse:

— Às suas ordens, sr. Presidente... Para servir ao senhor incondicionalmente, eu garanto, sr. Presidente...

Sinto o cheiro desse óleo velho com o qual me untam os olhos, o nariz, os lábios, os pés frios, as mãos azuis, as coxas, perto do sexo, e peço que abram a janela: quero respirar. Emito um som oco pelas narinas e deixo que façam e cruzo os braços sobre a barriga. O linho do lençol, seu frescor. Isso sim é importante. O que é que eles sabem, Catalina, o padre, Teresa, Gerardo?

— Me deixem...

— O médico não sabe de nada. Eu o conheço melhor. É só mais um truque.

— Não diga nada.

— Teresita, não contrarie seu pai... digo, sua mãe... Não está vendo que...

— Arrã. Você é tão responsável quanto ele. Você por ser fraca e covarde, ele por... por...

— Chega. Chega.

— Boa tarde.

— Por aqui.

— Chega, pelo amor de Deus.

— Entrem, entrem.

No que estava pensando? O que recordava?

— ... como pedintes, por que obriga Gerardo a trabalhar?

O que é que sabem eles, Catalina, o padre, Teresita, Gerardo? Que importância terão seus gestos de pesar ou as expressões de honra que aparecerão nos jornais? Quem terá a honradez de dizer, como digo agora, que meu único amor foi a posse das coisas, suas propriedades sensoriais? É isso que eu amo. O lençol que acaricio. E todo o resto, o que agora passa diante de meus olhos. Um piso de mármore italiano, rajado de verde e preto. As garrafas que conservam o verão daqueles lugares. Os quadros antigos, de verniz descascado, que recolhem em um só borrão a luz do sol ou dos lustres, que permitem percorrê-los pausadamente com a vista e o tato, sentado em um sofá de couro branco com chapas de ouro, com o copo de conhaque em uma das mãos e o charuto na outra, vestindo um smoking leve, de seda, e sapatos de couro plantados sobre um tapete fundo e silencioso de merino. Ali o homem se apossa da paisagem e dos rostos de outros homens. Ali, ou sentado na varanda de frente para o Pacífico, olhando o pôr do sol e repetindo com os sentidos, os mais tensos, ah, sim, os mais deliciosos, o ir e vir, a fricção das ondas prateadas sobre a areia úmida. Terra. Terra que pode se traduzir em dinheiro. Terrenos quadriculados da cidade sobre os quais começa a se erguer o bosque de vergalhões da construção. Terrenos verdes e amarelos do campo, sempre os melhores, perto das barragens, percorridos pelo zumbido do trator. Terrenos verticais das montanhas de mineração, cofres pardos. Máquinas: esse cheiro saboroso da rotativa que vomita folhas a um ritmo acelerado.

"— Ei, dom Artemio, está se sentindo mal?"

"— Não, é o calor. Esse solão. O que foi, Mena? Não quer abrir as janelas?

"— É para já..."

Ah, os barulhos da rua. De um golpe só. Não é possível separar uns dos outros. Ah, os barulhos da rua.

"— O que o senhor deseja, dom Artemio?

"— Mena, o senhor sabe com que entusiasmo defendemos aqui, até o último instante, o presidente Batista. Mas agora que não está mais no poder, não é tão fácil, e menos ainda defender o general Trujillo, embora continue no poder. O senhor representa os dois e precisa entender... Fica difícil...

"— Bem, o senhor não se preocupe, dom Artemio, que darei um jeito de ajeitar isso. Embora com tantos problemas... E já que estamos falando nisso, trouxe aqui umas páginas explicando a obra do Benfeitor... Só isso...

"— Claro. Deixe comigo. Ah, olhe, Díaz, bom você ter chegado. Publique isso na página do editorial com uma assinatura inventada... Bom dia, Mena, esperarei notícias suas..."

Notícias suas. Notícias. Espero notícias suas. Notícias de meus lábios brancos, aaai, uma mão, me deem uma mão, ai, outro pulso para reavivar o meu, lábios brancos...

— Culpo você.

— Isso te alivia? Então faça. Cruzamos o rio a cavalo. Voltamos à minha terra. Minha terra.

"— ... gostaríamos de saber onde...

Por fim, por fim me dão esse prazer de virem, fisicamente ajoelhadas, me pedir isso. O padre já antecipou tudo. Algo deve andar me rondando bem de perto para que venham até minha cabeceira com esse tremor leve que não foge à minha atenção. Tentam identificar meu fingimento, esse fingimento final que tanto saboreei sozinho, essa humilhação definitiva de cujas consequências totais já não poderei gozar, mas cujos espasmos iniciais me deleitam neste momento. Talvez seja este o último calorzinho de triunfo...

— Onde... — murmuro com tanta doçura, tanta dissimulação... — Onde... Deixem-me pensar... Teresa, acho que lembro... Não tem um estojo de mogno... onde guardo os charutos...? Tem fundo duplo...

Não preciso terminar. As duas se levantam e correm para a enorme mesa em ferradura onde elas acham que às vezes, de noite, passo as horas de insônia lendo: elas gostariam que fosse assim. As duas mulheres forçam as gavetas, esparramam papéis e encontram, por fim, a caixa de ébano. Ah, então estava ali. Ali havia outra. Ou trouxeram. Seus dedos precisam abrir apressadamente o segundo fundo, deslizando da base. Não tem nada. Quando foi a última vez que comi? Urinei faz muito tempo. Mas comer. Vomitei. Mas comer.

"— O subsecretário no telefone, dom Artemio..."

Fecharam as cortinas, não é? É noite, não é? Há plantas que precisam da luz da noite para florescer. Esperam sair a escuridão. A trepadeira abre suas pétalas ao entardecer. A trepadeira. Nessa cabana havia uma trepadeira, na cabana junto ao rio. Abria-se ao cair da tarde, sim.

"Obrigado, senhorita… Alô… sim, é Artemio Cruz. Não, não, não, não há conciliação possível. É uma tentativa clara de derrubar o governo. Já conseguiram fazer o sindicato abandonar em massa o partido oficial; se continuar assim, que base de apoio vocês terão, sr. subsecretário?… Sim… Esse é o único caminho: declarar a greve inexistente, soltar a tropa em cima deles, destruí-los a golpes secos e prender os cabeças… Claro que é sério, senhor…"

A mimosa também, lembro que a mimosa também tem sentimentos; pode ser sensível e pudica, casta e palpitante, viva, a mimosa…

"— … sim, claro… e mais uma coisa, para deixar claro: se vocês demonstrarem fraqueza, meus associados e eu vamos tirar nossos capitais do México. Precisamos de garantias. Escute, o que aconteceria se em duas semanas saíssem do país cem milhões de dólares, por exemplo?… hein? Não, já entendi. Era só o que faltava…!"

Deu. Acabou. Ah. Isso é tudo. Isso é tudo? Vai saber. Não me lembro. Faz tempo que não escuto as vozes desse gravador. Faz tempo que dissimulo e na verdade estou pensando em coisas que gosto de comer, sim, é mais importante pensar em comida porque não como há muitas horas e Padilla tira o aparelho da tomada e eu mantive os olhos fechados e não sei o que pensam, o que dizem Catalina, Teresa, o Gerardo, a menina — não, Gloria saiu, foi embora faz um bom tempo com o filho de Padilla, estão se beijocando na sala, aproveitando que não tem ninguém —, porque sigo de olhos fechados e só penso em chuletas de porco, em lombo assado, em churrasco, em frango recheado, nas sopas de que gosto tanto, quase tanto quanto das sobremesas, ah, sim, sempre fui muito de doces e aqui os doces são deliciosos, doces de amêndoa e abacaxi, de coco e leite coalhado, ah, ah, leite queimado também, puxa-puxas de Zamora, penso nos puxa-puxas de

Zamora, frutas cristalizadas, e pargos, robalos, linguados, penso em ostras e caranguejos

— Cruzamos o rio a cavalo. E chegamos até a barra e o mar. Em Veracruz,

mariscos e calamares, polvos e ceviches, penso na cerveja, amarga como o mar, a cerveja, penso no veado de Yucatán, penso que não sou velho, não, embora um dia tenha sido, em frente a um espelho, e os queijos podres, como gosto, penso, quero, como isso me alivia, como me entedia escutar minha própria voz exata, insinuante, autoritária, desempenhando esse mesmo papel, sempre, que tédio, quando poderia estar comendo comendo: como, durmo, trepo e o que mais? o quê? o quê? quem quer comer dormir trepar com meu dinheiro? você Padilla e você Catalina e você Teresa e você Gerardo e você Paquito Padilla, é esse seu nome?, deve estar comendo os lábios de minha neta na penumbra de minha sala ou desta sala, você que ainda é jovem, porque eu não vivo aqui, vocês são jovens, eu sei viver bem, por isso não vivo aqui, eu sou um velho, né?, um velho cheio de manias, que tem direito a tê-las porque se fodeu, estão vendo?, se fodeu fodendo os outros, escolheu a tempo, como naquela noite, ah agora vou lembrá-la, aquela noite, aquela palavra, aquela mulher: me deem de comer: por que não me dão de comer: caiam fora: ai dor: caiam fora: enganem a mãe:

Você a pronunciará: é sua palavra: e sua palavra é a minha; palavra de honra: palavra de homem: palavra de roda: palavra de moinho: imprecação, propósito, saudação, projeto de vida, filiação, lembrança, voz dos desesperados, libertação dos pobres, ordem dos poderosos, convite à querela e ao trabalho, epígrafe do amor, signo do nascimento, ameaça e deboche, verbo testemunha, companheiro de festa e de bebedeira, espada da coragem, trono da força, ápice da persuasão, brasão da raça, salva-vidas dos limites, resumo da história: santo e senha do México: sua palavra:

— A fodida da sua mãe

— Seu fodido
— Só os fodidos reunidos
— Não fode
— Agora eu me fodi
— Vamos, seu fodido
— Cuidado para não se foder
— Se foder essa velha
— Vá se foder
— Te fode
— Foda bem, tanto faz com quem
— Mandou se foder
— Fodi ele em mil pesos
— Que se foda
— Fodi tudo
— O chefe me fodeu
— Não fode meu dia
— Vai todo mundo se foder
— Fodeu com ele
— Me fodem mas eu não desisto
— Foderam o índio
— Os *gachupines*[18] nos foderam
— Os gringos querem me foder
— Viva o México, bando de fodidos:

tristeza, madrugada, torrada, sujeirada, goiaba, dormir mal: filhos da palavra. Nascidos fodidos, mortos fodidos, vivos só para foder: ventre e mortalha, escondidos de tão fodidos. Ela mostra o rosto, ela reparte o baralho, ela joga um coringa, ela agasalha a reticência e o jogo duplo, ela descobre o conflito e a coragem, ela embriaga, grita, sucumbe, vive em cada leito, preside a prosperidade da amizade, do ódio e do poder. Nossa palavra. Você e eu, membros dessa maçonaria: a ordem dos fodidos. Você é quem é porque soube foder e não se deixar foder; é quem é porque não soube foder e deixou que te fodessem: uma corrente de fodidos que aprisiona

18 GACHUPINES: Termo usado, principalmente no México colonial e pós-independência, para se referir aos espanhóis nascidos na Espanha que viviam nas colônias.

todos: um nó acima, um nó abaixo, unidos a todos os fodidos que nos precederam e nos seguirão: herdará a condição de fodido de cima; herdará de baixo: é filho dos filhos dos fodidos; será pai de outros fodidos: nossa palavra, atrás de cada rosto, de cada signo, de cada profanidade: boceta fodida, pica fodida, cu fodido: fodido mandam em você, fodido cospem em você, fodido você fode, estar fodido acaba contigo, você pode não ter mãe, mas vai se foder: ser fodido é ter mãe, um bezerro, alguém carne de sua carne, um irmãozinho, uma velha, um melhor-que-nada: se foder: sente dor nos ossos quando está fodido; sente que pode tudo quando está fodido, é um peidorreiro de destaque quando está fodido, franze a pele quando está fodido, tem colhões quando está fodido: não se zanga quando está fodido: agarra-se ao seio do estar fodido:

— aonde vai fodido desse jeito?

ó mistério, ó engano, ó nostalgia: acha que com ela voltará às origens: a que origens? não você: ninguém quer retornar à mentirosa idade de ouro, às origens sinistras, ao grunhido bestial, à luta pela carne do urso, pela caverna e a pederneira, ao sacrifício e à loucura, ao terror sem nome da origem, ao fetiche imolado, ao medo do sol, medo da tormenta, medo do eclipse, medo do fogo, medo das máscaras, terror dos ídolos, medo da puberdade, medo da água, medo da fome, medo do desamparo, terror cósmico: todos fodidos, pirâmide de negações, templo do espanto

ó mistério, ó engano, ó miragem: acha que com ela caminhará para a frente, se afirmará: a que futuro? não você: ninguém quer caminhar carregado de maldição, da suspeita, da frustração, do ressentimento, do ódio, da inveja, do rancor, do desprezo, da insegurança, da miséria, do abuso, do insulto, da intimidação, do falso orgulho, do machismo, da corrupção sua foda foda:

deixe-a pelo caminho, assassine-a com armas que não sejam suas: matemos ela: matemos essa palavra que nos separa, nos petrifica, nos apodrece com seu duplo veneno de ídolo e cruz: que não seja nossa resposta nem nossa fatalidade:

ora, enquanto esse cura lhe lambuza os lábios, o nariz, as pálpebras, os braços, as pernas, o sexo com a unção final: rogue: que não seja nossa resposta nem nossa fatalidade: a foda, filhos da foda, a foda que envenena o amor, dissolve a amizade, esmaga a ternura, a foda que divide, a foda que separa, a foda que destrói, a foda que contamina: a boceta eriçada de serpentes e metal da mãe de pedra, a foda: o arroto bêbado do sacerdote na pirâmide, do senhor no trono, do hierarca na catedral: fumaça, Espanha e Anáhuac, fumaça, abonos fodidos, excrementos fodidos, planaltos fodidos, sacrifícios fodidos, honras fodidas, escravidões fodidas, templos fodidos, línguas fodidas, quem você vai foder hoje, para existir?, amanhã, quem? quem vai foder?: quem usará?: os filhos da foda são esses objetos, objetos, esses seres que você converterá em objetos de seu uso, seu prazer, sua dominação, seu desprezo, sua vitória, sua vida: o filho da foda é uma coisa que você usa: melhor que nada

se cansa

não a vence

ouve os murmúrios das outras orações que não escutam sua própria oração: que não seja nossa resposta nem nossa fatalidade: lave-se da foda:

se cansa

não a vence

levou-a consigo durante a vida inteira: essa coisa: é um filho da foda do ultraje que lavou ultrajando outros homens do esquecimento de que você precisa para recordar essa corrente sem fim de nossa injustiça

se cansa

me cansa; me vence; me obriga a descer com você a esse inferno, quer recordar outras coisas, não isso: me obriga a esquecer que as coisas serão, nunca são, nunca foram: me vence por fodido

se cansa

repousa

sonha com sua inocência

diga que tentou, que tentará: que um dia a violação te pagará na mesma moeda, devolverá sua outra face: quando quiser ultrajar como jovem o que deveria agradecer como velho: o dia em que se dará conta de algo, do fim de algo: um dia em que amanhecerá — te venço — e se verá no espelho e verá, no fim, que terá deixado algo para trás: lembrará: o primeiro dia sem juventude, primeiro dia de um novo tempo: olhe bem, olhará bem, como uma estátua, para poder vê-lo em círculo: afastará as cortinas para deixar entrar a brisa da manhã: ah, como te preencherá, ah, te fará esquecer esse cheiro de incenso, esse cheiro que te persegue, ah, como irá limpá-lo: não se permita insinuar sequer a dúvida: não o conduzirá ao fio dessa primeira dúvida:

(1947: Setembro 11)

Ele abriu as cortinas e respirou o ar puro. Havia entrado a brisa da manhã, agitando as cortinas para se anunciar. Olhou para fora: essas horas do amanhecer eram as melhores, as mais abertas, as de uma primavera diária. Não demoraria para o sol palpitante sufocá-las. Mas, às sete da manhã, a praia em frente à sacada se iluminava com uma paz fresca e um contorno silencioso. As ondas mal murmuravam e as vozes dos escassos banhistas não chegavam a distrair o encontro solitário do sol nascente, o oceano tranquilo e a areia penteada pela maré. Afastou as cortinas e respirou o ar limpo. Três garotinhos caminhavam pela praia com seus baldinhos, recolhendo os tesouros da noite: estrelas, caramujos, madeiras polidas. Um veleiro bamboleava perto da costa; o céu transparente se projetava sobre a terra através de um filtro do verde mais pálido. Nenhum automóvel corria pela avenida que separava o hotel da praia.

Deixou cair a cortina e foi até o banheiro de azulejos mouriscos. Olhou no espelho aquele rosto inchado por um sono que, contudo, era tão breve, tão distinto. Fechou a porta com suavidade. Abriu as torneiras e tampou a pia. Jogou a camisa do pijama em cima da tampa da privada. Escolheu uma lâmina nova, desfez-se do embrulho de papel encerado e colocou-a no barbeador dourado.

Depois deixou cair a navalha na água quente, umedeceu uma toalha e cobriu o rosto com ela. O vapor embaçou o espelho. Limpou-o com uma mão e acendeu o cilindro de luz néon colocado sobre o espelho. Espremeu o tubo de um novo produto norte-americano, o creme de barbear de aplicação direta; espalhou a substância branca e refrescante pelas bochechas, o queixo e o pescoço. Queimou os dedos ao tirar a navalha da água. Fez um gesto de incômodo e com a mão esquerda espichou uma das bochechas e começou a se barbear, de cima para baixo, com esmero, retorcendo a boca. O vapor o fazia suar; sentia as gotas correndo pelas costelas. Agora se escanhoava lentamente e depois acariciava o queixo para confirmar a suavidade. Voltou a abrir as torneiras, a empapar a toalha, a cobrir o rosto com ela. Limpou as orelhas e aplicou no rosto uma loção excitante que o fez exalar com prazer. Limpou a lâmina e voltou a colocá-la no barbeador, e este em seu estojo de couro. Tirou o tampão e contemplou, por um instante, a sucção da poça cinza de sabão e pelos emplastados. Observou as feições: quis descobrir o mesmo de sempre, porque ao limpar de novo o vapor que embaçava o vidro sentiu sem saber — nessa hora tão cedo, de afazeres insignificantes, mas indispensáveis, de mal-estares gástricos e fomes indefinidas, de cheiros indesejados que rodavam a vida inconsciente do sono — que havia passado muito tempo sem que, olhando-se todos os dias no espelho de um banheiro, visse a si mesmo. Retângulos de mercúrio e vidro e único retrato verídico deste rosto de olhos verdes e boca enérgica, testa ampla e maçãs salientes. Abriu a boca e botou para fora a língua raspada de ilhotas brancas; depois procurou no reflexo os buracos dos dentes perdidos. Abriu o armário e pegou as próteses que repousavam no fundo de um copo com água. Enxaguou-as rapidamente e, dando as costas para o espelho, colocou-as. Espalhou a pasta verdosa sobre a escova e limpou os dentes. Fez gargarejo e despiu a calça do pijama.

Abriu as torneiras do chuveiro. Conferiu a temperatura com a palma da mão e sentiu um jorro desigual sobre a nuca, enquanto passava sabão pelo corpo magro, de costelas salientes, barriga flácida e músculos que ainda conservavam certo retesamento nervoso, mas agora tendiam a escorregar para dentro, de uma forma que lhe parecia grotesca, caso não mantivesse uma vigilância enérgica e falsa... e só quando era observado, como nesses dias, por esses olhares impertinentes do hotel e da praia. Deu o rosto ao chuveiro, fechou as torneiras e se esfregou com a toalha. Voltou a se sentir contente quando esfregou o peito e as axilas com a água de lavanda e passou o pente na cabeleira crespa. Calçou a sandálias italianas de lona e corda e abriu devagarinho a porta do banheiro.

A brisa continuava agitando as cortinas e o sol não parava de brilhar: seria uma lástima, uma verdadeira lástima se o dia desandasse. Em setembro, nunca se sabe. Olhou para a cama de casal. Lilia continuava dormindo, em uma postura espontânea, livre: a cabeça apoiada no ombro e o braço estendido sobre o travesseiro, as costas para cima e um joelho dobrado, fora do lençol. Aproximou-se do corpo jovem sobre o qual aquela primeira luz brincava graciosamente, iluminando os pelos dourados dos braços e os cantos úmidos das pálpebras, os lábios, a axila pálida. Agachou-se para olhar as pérolas de suor sobre os lábios e sentir o calor que subia do corpo de animalzinho em repouso, tostado de sol, inocentemente impudico. Estendeu os braços, com o desejo de virá-la e ver a frente de seu corpo. Os lábios entreabertos se fecharam e a moça suspirou. Ele desceu para tomar o café da manhã.

Quando terminou o café, limpou os lábios com o guardanapo e olhou ao redor. Sempre, neste horário, as crianças tomavam o café, acompanhadas pelas babás. As cabeças lisas e úmidas eram das que não haviam resistido à tentação de um banho antes do café e agora se dispunham a voltar, de sungas molhadas, para a praia que acolhia aquele tempo sem tempo em que somente a imaginação de uma criança daria o ritmo desejado às horas, longas ou curtas, de castelos e muralhas em construção, de alegres prólogos de enterros, de passeios molhados de água e brincadeiras sujas de areia, de corpos estendidos sem tempo ao tempo do sol, de gritarias no invólucro intangível da água. Era estranho vê-las, tão pequenas, já buscando no espaço aberto a guarida singular de um enterro fictício, de um palácio de areia. Agora se retiravam as crianças e entravam os hóspedes adultos do hotel.

Acendeu um cigarro e se entregou ao mareio leve que de alguns meses para cá sempre o acompanhava na primeira tragada do dia. Dirigiu o olhar para longe do refeitório, para a curva da praia recortada que ia serpenteando com sua espuma da extremidade do oceano aberto à meia-lua mais protegida da baía, ponteada nesse horário por veleiros e um agito crescente de atividade. Um casal conhecido passou ao seu lado e o cumprimentou com um gesto. Ele meneou a cabeça e voltou a tragar o fumo.

Cresceram os sons do refeitório: os talheres sobre os pratos, as colherinhas batidas dentro dos copos, as garrafas destampadas e o borbulhar da água mineral, as cadeiras acomodadas, as conversas dos casais, dos grupos de turistas. E o ruído crescente das ondas, que não se resignava a ser derrotado pelo ruído humano. Da mesa, via-se a esplanada da nova orla moderna de Acapulco, erigida com prontidão para atender à comodidade do grande número de viajantes norte-americanos privados pela guerra de Waikiki, Portofino ou Biarritz, e também para esconder o terreno encharcado e lamacento dos pescadores nus e seus barracos com crianças barrigudas, cães sarnentos, riachos de águas escuras, triquinas e bacilos. Sempre os dois tempos, nessa comunidade dupla, de duas faces, tão distante do que foi e tão distante do que quer ser.

Fumava, sentado, com um ligeiro formigamento nas pernas que já não toleravam, nem mesmo às onze da manhã, essa roupa veranil. Esfregou disfarçadamente o joelho. Devia ser um frio dentro dele, porque a manhã explodia em uma só luz redonda e o crânio do sol fervia com um penacho laranja. E Lilia entrava, com os olhos escondidos detrás dos óculos escuros. Ele se levantou e aproximou a cadeira da moça. Fez sinal para o garçom. Reparou no cochicho do casal conhecido. Lilia pediu mamão e café.

— Dormiu bem?

A moça assentiu, sorriu sem separar os lábios e acariciou a mão morena do homem, recortada sobre a toalha.

— Será que não chegaram os jornais da capital? — disse enquanto cortava em pedacinhos a fatia de fruta. — Por que não espia?

— Sim. Se apresse, o iate nos espera ao meio-dia.

— Onde vamos almoçar?

— No clube.

O homem caminhou até a recepção. Sim, seria um dia igual ao de ontem, de conversa difícil, de perguntas e respostas ociosas. Mas a noite, sem palavras, era outra coisa. Por que pedir mais? O contrato, tácito, não exigia amor verdadeiro, nem sequer um simulacro de interesse pessoal. Queria uma garota para as férias. Tinha. Na segunda-feira tudo terminaria, não voltaria a vê-la. Quem exigiria mais? Comprou os jornais e subiu para vestir calças de flanela.

No carro, Lilia se enfiou no meio dos jornais e comentou algumas notícias de cinema. Cruzou as pernas bronzeadas e deixou que um chinelo escorregasse do pé. Ele acendeu o terceiro cigarro da manhã, não disse que era ele quem editava aquele jornal, distraiu-se observando os anúncios que coroavam os novos edifícios e aquela estranha transição do hotel de quinze andares e a hamburgueria para a montanha pelada, de entranhas descobertas por escavadeiras mecânicas, que caía com seu ventre avermelhado sobre a estrada.

Quando Lilia saltou graciosamente para o convés e ele, ao tentar se equilibrar, enfim subiu no iate, o outro já estava lá e foi quem lhes ofereceu a mão para que deixassem o trapiche bamboleante.

— Xavier Adame.

Quase nu, com traje de banho muito curto e rosto escuro, oleoso ao redor dos olhos azuis e das sobrancelhas espessas e brincalhonas. Estendeu a mão com um movimento de lobo inocente: audaz, cândido, secreto.

— Dom Rodrigo disse que não se importavam de dividir o barco comigo.

Ele assentiu e procurou um lugar na cabina sombreada. Adame dizia a Lilia:

— ... o velho tinha me oferecido uma semana atrás e depois se esqueceu...

Lilia sorriu e estendeu a toalha sobre a popa ensolarada.

— Quer alguma coisa? — o homem perguntou a Lilia quando o garçom do barco se aproximou com o carro de bebidas e os petiscos.

Lilia, deitada, fez que não com o dedo. Ele aproximou o carrinho e picotou as amêndoas enquanto o garçom lhe preparava um gim-tônica. Xavier Adame havia desaparecido sobre o toldo da cabina. Escutaram-se seus passos firmes, um diálogo rápido com alguém que estava no embarcadouro, depois o movimento do corpo ao se recostar sobre o toldo.

O pequeno iate saiu lentamente da baía. Ele pegou seu boné de aba transparente e se reclinou para beber o gim-tônica.

À frente dele, o sol se derramava sobre Lilia. A garota desfez o nó da parte de cima e ofereceu-lhe as costas. Todo o corpo fez um gesto de alegria. Levantou os braços e deu um nó nos cabelos soltos, cor de cobre brilhante, sobre a nuca. Um suor finíssimo corria por seu pescoço, lubrificando a carne suave e redonda dos braços e as costas lisas, de separação acentuada. Olhava-a do fundo da cabina. Logo dormiria na mesma postura da manhã. Apoiada sobre o ombro, com um joelho dobrado. Viu que havia depilado a axila. O motor deu partida e as ondas se abriram em duas cristas velozes, erguendo um chuvisco salgado, parelho, cortado, que caía sobre o corpo de Lilia. A água do mar molhou o short de banho e grudou-o nas cadeiras e encaixou-o entre as nádegas. As gaivotas se aproximaram, guinchando, do veículo veloz, e ele engoliu lentamente golinhos de sua bebida. Aquele corpo jovem, longe de excitá-lo, enchia-o de refreios, de uma espécie de austeridade malévola. Brincava, sentado na cadeira de lona ao fundo da cabine, com a postergação de seus desejos, com seu armazenamento para a noite silenciosa e solitária, quando os corpos desapareceriam na escuridão e não poderiam ser objeto de comparações. À noite, sozinho, teria para ela as mãos experientes, amantes da lentidão e da surpresa. Baixou o olhar e viu as mãos morenas, de veias verdosas, proeminentes, que supriam o vigor e a impaciência de outras idades.

Encontravam-se em mar aberto. A costa desabitada, de matagais desgrenhados e bastiões de rocha, erigia sobre si mesma um ardente reverberar. O iate mudou de direção no mar encrespado e uma onda estourou, empapou o corpo de Lilia: ela gritou alegremente e ergueu o busto, detido pelos botões rosados que pareciam parafusar seus seios duros. Deitou-se outra vez. O garçom se aproximou trazendo uma bandeja cheirosa com ameixas esmagadas, pêssegos e laranjas descascadas. Ele fechou os olhos e exprimiu um sorriso difícil, imposto pelo pensamento: aquele corpo lubrificado, aquela cintura fina, aquelas coxas cheias também carregavam escondida, em uma célula hoje minúscula, o câncer do tempo. Maravilha efêmera, que diferença teria, ao longo dos anos, para esse corpo que agora a possuía? Cadáver ao sol jorrando sebo e suor, suando sua juventude rápida, perdida em um abrir e fechar de olhos, capilaridade murcha, coxas que secariam com os partos e a mera, angustiante permanência sobre a terra e suas rotinas elementares, sempre repetidas, exauridas de originalidade. Abriu os olhos. Olhou para ela.

Xavier desceu do toldo. Ele viu surgirem as pernas peludas, depois o nó do sexo escondido, por fim os peitos ardentes. Sim: caminhava como um lobo ao se agachar para entrar na cabina aberta e pegar os pêssegos da bandeja apoiada em uma fonte de gelo. Dirigiu-lhe um sorriso e saiu com a fruta em mãos. Ficou de cócoras diante de Lilia, com as pernas abertas diante do rosto da garota; tocou em seu ombro. Lilia sorriu e pegou um dos pêssegos oferecidos com palavras que ele não pôde entender, sufocadas pelo motor, pela brisa, pelas ondas velozes. Agora aquelas duas bocas mascavam ao mesmo tempo e o suco escorria pelas papadas. Se ao menos... Sim. O jovem fechou as pernas e sentou-se, estendendo-as, a bombordo. Ergueu os olhos sorridentes, franzindo o cenho, para o céu branco do meio-dia. Lilia olhava para ele e movia os lábios. Xavier indicou alguma coisa, moveu o braço e apontou para a costa. Lilia tentava olhar para lá, cobrindo os seios. Xavier voltou a se aproximar e os dois riram quando ele amarrou o biquíni de tela e ela se sentou com o busto úmido e desenhado e cobriu a testa com uma mão para ver o que ele estava mostrando na linha distante de uma prainha caída, como uma concha amarela, em meio à densidão da selva. Xavier ficou de pé e gritou uma ordem para o piloto. O iate virou outra vez e seguiu para a praia. A jovem também se deitou a bombordo e pegou a bolsa para oferecer um cigarro a Xavier. Conversavam.

Ele via os dois corpos, sentados lado a lado, igualmente escuros, igualmente lisos, feitos de uma só linha sem interrupções, da cabeça aos pés estendidos. Imóveis mas tensos com uma espera segura; semelhantes em sua jovialidade, em seu afã mal dissimulado de experimentar, de se expor. Sugou os canudinhos e colocou os óculos escuros, que somados ao boné quase escondiam seu rosto.

Conversavam. Acabariam de chupar o caroço do pêssego e diriam:

"— Tem gosto bom,"

ou talvez,

"— Eu gosto..."

algo que ninguém havia dito antes, dito por dois corpos, por presenças que estreiam na vida. Diriam...

— Como nunca nos vimos antes? Estou sempre no clube...?

— Não, eu não... Venha, vamos jogar os caroços. É um, é dois...

Viu-os atirar os caroços ao mesmo tempo, com uma risada que não chegou até ele; viu a força dos braços.

— Ganhei! — disse Xavier quando os caroços se estatelaram sem ruído, longe do iate. Ela riu. Voltaram a se acomodar.

— Gosta de esquiar?

— Não sei.

— Vamos, eu ensino...

O que estariam dizendo? Tossiu e se aproximou do carrinho para preparar outra bebida. Xavier averiguaria que tipo de casal Lilia e ele formavam. Ela contaria sua pequena e sórdida história. Ele daria de ombros e a obrigaria a preferir o corpo de lobo, ao menos por uma noite, para variar. Mas se amar... se amar...

— O importante é manter os braços rígidos, está vendo? Não dobrar os braços...

— Antes deixe eu ver como você faz...

— Claro. Espere chegarmos à prainha.

Ah, sim! Ser jovem e rico.

O iate parou a poucos metros da praia escondida. Balançou, cansado, e deixou escapar seu hálito de gasolina, manchando o mar de cristais verdes e fundo branco.

Xavier pegou os esquis e atirou-os na água; depois mergulhou, emergiu sorrindo e colocou-os no pé.

— Atire a corda!

A garota pegou o manete e atirou para o jovem. O iate arrancou outra vez e Xavier se levantou na água, seguindo o rastro da embarcação com um braço em riste e acenando enquanto Lilia o contemplava e ele bebia o gim-tônica: essa franja de mar que separava os jovens aproximava-os de uma maneira misteriosa; unia-os mais que uma cópula apertada e fixava-os em uma proximidade imóvel, como se o iate não singrasse o Pacífico, como se Xavier fosse uma estátua esculpida para sempre, arrastada pela embarcação, como se Lilia houvesse parado sobre uma, qualquer uma, das ondas que aparentavam carecer de substância própria, erguiam-se, estatelavam-se, morriam, voltavam a se formar — outras as mesmas — sempre em movimento e sempre idênticas, fora do tempo, espelho de si mesmas, das ondas da origem, do milênio perdido e do milênio por vir. Afundou o corpo naquela cadeira baixa e cômoda. O que escolheria agora? Como escaparia desse acaso repleto de necessidades que fugiam ao domínio de sua vontade?

Xavier soltou o manete e caiu no mar em frente à praia. Lilia mergulhou sem olhá-lo, sem olhar para ele. Mas a explicação viria. Qual? Lilia explicaria a ele? Xavier pediria uma explicação a Lilia? Lilia daria uma explicação a Xavier? Quando a cabeça de Lilia, iluminada em mil frisos estranhos pelo sol e pelo mar, surgiu na água ao lado da do jovem, soube que ninguém, exceto ele, ousaria pedir uma explicação; que lá embaixo, no mar tranquilo dessa enseada transparente, ninguém buscaria as razões ou deteria o encontro fatal, ninguém corromperia o que era, o que devia ser. O que assomava entre os dois jovens? Aquele corpo afundado na cadeira, vestido com camisa polo, calças de flanela e boné? Esse olhar impotente? Lá embaixo, os corpos nadavam em silêncio e a amurada o impedia de ver o que acontecia. Xavier assoviou. O iate arrancou e Lilia surgiu, por um instante, sobre a superfície do mar. Caiu; o iate parou. Os risos redondos, abertos, chegaram até seu ouvido. Nunca a ouvira rir assim. Como se acabasse de nascer, como se não houvesse atrás, sempre atrás, lápides de histórias e histórias, sacos de vergonha, atos cometidos por ela, por ele.

Por todos. Essa era a palavra intolerável. Cometidos por todos. A careta azeda não pôde conter essa palavra que transbordava dele. Que quebrava todas as molas do poder e da culpa, do domínio singular de outros, de alguém, de uma garota em seu poder, comprada por ele, para fazê-los ingressar em um mundo amplo de atos comuns, destinos semelhantes, experiências sem etiquetas de posse. Então essa mulher não tinha sido marcada para sempre? Não seria, para sempre, uma mulher possuída ocasionalmente por ele? Não seria esta sua definição e sua fatalidade: ser o que foi porque em um dado momento foi sua? Lilia seria capaz de amar como se ele nunca tivesse existido?

Levantou-se, caminhou até a popa e gritou:

— Está ficando tarde. Precisamos voltar ao clube para almoçarmos a tempo.

Sentiu o próprio rosto, toda a sua figura, rígidos e cobertos por uma goma pálida quando se deu conta de que ninguém escutava seu grito, pois mal conseguiam ouvir os corpos ligeiros que nadavam sob a água opalina, paralelos, sem se tocarem, como se flutuassem em uma segunda camada de ar.

Xavier Adame deixou-os no embarcadouro e voltou para o iate: queria continuar esquiando. Despediu-se na proa. Agitou a blusa e em seus olhos não havia nada do que ele teria gostado de ver. Como durante o almoço à beira da enseada, sob o teto de palma, gostaria de ter visto o que não encontrou nos olhos castanhos de Lilia. Xavier não havia perguntado. Lilia não havia contado essa triste história de melodrama que ele saboreava em suas entranhas enquanto distinguia os sabores misturados do *vichysoisse*[19]. Aquele casal de classe média, com o canalha de sempre, o machinho, o castigador, o pobre-diabo; o divórcio e a putaria. Queria ter contado — ah, talvez devesse ter contado — a Xavier. Custava-lhe lembrar a história, contudo, porque havia fugido dos olhos de Lilia, naquela tarde, como se durante a manhã o passado tivesse fugido da vida da mulher.

No entanto, o presente não podia fugir porque o estavam vivendo, sentados naquelas poltronas de palha e comendo mecanicamente o almoço especialmente encomendado: *vichysoisse*, lagosta, Côtes du Rhone, Baked Alaska. Estava sentada ali, paga por ele. Deteve o pequeno garfo de mariscos antes de chegar à boca: paga por ele, mas ela escapava. Não podia mais tê-la. Naquela tarde, naquela mesma noite, procuraria Xavier, se encontrariam em segredo, já haviam marcado o encontro. E os olhos de Lilia, perdidos na paisagem de veleiros e água adormecida, não diziam nada. Mas ele poderia arrancar dela, fazer uma cena… Sentiu-se falso, incômodo, e

---

19 VICHYSOISSE: Sopa cremosa e fria feita com alho-poró, batata, cebola, creme de leite e caldo de frango, originária da culinária francesa, embora popularizada nos Estados Unidos.

continuou comendo a lagosta... Agora qual caminho... um encontro fatal que se sobrepõe à sua vontade... Ah, segunda-feira tudo terminaria, não voltaria a vê-la, não voltaria a procurá-la no escuro, nu, seguro de encontrar aquela tepidez deitada entre os lençóis, não voltaria...

— Não está com sono? — murmurou Lilia quando lhes serviram a sobremesa. — O vinho não te dá muita modorra?

— Sim. Um pouco. Sirva-se.

— Não; não quero gelado... Queria fazer a sesta.

Ao chegar ao hotel, Lilia se despediu com um sinal dos dedos e ele atravessou a avenida e pediu a um rapaz que lhe preparasse uma cadeira à sombra das palmeiras. Teve dificuldades para acender o cigarro: um vento invisível, fora de lugar naquela tarde calorosa, empenhava-se em apagar seus fósforos. Agora alguns casais sesteavam perto dele, abraçados, alguns entrelaçando as pernas, outros com as cabeças escondidas sob as toalhas. Começou a desejar que Lilia descesse e recostasse a cabeça em seus joelhos enflanelados, magros, duros. Sofria ou se sentia ferido, incomodado, inseguro. Sofria com o mistério daquele amor que não podia tocar. Sofria com a lembrança daquela cumplicidade imediata, sem palavras, pactuada diante de seu olhar com atitudes que em si nada diziam, mas que na presença daquele homem, daquele homem afundado em sua cadeira de lona, escondido atrás da aba do boné, dos óculos escuros... Uma das jovens recostadas se espreguiçou com um ritmo lânguido nos braços e começou a soltar, com a mão, uma chuva de areia fina sobre o pescoço de seu companheiro. Gritou quando o jovem saltou fingindo raiva e agarrou-a pela cintura. Os dois rolaram pela areia; ela se levantou e correu; ele atrás, até voltar a segurá-la, ofegante, nervosa, e levá-la nos braços até o mar. Ele descalçou as alpargatas e sentiu a areia quente sob as plantas dos pés. Percorrer a praia, até o fim, sozinho. Caminhar com o olhar fixo em suas próprias pegadas, sem perceber que iam sendo apagadas pela maré e que cada nova pisada era o único, efêmero testemunho de si mesma.

O sol estava na altura dos olhos.

Os amantes saíram do mar — ele, confuso, não conseguiu medir o tempo desse coito prolongado, quase à vista da praia, mas enrolado no lençol do mar prateado do poente —, e aquele alarde brincalhão com que entraram na água era apenas, dessa vez, duas cabeças unidas em silêncio e o olhar baixo daquela garota esplêndida, morena, jovem... Jovem. Os jovens voltaram a se deitar, tão perto dele, e a cobrir a cabeça com a mesma toalha. Também se cobriam da noite, da lenta noite do trópico. O negro que alugava as cadeiras começou a recolhê-las. Ele se levantou e caminhou até o hotel.

Decidiu dar um mergulho na piscina antes de subir. Entrou no vestiário ao lado da piscina e voltou a tirar, sentado em um banco, os chinelos. Os armários de ferro onde os hóspedes guardavam suas roupas o escondiam. Escutaram-se alguns passos úmidos sobre o tapete de borracha, de costas para ele; algumas vozes sem respiração riram; secaram os corpos com as toalhas. Ele tirou a camisa polo. Do outro lado do vestiário, ergueu-se um cheiro penetrante de suor, tabaco preto e água de colônia. Uma fumarola voou até o teto.

— Hoje a bela e a fera não apareceram.

— Não, hoje não.

— A mulher é gostosa...

— Uma pena. O velhote não deve dar conta.

— De repente morre de apoplexia.

— Sim. Ande logo.

Saíram outra vez. Ele calçou os chinelos e saiu vestindo a camisa.

Subiu de escada até o quarto. Abriu a porta. Não tinha por que se surpreender. Ali estava a cama bagunçada da sesta, mas não Lilia. Parou no meio do quarto. O ventilador girava como um abutre preso. Lá fora, no terraço, outra noite de grilos e vagalumes. Outra noite. Fechou a janela para impedir que o cheiro escapasse. Seus sentidos agarraram aquele aroma de perfume recém-posto, suor, toalhas molhadas, cosméticos. Não eram esses seus nomes. O travesseiro, ainda amassado, era jardim, fruta, terra molhada, mar. Moveu-se lentamente até a gaveta onde ela... Segurou nas mãos o sutiã de seda, aproximou-o da bochecha. Raspou-o a barba incipiente. Devia se preparar. Devia tomar banho, fazer a barba de novo para esta noite. Soltou a peça e caminhou com um novo passo, contente outra vez, até o banheiro.

Acendeu a luz. Abriu a torneira de água quente. Atirou a camisa sobre a tampa do vaso. Abriu o armário. Viu as coisas, coisas dos dois. Tubos de pasta de dente, creme de barbear mentolado, pentes de casco de tartaruga, creme hidratante, tubo de aspirina, pastilhas antiácidas, chumaços de algodão, água de lavanda, lâminas de barbear azuis, brilhantina, blush, pílulas antiespasmódicas, enxaguante bucal amarelo, preservativos, leite de magnésia, curativos adesivos, garrafas de iodo, frasco de xampu, pinças, tesouras para unhas, batons, colírios, inalante de eucalipto, xarope para tosse, desodorante. Pegou a navalha. Estava cheia de pelos castanhos, grossos, presos entre a lâmina e o aparelho. Ficou parado com a navalha nas mãos. Aproximou-a dos lábios e fechou, involuntariamente, os olhos. Ao abri-los, aquele velho de olhos injetados, de bochechas cinza, de lábios murchos, que já não era o outro, o reflexo aprendido, retribuiu-lhe uma careta do espelho.

Eu os vejo. Entraram. A porta de mogno se abre, fecha-se, e não se escutam os passos sobre o tapete espesso. Fecharam as janelas. Correram, com um ceceio, as cortinas cinza. Entraram. Ah, tem uma janela. Tem um mundo lá fora. Tem esse vento alto, de meseta, que agita árvores pretas e finas. É preciso respirar... Entraram.

— Chegue perto, filhinha, para que a reconheça. Diga seu nome.

Cheira bem. Ela cheira bonito. Ah, sim, ainda consigo distinguir as bochechas vivas, os olhos brilhantes, toda a figura jovem, graciosa, que a passos erráticos se aproxima de meu leito.

— Sou eu, a... a Gloria...

— Essa manhã eu o esperava com alegria. Cruzamos o rio a cavalo.

— Está vendo onde foi acabar? Está vendo, está vendo? Igual ao meu irmão. Terminou assim.

— Isso te alivia? Então faça.

— *Ego te absolvo...*

O som fresco e doce de cédulas e títulos quando estão nas mãos de um homem como eu. A partida suave de um automóvel de luxo, construído sob encomenda, com climatização, bar, telefone, almofadas para a cintura e banquinhos para os pés, hein, padre, hein?, lá em cima também, hein? E esse céu que é o poder sobre os homens, inúmeros, de rostos escondidos, de nomes esquecidos: sobrenomes dos mil contracheques da mina, da fábrica, do jornal: esse rosto anônimo que me leva mimos no dia de meu santo, que esconde os olhos debaixo do capacete quando visito as escavações, que dobra a nuca em sinal de cortesia quando percorro os campos, que faz minhas caricaturas para as revistas de oposição: hein, hein? Isso sim existe, isso sim é meu. Isso sim é ser Deus, hein?, ser temido e odiado e o que seja, isso sim é ser Deus, de verdade, hein? Diga-me como salvo tudo isso e deixarei que você cumpra todas as suas cerimônias, dou socos no peito, caminho de joelhos até um santuário, bebo vinagre e me coroo de espinhos. Diga-me como salvo tudo isso, porque o espírito...

"— ... do filho e do espírito santo, amém..."

Continua ali, de joelhos, com o rosto lavado. Tento lhe dar as costas. A dor na lateral do corpo me impede. Aiiii. Deve ter acabado. Devo estar absolvido. Quero dormir. Aí vem a pontada. Aí vem. Aiiiii-ai. E as mulheres. Não, não estas. As mulheres. As que amam. Como? Sim. Não. Não sei. Esqueci esse rosto. Meu Deus, esqueci o rosto. Era meu, como posso esquecê-lo.

"— Padilla... Padilla... Telefone para o editor de notícias e a cronista da coluna social."

Sua voz, Padilla, a recepção oca de sua voz através desse interfone...

"— Sim, dom Artemio. Dom Artemio, tem um problema urgente. Aqueles índios andam tumultuando. Querem que lhes pague a dívida por derrubar seus bosques.

"— O quê? De quanto é?

"— Meio milhão.

"— Mais nada? Diga para o delegado dar um jeito nisso, é para isso que eu lhe pago. Só o que me faltava..."

"— Mena está aqui na antessala. O que digo a ele?

"— Pode deixar entrar."

Ah, Padilla, não posso abrir os olhos e te ver, mas posso ver seu pensamento Padilla, atrás da máscara de dor: o homem que agoniza se chama Artemio Cruz, simplesmente Artemio Cruz; só este homem morre, hein?, ninguém mais. É como um golpe de sorte que posterga as outras mortes. Dessa vez só morre Artemio Cruz. E essa morte pode ocorrer em lugar de outra, talvez da sua, Padilla... Ah. Não. Ainda tenho coisas para fazer. Não tenham tanta certeza, não...

— Falei que estava fingindo.

— Deixe-o descansar.

— Estou falando que está fingindo!

Eu as vejo, de longe. Seus dedos abrem apressadamente o segundo fundo, deslizando-o para fora da base com respeito. Não tem nada. Mas já agito o braço, apontando para a parede de carvalho, o amplo armário que abarca toda uma lateral do quarto. Elas correm para lá, correm todas as portas, correm todos os cabides carregados de ternos azuis, listrados, de dois botões, de veludo irlandês, sem lembrar que não são meus ternos, que minhas roupas estão em minha casa, correm todos os cabides enquanto eu indico, com as duas mãos que mal consigo mover, que talvez o documento esteja guardado em um dos bolsos direitos internos de algum terno. Cresce a presteza de Teresa e Catalina, agora fuçam sem recato, atiram no tapete os ternos vazios, até terminarem de revistar todos e se virarem para mim. Não consigo manter uma expressão mais séria. Estou escorado nas almofadas e respiro com dificuldade, mas meu olhar não perde um só detalhe.

Sinto-o veloz e ávido. Peço com a mão que cheguem perto.

— Lembrei… em um sapato… agora lembro bem…

Ver as duas de quatro, sobre o montinho de casacos e calças, oferecendo para mim suas cadeiras anchas, movendo as nádegas com um ofegar obsceno, no meio de meus sapatos, e só então a amarga doçura nubla meus olhos, levo a mão ao coração e fecho as pálpebras.

— Regina…

O murmúrio de indignação e esforço das duas mulheres vai se perdendo na escuridão. Movo os lábios para murmurar aquele nome. Já não resta muito tempo para recordar, para recordar o outro, o que amou… Regina…

"— Padilla… Padilla… Quero comer algo leve… Não estou muito bem do estômago. Venha se juntar a mim assim que estiver pronto…"

Como? Seleciona, constrói, faz, preserva, continua: só isso… Eu…

"— Sim, até logo. Meus cumprimentos.

"— Disse bem, senhor. É fácil suprimi-los.

"— Não, Padilla, não é fácil. Me passe essa travessa… essa, com os sanduichinhos… Vi essa gente na marcha. Quando se decidem, é difícil conter…"

Como dizia a canção? Desterrado fui para o Sul, desterrado pelo governo e no ano seguinte voltei; ai que noites mais intranquilas passo sem você, sem você; nem um amigo nem um parente que se comova; só o amor, só o amor, dessa mulher, me fez voltar…

"— Por isso é preciso agir agora, quando nasce um descontentamento conosco, e arrancar pela raiz. Carecem de organização e foram para o tudo ou nada. Coma, coma uns sanduichinhos, que tem para dois…"

"— Agitação estéril…"

Tenho meu par de pistolas com coronhas de marfim para correr a bala o pessoal da ferrovia eu sou dos trilhos tenho meu Juan ele é meu tesouro eu sou um querer: só por me ver de botas pensa que sou militar sou um pobre funcionário da companhia ferroviária.

"— Não, têm razão sim. E não têm. Mas o senhor que foi marxista lá na juventude há de entender melhor. O senhor, tenha medo do que está acontecendo. Eu já não tenho...

"— Campanela está ali fora."

O que disseram? cisto? hemorragia? hérnia? oclusão? perfuração? vólvulos? cólicas?

Ah, Padilla, preciso apertar um botão para que você entre, Padilla, não te vejo porque estou de olhos fechados, estou de olhos fechados porque já não confio nesse remendo minúsculo, imperfeito, de minha retina: já pensou se abro os olhos e a retina não recebe mais nada, não transmite mais nada para o cérebro, já pensou?

— Abram a janela.

— A culpa é sua. Igual ao meu irmão.

Sim.

Você não saberá, não entenderá por que Catalina, sentada ao seu lado, quer compartilhar com você essa recordação, essa recordação que quer se impor a todas as demais: você nesta terra, Lorenzo naquela?, o que você quer recordar?, você com Gonzalo naquela prisão?, Lorenzo sem você naquela montanha?: não saberá, não entenderá se você é ele, se ele será você, se você viveu aquele dia sem ele, com ele, ele por você, você por ele. Recordará. Sim, aquele último dia você e ele estiveram juntos — então ele não viveu aquilo por você, nem você por ele, estiveram juntos — naquele lugar. Ele te perguntou se iriam juntos até o mar; iam a cavalo; perguntou se iriam juntos, a cavalo, até o mar: perguntou onde iriam comer e te disse — te dirá — papai, sorrirá, levantará o braço com a escopeta e sairá do vau com o torso nu, segurando no alto a escopeta e as mochilas de lona. Ela não estará lá. Catalina não lembrará disso. Por isso você tentará recordar, para esquecer o que ela quer que você recorde. Ela viverá enclausurada e tremerá quando ele voltar, por alguns dias, à Cidade do México, para se despedir. Se ao menos voltasse para se despedir. Ela acredita que sim. Ele não fará isso. Pegará o vapor em Veracruz, irá embora. Iria. Ela deverá lembrar aquele quarto onde os humores do sono lutam para permanecer apesar do ar de primavera que entra pela sacada aberta. Ela deverá lembrar as camas separadas, os quartos separados, as cabeceiras de seda, os lençóis bagunçados dos dois quartos separados, a depressão dos colchões, a silhueta persistente dos que dormiram naquelas camas. Ela não poderá se lembrar das ancas da égua, semelhantes a duas joias negras, lavadas pelo rio lodoso. Você sim. Ao atravessar o rio, você e ele avistarão na outra margem um espectro de terra erguido sobre a fermentação brumosa da manhã. Essa luta entre o matagal escuro e o sol ardente se incorporará em um reflexo duplo de todas as coisas, em um fantasma da umidade abraçada à reverberação. Terá cheiro de banana. Será Cocuya. Catalina nunca saberá o que foi, o que é, o que será Cocuya. Ela se sentará para esperar à margem do leito, com o espelho em uma mão e a escova na outra, desanimada, com gosto de bile na boca, dizendo que permanecerá assim, sentada, com o olhar perdido, sem vontade de fazer nada, dizendo a si mesma que as cenas sempre a deixam assim: vazia. Não: só você e ele sentirão os cascos do cavalo sobre a terra porosa da ribeira. Também, ao saírem da água, sentirão a frescura misturada com o fervor da selva e olharão para trás: esse rio lento que remove com doçura os líquens da outra margem. E mais adiante, no fundo da trilha de plantas florescentes, pintado de novo, a casa da fazenda de Cocuya assentada sobre uma esplanada sombreada. Catalina repetirá: "Meu Deus, não mereço isso"; erguerá o espelho e se perguntará se é isso que Lorenzo verá ao retornar, caso retorne: essa deformidade crescente do queixo e do pescoço. Reparará nas rugas disfarçadas que começam a correr pelas pálpebras e as bochechas? Verá no espelho outro fio branco e o arrancará. E você, com Lorenzo ao seu lado, adentrará a selva. Verá diante de si as costas nuas de seu filho, que também alternará as sombras do manguezal com os raios granulados do sol que atravessará o teto cerrado de galhos. As raízes nodosas das árvores romperão a crosta da terra, surgirão bravas e retorcidas, ao longo da vereda aberta a facão. Uma vereda que em pouco tempo voltará a se enredar de cipós. Lorenzo trotará ereto, sem mover a cabeça, chicoteando os flancos da égua para espantar as moscas zumbidoras. Catalina repetirá a si mesma que não confiará nela, não confiará nela se não vê-la como era antes, como quando ele era garoto, e se deitará com um gemido, com os braços abertos, com o olhar embaçado, e deixará escapar dos pés as sapatilhas de seda e pensará no filho, tão parecido com o pai, tão magro, tão escuro. Os ramos secos retumbarão sob os cascos, e a planície branca se abrirá com seus tufos de canas ondulantes. Lorenzo apertará as esporas. Virará o rosto e seus lábios se separarão em um sorriso que chegará aos seus olhos acompanhado de um grito de alegria e o braço erguido: braço forte, pele oliva, sorriso branco como os de sua juventude: você recordará sua juventude por meio dele e desses lugares e não quererá dizer a Lorenzo o significado que essa terra tem para você porque se o fizesse forçaria seu afeto: recordará para recordar dentro da recordação. Catalina, sobre a cama, recordará as carícias infantis de Lorenzo, desde os dias duros da morte do velho Gamaliel, recordará o garoto ajoelhado ao lado dela, com a cabeça apoiada no colo da mãe, enquanto ela o chamava de alegria de sua vida, porque antes de ele nascer não, havia sofrido muito, e sem poder dizer isso, porque ela tinha deveres sagrados e o garoto a olhava sem entender: porque, porque, porque. Você trará Lorenzo para morar aqui e assim aprenda a amar essa terra por si mesmo, sem que você precise explicar-lhe os motivos do carinhoso empenho com o qual terá reconstruído as paredes incendiadas da fazenda e aberto para o cultivo os solos da planície. Não porque, sem porque, porque. Sairão ao sol. Você pegará o chapéu de abas largas, irá colocá-lo sobre a cabeça. O vento arrancado pelo galope da atmosfera quieta e reverberante encherá sua boca, seus olhos, sua cabeça: Lorenzo avançará, levantando um pó branco, pelo caminho aberto entre as plantações e atrás dele, a galope, você terá a certeza de que ambos sentem o mesmo: a corrida dilata as veias, faz o sangue fluir, alimenta o poder da vista, abre-a para esta terra ampla e vigorosa, tão distinta das mesetas, dos desertos que conhecerá, parcelada em grandes quadros, vermelhos, verdes, pretos, ponteada de palmeiras altas, funda e embarrada, cheirando a excrementos e cascas de fruta, que devolve os sentidos trabalhados aos sentidos despertos, exaltados por seu filho e você mesmo, você e seu filho que correm depressa e salvam do torpor todos os nervos, todos os músculos esquecidos do corpo. Suas esporas marcarão o ventre do oveiro, até fazê-lo sangrar: saberá que Lorenzo quer correr. Seu olhar interrogador interromperá as frases de Catalina. Ela se deterá, se perguntará até onde pode chegar, dirá a si mesma que é questão de tempo, de ir desvelando as razões pouco a pouco, sim, até que ele as entenda bem. Ela sentada no sofá e ele aos seus pés, de braços apoiados nos joelhos. A terra retumbará sob os cascos; você agachará a cabeça, como se quisesse aproximá-la da orelha do cavalo e incentivá-lo com palavras, mas há esse peso, esse peso do yaqui[20], esse peso do yaqui que será escorado, de barriga para baixo, sobre as ancas do mesmo animal, o yaqui que estenderá um braço para se prender ao seu cinto: a dor te adormecerá: o braço e a perna penderão inertes e o yaqui continuará abraçando sua cintura e gemendo com o rosto congestionado: os túmulos de rocha se sucederão e vocês marcharão abrigados pelas sombras, na fenda da montanha, descobrindo vales internos de pedra, barrancas profundas que descansam sobre leitos abandonados, caminhos de espinhos e arbustos: quem recordará com você? Lorenzo sem você naquela montanha? Gonzalo com você neste calabouço?:

20 YAQUI: Povo indígena originário do norte do México, especialmente do estado de Sonora, com presença também no sul do Arizona, nos Estados Unidos.

(1915: Outubro 22)

Ele se enrolou no cobertor azul, porque o vento gelado daquelas horas desmentia, com um barulho de restolho agitado, o calor vertical do dia. Haviam passado a noite toda em campo aberto, sem comer. A menos de dois quilômetros se erguiam as coroas de basalto da serra, com a raiz mergulhada no deserto duro. Desde três dias antes, o destacamento de exploração caminhava sem pedir a direção ou sinais, guiado apenas pelo olfato do capitão, que pensava conhecer as rotas e artimanhas das colunas, agora em frangalhos e em retirada, de Francisco Villa. Para trás, a sessenta quilômetros de distância, ficaram as forças que só esperavam pela chegada, a pleno galope, de um emissário do destacamento para se lançar sobre os restos de Villa e impedi-los de se unir a tropas fresquinhas em Chihuahua. Mas onde estariam aqueles frangalhos do líder? Ele achava que sabia: em alguma reentrância da montanha, seguindo pelo caminho mais difícil. No quarto dia — este — o destacamento deveria adentrar a Serra enquanto as forças leais a Carranza avançavam para o lugar que, ao alvorecer, ele e seus homens teriam de deixar. Desde ontem, haviam se esgotado os saquinhos de pinole[21]. E o sargento, que ao anoitecer saiu a cavalo, levando

21 PINOLE: Farinha feita a partir de milho torrado e moído, frequentemente misturada com açúcar, canela ou cacau, usada como alimento energético tradicional no México e em outros países da Mesoamérica.

consigo os cantis de todo o destacamento, em busca do riacho que se derramava pelas rochas e se esgotava no primeiro contato com o deserto, não o encontrou. Até pôde ver o leito de rachaduras avermelhadas, limpo e enrugado, vazio. É que dois anos antes haviam passado por aquele mesmo lugar em época de águas e agora só um astro redondo se mexia, da alvorada ao crepúsculo, sobre a cabeça fervente dos soldados. Tinham acampado sem fazer fogo; algum vigia poderia divisá-los da montanha. Além disso, não era necessário. Não cozinhariam nenhum alimento, e na imensidão da planície desértica uma fogueira isolada mal conseguiria aquecer alguém. Enrolado em um poncho, ele acariciou o rosto delgado; a prolongação do bigode crespo na barba dos últimos dias; as incrustações de pó nas comissuras dos lábios, nas sobrancelhas, na cartilagem do nariz. Dezoito homens compunham o acampamento a alguns metros do chefe: ele dorme ou vigia sozinho, sempre, com um espaço de terra que o separa de seus homens. Perto, as crinas dos cavalos se agitavam com o vento e suas silhuetas negras se recortavam contra a pele amarela da terra. Queria subir: a nascente do riacho ficava na montanha, e entre suas rochas se formava esse derramamento de frescor breve e solitário. Queria subir: o inimigo não devia estar longe. Sentiu o corpo tenso naquela noite. O jejum e a sede acentuaram e abriram mais seus olhos, olhos verdes de olhar constante e frio.

A máscara tingida de pó permaneceu fixa e desperta. Esperava o primeiro raio do amanhecer para pôr-se em marcha; ao quarto dia, conforme o combinado. Quase ninguém dormia, porque o olhavam de longe, sentado de joelhos dobrados, enrolado no cobertor, imóvel. Os que tentavam fechar os olhos lutavam contra a sede, a fome e o cansaço. Os que não olhavam o capitão, olhavam a fila de cavalos de crinas baixas. Os bridões estavam atados a uma acácia grossa que emergia, como um dedo perdido, da terra. Para a terra olhavam os cavalos cansados. O sol deveria aparecer atrás da montanha. Já era tempo.

Todos esperavam pelo momento em que o chefe se levantou, jogou de lado o poncho azul e descobriu o peito carregado de cartucheiras, com a fivela brilhante da farda de oficial, as polainas de couro suíno. Sem dizer palavra, o destacamento se levantou e se aproximou das montarias. O capitão tinha razão: o resplendor em forma de leque apareceu por trás dos cumes mais baixos e lançou um arco de luz cantado pelos pássaros invisíveis, distantes, mas donos do vasto silêncio da terra abandonada. Ele fez um sinal para o yaqui Tobías e disse a ele em seu idioma:

— Você fica para trás, assim que avistarmos o inimigo você sai em disparada para avisar.

O yaqui assentiu, ajeitando o pequeno chapéu de copa redonda adornado por uma pena vermelha cravada na fita. O capitão saltou sobre a sela e a fila de homens iniciou o trote ligeiro rumo ao portal da Serra: o cânion de desfiladeiros ocres.

Três saliências se erguiam no corte do cânion. A tropa seguiu pela segunda: a mais estreita, mas capaz de suportar o peso das montarias em fila indiana: a que levava até a nascente. Os cantis vazios golpeavam ocos as coxas dos homens; a queda de pedregulhos sob as ferraduras repetia o som vazio e fundo, que se perdia sem ecos, apenas com o golpe seco de um tambor estirado, ao longo do cânion. Do alto do desfiladeiro, a curta coluna parecia cabisbaixa, avançando às apalpadelas. Só ele mantinha o olhar nos cumes, piscando os olhos contra o sol, deixando que o cavalo lidasse com os acidentes do solo. À frente do destacamento, não sentia temor nem orgulho. O medo havia ficado para trás, não nos primeiros, mas nos repetidos encontros que haviam feito do perigo a vida habitual e da tranquilidade o elemento surpreendente. Por isso esse silêncio total do cânion o alarmava secretamente, e por isso apertava as rédeas e, sem se dar conta, preparava os músculos do braço e da mão para sacar rapidamente a pistola. Pensava que não conhecia a soberba. Antes o medo, depois o hábito, haviam impedido isso. Não podia sentir orgulho quando as primeiras balas zuniam perto do ouvido e a vida milagrosa se impunha cada vez que o projétil errava o alvo: então só podia sentir assombro diante da sabedoria cega de seu corpo para esquivar, para levantar ou agachar, para esconder o rosto atrás de um tronco de árvore; assombro e desprezo, quando pensava na tenacidade com que o corpo, mais veloz que a vontade, defendia a si mesmo. Não podia sentir orgulho quando, mais tarde, nem sequer escutava aquele zumbido pertinaz, acostumado. Vivia apenas uma aflição, contida e seca, naqueles momentos em que a tranquilidade imprevista o rodeava. Projetou o queixo em gesto de dúvida.

O assovio insistente de um soldado às suas costas confirmou o perigo daquele passeio pelo cânion. E o assovio foi interrompido por um disparo repentino e um uivo bem conhecido: os cavalos villistas[22] eram lançados de cabeça por seus ginetes, verticalmente, do topo do cânion, em uma descida suicida, enquanto os fuzis escorados no terceiro penhasco feriam os homens do destacamento e os cavalos ensanguentados se encabritavam e rodeavam, envoltos pelo estrondo de pólvora, até o fundo das rochas pontiagudas: ele só conseguiu virar o rosto e ver Tobías descer, imitando os villistas, pelas ladeiras talhadas a golpe a prumo, em uma tentativa inútil de cumprir as ordens: o cavalo do yaqui perdeu o equilíbrio e voou durante um segundo antes de se estatelar no fundo do desfiladeiro e esmagar o cavaleiro com seu peso. O uivo aumentou, acompanhado de um fogo denso; ele se desprendeu do lombo esquerdo do cavalo e rodopiou, controlando a queda com cambalhotas e apoios, até o fundo: em sua visão partida, os ventres dos cavalos encabritados pulsavam nas alturas junto com os disparos, também inúteis, dos homens surpreendidos sobre aquele patamar estreito, sem possibilidade de se guarnecerem ou manobrarem suas montarias. Caiu, arranhando as ladeiras, e caíram os cavaleiros de Villa sobre o segundo patamar, para travar o embate corpo a corpo. Ago-

22 VILLISTAS: Seguidores de Pancho Villa durante a Revolução Mexicana, formados principalmente por camponeses e vaqueiros do norte do México. Lutavam por justiça social, reforma agrária e maior igualdade, com forte apoio popular nas regiões rurais.

ra continuava o carrossel selvagem de corpos entrelaçados e cavalos ensandecidos, enquanto ele tocava com as mãos ensanguentadas o fundo escuro do cânion e sacava a pistola. Somente um novo silêncio o aguardava. As forças haviam sido aniquiladas. Arrastou-se, com o braço e a perna doloridos, até uma rocha gigantesca.

— Saia, capitão Cruz, renda-se agora...

Ele respondeu com a garganta seca:

— Para me fuzilarem? Fico por aqui.

Mas a mão direita, mutilada pela dor, mal conseguia segurar a pistola. Ao erguer o braço, sentiu uma pontada profunda no ventre: disparou, com a cabeça caída, porque a dor o impedia de erguer o olhar: disparou até o gatilho repetir apenas uma imitação metálica. Jogou a pistola do outro lado do penhasco e a voz lá em cima voltou a gritar:

— Saia de mãos na nuca.

Do outro lado da rocha jaziam mais de trinta cavalos, mortos ou moribundos. Alguns tentavam levantar a cabeça; outros se apoiavam em uma pata dobrada; os demais ostentavam marcas roxas na testa, no pescoço, no ventre. E às vezes em cima, às vezes embaixo dos animais, os homens de ambos os bandos estavam em posturas distraídas: de barriga para cima, como se buscassem o jorro do arroio seco; de boca para baixo, abraçados às rochas. Todos mortos, à exceção desse homem que gemia, preso pelo peso de uma égua marrom.

— Deixem que eu solte esse — gritou para o grupo de cima. — Pode ser um de vocês.

Como? Com que braços? Com que força? Assim que se dobrou para pegar pelas axilas o corpo preso de Tobías, uma bala de aço silvou e acertou a pedra. Ergueu os olhos. O chefe do grupo vencedor — de chapelão branco visível na sombra do cume — deteve o atirador com um movimento dos braços. O suor gosmento, empoeirado, escorreu por seus punhos, e se um deles mal conseguia se mexer, o outro conseguiu arrastar o tórax de Tobías com uma vontade concentrada.

Escutou, às suas costas, os cascos velozes dos villistas que se separaram da coluna para capturá-lo. Estavam em cima dele quando as pernas quebradas do yaqui saíram de baixo do corpo do animal. As mãos dos villistas arrancaram a cartucheira de seu peito.

Eram sete da manhã.

Quase não lembraria, ao entrar às quatro da tarde na prisão de Perales, da marcha forçada que o coronel villista Zagal impôs aos seus homens e dois prisioneiros para que percorressem, em nove horas, as picadas da serra e descessem até o povoado de Chihuahua. Na cabeça atravessada por dores espessas, ele mal conseguiu distinguir qual caminho trilhava. O mais difícil, em aparência. O mais simples para quem, como Zaga, tinha acompanhado Pancho Villa desde as primeiras perseguições e percorria havia vinte anos aquelas serras apontando seus esconderijos, suas passagens, seus cânions e atalhos. O chapéu em forma de cogumelo ocultava metade do rosto de Zagal, mas os dentes largos e apertados sorriam sempre, emoldurados pelo bigode e pela barba pretos. Sorriram quando ele foi montado com dificuldade no cavalo e o corpo quebrado do yaqui foi recostado, de barriga para baixo, sobre as ancas do mesmo animal. Sorriram quando Tobías estendeu o braço e se aferrou ao cinto do capitão. Sorriram quando a coluna se pôs em marcha, adentrado uma boca escura, uma verdadeira caverna de duas aberturas, desconhecida por ele e pelos demais carrancistas[23], que permitia realizar em uma hora um trajeto que levaria quatro pelos caminhos abertos. Mas só percebeu tudo isso pela metade. Sabia que os dois bandos da guerra de facções fuzilavam imediatamente os oficiais do grupo contrário e se perguntou por que motivo, agora, o coronel Zagal o conduzia a um destino desconhecido.

A dor o adormeceu. O braço e a perna, machucados pela queda, pendiam inertes, e o yaqui seguia abraçando-o e gemendo com o rosto congestionado. Os túmulos de ro-

---

23 **CARRANCISTAS:** Apoiadores de Venustiano Carranza durante a Revolução Mexicana, defensores da legalidade constitucional após a queda de Huerta. Representavam setores médios e liberais que buscavam restaurar a ordem institucional e modernizar o país.

cha escarpada se sucediam e eles marchavam refugiados nas sombras, na base das montanhas, descobrindo vales internos de pedra, barrancas profundas que descansavam sobre leitos abandonados, caminhos onde os espinhos e arbustos ofereciam um teto de decepção para a passagem da coluna. Talvez só os homens de Pancho Villa tenham cruzado esta terra, pensou, e por isso conseguiram acumular, antes, esse rosário de vitórias guerrilheiras que quebraram a coluna da ditadura. Mestres da surpresa, do cerco, da fuga veloz após a investida. O exato contrário de sua escola de armas, a do general Álvaro Obregón, que era a da batalha formal, em campo aberto, com dispositivos exatos e manobras sobre terreno explorado.

— Juntos, em ordem. Não se dispersem — gritava o coronel Zagal cada vez que se desprendia da cabeça da coluna e cavalgava para trás, engolindo pó e afiando os dentes. — Agora saímos da montanha e sabe-se lá o que nos espera. Todos prontos; agachados; olhos atentos para distinguir as nuvens de pó; todos juntos vemos melhor que eu sozinho...

As massas rochosas iam se abrindo. A coluna estava sobre um cume aplainado e o deserto de Chihuahua, ondulante, salpicado de acácias, abria-se aos seus pés. O sol era cortado por rajadas de ar alto: camada fresca que nunca tocava as bordas ardentes da terra.

— Vamos pela mina, para descermos mais depressa — gritou Zagal. — Agarre bem seu companheiro, Cruz, que a descida é a pique.

A mão do yaqui apertou o cinto de Artemio; mas havia em sua pressão algo mais que o desejo de não cair: uma insistência comunicativa. Artemio baixou a cabeça, acariciou o pescoço do cavalo e então virou o rosto para a cara congestionada de Tobías.

O índio murmurou em sua língua:

— Vamos passar ao lado de uma mina abandonada há muito tempo. Quando passarmos junto a uma das bocas da entrada, gire o cavalo e corra para dentro; está cheia de bifurcações e lá não vão te encontrar...

Ele não deixou de acariciar a crina. Voltou a erguer a cabeça e tentou discernir, na descida até o deserto, a entrada de que falava Tobías.

O yaqui murmurou:

— Pode me esquecer. Estou com as pernas quebradas.

Meio-dia? Uma hora? O sol ficava cada vez mais forte.

Apareceram umas cabras sobre um penhasco e alguns dos soldados apontaram os rifles para elas. Uma fugiu, a outra caiu dura de seu pedestal e um soldado villista desmontou e a carregou nas costas.

— Que seja a última vez que alguém caça! — disse Zagal com sua voz rouca e sorridente. — Um dia essas balas vão te fazer falta, cabo Payán. — Depois, alçando o corpo sobre os estribos, disse à coluna inteira: — Entendam uma coisa, seus cornos: os carrancistas estão em nosso encalço. Não voltem a desperdiçar munição. O que estão pensando? Que seguiremos vitoriosos para o Sul, como antes? Não. Seguiremos derrotados para o Norte, de onde saímos.

— Ora, meu coronel — gemeu com a voz cerrada o cabo —, mas agora não nos faltará comida.

— O que falta para nós é noção — gritou Zagal.

A coluna riu e o cabo Payán amarrou a cabra morta sobre as ancas de seu cavalo.

— Ninguém encosta na água nem no pinole até chegarmos lá embaixo — ordenou Zagal.

Mas ele já tinha o pensamento voltado para as picadas da descida. Ali estava, dobrando aquele cotovelo, a boca aberta da mina.

As ferraduras de Zagal retiniram contra os trilhos estreitos que avançavam meio metro para fora da entrada. Agora Cruz se atirou do cavalo e rolou pela pequena ladeira enquanto os fuzis surpresos mal se preparavam e caiu de joelhos na escuridão: soaram os primeiros tiros e as vozes dos villistas se alvoroçaram. O frio repentino aguçou a cabeça do homem; a escuridão o enjoou. Para a frente: as pernas correram esquecendo a dor, até que o corpo se estatelou contra a rocha: ao abrir os braços, esticou-os para dois caminhos opostos. Por um deles soprava um vento forte; do outro vinha um calor enclausurado. As mãos estendidas sentiram, na polpa dos dedos, as temperaturas opostas. Voltou a correr, pelo lado quente, que devia ser o mais profundo. Atrás dele corriam também, com sua música de esporas, os pés dos villistas. Um fósforo lançou seu resplendor alaranjado e ele perdeu o equilíbrio e caiu em uma ramificação vertical e sentiu o impacto seco de seu corpo contra vigas carcomidas. Lá em cima, o ruído das esporas não cessava, e um murmúrio de vozes repicava nas paredes da mina. O perseguido se levantou penosamente; tentou vislumbrar as dimensões do lugar no qual havia caído, a saída por onde continuar a fuga.

"É melhor esperar aqui..."

As vozes lá em cima aumentaram, como se discutissem. Depois se escutou, claramente, a gargalhada do coronel Zagal. As vozes se retiraram. Alguém assoviou ao longe: um único assovio de atenção, ríspido. Chegaram ao esconderijo outros sons indefiníveis, pesados, que se prolongaram durante vários minutos. Depois, nada. Os olhos começaram a se acostumar: a escuridão.

"Parece que foram embora. Talvez seja uma cilada. É melhor esperar aqui."

No calor da furna abandonada, tocou o peito, apalpou o dorso dolorido pelas pancadas. Estava em um espaço redondo sem saída: certamente, o ponto final de uma escavação. Havia algumas vigas quebradas no chão; outras sustentavam o teto frágil de argila. Certificou-se da estabilidade de uma delas e se recostou, sentado, para esperar a passagem das horas. Uma das madeiras se prolongava até o buraco pelo qual havia caído: não seria difícil trepar por ali e alcançar outra vez a caverna de entrada. Tocou vários rasgos em sua calça, na farda da qual haviam se desprendido as insígnias douradas. E cansaço, fome, sono. Um corpo jovem esticou as pernas e sentiu o pulso forte nas coxas. A escuridão e o repouso, o leve ofegar e os olhos fechados. Pensou nas mulheres que gostaria de conhecer; o corpo das conhecidas escapava à sua imaginação. A última foi em Fresnillo. Uma prostituta endomingada. Uma dessas que choram quando se pergunta a ela: "De onde você é? Como veio parar aqui?". A pergunta de sempre, para puxar conversa e porque todas adoram inventar história. Essa não; apenas chorava. E a guerra sem acabar. Claro que essas eram as últimas movimentações. Cruzou os braços sobre o peito e tentou respirar regularmente. Uma vez dominado o exército desbaratado de Pancho Villa, haveria paz. Paz.

"O que vou fazer quando isso acabar? E para que pensar que vai acabar? Eu nunca pensei assim."

Talvez a paz significasse boas oportunidades de trabalho. Em seu percurso de idas e vindas pelo território do México, só tinha visto destruição. Mas se destruíam campos que poderiam ser semeados outra vez. No Bajío, certa vez, viu um campo lindo, ao lado do qual poderia construir uma casa com arcos e pátios floreados e supervisionar as semeaduras. Ver como cresce uma semente, cuidar dela, assistir às plantas brotando, recolher os frutos. Poderia ser uma vida boa, uma vida boa…

"Não durma, fique de prontidão…"

Beliscou a coxa. Os músculos da nuca puxaram a cabeça para trás.

Nenhum ruído chegava do alto. Podia explorar. Apoiou-se na viga ascendente para alcançar, com o pé, as saliências rochosas do buraco. Foi girando o corpo, com o braço forte, de saliência em saliência, até cravar as unhas na plataforma superior. Botou a cabeça para fora. Estava no corredor quente. Mas agora parecia mais escuro e abafado que antes. Caminhou até a bifurcação. Reconheceu-a porque ao lado do corredor mal ventilado estava o outro, o da ventania. Porém mais adiante a luz não entrava pela abertura original. Teria anoitecido? Teria perdido a conta das horas?

Às cegas, suas mãos procuraram a entrada. Não era a noite que a obstruíra, mas uma barricada de rochas pesadas, erguidas pelos villistas antes de partir. Haviam-no selado nessa tumba de veios esgotados.

Sentiu nos nervos do estômago: estava esmagado. Automaticamente, expandiu as narinas em um esforço imaginário de respiração. Levou os dedos às têmporas e acariciou-as. A outra passagem, a ventilada. Esse ar vinha de fora, subia do deserto, era açoitado pelo sol. Correu até a segunda passagem. Seu nariz se agarrou àquele ar doce, corrente, e apoiando as mãos nas paredes foi claudicando na escuridão. Uma gota molhou sua mão. Aproximou a boca aberta da parede, procurando a origem da água. Do teto preto gotejavam pérolas lentas, isoladas. Recolheu outra com a língua; esperou a terceira, a quarta. Deixou a cabeça pender. O corredor parecia chegar ao fim. Farejou o ar. Vinha de baixo, sentia-o ao redor dos tornozelos. Ajoelhou-se, procurou com as mãos. Daquela abertura invisível, vinha dali: era o corredor estreito que lhe dava uma força maior que a de origem. As pedras estavam soltas. Começou a puxá-las, até que a fenda se ampliou e, por fim, tombou: uma nova galeria, iluminada por veias prateadas, abria-se por trás do desmoronamento. Embrenhou o corpo e, na nova passagem, percebeu que não podia caminhar de pé: só cabia deitado. Então foi se arrastando, sem saber aonde levaria seu trajeto de réptil. Frisos acinzentados, o dourado das insígnias de oficial: somente essas luzes desparelhas iluminavam sua lentidão de cobra amortalhada. Os olhos refletiam os cantos mais negros da escuridão e um fio de saliva corria pelo queixo. Sentiu a boca cheia de tamarindos: talvez a lembrança involuntária de uma fruta que ainda na memória agita as glândulas salivares, ou quem sabe o mensageiro exato de um cheiro exalado por um pomar distante e que, transportado pelo ar imóvel do deserto, teria chegado até a estreita passagem. O olfato desperto percebeu mais alguma coisa. Uma lufada completa de ar. Um pulmão cheio. Um sabor inconfundível de terra próxima: inconfundível para quem estava havia tanto tempo enclausurado no gosto da rocha. A galeria baixa seguia em declive; agora se detinha abruptamente e caía, de supetão, em um amplo espaço interno e um piso de areia. Desprendeu-se da galeria alta e se deixou cair no leito branco. Alguns braços vegetais haviam se esgueirado até ali. Por onde?

"Sim, agora volta a subir. Mas se é luz! Parecia um reflexo da areia e é luz!"

Correu, de peito inflado, até a abertura banhada de sol.

Correu sem escutar nem ver. Sem escutar o toque lento de violão e a voz que o acompanhava, uma voz sossegada e sensual de soldado cansado.

As garotas de Durango vestem azul e verde
das oito em diante, a que não belisca morde...

Sem ver o pequeno fogo sobre o qual balançava o esqueleto da cabra caçada na montanha e os dedos que arrebatavam retalhos de pelego.

Caiu, sem escutar nem ver, sobre a primeira franja de terra iluminada. Como poderia ver, sob esse sol das três da tarde, derretido, que iluminava como um cogumelo de cal o chapelão do homem que ria e lhe estendia a mão.

— Vamos, capitão, que ele vai nos atrasar. Veja como o yaqui se empanturra. E agora sim, dá para usar os cantis.

As garotas de Chihuahua não sabem mais o que fazer,
pedindo a Deus que algum homem possa ser seu bem querer...

O prisioneiro ergueu o rosto e, antes de ver o grupo reclinado do coronel Zagal, deixou que os olhos se perdessem na paisagem seca, de pedregulhos e órgãos espinhosos, amplo e lento, silencioso e aprumado. Depois se levantou e chegou até o pequeno acampamento. O yaqui olhava fixo para ele. Estendeu o braço, arrancou uma fatia chamuscada do lombo da cabra e se sentou para comer.

Perales.

Era um povoado de adobe que em pouca coisa se diferenciava dos outros. Só uma quadra, a que passava em frente à administração municipal, era pavimentada. As demais eram de terra nivelada pelos pés descalços das crianças, pelas patas dos perus que ciscavam nas esquinas, pelas pisadas da matilha de cães que às vezes dormiam ao sol e às vezes corriam todos juntos, latindo, sem rumo. Talvez uma ou duas casas boas, com portões grandes e chapas de ferro e calhas de latão: eram sempre a do agiota e a do líder político (quando um e outro não eram o mesmo), agora fugindo da justiça expedita de Pancho Villa. As tropas haviam ocupado as duas residências enchendo os pátios — escondidos atrás dos muros compridos que apresentavam seu rosto de fortaleza à rua — de cavalos e feno, caixas de munição e ferramentas: o que a Divisão do Norte, derrotada, conseguia salvar em sua marcha de retorno à origem. A cor do povoado era parda; só a fachada da presidência ostentava um tom rosado, que logo se perdia, pelas esquinas e pátios, no mesmo tom acinzentado da terra. Havia água perto dali; por isso se fundou o povoado, cuja riqueza se limitava a uns quantos perus e galinhas, uns poucos pés de milho secos cultivados nas ruelas de terra, algumas forjas, uma carpintaria, uma venda e alguns estabelecimentos domésticos. Vivia-se de milagre. Vivia-se em silêncio. Como na maioria das aldeias mexicanas, era difícil saber onde se escondiam os moradores. De manhã como de tarde, de tarde como de noite, talvez desse para escutar a batida de um martelo, insistente, ou o choramingo de um recém-nascido, mas seria difícil se deparar nas ruas ardentes com algum ser vivo. As crianças apareciam de vez em quando, pequeníssimas, descalças. A tropa também permanecia atrás dos muros das casas confiscadas ou escondida nos pátios da prefeitura, que era para onde se encaminhava a coluna exausta. Quando desmontaram, um grupo se aproximou e o coronel Zagal apontou para o índio yaqui.

— Este, para o calabouço. Você venha comigo, Cruz.

Agora o coronel não ria. Abriu as portas do escritório caiado e com uma manga secou o suor da testa. Afrouxou o cinto e sentou. O prisioneiro o contemplou de pé.

— Puxe uma cadeira, capitão, e vamos conversar à vontade. Quer um cigarro?

O prisioneiro aceitou e o fogo do isqueiro aproximou os dois rostos.

— Muito bem — voltou a sorrir Zagal —, a questão é muito simples. Você poderia nos dizer quais são os planos dos que andam nos perseguindo e nós o libertaríamos. Estou sendo franco. Sabemos que estamos perdidos, mas ao fim e ao cabo queremos nos defender. Você é um bom soldado e entende isso.

— Claro. Por isso mesmo não vou falar.

— Sim. Mas teria que nos contar muito pouca coisa. Você e todos esses mortos que ficaram no cânion formavam um destacamento de exploração, era fácil perceber. Isso quer dizer que o grosso das tropas não está longe. Até farejaram o caminho que percorremos para o Norte. Mas como vocês não conhecem bem essa passagem da montanha, certamente tiveram que atravessar a planície inteira, e isso leva vários dias. Agora: quantos são, algumas tropas seguiram na frente de trem, em quanto você estima as provisões de munição, quantas peças de artilharia trazem consigo? Que tática escolheram? Onde vão se reunir as brigadas soltas que vêm seguindo nosso rastro? Veja só como é simples: você me conta tudo isso e sai livre. Dou minha palavra.

— E que garantia eu tenho?

— Caramba, capitão, nós já vamos perder de qualquer maneira. Estou sendo franco. A Divisão está esfacelada. Se fracionou em bandos que se perderão pelas montanhas, cada vez mais desgastadas, porque ao longo do caminho vão ficando em seus povoados, em suas fazendas. Estamos cansados. São muitos anos lutando, desde que nos rebelamos contra dom Porfirio. Depois lutamos com Madero, depois contra os colorados de Orozco, depois contra os desgraçados de Huerta, e então contra vocês, os capangas de Carranza. São muitos anos. Já estamos cansados. Nossa gente é como as lagartixas, vai assumindo a cor da terra, se enfia de volta nas cabanas de onde saiu, volta a se vestir de peão para esperar outra vez a hora de seguir lutando, mesmo que leve cem anos. Eles já sabem que dessa vez perdemos, assim como os zapatistas no Sul. Vocês ganharam. Por que você precisa morrer se seu lado já ganhou a briga? Permita que a gente perca dando combate. É só o que peço, que nos deixe perder com um tantinho de honra.

— Pancho Villa não está neste povoado.

— Não. Está mais adiante. E nossa gente vai ficando. Já somos muito poucos.

— Que garantias vocês me dão?

— Deixamos você vivo aqui na cadeia até ser resgatado por seus amigos.

— Isso, se os nossos ganharem. Se não...

— Se nós vencermos, te dou um cavalo para cair fora.

— E assim pode me fuzilar pelas costas quando sair correndo.

— A decisão é sua...

— Não. Não tenho nada para contar.

— Na prisão estão seu amigo yaqui e o bacharel Bernal, um enviado de Carranza. Espere com eles a ordem de fuzilamento.

Zagal se levantou.

Nenhum dos dois tinha sentimentos. Tinham-nos perdido, cada qual em seu bando, limados pelos fatos cotidianos, com a insistência sem tréguas de sua luta cega. Haviam falado automaticamente, sem demonstrar suas emoções. Zagal solicitava a informação e dava a oportunidade de escolher entre a liberdade e o paredão, o prisioneiro negava a informação: mas não como Zagal e Cruz, e sim como engrenagens de duas máquinas de guerra opostas. Por isso, a notícia do fuzilamento era recebida pelo prisioneiro com indiferença absoluta. Uma indiferença, justamente, que o obrigava a reparar na tranquilidade monstruosa com que aceitava a própria morte. Então ele também se levantou e endireitou o maxilar.

— Coronel Zagal, estamos obedecendo ordens há muito tempo sem reservarmos tempo para fazer algo, como posso explicar, algo que nos permita dizer: faço isso como Artemio Cruz; isso eu faço sozinho, não como oficial do exército. Se precisa me matar, me mate como Artemio Cruz. Você mesmo disse que isso vai terminar, que estamos cansados. Não quero morrer como o último sacrificado de uma causa vitoriosa e você tampouco há de querer morrer como o último de uma causa perdida. Seja homem, coronel, e permita que eu seja também. Proponho um duelo com pistolas. Trace uma linha no pátio e saímos os dois armados de duas esquinas opostas. Se você conseguir me ferir antes de atravessar a linha, me executa. Se eu cruzar sem você me acertar, me deixa livre.

— Cabo Payán! — gritou Zagal com um brilho nos olhos. — Leve-o para a cela.

Então ficou de frente para o prisioneiro.

— Não avisarão a vocês a hora da execução, então estejam prontos. Pode ser dentro de uma hora, assim como pode ser amanhã ou depois. Pense no que eu lhe disse.

O sol poente entrava pelas grades e recortava em amarelo as silhuetas daqueles homens, um de pé, o outro deitado. Tobías tentou murmurar um cumprimento; o outro, que perambulava nervoso, se aproximou dele assim que a porta da cela bateu com um tinido e as chaves do cabo de guarda rasparam a fechadura.

— O senhor é o capitão Artemio Cruz? Eu sou Gonzalo Bernal, enviado do primeiro-mandatário Venustiano Carranza.

Vestia traje de civil: um traje de caxemira cor de café com cinturão postiço na parte traseira. E ele o observou como observava todos os civis que de vez em quando se aproximavam do núcleo suarento dos que lutavam: com um olhar rápido de deboche e indiferença, até que Bernal prosseguiu, passando um lenço pela testa ampla e o bigode loiro:

— O índio está muito mal. Quebrou uma perna.

O capitão deu de ombros. — Não vai durar muito mesmo.

— Do que você sabe? — perguntou Bernal e deteve o lenço sobre os lábios, de modo que as palavras saíram sufocadas.

— Vão apagar todos nós, os três. Mas não disseram a que horas. De tosse não morreremos.

— Não há esperança de que os nossos cheguem antes?

Agora foi o capitão quem se deteve — estivera perambulando, observando o teto, as paredes, a janelinha embarrada, o chão de terra: a busca instintiva do buraco por onde fugir — e olhou para um novo inimigo: o delator plantado na cela. Perguntou:

— Não tem água?

O yaqui bebeu.

O índio gemeu. Ele se aproximou do rosto acobreado recostado na cabeceira de pedra do banco sem cobertura que servia de cama e assento. Sua bochecha se deteve ao lado da de Tobías pela primeira vez, com uma força que o obrigou a se retirar, sentiu a presença daquele rosto que nunca havia sido mais que uma massa escura, parte da tropa, mais reconhecível na integridade nervosa e rápida de seu corpo guerreiro que nesta serenidade, nesta dor. Tobías tinha um rosto: ele o viu. Centenas de marcas brancas — marcas de riso e raiva e olhos piscados contra o sol — percorriam os cantos da pálpebra e quadriculavam as maçãs largas. Os lábios grossos e proeminentes sorriam com doçura e nos olhos pardos, estreitos, havia algo semelhante a um poço de luz turva, encantada, disposta.

— Você chegou mesmo — disse Tobías em sua língua, aprendida pelo capitão no trato diário com as tropas da serra de Sinaloa.

Apertou a mão nervuda do yaqui.

— Sim, Tobías. É melhor você saber de uma coisa: vão nos fuzilar.

— Tem que ser assim. Você faria igual.

— Sim.

Permaneceram em silêncio enquanto o sol desaparecia. Os três homens se ajeitaram para passar a noite juntos. Bernal passeava lentamente pela cela: ele se levantou e em seguida sentou outra vez na terra e traçou linhas no chão. Lá fora, no corredor, acendeu-se um lampião de querosene e se ouviu o movimento dos maxilares do cabo de guarda. Um vento frio se levantou sobre o campo desértico.

De pé novamente, ele se aproximou da porta da cela: tábuas grossas, pinho sem polimento e uma pequena abertura na altura dos olhos. Do outro lado, uma fumarola se erguia do cigarro de palha que o cabo acendia. Ele fechou os punhos ao redor das grades enferrujadas e observou o perfil chato de seu guardião. As mechas pretas escapavam do boné de lona e terminavam no maxilar quadrado e imberbe. O prisioneiro buscou seu olhar e o cabo respondeu com um gesto rápido, um "o que você quer?" silencioso com a cabeça e a mão livre. A outra apertava a carabina com o costume do ofício.

— Já têm a ordem para amanhã?

O cabo o encarou com os olhos grandes e amarelos. Não respondeu.

— Eu não sou daqui. E você?

— Lá de cima — disse o cabo.

— Como é o lugar?

— Onde?

— Onde vão nos fuzilar. O que se enxerga de lá?

Parou e fez um sinal para que o cabo lhe alcançasse o isqueiro.

— O que se enxerga?

Só então recordou que sempre havia olhado para a frente, desde a noite em que atravessou a montanha e escapou da velha casa em Veracruz. Desde então não voltara a olhar para trás. Desde então gostava de saber-se sozinho, sem outras forças além das suas... E agora... não podia resistir a essa pregunta — como é, o que se vê de lá — que talvez fosse sua maneira de disfarçar esse anseio de recordar, essa predisposição a uma imagem de samambaias frondosas e rios lentos, de flores tubulares sobre uma cabana, de uma saia engomada e um cabelo suave, cheirando a marmelo...

— Levarão vocês ao pátio ali de trás — ia dizendo o cabo — e o que se enxerga, o que mais seria? Só uma parede alta, toda esburacada de tanto fuzilado que vem acabar aqui...

— E a montanha? Não se vê a montanha?

— A verdade é que não lembro.

— Já viu muitos...?

— Iiiiih...

— Talvez quem fuzila veja melhor que os fuzilados o que está acontecendo.

— Quer dizer que você nunca presenciou um fuzilamento? ("Sim, mas sem prestar atenção, sem nunca pensar no que se poderia sentir, que algum dia poderia ser minha sina. Por isso não tenho o direito de perguntar a você, não é? Você só matou, como eu, sem prestar atenção em nada. Por isso ninguém sabe o que se sente e ninguém é capaz de contar. Se fosse possível voltar, se fosse possível contar como é escutar um disparo e senti-lo no peito, no rosto. Se fosse possível contar a verdade disso, talvez não nos atrevêssemos mais a matar, nunca mais; ou talvez ninguém se importasse em morrer... Pode ser terrível... mas pode ser tão natural quanto nascer... O que sabemos, você e eu?")

— Escute, capitão, essas insígnias não vão mais te servir de nada. Pode me dar.

O cabo pôs a mão entre as grades e ele lhe deu as costas. O soldado riu com um chiado contido.

Agora o yaqui estava murmurando coisas em sua língua e ele foi arrastando os pés até a cabeceira dura, para tocar com a mão a testa febril do índio e escutar suas palavras. Formavam um doce sussurro.

— O que está dizendo?

— Conta coisas. Como o governo tirou as terras que tinham desde sempre para dar a uns gringos. Como lutaram para defendê-las e então a tropa federal chegou e começou a cortar a mão dos homens e a persegui-los pelas montanhas. De como levaram os chefes yaquis até o alto de um penhasco e os jogaram lá de cima no mar com pesos presos ao corpo.

O yaqui falava de olhos fechados. "Quem sobrou foi arrastado para uma fila muito comprida e de lá, de Sinaloa, nos fizeram caminhar até o outro lado, até Yucatán."

— De como tiveram que marchar até Yucatán e as mulheres e os velhos e as crianças da tribo iam morrendo. Os que conseguiram chegar às fazendas de agave foram vendidos como escravos, e separaram os maridos das mulheres. De como obrigaram as mulheres a ir para a cama com desconhecidos, para que esquecessem sua língua e parissem mais trabalhadores...

— Voltei, voltei. Assim que soube que a guerra havia espocado, voltei com meus irmãos para lutar contra o estrago.

O yaqui riu discretamente e ele sentiu vontade de mijar. Levantou-se e abriu a braguilha da calça cáqui; procurou um canto e escutou o esguicho em contato com a terra. Franziu o cenho pensando no desfecho habitual dos valentes que morrem com uma mancha úmida na calça militar. Bernal, agora de braços cruzados, parecia procurar, através das grades altas, um raio de lua para aquela noite fria e escura. Às vezes as marteladas persistentes do povoado chegavam até eles; os cães uivavam. Algumas conversas perdidas, sem sentido, conseguiam atravessar as paredes. Ele tirou o pó da farda e se aproximou do jovem bacharel.

— Tem cigarros?

— Sim... acho que sim... Estavam por aqui.

— Ofereça um ao yaqui.

— Já ofereci antes. Não gosta dos meus.

— Está com os dele?

— Parece que acabaram.

— Talvez os soldados tenham cartas.

— Não; não conseguiria me concentrar. Acho que não conseguiria...

— Está com sono?

— Não.

— Tem razão. Não há por que dormir.

— Acha que algum dia vai se arrepender?

— Do quê?

— Digo, de ter dormido antes...

— Essa foi boa.

— Ah, sim. Então é melhor recordar. Dizem que é bom recordar.

— Não tenho muita vida passada.

— Pois é. Essa é a vantagem do yaqui. Talvez por isso não goste de falar.

— Sim. Não, não entendi...

— Digo, o yaqui sim tem muito o que recordar.

— Talvez na língua dele não se recorde do mesmo jeito.

— Toda essa caminhada, desde Sinaloa. O que nos contou agora há pouco.

— Sim.

— ...

— Regina...

— Como?

— Não. Só repeti uns nomes.

— Que idade você tem?

— Vou fazer vinte e seis. E você?

— Vinte e nove. Também não tenho muito o que recordar. E isso que a vida ficou tão agitada, tão de repente.

— Quando se começa a recordar a infância, por exemplo?

— É verdade; dá trabalho.

— Sabe? Agora, enquanto falamos...

— O que tem?

— Bem; repeti uns nomes. Sabe? Já não os reconheço; já não querem dizer nada.

— Vai amanhecer.

— Não dê bola para isso.

— Minhas costas estão suando muito.

— Me dê o cigarro. O que houve?

— Desculpas. Pegue. Talvez a gente não sinta nada.

— É o que dizem.

— Quem diz, Cruz?

— Pois é. Os que matam.

— Você está muito preocupado?

— É...

— Por que não pensa em...?

— O quê? Que tudo continuará igual, mesmo que nos matem?

— Não, não pense para a frente, mas para trás. Eu penso em todos os que morreram na revolução.

— Sim; lembro de Bule, Aparicio, Gómez, o capitão Tiburcio Amarillas… uns quantos.

— Aposto que não sabe o nome nem de vinte. E não só deles. Como se chamam todos os mortos? Não só os desta revolução; os de todas as revoluções e todas as guerras e até os que morreram na cama. Quem se lembra deles?

— Veja: me dê um fósforo.

— Desculpas.

— Agora sim a lua saiu.

— Quer vê-la? Se se apoiar em meus ombros, consegue alcançar…

— Não. Não vale a pena.

— Menos mal que me tiraram o relógio.

— Sim.

— Quer dizer, para não ficar cuidando.

— Claro, eu entendi.

— A noite pareceu mais… mais longa…

— Maldita vontade de mijar.

— Veja o yaqui. Dormiu. Menos mal que ninguém demonstrou medo.

— Agora, mais um dia enfiados aqui.

— Quem sabe. De repente entram daqui a pouco.

— Esses aí não. Gostam de se divertir. É muito banal fuzilar ao amanhecer. Vão brincar conosco.

— Não disse que era muito impulsivo?

— Villa sim. Zagal, não.

— Cruz… não é muito absurdo?

— O quê?

— Morrer nas mãos de um dos caudilhos e não acreditar em nenhum deles.

— Como será, iremos os três juntos ou levarão um por um?

— É mais fácil de uma vez só, não? O militar aqui é você.

— Não pensou em nenhum truque?

— Posso contar uma coisa? Se prepare porque vai morrer de rir.

— O quê?

— Não diria se não tivesse certeza de que daqui não saio. Carranza me mandou nesta missão com o único objetivo de ser capturado para que fossem eles os responsáveis por minha morte. Meteu na cabeça que mais lhe valia um herói morto que um traidor vivo.

— Você, traidor?

— Depende de como se encara. Você apenas participou das batalhas; obedeceu e nunca duvidou de seus chefes.

— Certamente. A questão é ganhar a guerra. Por quê, você não está do lado de Obregón e Carranza?

— Como também poderia estar com Zapata ou Villa. Não acredito em nenhum.

— E então?

— Esse é o drama. Só tem esses. Não sei se você lembra do início. Foi há tão pouco tempo, mas parece tão distante... quando os chefes não importavam. Quando fazíamos isso não para beneficiar um homem, mas todos.

— Quer que eu fale mal da lealdade de nossos homens? A revolução é isto, simplesmente: lealdade aos chefes.

— Sim. Até o yaqui, que antes lutava por suas terras, agora só luta pelo general Obregón e contra o general Villa. Não, antes era diferente. Antes que isso se degenerasse em facções. Povoado por onde a revolução passava era povoado onde acabavam as dívidas do camponês, os agiotas eram expropriados, os presos políticos eram libertados e os velhos caciques eram destruídos. Mas veja como foram ficando para trás os que acreditavam que a revolução não era para fortalecer chefes, e sim para libertar o povo.

— Logo a hora vai chegar.

— Não, não vai. Uma revolução começa a ser feita nos campos de batalha, mas depois que se corrompe, mesmo que continue vencendo batalhas militares, já está perdida. Todos fomos responsáveis. Nos deixamos dividir e guiar pelos gananciosos, pelos ambiciosos, pelos medíocres. Os que querem uma revolução de verdade, radical, intransigente, são, por desgraça, homens ignorantes e sanguinários. E os letrados só querem uma revolução pela metade, compatível com a única coisa que lhes interessa: prosperar, viver bem, substituir a elite de dom Porfirio. Nisso consiste o drama do México. Olhe para mim. A vida inteira lendo Kropotkin, Bakunin, o velho Plejanov, com meus livros desde criança, discutir e discutir. E quando a hora chega, preciso me afiliar a Carranza porque é o que parece uma pessoa decente, o que não me assusta. Viu só que maricas? Tenho medo dos pés-rapados, Villa e Zapata... "Continuarei sendo uma pessoa impossível enquanto as pessoas que hoje são possíveis continuarem sendo possíveis"... Ah, sim, claro.

— Perdeu a vergonha na hora de morrer...

— "É este o defeito radical de meu caráter: o amor pelo fantástico, pelas aventuras nunca vistas, pelas empreitadas que abrem horizontes infinitos e imprevisíveis..." Ah, sim. Claro.

— Por que nunca disse isso lá fora?

— Disse desde o ano 13 a Iturbe, a Lucio Blanco, a Buelna, a todos os militares honrados que jamais tiveram a intenção de se tornarem caudilhos. Por isso não souberam cortar os naipes de Carranza, que dedicou a vida inteira a semear cizânia e dividir, pois, não fosse assim, como não seria derrubado aquele velho medíocre? Por isso promovia os medíocres, os Pablo González, os que não podiam lhe fazer sombra. Assim dividiu a revolução, transformou-a em uma guerra de facções.

— E por isso te mandaram a Perales?

— Com a missão de convencer os villistas a se renderem. Como se todos não soubéssemos que estão fugindo derrotados e em seu desespero descem chumbo em quem passar na frente deles. O velho não gosta de sujar as mãos. Prefere que o inimigo faça o trabalho sujo por ele. Artemio, Artemio, os homens não estiveram à altura de seu povo e de sua revolução.

— Por que não passa para o lado de Villa?

— De outro caudilho? Para ver quanto tempo dura, e depois passar para outro e então outro, até me ver outra vez em outra cela esperando outra ordem de fuzilamento?

— Mas se salvaria dessa vez…

— Não… Acredite em mim, Cruz, gostaria de me salvar, de voltar a Puebla. De ver minha mulher, meu filho. Luisa e Pancholín. E minha irmãzinha Catalina, que tanto depende de mim. Ver meu pai, meu velho, dom Gamaliel, tão nobre, tão cego. Tentar explicar a ele por que me meti nisso. Ele nunca compreendeu que é preciso cumprir alguns deveres, mesmo que saibamos de antemão que nosso destino é o fracasso. Para ele aquela ordem era eterna; as fazendas, o ágio disfarçado, tudo isso… Quem dera eu tivesse alguém para encarregar de vê-lo e dar notícias minhas. Mas daqui ninguém sai vivo, eu sei. Não; tudo é um sinistro jogo de eliminações. Já estamos vivendo entre criminosos e anões, porque o caudilho-mor procria pigmeus que não lhe façam sombra e o caudilho menor precisa assassinar o grande para ascender. Que tristeza, Artemio. Como é necessário tudo o que está acontecendo, e como é desnecessário corrompê-lo. Não é isso que queríamos quando fazíamos a revolução com todo o povo, em 13… E você, vá decidindo. Depois que eliminarem Zapata e Villa, ficarão só dois chefes, seus chefes atuais. Vai atrás de qual?

— Meu chefe é o general Obregón.

— Menos mal que já se decidiu. Vamos ver se não custará sua vida; vamos ver se…

— Está esquecendo que vão nos fuzilar.

Bernal riu com surpresa, como se houvesse tentado voar e tivesse sido impedido pelo peso de grilhões esquecidos. Apertou o ombro do outro prisioneiro e disse:

— Maldita mania política! Ou talvez seja intuição. Por que você não passa para o lado de Villa?

Não conseguiu discernir bem o rosto de Gonzalo Bernal, mas na escuridão sentiu aqueles olhos debochados, aquele arzinho de sabe-tudo desses bachareizinhos que nunca lutavam, que só falavam muito enquanto eles ganhavam batalhas. Afastou bruscamente seu corpo do de Bernal.

— O que foi? — sorriu o bacharel.

Ele grunhiu e acendeu seu cigarro apagado.

— Não é jeito de falar — ele disse de dentes cerrados. — O quê? Estou sendo claro? Não tenho saco para idiotas que falam sem ninguém pedir sua opinião, ainda mais na hora da morte. Feche essa matraca, meu bacharel, e diga o que quiser dentro de sua cabeça, mas me deixe morrer em paz.

A voz de Gonzalo foi recoberta por uma camada metálica:

— Escute, machão, somos três homens condenados. O yaqui nos contou sua vida...

E a raiva era contra si mesmo, porque tinha se deixado levar pelos segredos e pela conversa, havia se aberto para um homem indigno de sua confiança.

— Foi uma vida de homem. Ele tinha o direito.

— E você?

— Passei lutando. Se um dia fiz outra coisa, não lembro.

— Amou alguma mulher...

Apertou os punhos.

— ... teve pais; vou saber se até não teve filhos. Você não? Eu sim, Cruz; eu acho que vivi uma vida de homem, e gostaria de estar livre para seguir vivendo, você não? Não gostaria de estar agorinha mesmo acariciando...?

A voz de Bernal se descompunha quando as mãos dele o procuraram na escuridão, açoitaram-no contra a parede, sem dizer palavra, com um mugido opaco, com as unhas cravadas na lapela de caxemira daquele novo inimigo armado de ideias e ternuras, que apenas repetia o mesmo pensamento oculto do capitão, do prisioneiro, dele: o que acontecerá depois de nossa morte?

E Bernal repetia, apesar dos punhos fechados que o agrediam:

— ... se não tivessem nos matado antes de completarmos trinta anos?... o que teria sido de nossas vidas?; eu queria fazer tantas coisas...

Até que ele, com as costas suando e o rosto muito próximo ao de Bernal, também murmurou:

— ... tudo vai continuar igual, por acaso você não sabe?; o sol vai nascer; continuarão nascendo pivetes, mesmo que estejamos no chão com buracos no corpo, por acaso não sabe?

Os dois homens se desvencilharam do abraço violento. Bernal se deixou cair no chão; ele caminhou até a porta da cela, decidido: contaria um plano falso a Zagal, pediria a vida do yaqui, deixaria Bernal cumprir sua sina.

Quando o cabo de guarda, cantarolando, conduziu-o até a presença do coronel, ele só sentia aquela dor perdida de Regina, aquela memória doce e amarga que tanto escondera e que agora vinha à tona, pedindo a ele que seguisse vivendo, como se uma mulher morta precisasse ser recordada por um homem vivo para continuar sendo algo além de um corpo devorado pelos vermes em um buraco sem nome, em um povoado sem nome.

— Vai ser difícil nos enganar — disse com sua eterna voz sorridente o coronel Zagal. — Agorinha mesmo sairão dois destacamentos para ver se o que nos contou é verdade ou não, e se o ataque vier de outro lado, pode ir encomendando sua alma aos céus e saiba que só ganhou algumas horas de vida, mas à custa de sua honra.

Zagal esticou as pernas e moveu de forma escalonada os dedos dos pés cobertos por uma meia. As botas estavam em cima da mesa, cansadas e molengas.

— E o yaqui?

— Isso não era parte do combinado. Veja: a noite já está longa. Para que iludir esses pobrezinhos com um novo sol? Cabo Payán!... Vamos mandar os dois dessa para melhor. Tire eles da cela e os leve lá para trás.

— O yaqui não consegue andar — disse o cabo.

— Deem maconha para ele — gargalhou Zagal. — Vamos lá, carreguem-no em uma maca e apoiem contra a parede do jeito que der.

O que viram Tobías e Gonzalo Bernal? O mesmo que o capitão, embora este fosse de maior estatura, de pé ao lado de Zagal no terraço da prefeitura. Lá embaixo, o yaqui era transportado em uma maca e Bernal caminhava cabisbaixo e os dois homens eram colocados contra o paredão entre dois lampiões de querosene.

Uma noite na qual os resplendores do alvorecer demoravam em se fazer sentir e na qual a silhueta das montanhas não se deixava ver, nem sequer quando os fuzis retumbaram em espasmos avermelhados e Bernal abriu a mão para tocar o ombro do yaqui. Tobías ficou apoiado contra o muro, escorado pela maca. Os lampiões iluminaram seu rosto descomposto, marcado pelas balas. Só iluminaram os tornozelos do corpo caído de Gonzalo Bernal, por onde começaram a correr fios de sangue.

— Aí estão seus mortos — disse Zagal.

E outra fuzilaria, distante e encorpada, comentou suas palavras e em seguida somou-se a ela um canhão rouco que fez voar uma quina do edifício. A gritaria dos villistas ergueu-se confusa até a altura do terraço branco onde Zagal gritava com uma interrogação desarticulada:

— Já chegaram! Já nos acharam! São os carrancistas! —, enquanto ele o derrubava e apertava a mão — rediviva, concentrada com toda força — sobre o coldre da pistola do coronel. Sentiu nas mãos a sequidão metálica da arma. Cravou-a nas costas de Zagal e com o braço direito rodeou o pescoço do coronel, apertou-o e o manteve no chão, com o maxilar duro e a espuma entre os lábios. Por cima do parapeito, pôde ver a confusão reinando no pátio de execuções. Os soldados do pelotão corriam, pisoteando os cadáveres de Tobías e Bernal, rodeando os lampiões de querosene: a chuva de explosões atingia todo o povoado de Perales, acompanhada de gritos e incêndios, de galopes e relinchos. Mais villistas foram até o pátio, vestindo as jaquetas, colocando as calças. Os lampiões caídos desenhavam uma linha dourada em cada perfil, em cada cinto, em cada abotoadura. As mãos se estenderam para pegar os fuzis e as cartucheiras. A tranca do estábulo foi aberta com pressa e os cavalos saíram ao pátio relinchando, foram montados pelos cavaleiros e arrancaram pelo portão aberto. Alguns atrasados correram atrás da cavalaria e por fim o pátio ficou deserto. Os cadáveres de Bernal e do yaqui.

Dois lampiões de querosone. A gritaria se afastou; ia ao encontro do ataque inimigo. O prisioneiro soltou Zagal. O coronel se manteve de joelhos, tossindo, acariciando o pescoço estrangulado. Mal conseguiu alçar a voz: — Não se rendam. Estou aqui.

E a manhã, enfim, mostrou suas pálpebras azuis sobre o deserto.

Cessou o estrondo imediato. Pelas ruas villistas corriam em direção ao cerco. Suas blusas brancas se tingiram de azul. Nenhum murmúrio se ergueu do pátio. Zagal se levantou, desabotoando a farda acinzentada, em gesto de quem oferece o peito. O capitão também se adiantou, com a pistola em mãos.

— Vale o combinado — disse com voz seca ao coronel.

— Vamos descer — disse Zagal e soltou os braços.

No escritório, Zagal pegou a Colt que tinha em uma gaveta.

Caminharam, os dois armados, ao longo dos corredores frios que davam no pátio. Calcularam a metade do quadrilátero. O coronel pôs de lado, com o pé, a cabeça de Bernal. O capitão ergueu os lampiões de querosene.

Cada um se posicionou em um canto. Avançaram.

Zagal disparou antes e sua bala feriu de novo o yaqui Tobías. O coronel parou e uma esperança iluminou seus olhos negros: o outro avançava sem disparar. O ato se consumava como um gesto de honra. O coronel se aferrou — um segundo, dois segundos, três segundos — à esperança de que o outro respeitaria sua valentia, de que os dois se encontrariam na metade do pátio sem um novo disparo.

Os dois pararam na metade do pátio.

O sorriso voltou ao rosto do coronel. O capitão atravessou a linha imaginária. Zagal, rindo, fez um gesto de amizade com a mão quando dois tiros repetidos atravessaram seu estômago e o outro o observou dobrar-se e cair aos seus pés. Então soltou a pistola sobre o crânio empapado de suor do coronel e permaneceu, sem se mexer, de pé.

O vento do deserto sacudiu as mechas de cabelo crespo da testa, os rasgos da farda manchada de suor, as tiras esfarrapadas das polainas de couro. A barba de cinco dias se eriçava sobre as bochechas e os olhos verdes se perdiam atrás das pálpebras empoeiradas e das lágrimas secas. De pé, herói solitário sobre o campo cercado dos mortos. De pé, herói sem testemunhas. De pé, cercado de abandono, enquanto a batalha era travada fora do povoado, com aquele rufar de tambores.

Baixou os olhos. O braço morto do coronel Zagal se estendia em direção à cabeça morta de Gonzalo. O yaqui estava sentado, com o corpo contra o paredão; suas costas haviam deixado uma marca listrada sobre a lona da maca. Agachou-se ao lado do coronel e fechou seus olhos.

Levantou-se rapidamente e respirou um ar no qual buscou encontrar, agradecer, dar nome à sua vida e à sua liberdade. Mas estava sozinho. Não tinha testemunhas. Não tinha companheiros. Um grito surdo escapou-lhe da garganta, apagado pela metralha constante na distância.

"Estou livre; estou livre."

Juntou os punhos sobre a barriga e o rosto se retorceu de dor.

Ergueu os olhos e viu, enfim, o que devia ver um condenado no alvorecer: a linha distante de montanhas, o céu já branqueando, as paredes de adobe do pátio. Escutou o que devia escutar um condenado no alvorecer: o piar dos pássaros escondidos, um grito agudo de criança faminta, o martelar estranho de algum trabalhador do povoado, alheio ao estrondo invariável, monótono, perdido, dos tiros de canhão e dos fuzis que continuava às suas costas. Trabalho anônimo, mais forte que o estrondo, certo de que passada a lua, a morte, a vitória, o sol nasceria outra vez, todos os dias...

Eu não posso desejar; eu deixo que façam. Tento tocá-lo. Percorro-o do umbigo ao púbis. Redondo. Pastoso. Não sei mais. O médico foi embora. Disse que ia chamar outros médicos. Não quis ser responsável por mim. Não sei mais. Mas eu os vejo. Entraram. A porta de mogno se abre, fecha-se, e não se escutam os passos sobre o tapete espesso. Fecharam as janelas. Correram, com um ceceio, as cortinas cinza. Entraram.

— Chegue perto, filhinha... para que a reconheça... diga seu nome...

Cheira bem. Ela cheira bonito. Ah, sim, ainda consigo distinguir as bochechas acesas, os olhos brilhantes, toda a figura jovem, graciosa, que a passos erráticos se aproxima de meu leito.

— Sou eu... a Gloria...

Tento murmurar seu nome. Sei que não se escutam minhas palavras. Ao menos por isso preciso agradecer Teresa: por ter aproximado de mim o corpo jovem de sua filha. Se ao menos distinguisse seu rosto. Se ao menos pudesse ver melhor sua expressão. Deve reparar nesse cheiro de escamas mortas, de vômito e sangue; deve olhar esse peito afundado, essa barba grisalha e desgrenhada, essas orelhas cheias de cera, esse fluido incontido do nariz, essa saliva seca sobre os lábios e o queixo, esses olhos sem rumo que precisam ensaiar outro olhar, esses...

Afastam-na de mim.

— Pobrezinha... ficou impressionada...

— Ã?

— Nada, papai; descanse.

Dizem que é namorada do filho de Padilla. Como deve beijá-la, que palavras deve lhe dizer, ah, sim, que rubor! Entram e saem. Tocam meu ombro, mexem a cabeça, murmuram frases de amparo, sim, não sabem que escuto, apesar de tudo: escuto as conversas mais distantes, os papos nos cantos do quarto, não os próximos, as palavras ditas ao lado de minha cabeceira.

— Como achou que ele está, sr. Padilla?

— Mal, mal.

— Vai deixar um império.

— Sim.

— Tantos anos à frente de seus negócios!

— Será muito difícil substituí-lo.

— Escute o que digo. Além de dom Artemio, ninguém mais indicado que o senhor...

— Sim, estou por dentro...

— E quem ocuparia seu cargo, neste cenário?

— O que não falta é gente preparada.

— Então, prevê muitas promoções?

— Tem que ser. Toda uma nova distribuição de responsabilidades.

Ah, Padilla, aproxime-se. Trouxe o gravador?

— O senhor fica de responsável?

— Dom Artemio... Trago aqui...

"— Sim, patrão.

"— Esteja preparado. O governo atuará com mão de ferro e você deve estar preparado para assumir a direção do sindicato.

"— Sim, patrão.

"— Alerto-o de que várias raposas velhas também estão se preparando. Já sugeri às autoridades que é o senhor quem tem nossa confiança. Quer tomar alguma coisa?

"— Obrigado, mas já almocei. Almocei faz pouco.

"— Não deixe comerem seu mandato. Dê uma chegadinha, o quanto antes, na Secretaria, na CTM, esses lugares...

"— Claro, patrão. Conte comigo.

"— Adeus, Campanela. Vá conspirar. Muito cuidado. Abusado. Vamos, Padilla..."

Pronto. Acabou. Ah. Isso é tudo. Isso é tudo? Quem poderá saber. Não me lembro. Há muito tempo não escuto as vozes desse gravador. Há muito tempo dissimulo. Quem está tocando em mim? Quem está tão perto de mim? Que inútil, Catalina. Digo a mim mesmo: que inútil, que carícia inútil. Pergunto a mim mesmo: o que me dirá, acha que enfim encontrou as palavras que nunca se atreveu a proferir? Ah, você me amou?, por que não dizemos isso? Eu te amei. Não lembro mais. Sua carícia me obriga a te ver e não sei, não entendo por quê, sentada ao meu lado, por fim compartilha comigo esta recordação, e dessa vez sem reprovação no olhar. O orgulho. O orgulho nos salvou. O orgulho nos matou.

— ... por um salário miserável, enquanto nos ofende com essa mulher, esfrega o luxo em nosso nariz, dá o que nos dá como se fôssemos mendigos...

Não entenderam. Não fiz nada por eles. Não os levei em conta. Fiz por mim. Não me interessam essas histórias. Não me interessa recordar a vida de Teresa e Gerardo. Não me importo.

— Por que não exigiu que ele desse seu lugar, Gerardo? Você é tão responsável quanto ele...

Não me interessam.

— Calma, Teresita, entenda meu lado; eu não me queixo.

— Um pouco de responsabilidade; nem isso...

— Deixem que ele descanse.

— Não fique do lado dele! Não fez ninguém sofrer tanto quanto você...

Eu sobrevivi. Regina. Como se chamava? Não. Você Regina. Como se chamava você, soldado sem nome? Gonzalo. Gonzalo Bernal. Um yaqui. Um pobrezinho yaqui. Sobrevivi. Vocês morreram.

— E eu também. Como poderia esquecê-lo? Nem sequer apareceu no casamento. Em meu casamento, o casamento de sua filha...

Nunca compreenderam. Não precisei delas. Me fiz sozinho. Soldado. Yaqui. Regina. Gonzalo.

— Destruiu até o que amou, mamãe, você sabe bem.

— Não fale. Pelo amor de Deus, pare de falar...

O testamento? Não se preocupem: existe um papel escrito, timbrado, preenchido diante do tabelião; não esqueço ninguém: por que iria esquecê-los, odiá-los?, não teriam me agradecido por isso, secretamente?, não teria lhes dado o prazer de pensar que até o último momento pensei em vocês por deboche?: não, lembro-os com a indiferença de um trâmite frio, querida Catalina, amada filha, neta, genro: reparto entre vocês uma riqueza estranha, que vocês atribuirão, em público, ao meu esforço, à minha obstinação, ao meu senso de responsabilidade, às minhas qualidades pessoais. Façam isso. Sintam-se tranquilos. Esqueçam que ganhei essa riqueza dando a cara a tapa, sem saber, em uma luta que não quis compreender porque não me convinha saber dela, entendê-la, porque só podiam saber dela, compreendê-la, os que não esperavam nada de seu sacrifício. É isso o sacrifício, não é mesmo?: dar tudo em troca de nada. Como se chamará, então, dar tudo em troca de tudo? Mas eles não me ofereceram tudo. Ela me ofereceu tudo. Não aceitei. Eu não soube aceitar. Como será seu nome?

"— *Ok. The picture's clear enough. Say, the old boy at the Embassy wants to make a speech comparing this Cuban mess with the old-time Mexican revolution. Why don't you prepare the climate with an editorial...?"*

"— Sim, sim. Faremos isso. Uns vinte mil pesos?

"— *Seems fair enough. Any ideas?*

"— Sim. Diga para estabelecer um contraste claro entre um movimento anárquico, sanguinário, destruidor da propriedade privada e dos direitos humanos com uma revolução ordeira, pacífica e legal como a do México, que foi dirigida por uma classe média inspirada por Jefferson. No fim das contas as pessoas têm memória fraca. Diga para nos exaltar.

"— *Fine. So long, Mr. Cruz, it's always...*

Ah, que bombardeio de signos, de palavras, de estímulos para meu ouvido cansado; ah, que fadiga; não entenderam meu gesto porque mal consigo mover os dedos: cortem-no duma vez, já estou entediado, o que tem a ver, que chatice, que chatice...

— Em nome do Pai, do Filho...

— Essa manhã eu o esperava com alegria. Cruzamos o rio a cavalo.

— Por que o arrancou do meu lado?

Legarei a eles as mortes inúteis, os nomes mortos de Regina, do yaqui... Tobías, agora me lembro, chamavam o yaqui de Tobías... de Gonzalo Bernal, de um soldado sem nome. E ela? Outra.

— Abram a janela.

— Não. Pode apanhar um resfriado e complicar tudo.

Laura. Por quê? Por que tudo aconteceu assim? Por quê?

Você sobreviverá: voltará a roçar os lençóis e saberá que sobreviveu, apesar do tempo e do movimento que a cada instante encurta seu destino: entre a paralisia e o desenfreado está a linha da vida: a aventura: imaginará a maior das seguranças, jamais se mover: imaginará a si mesmo imóvel, ao resguardo do perigo, do acaso, da incerteza: sua quietude não deterá o tempo que corre sem você, embora você o invente e meça, o tempo que nega sua imobilidade e o submete ao risco próprio de extinção: aventureiro, medirá sua velocidade com a do tempo:

o tempo que inventará para sobreviver, para fingir a ilusão de uma permanência maior sobre a terra: o tempo que seu cérebro criará às custas de perceber essa alternância de luz e trevas no quadrante do sonho; às custas de reter essas imagens da placidez ameaçada pelos cúmulos concentrados e negros das nuvens, o anúncio do trovão, a posteridade do raio, a descarga tormentosa da chuva, a aparição garantida do arco-íris; às custas de escutar as chamadas cíclicas dos animais na mata; às custas de gritar os signos do tempo: berros do tempo da guerra, berros do tempo do luto, berros do tempo da festa; às custas, enfim, de dizer o tempo, de falar o tempo, de pensar o tempo inexistente de um universo que não o conhece porque nunca começou e jamais terminará: não teve início, não terá fim e não sabe que você inventará uma medida do infinito, uma reserva de razão:

você inventará e medirá um tempo que não existe,

você saberá, discernirá, julgará, calculará, imaginará, preverá, acabará por pensar o que não terá outra realidade senão a criada por seu cérebro, aprenderá a dominar sua violência para dominar a de seus inimigos: aprenderá a esfregar dois paus até incendiá-los porque precisará largar uma tocha na entrada de sua caverna e espantar as feras que não o distinguirão, que não diferenciarão sua carne das outras de outras feras e terá que construir mil tempos, ditar mil leis, escrever mil livros, adorar mil deuses, pintar mil quadros, fabricar mil máquinas, dominar mil povos, arrebentar mil átomos para voltar a largar sua tocha acesa na entrada da caverna,

e fará tudo isso porque pensa, porque terá desenvolvido uma congestão nervosa no cérebro, uma rede espessa capaz de obter informação e transmiti-la de frente para trás: sobreviverá, não por ser o mais forte, mas pelo acaso obscuro de um universo cada vez mais frio, no qual só sobreviverão os organismos que saibam conservar a temperatura de seu corpo diante das mudanças do meio, os que concentrarem essa massa nervosa frontal e conseguirem antever o perigo, procurar o alimento, organizar seu movimento e dirigir seu nado no oceano redondo, proliferador, atestado das origens: ficarão no fundo do mar as espécies mortas e perdidas, suas irmãs, milhões de irmãs que não emergiram da água com suas cinco estrelas contrácteis, seus cinco dedos cravados na outra margem, na terra firme, nas ilhas da aurora: emergirá com a ameba, o réptil e o pássaro atravessados: as aves que se lançarão dos novos cumes para se estatelarem nos novos abismos, aprendendo no fracasso, quando os répteis já voarem e a terra se esfriar: sobreviverá com as aves protegidas de plumas, agasalhadas pela velocidade de seu calor, enquanto os répteis frios dormirão, hibernarão e por fim morrerão e você cravará os cascos na terra firme, nas ilhas da aurora e suará como um cavalo, e subirá nas árvores novas com sua temperatura constante e descerá com suas células cerebrais diferenciadas, suas funções vitais automatizadas, suas constantes de hidrogênio, açúcar, cálcio, água, oxigênio: livre para pensar além dos sentidos imediatos e das necessidades vitais

descerá com seus dez bilhões de células cerebrais, com sua pilha elétrica na cabeça, plástico, mutável, para explorar, satisfazer sua curiosidade, propor-se tarefas, realizá-las com o menor esforço, evitar as dificuldades, prever, aprender, esquecer, recordar, concatenar ideias, reconhecer formas, somar pontos à margem deixada livre pela necessidade, subtrair sua vontade das atrações e recusas do meio físico, buscar as condições favoráveis, medir a realidade com o critério do mínimo, desejar secretamente o máximo, não se expor, contudo, à monotonia da frustração:

acostumar-se, moldar-se às exigências da vida em comum:

desejar: desejar que seu desejo e o objeto desejado sejam a mesma coisa; sonhar com a realização imediata, com a identificação sem separações entre o desejo e o desejado:

reconhecer-se a si mesmo:

reconhecer os outros e deixar que eles o reconheçam: e saber que se opõe a cada indivíduo, porque cada indivíduo é um obstáculo a mais para alcançar seu desejo:

escolherá, para sobreviver escolherá, escolherá entre os espelhos infinitos um só, um só que o refletirá irrevogavelmente, que encherá de uma sombra negra os demais espelhos, irá matá-los antes de oferecer-se, mais uma vez, esses caminhos infinitos para a escolha:

decidirá, escolherá um dos caminhos, sacrificará os demais: se sacrificará ao escolher, deixará de ser todos os outros homens que poderia ter sido, quererá que outros homens — outro — cumpram por você a vida que mutilou ao escolher: ao escolher sim, ao escolher não, ao permitir que não seu desejo, idêntico à sua liberdade, lhe indicasse um labirinto, mas seu interesse, seu medo, seu orgulho:

temerá o amor, esse dia:

mas poderá recuperá-lo: repousará de olhos fechados, mas não deixará de ver, não deixará de desejar, porque assim fará sua a coisa desejada:

a memória é o desejo satisfeito.

hoje que sua vida e seu destino são a mesma coisa.

(1934: Agosto 12)

Ele escolheu um fósforo, riscou-o contra a lateral lixosa da caixa, contemplou a chama e aproximou a ponta do cigarro. Fechou os olhos. Aspirou a fumaça. Espichou as pernas e se recostou na poltrona de veludo; roçou o veludo com a mão livre e cheirou a fragrância dos crisântemos acomodados dentro de um jarro de cristal, na mesa, às suas costas. Escutou a música lenta, reproduzida pela vitrola, também às suas costas.

— Já estou quase pronta.

Procurou tateando, com a mão livre, o álbum aberto deixado sobre a pequena mesa de nogueira à sua direita. Tocou as capas de cartolina, leu Deutschen Grammophon Gesselschaft e escutou a entrada majestosa do violoncelo que se afastava, fazia-se presente, por fim vencia o refrão de violinos e os relegava ao segundo plano do coro. Deixou de escutar. Ajeitou a gravata e durante alguns segundos acariciou a seda volumosa, a seda que rangia levemente quando tocada pelos dedos.

— Quer alguma coisa?

Dirigiu-se à mesa baixa, de rodinhas, usada para escorar diversos copos e garrafas, dentre as quais escolheu uma de escocês e um copo pesado, de cristal da Bohemia, e mediu dois dedos de uísque dentro dele, depois selecionou um cubo de gelo e verteu um pouco de água natural.

— O que você for tomar.

Então ele repetiu a operação e segurou os dois copos nas mãos, entrechocando os dois, girando um pouco nas palmas das mãos para misturar bem o uísque e a água, e se aproximou da porta do quarto.

— Um minuto.

— Escolheu por minha causa?

— Sim. Lembra?

— Sim.

— Desculpe a demora.

Retornou à poltrona. Pegou o álbum outra vez, colocou-o sobre os joelhos. Werke von Georg Friedrich Händel. Escutaram os dois concertos naquela sala excessivamente aquecida e por acaso ficaram sentados lado a lado, escutando — ela — como ele falava espanhol e comentava com o amigo que a calefação da sala estava muito forte. Ele pediu em inglês o programa e ela sorriu e lhe disse, em espanhol, que seria um prazer. Os dois sorriram. Concerti Grossi, opus 6.

Marcaram encontro no mês vindouro, quando ambos deveriam chegar àquela cidade, àquele café da Rue Caumartin, perto do Boulevard des Capucines, que ele voltaria a visitar anos depois, sem ela, sem conseguir localizá-lo com exatidão, desejando voltar a vê-lo, voltar a pedir a mesma coisa, que localizou como um café de decoração vermelha e sépia, com cadeirões romanos e um grande balcão de madeira avermelhada, não um café ao ar livre, mas aberto, sem portas. Beberam água com hortelã. Pediu outra. Ela disse que setembro era o melhor mês, fim de setembro e início de outubro. O verão índio. A volta das férias. Pagou. Ela o tomou pelo braço, rindo, respirando, e atravessaram os pátios do Palais Royal, caminharam entre as galerias e os pátios, pisando as primeiras folhas mortas, acompanhados das pombas, e entraram nesse restaurante de mesas pequenas e encostos de veludo e paredes de espelho pintado, decorado com uma pintura velha, um velho verniz dourado, azul e sépia.

— Prontinha.

Olhou por cima do ombro e a viu sair do quarto, prendendo os brincos nas orelhas, ajeitando com uma das mãos o cabelo liso, cor de mel. Ofereceu-lhe o uísque que tinha preparado e ela bebeu um pequeno gole, franzindo o nariz, e tomou assento na poltrona vermelha, cruzou a perna direita sobre a outra e ergueu o copo na altura dos olhos. Ele correspondeu com um gesto idêntico e lhe sorriu, enquanto ela espanava alguma coisa da lapela do traje preto. O cravo conduzia o refrão central daquela descida, acompanhado dos violinos: ele imaginou aquilo como uma descida das alturas, não como uma marcha à frente: uma descida leve, imperceptível, que ao encostar na terra se transformava em alegria de contrapontos entre os tons graves e agudos dos violinos. O cravo só havia servido, como as asas, para descer e tocar a terra. Agora a música, na terra, dançava. Os dois se olharam.

— Laura...

Ela fez um sinal com o dedo indicador e os dois continuaram escutando; ela sentada, com o copo nas mãos; ele de pé, fazendo girar sobre o eixo o globo do firmamento, parando-o de vez em quando para estudar as figuras desenhadas com ponta de prata sobre a suposta figura das constelações: corvo, escudo, galgo, peixe, altar, centauro. A agulha girou sobre o silêncio; ele caminhou até a vitrola, afastou-a do disco, apoiou-a no descanso.

— Seu apartamento ficou muito bonito.

— Sim. Ficou interessante. Mas não couberam todas minhas coisas.

— Está ótimo.

— Precisei alugar um depósito para guardar tudo o que não coube.

— Se quiser, poderia...

— Obrigada — disse rindo —: se só quisesse um casarão, continuaria com ele.

— Quer ouvir mais música, ou vamos?

— Não. Vamos terminar o copo e saímos.

Pararam diante de um quadro e ela disse que gostava muito e sempre vinha vê-lo porque aqueles trens parados, aquela fumaça azul, aqueles casarões azuis e ocres ao fundo, aquelas figuras borradas, mal insinuadas, aquele teto horrível, de ferro e vidros opacos, do terminal de Saint-Lazare pintado por Monet lhe agradavam muito, eram tudo de que ela gostava naquela cidade onde as coisas, talvez, não fossem muito belas vistas isoladamente, em detalhe, mas eram irresistíveis quando vistas em conjunto. Ele disse que era uma ideia e tanto e ela riu e acariciou sua mão, dizendo que ele tinha razão, ela simplesmente gostava, gostava de tudo, estava contente e ele, anos depois, voltou a ver essa pintura, quando já estava instalada no Jeude-Paume e o guia especial lhe disse que era incrível, em trinta anos aquele quadro havia quadruplicado de valor, agora custava vários milhares de dólares, era incrível.

Ele se aproximou, parou atrás dela, acariciou o encosto da poltrona e depois tocou os ombros de Laura. Ela inclinou a cabeça sobre a mão do homem, roçou a bochecha com os dedos. Suspirou um novo sorriso, afastou-se e bebeu um pouco de uísque. Lançou a cabeça para trás, com os olhos fechados, e engoliu o gole depois de tê-lo retido entre a língua e o palato.

— Poderíamos voltar no ano que vem. Não acha?

— Sim. Poderíamos voltar.

— Lembro muito de como passeávamos pelas ruas.

— Eu também. Você nunca tinha ido ao Village. Lembro que te levei.

— Sim. Poderíamos voltar.

— Há algo tão vital nessa cidade. Lembra? Não tinha aprendido a identificar o cheiro de rio e mar misturados. Não os havia situado. Caminhamos até o Hudson e fechamos os olhos para distingui-lo.

Ele segurou a mão de Laura, beijou seus dedos. O telefone tocou e ele se adiantou para tirá-lo do gancho, erguê-lo e ouvir a voz que repetia:

— *Alô... Alô, alô?... Laura?*

Pôs uma mão sobre o gancho preto e passou-o para Laura. Ela deixou o copo sobre a mesinha e caminhou até o telefone.

— Alô?

— *Laura. É Catalina.*

— Sim. Tudo bem?

— *Não estou interrompendo?*

— Estava saindo.

— *Não, não vou tomar muito seu tempo.*

— Diga.

— *Não estou tomando seu tempo?*

— Não, já disse que não.

— *Acho que cometi um erro. Deveria ter lhe dito.*

— É?

— *Sim, sim. Devia ter comprado seu sofá. Agora que estou decorando a casa nova me dei conta. Lembra do sofá, aquele sofá com os brocados bordados? Olha, ficaria muito bem no vestíbulo, porque comprei uns gobelinos para enfeitar o vestíbulo e acho que a única coisa que combina é seu sofá de bordados...*

— Vai saber. Talvez seja bordado demais.

— *Não, não, não. É que meus gobelinos são de tom escuro e seu sofá tem um tom claro, daí fica um contraste bonito.*

— Mas você sabe que já instalei o sofá aqui, no apartamento.

— *Ai, não seja assim. Você tem móveis de sobra. Não me contou que tinha deixado mais da metade em um depósito? Sim, contou, não foi?*

— Sim. Mas arrumei a sala de um jeito que...

— *Então pense. Quando vem ver a casa?*

— Quando você quiser.

— *Não, não assim, tão em aberto. Escolha uma data para tomarmos chá juntas e conversarmos.*

— Sexta-feira?

— *Não, sexta não posso, mas quinta sim.*

— Então quinta-feira.

— *Mas estou dizendo, sem seu móvel o vestíbulo ficará arruinado, quase preferia não ter vestíbulo, sabe, ficaria arruinado. Apartamento é fácil de arrumar. Você vai ver.*

— Então quinta-feira.

— *E vi seu marido passando pela rua. Me cumprimentou muito atento. Laura, é um pecado, um pecado que vocês se divorciem. Achei que estava lindíssimo. Dá para ver que sente sua falta. Por quê, Laura, por quê?*

— Isso já passou.

— *Então quinta-feira. Só nos duas, para conversarmos à vontade.*

— Sim, Catalina. Até quinta.

— *Tchau.*

Tirou-a para dançar e atravessaram os salões com vasos de palmeiras do Hotel Plaza em direção ao salão e ela o pegou pelo braço e acariciou os dedos longos do homem, tocou o calor da palma da mão, reclinou a cabeça contra o ombro de seu companheiro, afastou-a, olhou fixamente para ele, como ele olhava para ela: olhando-se, olhando-se, verdes os olhos, cinza os dela, fitando-se, sozinhos no salão de baile com a orquestra que tocava um blues muito lento, fitando-se, com os dedos, a cintura enlaçada, girando lentamente, essa saia de babados, essa saia…

Ela desligou e olhou para ele e esperou. Caminhou até o sofá de bordados, acariciou-o e voltou a olhar para o homem.

— Poderia acender a luz? Essa aí do seu lado. Obrigada.

— Ela não sabe de nada.

Laura se afastou do sofá e olhou para ele:

— Não, luz demais. É que ainda não sei distribuí-las direito. Iluminar uma casa grande não é a mesma coisa que isso…

Sentiu-se cansada, sentou-se no sofá, pegou um pequeno livro, encadernado em couro, da mesa lateral e folheou. Ajeitou para o lado a mecha loira que lhe cobria metade do rosto, procurou a luz da lâmpada e murmurou em voz baixa o que lia, com as sobrancelhas arqueadas e uma tênue resignação nos lábios. Leu e fechou o livro e disse:

— Calderón de la Barca — e repetiu de memória, olhando para o homem: — Não há de haver prazer um dia? Deus, diga, para que criou as flores, se não há de gozar o olfato do brando cheiro de seus fragrantes aromas…

Estirou-se sobre o sofá, cobrindo os olhos com as mãos, repetindo com uma voz precisa, cansada, uma voz que não queria escutar ou ser escutada:

— ... se o ouvido não há de ouvi-las?... se não hão de vê-las os olhos?...

e sentiu a mão dele sobre seu pescoço, tocando as pérolas vivas, em contato com a pele do peito.

— Eu não te obriguei...

— Não, você não tem nada a ver. Isso vinha de antes.

— Por que aconteceu?

— Ah, talvez porque tenha uma ideia muito presunçosa de mim mesma...porque acredito ter o direito de ser tratada diferente... de não ser um objeto, mas uma pessoa...

— E comigo?

— Não sei. Não sei. Tenho trinta e cinco anos. É difícil começar de novo, a não ser que alguém nos estenda a mão... Falamos aquela noite, lembra?

— Em Nova York.

— Sim. Dissemos que deveríamos nos conhecer...

— ... que era mais perigoso fechar portas do que abri-las. Não me conhece ainda?

— Você nunca diz nada. Nunca me pede nada.

— Deveria fazer isso, é? Por quê?

— Não sei...

— Não sabe. Só saberia se eu soletrasse...

— Talvez.

— Eu te amo. Você me disse que me ama. Não, não quer compreender... Me dê um cigarro.

Tirou o maço do bolso do paletó. Escolheu um fósforo, acendeu, enquanto ela pegava o cigarro e sentia o papel entre os lábios, umedecia-o, afastava a crosta arrancada, presa ao lábio, com os dedos e circulava-a entre os dedos, jogava-a de lado levianamente e esperava. E ele olhava para ela.

— Agora talvez retome minhas aulas. Quando tinha quinze anos, queria pintar. Depois esqueci isso.

— Não vamos sair?

Ela tirou os sapatos, acomodou a cabeça em uma almofada, expirou para o teto as volutas de fumaça.

— Não, não vamos mais sair.

— Quer outro escocês?

— Sim, me dê mais um.

Ele pegou o copo vazio na mesa, olhou a mancha de batom nas bordas, escutou o chocalho do cubo de gelo agitado contra o cristal, caminhou até a mesa baixa, voltou a medir o uísque, pegou outro cubo de gelo com as pinças de prata...

— Sem água, por favor.

Ela perguntou se ele não ficava com vontade de saber para onde olhava, quem ou o quê fitava a moça que está de pé sobre o balanço, vestida de branco — de branco e sombra — com laços azuis ao longo do vestido; disse a ele que algo sempre ficava fora do quadro, porque o mundo representado pelo quadro devia se expandir, estender-se para adiante e encher-se de outras cores, outras presenças, outras solicitudes, graças às quais o quadro se compunha e era. Saíram ao sol de setembro. Caminharam, rindo, sob as arcadas da Rue de Rivoli e ela disse que ele deveria conhecer a Place des Vosges, que talvez fosse a mais bonita. Pararam um táxi. Ele estendeu sobre os joelhos o mapa do metropolitano e ela foi acompanhando com um dedo a linha vermelha, a linha verde, segurando o braço dele, com o hálito muito perto do seu, dizendo que adorava aqueles nomes, não se cansava de repeti-los, Richard Lenoir, Ledru-Rollin, Filles du Calvaire...

Entregou o copo a ela e voltou a fazer girar o globo do firmamento, a ler os nomes *lupus*, *crater*, *sagittarius*, *piscis*, *horlogium*, *argo navis*, *libra*, *serpens*. Girou-o, deixando que seu dedo roçasse a esfera, tocasse as estrelas frias, distantes.

— O que está fazendo?

— Olhando este mundo.

— Ah.

Abaixou-se e beijou seu cabelo solto; ela assentiu com a cabeça, sorriu.

— Sua mulher quer este sofá.

— Eu ouvi.

— O que recomenda? Devo ser generosa?

— Como achar melhor.

— Ou indiferente? Esquecer que falou comigo? Prefiro ser indiferente. A generosidade é às vezes como um insulto feio e sem graça, não acha?

— Não entendi.

— Ponha alguma música.

— Qual você quer agora?

— A mesma. Ponha a mesma, por favor.

Leu os números dos quatro lados. Colocou-os em ordem, apertou o botão, deixou que o disco caísse, que caísse com sua bofetada seca sobre o prato de camurça. Ouviu a mescla de cera e tubos quentes e madeira polida e voltou a escutar as asas do cravo, a queda suave em direção à alegria, a renúncia do cravo, renúncia ao ar, para tocar com os violinos a terra firme, o amparo, as espadas do gigante.

— O volume está bom?

— Um pouco mais alto. Artemio...

— O quê?

— Não consigo mais, meu amor. Você precisa escolher.

— Tenha paciência, Laura. Entenda que...

— Que o quê?

— Não me obrigue.

— Que o quê? Tem medo de mim?

— Não estamos bem assim? Está faltando alguma coisa?

— Quem sabe. Talvez não falte nada.

— Não estou ouvindo direito.

— Não, não baixe o volume. Me escute apesar da música. Estou ficando cansada.

— Não te enganei. Não te obriguei.

— Não te transformei, o que é diferente. Não está disposto.

— Te amo assim, como fomos até agora.

— Como no primeiro dia.

— Sim, assim.

— Já não é o primeiro dia. Agora me conhece. Diga.

— Entenda, Laura, por favor. Essas coisas causam estragos. É preciso saber cuidar...

— Das aparências? Ou do medo? Se não vai acontecer nada, você tem certeza de que não vai acontecer nada.

— Deveríamos sair.

— Não vamos mais. Não, não vamos. Aumente o som.

Os violinos se chocaram contra os cristais: a alegria, a renúncia. A alegria é essa expressão forçada sob os olhos claros e brilhantes. Ele pegou o chapéu em uma cadeira. Caminhou até a porta do apartamento. Deteve-se com a mão na maçaneta. Olhou para trás. Laura encolhida, com as almofadas entre os braços, de costas para ele. Saiu. Fechou a porta com cuidado.

Eu desperto outra vez, mas desta vez com um grito: alguém me cravou um punhal frio e comprido no estômago: alguém de fora: não posso atentar contra minha própria vida dessa maneira: tem alguém, tem outra pessoa que me cravou o aço nas entranhas: estendo os braços, faço esforço para me levantar e já estão ali as mãos, os braços alheios me amparando, pedindo calma, dizendo que devo permanecer quieto e um dedo disca depressa os números no telefone, se confunde, tenta outra vez, se confunde outra vez, enfim consegue fazer a chamada, liga para o médico, logo, depressa, porque gostaria de me levantar e disfarçar a dor com movimentos e eles não deixam — quem serão? quem serão? — e as contrações sobem, imagino-as como os anéis de uma serpente, sobem até o peito, até a garganta, e enchem minha língua, minha boca, desse pasto moído, amargo, de alguma velha refeição que já esqueci e agora vomito, de barriga para baixo, buscando em vão uma privada e não esse tapete manchado pelo líquido fétido e espesso de meu estômago: não para, rasga meu peito, é muito amargo e me dá vontade de rir na garganta, faz uma cosquinha espantosa: segue, não para, é uma velha digestão com sangue, vomitada sobre o tapete do quarto e não preciso me enxergar para sentir a palidez do rosto, a lividez dos lábios, o ritmo acelerado do coração enquanto o pulso desaparece do pulso: cravaram um punhal em meu umbigo, o mesmo umbigo que me nutriu de vida uma vez, uma vez e não posso acreditar no que os dedos me dizem quando toco nesse ventre preso ao meu corpo mas que não é meu ventre: inflado, inchado, avolumado por esses gases que sinto circularem e que não posso expelir, por mais que faça força: esses peidos que sobem até a garganta e voltam a descer para a barriga, para os intestinos, sem que eu possa expeli-los: mas posso, sim, inspirar meu próprio hálito fétido, agora que consigo me recostar e sentir que ao meu lado limpam apressadamente o tapete: sinto cheiro de água ensaboada, o pano molhado que tenta vencer esse cheiro de vômito: quero me levantar; se caminho pelo quarto a dor irá embora, eu sei que irá:

— Abram a janela.

— Destruiu até o que amou, mamãe, você sabe bem.

— Não fale. Pelo amor de Deus, pare de falar.

— Não matou Lorenzo, não...?

— Cale a boca, Teresa! Eu te proíbo de continuar falando. Está me machucando.

Hein, Lorenzo? Não importa. Não me importa. Que digam tudo. Sei há muito tempo o que dizem sem se atrever a me dizer. Que digam agora. Que aproveitem. Eu me impus. Eles não entenderam. Eles me olham como estátuas enquanto o sacerdote me unta óleo nas pálpebras, nas orelhas, nos lábios, nos pés e mãos, entre as pernas, perto do sexo. Ligue o gravador na tomada, Padilla.

— Cruzamos o rio...

E ela, Teresa, me detém, e dessa vez vejo o medo em seus olhos, o pânico na expressão dos lábios sem batom, e nos braços de Catalina um peso insuportável de palavras jamais pronunciadas e que eu a impeço de pronunciar: conseguem me deitar: não consigo, não consigo, a dor dobra minha cintura, tenho de encostar nas pontas dos pés com as pontas das mãos para saber que os pés estão ali e não desapareceram, gelados, já mortos, aaaaaaaii, já mortos e só agora me dou conta de que sempre, a vida toda, havia um movimento imperceptível nos intestinos, o tempo todo, um movimento que só agora reconheço porque de repente não o sinto: cessou, era um movimento de ondas que me acompanhou a vida toda, e agora não o sinto, não o sinto: mas olho minhas unhas quando estendo a mão para tocar os pés gelados que não sinto mais, olho minhas novas unhas azuis, enegrecidas, estreadas para morrer, aiiiiiii, não, logo passa, não quero essa pele azul, essa pele pintada de sangue morto, não, não, não quero, azul outra coisa, azul o céu, azul as lembranças, azul os cavalos que atravessam os rios, azul os cavalos lustrosos e verde o mar, azul as flores, azul eu não, não, não, não, aiiiiiii, e preciso cair de costas porque não sei aonde me dirigir, como me mexer, não sei para onde dirigir os braços e as pernas que não sinto, não sei para onde olhar, não quero mais me levantar porque não sei aonde ir, só tenho essa dor no umbigo, essa dor no ventre, essa dor junto às costelas, essa dor do reto enquanto empurro inutilmente, empurro me rasgando, empurro com as pernas abertas e já não sinto nenhum cheiro mas escuto os prantos de Teresa e sinto a mão de Catalina em minhas costas.

Não sei, não entendo por quê, sentada ao meu lado, enfim compartilha comigo essa recordação, e dessa vez sem reprovação no olhar. Ah, se entendesse. Se entendêssemos.

Talvez haja outra membrana atrás dos olhos abertos e só agora iremos rompê-la, vejamos. Pode sair do corpo assim como o próprio corpo pode receber do olhar, das carícias alheias. Você toca em mim. Você toca em minha mão e sinto a sua sem sentir a minha. Me toca. Catalina acaricia minha mão. Será amor. Me pergunto. Não entendo. Será amor? Estávamos tão acostumados. A que, se eu oferecesse amor, ela devolvesse com recusa; a que, se ela oferecesse amor, eu devolvesse com orgulho: talvez duas metades e um só sentimento, talvez. Me toca. Quer recordar comigo isso, só isso; compreender.

— Por quê?

— Cruzamos o rio a cavalo...

Eu sobrevivi. Regina. Como se chamava? Não. Você Regina. Como se chamava você, soldado sem nome? Sobrevivi. Vocês morreram. Eu sobrevivi.

— Chegue perto, filhinha... para que a reconheça... diga seu nome...

Mas escuto o pranto de Teresa e sinto a mão de Catalina em minhas costas e o passo rápido e tilintante desse homem que apalpa minha barriga, tira meu pulso, abre violentamente minhas pálpebras e inunda meus olhos de uma luz falsa que acende e apaga, acende e apaga e volta a apalpar minha barriga, introduz um dedo em meu cu, introduz o termômetro quente e alcoólico em minha boca e as demais vozes ficam suspensas e o recém-chegado diz algo ao longe, no fundo de um túnel:

— Não há como saber. Pode ser uma hérnia estrangulada. Pode ser uma peritonite. Pode ser uma cólica renal. Estou inclinado a pensar que é cólica renal. Neste caso, seria preciso injetar nele dois centigramas de morfina. Pode ser perigoso. Acho melhor termos a opinião de outro médico.

Ai dor que está vencendo a si mesma, ai dor que se prolonga até não importar, até se transformar em normalidade: ai dor, não suportaria mais sua ausência, já estou me acostumando a ti, ai dor, ai...

— Diga alguma coisa, dom Artemio. Fale, por favor. Fale.

— ... não lembro dela, não lembro mais dela, sim, como poderia esquecê-la...

— Olhe: o pulso cessa totalmente quando fala.

— Injete, doutor; para não sofrer mais...

— Outro médico precisa vê-lo. É perigoso.

— ... como poderia esquecer...

— Descanse, por favor. Não diga nada. Assim. Quando urinou pela última vez?

— Hoje de manhã... não, faz duas horas, sem perceber.

— Não guardaram a urina?

— Não... Não.

— Usem a comadre. Guardem; precisa ser analisada.

— Eu não estive lá; como poderia recordar?

Outra vez esse artefato frio. Outra vez o membro morto colocado na boca metálica. Aprenderei a viver com tudo isso. Um ataque; um velho de minha idade pode sofrer um ataque; um ataque não é nada de outro mundo; logo passará; tem que passar; mas há tão pouco tempo, por que não me deixam recordar isso?; sim, quando o corpo era jovem; uma vez foi jovem; foi jovem… Ah, o corpo morre de dor, mas o cérebro se enche de luz: estão se separando, sei que estão se separando: porque agora me lembro deste rosto.

— Faça um ato de contrição:

tenho um filho, eu o fiz: porque agora lembro desse rosto: por onde o agarro, por onde para que não escape; por onde, por Deus, por onde, por favor, por onde?

Você clamará do fundo de sua memória: você baixará a cabeça como se quisesse aproximá-la da orelha do cavalo e incentivá-lo com palavras. Sentirá — e seu filho deverá sentir a mesma coisa — esse hálito feroz, fumegante, esse suor, esses nervos tensos, esse olhar vidrado pelo esforço. As vozes se perderão sob o estrondo dos cascos e ele gritará: "Você nunca foi páreo para essa égua, papai!", "Quem te ensinou a montar, hein?", "Estou dizendo que você não é páreo para essa égua", "É o que vamos ver". "Precisa me contar tudo, Lorenzo, como fez até aqui, tudo igual... como fez até aqui… nada deve envergonhá-lo se está contando à sua mãe; não, não, nunca se acanhe com minha presença; sou seu melhor amigo, talvez seu único amigo…" Repetirá isso essa manhã, deitada na cama, essa manhã de primavera e repetirá todas as conversas que havia preparado desde a infância do filho, tirando-o de você, cuidando dele o dia inteiro, recusando-se a aceitar uma babá, enfurnando a garota, desde os seis anos, no internato religioso, para que todo o tempo fosse de Lorenzo, para que Lorenzo se acostumasse a essa vida cômoda, sem opções. A velocidade arrancará lágrimas de seus olhos: abraçará com as pernas a barriga do cavalo, lançará o corpo violentamente sobre a crina, mas a égua preta continuará tirando três corpos de vantagem. Você se levantará, cansado; reduzirá o galope. Achará mais belo ver a égua e o jovem ginete se afastando, com esse estrépito perdido no coro de araras, nos balidos que descerão das ladeiras; precisará piscar para não perder de vista a égua de Lorenzo, que agora desviará da trilha para voltar a trotar em direção ao bosque, retornando ao curso do rio. Não: sem opções difíceis, sem necessidades urgentes de escolher, Catalina dirá a si mesma, pensando que você, no início, a ajudara com sua indiferença, sem querer, porque você pertencia a outro mundo, esse mundo de trabalho e força que ela conheceu quando você tomou as terras de dom Gamaliel, deixando que o garoto fosse incorporado, no início, ao outro mundo de quartos à meia-luz: inclinação natural, clima de exclusões e incorporações quase insensíveis, fabricado por ela entre murmúrios sagrados, dissimulações discretas. A égua de Lorenzo se desviará da trilha para voltar a trotar em direção ao bosque, retornando ao curso do rio. O braço erguido do rapaz apontará para o oriente, de onde saiu o sol, na direção de uma laguna separada do mar pela barra do rio. Você fechará os olhos ao sentir, novamente, a subida do vapor caloroso até seu rosto, a descida da sombra fresca sobre sua cabeça. Deixará que o cavalo siga o caminho por conta própria balançando-o na sela encharcada. Atrás de suas pálpebras fechadas se espalharão em profundidades invisíveis a forma do sol e a forma da sombra, recortando o espectro azul da figura jovem e forte. Você terá acordado essa manhã, como em todas, com a esperada alegria. "Sempre ofereci a outra face", repetirá Catalina, com o garoto perto dela, "sempre; sempre suportei tudo; se não fosse por você", e amará esses olhos espantados, indagadores, que se deixarão conduzir: "Um dia eu conto..." Você não se enganará ao trazer Lorenzo para Cocuya desde os doze anos; repetirá: não. Terá comprado as terras só para ele, reconstruindo a fazenda, e o terá deixado ali, garoto-amo, responsável pelas colheitas, aberto à vida dos cavalos e da caça, do nado e da pesca. Irá observá-lo de longe a cavalo, e dirá a si mesmo que já é a imagem de sua juventude, esbelto e forte, moreno, com os olhos verdes afundados nas maçãs salientes. Aspirará a podridão lodosa da ribeira. "Um dia eu conto… Seu pai, seu pai, Lorenzo…" Desmontarão ao lado das plantas ondulantes da laguna. Libertos, os cavalos baixarão o focinho, lamberão a água, lamberão um ao outro com os beiços úmidos. E em seguida correrão lentamente, com um trote hipnótico, repartindo o mato plantado, agitando as crinas, erguendo uma espuma desfeita, deixando-se dourar pelo sol e pelo reflexo da água. Lorenzo pousará a mão em seu ombro. "Seu pai; seu pai, Lorenzo…" Lorenzo: ama de verdade Deus nosso Senhor? Crê em tudo o que lhe ensinaram? Sabe que a igreja é o corpo de Deus na terra e os sacerdotes, os ministros do Senhor…? Crê…? Lorenzo pousará a mão em seu ombro. Verão os olhos um do outro, sorrirão. Você pegará Lorenzo pelo pescoço; o garoto fingirá um soco contra sua barriga; você lhe dará um tostão, rindo; os dois se abraçarão em uma luta fingida mas forte, dedicada, ofegante, até caírem rendidos sobre a relva, rindo, sufocados, rindo… "Meu Deus, por que te pergunto isso? Não tenho direito, na verdade não tenho direito… Não sei, de homens santos… de verdadeiros mártires…. Acha que é possível aprovar?… Não sei por que te pergunto…" Os cavalos retornarão, cansados como vocês, e vocês caminharão, segurando-os pelas rédeas, pela ponte de areia que leva ao mar, ao mar livre, Lorenzo, Artemio, ao mar aberto, para onde correrá Lorenzo, ágil, para as ondas que arrebentam ao redor da cintura, para o mar verde do trópico que molhará suas calças, o mar vigiado pelo voo baixo das gaivotas, o mar que só assoma sua língua cansada sobre a praia, o mar que você, impulsivamente, pegará na palma de sua mão e levará aos lábios: o mar que tem gosto de cerveja amarga, cheiro de melão, graviola, goiaba, marmelo, morango: os pescadores arrastarão suas pesadas redes até a areia, vocês se aproximarão, quebrarão com eles as conchas das ostras, comerão com eles os camarões e os pitus e Catalina, sozinha, tentará fechar os olhos e dormir, esperará o retorno do garoto que não vê há dois anos, desde que completou quinze e Lorenzo, ao quebrar a carapaça rosada dos pitus e agradecer pela rodela de limão que lhe alcançam os pescadores, perguntará se você nunca pensa no que há do outro lado do mar, porque ele acha que a terra é toda parecida, só o mar é diferente. Você dirá que há ilhas. Lorenzo dirá que no mar acontecem tantas coisas, que é como se tivéssemos de ser maiores, mais completos quando vivemos no mar. E você só gostaria, ao deitar na areia e escutar a viola preguiçosa dos pescadores, só gostaria de explicar a ele que em anos passados, quarenta anos atrás, algo se quebrou aqui para que algo começasse ou para que algo, ainda mais novo, não começasse jamais. Sob o sol brumoso da aurora, no sol duro e fundido do meio-dia, sobre as trilhas negras e ao lado desse mar, este, agora quieto, denso, verde, existia para você um espectro, não real, embora verdadeiro, que pôde... Não foi isso — a verdade própria dessas possibilidades perdidas — o que o inquietou tanto, o que o levou de volta para Cocuya segurando Lorenzo pela mão, mas algo mais difícil — você dirá com seus olhos fechados, com o sabor de marisco na boca, com o som vera-cruzense nos ouvidos, perdido na enormidade desse entardecer — de expressar, de pensar sozinho; e mesmo que quisesse dizer isso a seu filho, não se atreverá: ele precisa entender por si mesmo: você o escuta entender, ficar de cócoras, voltado para o mar aberto, com os dez dedos abertos, sob o céu encoberto, subitamente escuro: "Sai um barco em dez dias. Já comprei a passagem": o céu e a mão de Lorenzo que se espicha para receber as primeiras gotas da chuva, como se as mendigasse: "Você não faria o mesmo, papai? Você não ficou em sua casa. Crer? Não sei. Você me trouxe aqui, me ensinou todas essas coisas. É como se tivesse vivido sua vida outra vez, entende?". "Sim." "Agora tem essa frente. Acho que é a única que resta. Vou embora..." Ah, essa dor, ai essa pontada, ai, que vontade deve ter de se levantar, correr, esquecer a dor caminhando, trabalhando, gritando, ordenando: e não deixarão, segurarão seus braços, te obrigarão a ficar quieto, te obrigarão, fisicamente, a seguir recordando, e você não quererá, quer, ai, não quer: só terá sonhado dias seus: não quer saber de um dia que é mais seu que outro qualquer, porque será o único que alguém viva por você, o único que conseguirá lembrar em nome de alguém; um dia curto, terror, um dia de álamos brancos, Artemio, seu dia também, sua vida também… ai…

5
15
14
14
20
21

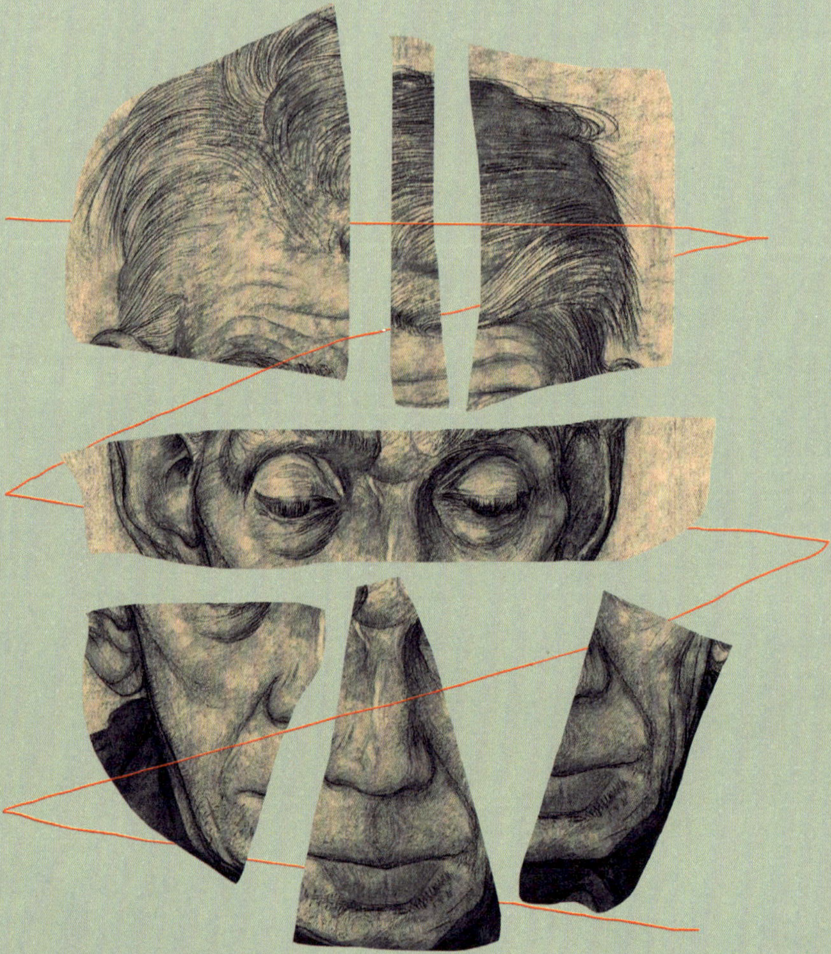

(1939: Fevereiro 3)

Ele estava no terraço, com um rifle nas mãos, e recordava quando os dois saíam para caçar na laguna. Mas este era um fuzil enferrujado, que não servia para a caça. Do terraço via-se a fachada do bispado. Só restava a parte frontal, como uma casca sem piso nem teto. Atrás da fachada, as bombas haviam derrubado tudo. Viam-se alguns móveis velhos, sepultados; pela rua caminhavam em fila um homem com pescoço de pomba e duas mulheres vestidas de preto. Piscavam os olhos e carregavam volumes nas mãos e seguiam com passos de assombro ao lado da fachada. Bastava vê-los para reconhecer os inimigos.

— Ei, na outra calçada!

Gritou daquele ponto no terraço e o homem ergueu o rosto e o sol cegou seus óculos. Agitou o braço sinalizando para que atravessassem a rua e evitassem o perigo da fachada que parecia prestes a desmoronar. Atravessaram a rua e ao longe soaram as saraivadas de artilharia dos fascistas — soavam ocas quando retumbavam nas profundezas da montanha e agudas quando assoviavam no ar. Depois sentou-se em cima de um saco de areia. Ao seu lado estava Miguel. Não se afastava por nada da metralhadora. Viram do terraço as ruas desertas do povoado. Havia crateras nas ruas, postes de telégrafo quebrados e cabos emaranhados — o eco interminável das saraivadas e o tac-tac-tac de alguns fuzis, as lajotas secas e frias —: só a fachada do antigo bispado seguia de pé nessa rua.

— Só nos resta uma cinta de munição para a metralhadora — disse a Miguel, e Miguel respondeu:

— Esperemos até o entardecer. Depois...

Recostaram-se na parede e acenderam cigarros. Miguel enrolou o cachecol até esconder a barba ruiva. Ao longe, as montanhas estavam nevadas; a neve havia descido muito, embora o sol brilhasse. Pela manhã, a serra se recortava e parecia avançar na direção deles. Depois, ao entardecer, se retiraria; não daria mais para ver os caminhos e os pinheiros das ladeiras. No fim do dia, seria apenas uma massa distante e arroxeada.

Mas nesse meio-dia, Miguel olhou para o sol, piscou os olhos e disse: "Não fossem o tiroteio e os tiros de canhão, pareceriam tempos de paz. São lindos esses dias de inverno. Olha só até onde a neve desceu".

Ele olhou as rugas brancas e fundas que corriam das pálpebras de Miguel até a bochecha barbada; as rugas eram como a neve de seu rosto. Não as esqueceria, porque nelas havia aprendido a ver a alegria, a coragem, a raiva, a serenidade. Às vezes haviam ganhado, antes de voltarem a ser jogados para trás. Às vezes só haviam perdido. Mas antes de ganhar ou perder, já estava nas linhas do rosto de Miguel a atitude que deveriam ter. Aprendeu muito no rosto de Miguel. Só faltava vê-lo chorar.

Apagou o cigarro no chão e a ponta se desmanchou como um chicote de centelhas, e perguntou a Miguel por que estavam perdendo e ele apontou para as montanhas da fronteira e disse:

— Porque nossas metralhadoras não passaram por ali.

Miguel também apagou o cigarro e começou a cantarolar:

Os quatro generais, os quatro generais,
os quatro generais, minha mãezinha,
que foram levantados...

e ele respondeu, também recostado contra os sacos de areia:

No Natal, minha mãezinha,
serão enforcados, serão enforcados...

Cantaram muito, para matar o tempo. Havia muitas horas como essa, em que ficavam de vigia sem que nada acontecesse e então cantavam. Não anunciavam que iam cantar. Tampouco sentiam vergonha de cantar em voz alta na frente dos outros. Igual a quando riam sem motivo e brincavam de luta e também cantavam na praia perto de Cocuya, com os pescadores. Só que agora cantavam para dar ânimo um ao outro, embora a letra parecesse um deboche, porque os quatro generais não foram enforcados, e sim cercados naquele povoado e à frente deles havia a fronteira da montanha. Não tinham mais para onde ir.

O sol começou a se esconder cedo, pelas quatro da tarde, e ele acariciou seu velho fuzil de cano largo, com a coronha pintada de amarelo, e pôs a boina. Enrolou o cachecol, assim como Miguel. Queria lhe propor uma coisa havia dias. Suas botas estavam gastas, mas ainda aguentavam. Miguel, por outro lado, andava com alpargatas velhas enroladas em trapos de pano e amarradas com barbantes. Queria dizer a ele que podiam revezar as botas: um dia ele e outro dia eu. Mas não se atrevia. As rugas do rosto lhe diziam que não devia fazer isso. Agora sopraram as mãos, porque já sabiam o que é passar uma noite de inverno no terraço. Então, do fundo da rua, como se houvesse saído de uma dessas crateras, apareceu correndo um soldado nosso, republicano. Agitava os braços e por fim caiu, de barriga para baixo. Atrás dele, vários soldados republicanos golpeavam com as botas as calçadas bombardeadas. Aqueles tiros de canhão, que pareciam tão distantes, aproximaram-se de supetão, e da rua um dos soldados gritou:

— Armas, por favor, armas!

— Não parem! — gritou o homem que seguia à frente de

nossos soldados. — Não sejam um alvo fácil!

Passaram correndo embaixo deles e eles apontaram a metralhadora para a retaguarda de seus companheiros: acharam que estavam sendo perseguidos.

— Já devem estar perto — disse a Miguel.

— Aponte, mexicano, aponte direito — disse Miguel e segurou na palma das mãos a última cinta de munição que lhes restava.

No entanto, outra metralhadora se adiantou a eles. A duas ou três quadras de distância, outro ninho emboscado, mas este dos fascistas, havia esperado o momento de nossa retirada e agora a metralha estava salpicando a rua e matando nossos soldados. Não seu chefe, que se atirou no chão de bruços e gritou:

— Se jogando de bruços! Não aprendem nunca!

Ele mudou a posição da metralhadora para atirar naquele ninho emboscado e o sol se perdeu atrás das montanhas. O fogo da metralhadora em suas mãos curvava seu corpo e Miguel murmurou:

— Não basta ter fibra. O equipamento dos mouros loiros é melhor.

Pois sobre suas cabeças zumbiram os motores.

— Os Caproni já chegaram.

Combatiam lado a lado, mas não se enxergavam mais na escuridão. Miguel espichou o braço e tocou seu ombro. Pela segunda vez naquele dia, a aviação italiana bombardeava a população.

— Vamos, Lorenzo. Os Caproni já voltaram.

— Aonde vamos? Quê? Abandonamos a metralhadora?

— Não serve mais. Não temos bala.

A metralhadora inimiga também havia silenciado. Debaixo deles, pela rua, passou um grupo de mulheres. Identificaram-nas porque caminhavam cantando, apesar de tudo, em voz alta:

Com Líster e Campesino,
com Galán e com Modesto,

com o comandante Carlos,
não há milicianos com medo...

Eram vozes estranhas, em meio a tanto ruído de bombas, porém mais fortes que as bombas porque estas caíam de quando em quando e as vozes cantavam o tempo todo. "E não que fossem vozes muito marciais, papai, mas vozes de mulheres apaixonadas. Estavam cantando para os guerreiros da república como se fossem seus namorados e lá em cima, antes de abandonar a metralhadora, Miguel e eu tocamos acidentalmente a mão um do outro e pensamos a mesma coisa. Que cantavam para nós, para Miguel e para Lorenzo, e que nos amavam..."

Então desmoronou a fachada do bispado e eles se atiraram no chão, cobertos de pó, e ele pensou em Madri, quando chegou, nos cafés cheios de gente até as duas ou três da madrugada, quando só falavam da guerra e sentiam uma grande euforia, uma grande certeza de que venceriam, e ele pensou que Madri seguia resistindo e as madrilenhas usavam as bombas para fazer saca-rolhas... Arrastaram-se até a escada. Miguel estava desarmado. Ele arrastava consigo o fuzil de cano largo. Sabia que só tinham um fuzil para cada cinco combatentes. Decidiu não soltar seu fuzil.

Desceram pela escada em caracol.

"Acho que uma criança chorava em um quarto. Não sei, porque posso ter confundido o choro com os alarmes antiaéreos."

Mas imaginou-a ali, abandonada. Desceram às cegas, na escuridão. Era tamanha que, ao saírem na rua, sentiram como se fosse dia. Miguel disse: "Não passarão!" e as mulheres responderam: "Não passarão!". A noite os cegou e precisaram caminhar um pouco desorientados, porque uma das mulheres correu até eles e disse:

— Por ali não. Venham conosco.

Quando se acostumaram com a luz da noite, estavam todos deitados de barriga para baixo na calçada. O desmoronamento isolou-os das metralhadoras inimigas: a rua estava interditada: ele respirou o pó solto, mas também o suor das garotas deitadas ao seu lado. Tentou ver o rosto delas. Só viu uma boina, um gorro de estame, até que a garota recostada ao seu lado ergueu o rosto e ele viu seu cabelo solto, castanho, branqueado pela cal do desmoronamento, e ela disse a ele:

— Me chamo Dolores.

— Lorenzo. Esse é o Miguel.

— Miguel.

— Perdemos o grupo.

— Éramos o 4º Corpo.

— Como fazemos para sair daqui?

— Precisa dar a volta e cruzar a ponte.

— Vocês conhecem o lugar?

— Miguel conhece.

— Sim, eu conheço.

— De onde você é?

— Sou mexicano.

— Ah, então não é difícil se entender.

Os aviões se afastaram e todos ficaram de pé. Nuri, a da boina, e María, a do gorro de estame, disseram seus nomes e eles repetiram os seus. Dolores vestia calças e uma jaqueta e as outras duas estavam de macacão e mochila. Avançaram em fila pela rua deserta, muito perto das paredes das casas altas, debaixo das sacadas escuras com as janelas abertas, como se fosse um dia de verão. Ouviam aquele pipocar interminável, mas não sabiam de onde vinha. Às vezes, pisavam nos vidros quebrados ou Miguel, que seguia à frente da fila, dizia para tomarem cuidado com um cabo. Um cão latiu para eles em uma esquina e Miguel atirou uma pedra. Em uma sacada, um velho com um cachecol amarrado ao redor da cabeça estava sentado em sua cadeira de balanço. Não os fitou quando passaram e eles não entenderam o que fazia ali: se esperava o retorno de alguém ou se aguardava a saída do sol ou o quê. Não olhou para eles.

Ele respirou fundo. Deixaram para trás o povoado e chegaram a um campo de álamos desfolhados. Nesse outono ninguém recolheu as folhas secas que rangeram sob seus pés, já enegrecidas pela umidade. Olhou os trapos empapados que envolviam os pés de Miguel e quis, outra vez, oferecer-lhe suas botas, mas o companheiro caminhava com tal firmeza, sustentado por duas pernas tão fortes e esbeltas, que ele percebeu como seria inútil oferecer-lhe algo de que não precisava. Ao longe, esperavam-nos aquelas ladeiras escuras. Talvez, então, precisasse delas. Agora não. Agora estavam na ponte e debaixo dela corria um rio profundo e revolto e todos pararam para vê-lo.

— Pensei que estaria congelado — ele fez um gesto de irritação.

— Os rios da Espanha nunca congelam — murmurou Miguel. — Sempre correm.

— Por quê? — Dolores perguntou a ele.

— Porque daí poderíamos evitar a ponte.

— Por quê? — perguntou agora María e as três, com as perguntas nos olhares, eram como garotas curiosas.

Miguel disse:

— Porque em geral as pontes estão minadas.

O pequeno grupo não se moveu. O rio rápido e branco que passava a seus pés os hipnotizou. Não se moveram. Até que Miguel levantou o rosto, olhou para a montanha e disse:

— Se cruzarmos a ponte, podemos chegar à montanha e de lá à fronteira. Se não cruzarmos, nos fuzilarão…

— E então? — disse Maria com um soluço contido, e pela primeira vez os dois homens viram seu olhar vidrado e cansado.

— Já perdemos! — gritou Miguel, e apertou os punhos vazios e se moveu assim, como se procurasse no chão atapetado de folhas pretas um fuzil. — Não há como voltar atrás! Não temos mais aviões, nem artilharia, nem nada!

Ele não se mexeu. Ficou olhando Miguel até que Dolores, a mão quente de Dolores, os cinco dedos que acabara de retirar da axila, pegaram os cinco dedos do jovem e ele compreendeu. Buscou seus olhos e viu, também pela primeira vez, os dela. Piscou e os viu verdes, como o mar perto de nossa terra. Viu-a despenteada e sem maquiagem, com as bochechas avermelhadas pelo frio e os lábios todos ressequidos. Os outros três não repararam. Caminharam, ela e ele, de mãos dadas e pisaram na ponte. Ele hesitou por um momento. Ela não. Os dez dedos unidos lhes deram calor, o único calor que ele havia sentido em todos aqueles meses.

"... o único calor que sentia em todos aqueles meses de lenta retirada para a Catalunha e os Pirineus..."

Escutaram o barulho do rio debaixo deles e o rangido das tábuas de madeira da ponte. Se Miguel e as garotas gritaram da outra margem, eles não escutaram. A ponte se alargava, parecia atravessar um oceano e não aquele rio encabritado.

"Meu coração batia depressa. Acho que se percebia em minha mão, porque ela ergueu-a para levá-la ao peito e ali senti a força de seu coração..."

Agora já caminhavam lado a lado sem medo e a ponte se encurtou.

Do outro lado do rio, surgiu o que não tinham visto. Um grande olmo sem folhas, grande, belo, branco. Não estava coberto de neve, mas de um gelo brilhante. Brilhava como uma joia, de tão branco, na noite. Ele sentiu o peso do fuzil sobre o ombro, o peso das pernas, seus pés de chumbo sobre a madeira da ponte: de tão leve, luminoso e branco lhe parecia o olmo que os esperava. Apertou os dedos de Dolores. O vento gelado cegava-os. Fechou os olhos.

"Fechei os olhos, papai, e abri-os, temendo que a árvore não estivesse mais ali..."

Então os pés sentiram a terra, pararam, não olharam para trás, os dois correram até o olmo, sem dar ouvidos aos gritos de Miguel e das duas moças, sem escutar a nova corrida dos companheiros sobre a ponte, correram e abraçaram o tronco nu, branco e coberto de gelo, acariciaram-no enquanto as pérolas de frio caíram sobre a cabeça deles, tocaram-se as mãos abraçando-o e se separaram violentamente de sua árvore para se abraçarem, Dolores e ele, para que ele acariciasse a testa e ela a nuca; ela se afastou para que ele visse melhor os olhos verdes, úmidos, e a boca entreaberta antes de mergulhar a cabeça no peito do homem e levantar o rosto e lhe dar os lábios, antes que seus companheiros os rodeassem, mas sem abraçar a árvore como eles haviam feito...

"... Como é quentinha, Lola, como você é quentinha e como já te amo."

Acamparam ao pé da serra, debaixo da coroa de neve. Miguel e o jovem reuniram galhos e fizeram fogo. Ele se sentou ao lado de Lola e voltou a segurar sua mão. María tirou de sua mochila um jarro quebrado e encheu de neve, que derreteu sobre o fogo, e também tirou dali um pedaço de queijo de cabra. Depois, rindo, Nuri tirou do peito uns saquinhos enrugados de chá Lipton e todos riram da cara do capitão de iate inglês que adornava os saquinhos de chá.

Nuri contou que antes da queda de Barcelona haviam chegado pacotes de tabaco, chá e leite condensado enviados pelos americanos. Nuri era gorduchinha e alegre e antes da guerra trabalhou em uma fábrica de tecidos, mas María falava e recordava a época em que estudava em Madri e morava na Residência de Estudantes e participava das greves contra Primo de Rivera e chorava nas estreias de Lorca.

"Eu te escrevo, apoiando o papel nos joelhos, enquanto as ouço conversar e tento dizer a elas o quanto amo a Espanha, e só me ocorre falar de minha primeira visita a Toledo, uma cidade que eu imaginava como El Greco a pintou, envolta em uma tormenta de relâmpagos e nuvens verdosas, assentada sobre um Tejo amplo, uma cidade, como posso dizer, que estivesse em guerra contra si mesma. E encontrei uma cidade banhada de sol, uma cidade de sol e silêncio e uma fortaleza bombardeada, porque o quadro de El Greco — tento dizer a elas — é a Espanha inteira e se o Tejo que corta Toledo é mais estreito, o talho que corta a Espanha se estende de um mar ao outro. Foi o que vi aqui, meu pai. Tento dizer isso a elas..."

Disse isso a elas, antes de Miguel começar a contar como se uniu à brigada do coronel Asencio e como teve dificuldade para aprender a lutar. Disse que todos os membros do exército popular eram muito valentes, mas que isso não bastava para ganhar. Era preciso saber lutar. E os soldados improvisados demoravam muito para entender que existem regras para a segurança e que mais vale continuar vivo para seguir lutando. Além disso, depois que aprendiam a se defender, ainda precisavam aprender a atacar. E quando já sabiam tudo isso, faltava aprender o mais difícil de tudo, conquistar a vitória mais dura, que era a vitória sobre si mesmos, sobre seus costumes e comodidades. Falou mal dos anarquistas, que segundo Miguel eram uns derrotistas, e falou mal dos traficantes que prometiam à República armas que já tinham vendido a Franco. Disse que sua grande dor, a que levaria para a tumba, era não entender por que todos os trabalhadores do mundo não haviam pegado em armas para nos defender na Espanha, porque se a Espanha perdesse era como se todos perdessem juntos. Disse isso e partiu um cigarro e deu metade para o mexicano e os dois fumaram, ele ao lado de Dolores, e passou a ponta para que ela também fumasse.

Escutaram um bombardeio muito intenso, ao longe. Do acampamento se via um fulgor amarelado, um leque de poeira na noite.

— É Figueras — disse Miguel. — Estão bombardeando Figueras.

Olharam na direção de Figueras. Lola estava perto dele. Não falou com todos. Só falou com ele, em voz baixa, enquanto olhavam a poeira e o estrondo distante. Disse que tinha vinte e dois anos, três a mais que ele, e ele aumentou sua idade e disse que tinha completado vinte e quatro. Ela disse que era de Albacete e havia ido à guerra para acompanhar o noivo. Os dois tinham estudado juntos — tinham estudado química — e ela o seguiu, mas ele acabou fuzilado pelos mouros em Oviedo. Ele contou que vinha do México e que lá morava em um lugar quente, perto do mar, cheio de frutas. Ela pediu que ele falasse das frutas tropicais e achou graça dos nomes que nunca tinha escutado, e disse que *mamey*[24] parecia nome de veneno e graviola, nome de pássaro. Ele disse que amava cavalos e que quando chegou foi posto na cavalaria, mas agora não havia mais cavalos nem nada. Ela disse que nunca tinha montado; ele tentou explicar a alegria que se sente ao montar, sobretudo na praia ao amanhecer, quando o ar cheira a iodo e o vento norte vai amainando mas ainda chove de leve e a espuma levantada pelos cascos se mescla com o chuvisco e o cavaleiro segue de peito nu com os lábios cheios de sal. Ela gostou disso. Disse que talvez ele ainda tivesse algum resquício de sal na boca e o beijou. Os outros tinham adormecido ao redor do fogo e o fogo estava se extinguindo. Ele se levantou para atiçá-lo, ainda com o sabor de Lola na boca. Viu que sim, todos estavam dormindo, os três abraçados para se aquecerem, e voltou para o lado de Lola. Ela abriu a jaqueta forrada de lã de cordeiro dele e ele juntou as mãos sobre as costas da moça e sua blusa de algodão e ela cobriu as costas dele com a jaqueta. Ela disse em seu ouvido que deveriam marcar um lugar para se reencontrarem caso se separassem. Ele disse que se encontrariam em um café que ele conhecia perto de Cibeles, quando liberarmos Madri, e ela respondeu que se veriam no México e ele disse que sim, na praça do porto de Veracruz, debaixo das arcadas, no café La Parroquia. Beberiam café e comeriam caranguejos.

Ela sorriu e ele também e ele disse que queria despenteá-la e beijá-la e ela se adiantou e tirou a boina dele e remexeu seu cabelo enquanto ele enfiava as mãos debaixo da blusa de algodão, acariciava as costas dela, buscava os seios soltos e então ele já não pensava em mais nada e tampouco ela, certamente, porque sua voz não proferia palavras mas esvaziava tudo o que pensava naquele murmúrio contínuo que era ao mesmo tempo obrigada te amo não esqueça de mim venha...

Vão subindo a montanha e pela primeira vez Miguel caminha com dificuldade e não por causa da subida, que é dura.

---

24 **MAMEY:** Fruta tropical de polpa alaranjada e doce, comum no México e no Caribe. É usada em sucos, doces e sorvetes, com sabor que lembra abóbora e damasco.

O frio se embrenhou em seus pés, um frio com dentes que todos sentem no rosto. Dolores se apoia no braço do amante e quando a vê de soslaio ela está preocupada, mas se a olha diretamente ela sorri. Ele só pede — todos pedem — que não chova. Ele é o único que carrega um fuzil e seu fuzil só tem duas balas. Miguel lhes disse que não devem ter medo.

"Eu não tenho medo. Do outro lado fica a fronteira e passaremos esta noite na França, em uma cama, debaixo de um teto. Jantaremos bem. Lembro de você e penso que não sentiria vergonha, que faria o mesmo que eu. Você também lutou, e ficaria satisfeito em saber que sempre há alguém para seguir com a luta. Sei que ficaria satisfeito. Mas agora essa luta vai terminar. Assim que cruzarmos a fronteira, chegará ao fim esse membro desgarrado das brigadas internacionais e começará outra coisa. Nunca esquecerei esta vida, papai, porque nela aprendi tudo o que sei. É muito simples. Contarei a você quando voltar. Agora não encontro as palavras."

Tocou com um dedo a carta que levava no bolso da camisa. Não conseguia abrir a boca naquele frio. Respirava ofegando. Exalou por entre os dentes cerrados um vapor branco. Avançavam tão devagar. A fila de refugiados era imensa; a perder de vista. Seguiam à frente deles carretas cheias de trigo e linguiças que os camponeses levavam para a França; seguiam as mulheres carregando colchão e cobertor, e outros que levavam quadros e cadeiras, jarros e espelhos. Os camponeses diziam que na França continuariam plantando. Avançavam muito lentamente. Também iam crianças, algumas de colo. A terra da montanha era seca, áspera, espinhenta, cheia de ervas daninhas. Seguiam arando a montanha. Ele sentiu o punho de Dolores escondido em suas costas e também sentiu que precisava se salvar e protegê-la. Amava-a mais que na noite passada. E sabia que amanhã a amaria mais que hoje. E também ela o amaria mais. Não era preciso dizer. Gostavam um do outro. É isso. Nos gostamos. Já sabiam rir juntos. Tinham coisas para contar.

Dolores se separou e correu até María. A miliciana havia parado ao lado de uma rocha, com uma mão sobre a testa. Disse que não era nada. Sentiu-se muito cansada. Precisaram ficar de lado para que passassem os rostos avermelhados, as mãos geladas, as carroças pesadas. María disse outra vez que sentiu um pouco de enjoo. Lola a tomou pelo braço e seguiram o caminho e foi então, sim, então que sentiram próximo o som do motor e pararam. Não se via o avião.

Todos o procuraram, mas o céu estava leitoso. Miguel foi o primeiro a divisar as asas pretas, a cruz gamada e o primeiro a gritar a todos:

— No chão! De bruços!

Todos de bruços, em meio às rochas, debaixo das carroças. Todos menos aquele fuzil que ainda tinha duas balas. E não atira, maldito cano largo, maldita escova enferrujada, não atira por mais que aperte o gatilho, de pé, até que o ruído passe sobre as cabeças, encha-os dessa sombra veloz e de uma metralha que goteja sobre a terra e trovoa sobre a pedra...

— Abaixe, Lorenzo, abaixe, mexicano!

Abaixe, abaixe, abaixe, Lorenzo, e essas botas novas sobre a terra seca, Lorenzo, e seu fuzil no chão, mexicano, e um enjoo dentro de sua barriga, como se carregasse o oceano nas entranhas e então seu rosto sobre a terra com os olhos verdes e abertos e um sonho pela metade, entre o sol e a noite, enquanto ela grita, e você sabe que no fim as botas serão úteis para o pobrezinho do Miguel com sua barba loira e suas rugas brancas e dentro de um minuto Dolores se atirará sobre você, Lorenzo, e Miguel dirá a ela que é inútil, chorando pela primeira vez, que precisam seguir caminho, que a vida está do outro lado das montanhas, a vida e a liberdade, porque sim, foram essas as palavras que escreveu: pegaram essa carta, tiraram-na da camisa manchada, ela a apertou entre as mãos, que calor!, se a neve cair o sepultará, quando você o beijou outra vez, Dolores, atirada sobre seu corpo e ele quis levá-la ao mar, a cavalo, antes de tocar seu sangue e dormir com você em seus olhos... que verde... não se esqueça...

Eu me diria a verdade, se não sentisse meus lábios brancos, se não me dobrasse em dois, incapaz de conter a mim mesmo, se suportasse o peso dos cobertores, se não voltasse a me estender, retorcido, de boca para baixo, para vomitar este fleuma, esta bile: diria a mim mesmo que não bastava reiterar o tempo e o lugar, a pura permanência; a pura permanência; me diria que algo mais, um desejo que nunca expressei, me obrigou a conduzi-lo — ai, não sei, não me dou conta —, sim, a obrigá-lo a encontrar as pontas do fio que cortei, a reatar minha vida, a concluir meu outro destino, a segunda parte que não pude cumprir, e ela apenas me pergunta, sentada ao lado da cabeceira:

— Por que foi assim? Me diga: por quê? Eu o criei para outra coisa. Por que o levou embora?

— Não enviou para a morte seu próprio filho mimado? Não o separou de mim e de você para deformá-lo? Não é verdade?

— Teresa, seu pai não está escutando...

— Está fingindo. Fecha os olhos e finge.

— Cale a boca.

— Cale a boca.

Eu não sei mais. Mas eu os vejo. Entraram. A porta de mogno se abre, fecha-se, e não se escutam os passos sobre o tapete espesso. Fecharam as janelas. Correram, com um receio, as cortinas cinzas. Entraram.

— Sou eu, a Gloria... a Gloria...

O som fresco e doce de cédulas e títulos quando estão nas mãos de um homem como eu. A partida suave de um automóvel de luxo, construído sob encomenda, com climatização, bar, telefone, almofadas para a cintura e banquinhos para os pés, hein, padre, hein?, lá em cima também, hein?

— Quero voltar para lá, para a terra...

— Por que foi assim? Me diga: por quê? Eu o criei para outra coisa. Por que o levou embora?

e não se dá conta de que existe algo mais doloroso que o cadáver abandonado, que o gelo e o sol que o sepultaram, que os olhos abertos para sempre, devorados pelas aves: Catalina deixa de esfregar o algodão contra minhas têmporas e se afasta e não sei se chora: tento erguer a mão para encontrá-la; o esforço percorre meu corpo em pontadas entrecortadas do braço ao peito e do peito ao ventre: que apesar do cadáver abandonado, que apesar do gelo e do sol que o sepultaram, que apesar dos olhos abertos para sempre, devorados pelas aves, existe algo pior: esse vômito incontrolável, esse desejo incontrolável de defecar sem poder fazê-lo, sem conseguir sequer que os gases saiam dessa barriga inchada, sem conseguir parar essa dor difusa, sem conseguir encontrar o pulso no pulso, sem conseguir sentir mais as pernas, sentindo que o sangue me arrebenta, jorra dentro de mim, sim, dentro, eu sei e eles não e eu não posso convencê-los, não o veem correr de meus lábios, entre minhas pernas: não acreditam, só dizem que não tenho mais febre, ah, febre, só dizem colapso, colapso, só percebem a tumefação, tumefação de contornos fluidos, dizem isso, enquanto me contêm, me apalpam, falam de mármores, sim, eu os escuto, mármores violáceos na barriga que não sinto mais, não vejo mais: que apesar do cadáver abandonado, que apesar do gelo e do sol que o sepultaram, que apesar dos olhos abertos para sempre, devorados pelas aves, há algo pior: não conseguir lembrar dele, só conseguir lembrar dele por esses retratos, esses objetos deixados no quarto, esses livros anotados: mas qual o cheiro de seu suor?, nada repete a cor de sua pele: não posso pensar nele quando não posso mais vê-lo nem senti-lo;

ia montado a cavalo, aquela manhã;

isso eu lembro: recebi uma carta com selos estrangeiros

mas pensar nele

ah, sonhei, imaginei, soube esses nomes, lembrei dessas canções, ai obrigado, mas saber, como posso saber?; não sei, não sei como foi essa guerra, com quem falou antes de morrer, como se chamavam os homens, as mulheres que o acompanharam na morte, o que disse, o que pensou, como estava vestido, o que comeu nesse dia não sei: inventou paisagens, inventou cidades, inventou nomes e não me recordo mais: Miguel, José,

Federico, Luis? Consuelo, Dolores, María, Esperanza, Mercedes, Nuri, Guadalupe, Esteban, Manuel, Aurora? Guadarrama, Pirineus, Figueras, Toledo, Ebro, Guernica, Guadalajara?: o cadáver abandonado, o gelo e o sol que o sepultaram, os olhos abertos para sempre, devorados pelas aves:

ah, obrigado, por me ensinar o que poderia ter sido minha vida,

ah, obrigado, por ter vivido esse dia por mim, há algo mais doloroso:

hein, hein? Isso sim existe, isso sim é meu. Isso sim é ser Deus, hein, ser temido e odiado e o que for, isso sim é ser Deus, de verdade, hein? Diga-me como salvo tudo isso, padre, e deixo-o cumprir todas as cerimônias, dou socos no peito, caminho de joelhos até o santuário, bebo vinagre e me coroo de espinhos. Diga-me como salvo tudo isso, porque o espírito...

— ... do Filho e do Espírito Santo, amém...

Há algo mais doloroso:

— Não, nesse caso haveria um tumor brando, sim, mas também um deslocamento ou a saída parcial de alguma víscera...

— Repito: são vólvulos. Essa dor é causada somente pela torsão das alças intestinais, e daí a oclusão...

— Nesse caso, teria que operar...

— Pode estar desenvolvendo uma gangrena, sem evitarmos...

— A cianose já é visível...

— Fácies...

— Hipotermia...

— Lipotimia...

Calem-se... Calem-se!

— Abram as janelas.

Não consigo me mexer; não sei para onde olhar, para onde me dirigir; não sinto a febre, só o frio que vai e vem das pernas, mas não o frio e o calor de todo o resto, de todo o guardado, que nunca vi...

— Pobrezinha... ficou impressionada...

... calem-se... adivinho meu semblante, não digam... sei que estou com as unhas enegrecidas, a pele azulada... calem-se...

— Apendicite?

— Precisamos operar.

— É um risco.

— Repito: cólica renal. Duas centigramas de morfina e se acalma.

— É um risco.

— Não há hemorragia.

Obrigado. Poderia ter morrido em Perales. Poderia ter morrido com aquele soldado. Poderia ter morrido naquele quarto vazio, diante daquele homem gordo. Eu sobrevivi. Você morreu. Obrigado.

— Segurem ele. O penico.

— Está vendo onde vim parar? Vê, vê? Igual ao meu irmão. Acabou assim.

— Segurem ele. O penico.

Segurem. Está indo. Segurem. Vomita. Vomita esse cheiro que antes tinha sentido. Não consegue mais se virar. Vomita de boca para cima. Vomita sua merda. Escorre por seus lábios, pelas mandíbulas. Seus excrementos. Elas gritam. Elas gritam. Não as escuto, mas é preciso gritar. Não ocorre. Isso não acontece. É preciso gritar para que não aconteça. Me seguram, me prendem. Não mais. Está indo. Está indo sem nada, nu. Sem suas coisas. Segurem-no. Está indo.

Você lerá essa carta, fechada em um campo de concentração, timbrada no exterior, assinada Miguel, que envolverá a outra, escrita rapidamente, assinada Lorenzo: receberá essa carta, lerá: "Eu não tenho medo... Lembro de você... Não sentiria vergonha... Nunca esquecerei esta vida, papai, porque nela aprendi tudo o que sei... Contarei a você quando voltar": você lerá e escolherá outra vez: você escolherá outra vida:

você escolherá deixá-lo nas mãos de Catalina, não o levará a essa terra, não o colocará na beirada de sua própria escolha: não o impelirá a esse destino mortal, que poderia ter sido o seu: não o obrigará a fazer o que você não fez, a resgatar sua vida perdida: não permitirá que em uma trilha rochosa, dessa vez, você morra e ela se salve;

você escolherá abraçar esse soldado ferido que entra no bosquezinho providencial, recostá-lo, limpar seu braço metralhado com as águas desse manancial ralo, queimado pelo deserto, enfaixá-lo, permanecer com ele, manter o hálito dele junto ao seu, esperar, esperar que os descubram, que os capturem, que os fuzilem em um povoado de nome esquecido, como aquele empoeirado, como aquele todo feito de adobe e folhas: fuzilem o soldado e você, os dois homens sem nome, nus, enterrados na fossa comum dos justiçados, sem lápide: morto aos vinte e quatro anos, sem mais avenidas, sem mais labirintos, sem mais escolhas: morto, de mãos dadas com um soldado sem nome salvo por você: morto:

você dirá a Laura: sim

você dirá àquele homem gordo naquele quarto vazio, pintado de anil: não

você escolherá permanecer ali com Bernal e Tobías, seguir sua sorte, não chegar àquele pátio ensanguentado para se justificar, para pensar que com a morte de Zagal lavou a de seus companheiros

você não visitará o velho Gamaliel em Puebla

você não tomará Lilia quando voltar essa noite, não pensará que nunca mais poderá ter outra mulher

você quebrará o silêncio essa noite, falará com Catalina, pedirá que o perdoe, falará dos que morreram por sua causa, pedirá que ela o aceite assim, com essas culpas, pedirá que não o odeie, que o aceite assim

você ficará com Lunero na fazenda, nunca abandonará esse lugar

você permanecerá ao lado do professor Sebastián — como era, como era —, não se juntará à revolução no Norte,

você será um peão

você será um ferreiro

você ficará fora, com os que ficaram fora

você não será Artemio Cruz, não terá setenta e um anos, não pesará setenta e nove quilos, não medirá um metro e oitenta e dois, não usará dentadura, não fumará cigarros pretos, não usará camisas de seda italiana, não colecionará abotoaduras, não encomendará suas gravatas de uma loja nova-iorquina, não vestirá esses ternos azuis de três botões, não preferirá a caxemira irlandesa, não beberá gim-tônica, não terá um Volvo, um Cadillac e uma caminhonete Rambler, não recordará e amará esse quadro de Renoir, não comerá ovos poché e torradas com geleia Blackwell's no café da manhã, não lerá um jornal de sua propriedade todas as manhãs, não folheará a *Life* e a *Paris Match* algumas noites, não estará escutando ao seu lado essa encantação, esse coro, esse ódio que quer arrancar sua vida antes do tempo, que invoca, invoca, invoca, invoca o que você pôde imaginar, sorrindo, faz pouco e agora não tolerará:

De profundis clamavi
De profundis clamavi[25]

Atenta, responde-me, para que eu não adormeça na morte / Porque no dia em que dela comeres terás que morrer / Não te alegres com uma morte: lembra-te de que todos morrerão / A morte e o Hades foram então lançados no lago de fogo e esta é a segunda morte / Sucede-me o que mais temia, o que mais me aterrava acontece-me / Quão amarga é a tua lembrança para o homem que vive feliz e no meio de seus bens/ Foram-te indicadas as portas da morte? / Foi pela mulher que começou o pecado, por sua culpa todos morremos / Viste as portas da sombra da morte? / É bem-vinda para o miserável e privado de suas forças / E que frutos colhestes então daquelas coisas de que agora vos envergonhas? Pois seu desfecho é a morte./[26] De fato, o desejo da carne é a morte:

palavra de Deus, vida, profissão da morte:

---

25 "Das profundezas clamei"

26 O parágrafo conta com uma sequência de citações bíblicas ligeiramente adaptadas. Em ordem, as frases se referem às seguintes passagens: Salmo 13, 4; Gênesis 2, 17; Eclesiástico 8, 7; Apocalipse 20, 14; Jó 3, 25; Eclesiastes 41, 1; Jó 38, 17; Eclesiásticos 25, 24; outro trecho de Jó 38, 17; Eclesiástico 41, 2; Romanos 6,21; Romanos 8,6.

de profundis clamavi, domine,
omnes eodem cogimur, omnium versatur urna
quae quasi saxum Tantalum semper impendet
quid quisque vitet, nunquam homini satis cautum est in horas
mors tanem inclusum protrahet inde caput
nascentes morimur, finisque ab origine pendet
atque in se sua per vestigia volvitur annus
omnia te vita perfuncta sequentur[27] [28]

coro, sepulcro; vozes, pira; você imaginará, na zona esquecida de sua consciência, esses ritos, essas cerimônias, esses ocasos: enterro, cremação, bálsamo: exposto no alto de uma torre, para que não a terra, mas o ar o decomponha; trancado na tumba com seus escravos mortos; chorado por carpideiras contratadas; enterrado com seus objetos mais estimados, sua companhia, suas joias negras: vela, vigília,

requiem aeternam, dona eis Domine
de profundis clamavi, Domine[29]

a voz de Laura, que falava dessas coisas, sentada no chão, de joelhos dobrados, com o pequeno livro encadernado nas mãos... diz que tudo nos pode ser mortal, até o que nos dá vida... diz que não podendo curar a morte, a miséria, a ignorância, faríamos bem, para sermos felizes, em não pensar nelas... diz que só a morte súbita é de se temer; por isso os confessores vivem na casa dos poderosos... diz seja homem; tema a

27 das profundezas clamei a ti, Senhor, / a todos se nos obriga ao mesmo fim, a urna de todos gira/ ela paira eternamente como a pedra de Tântalo/ o que cada um deve evitar, jamais está suficientemente claro ao homem até a hora / a morte, no entanto, dali há de erguer a cabeça oculta / ao nascer, já morremos; o fim depende da origem / e o ano gira sobre si mesmo por suas próprias pegadas/ tudo te seguirá, quando a vida tiver terminado

28 Esse conjunto de versos combina tradição litúrgica cristã com uma forte presença de autores latinos clássicos, principalmente Horácio, Ovídio, Sêneca e Virgílio. A primeira linha é retirada do Salmo 130 na Vulgata, tradução da Bíblia para o latim feita por São Jerônimo no século IV, usado em missas de réquiem e orações pelos mortos.

29 "concede-lhes o repouso eterno, Senhor / das profundezas clamei a ti, Senhor"

morte fora do perigo, não no perigo... diz que a premeditação da morte é premeditação da liberdade... diz que passos mudos tens, ó morte fria... diz mal o perdoarão as horas; as horas que estão limando os dias... diz mostrando-me cortado o nó estreito... diz não é minha porta fabricada de metais redobrados?... diz mil mortes terei, pois espero minha própria vida... diz querer o homem viver quando Deus quer que morra... diz para que os tesouros, os vassalos, os servos...?

para quê? para quê? que entoem, que cantem, que lamentem: não tocará os entalhes suntuosos, as incrustações opulentas, as molduras de gesso e ouro, as cômodas de osso e casco de tartaruga, as chapas e aldravas, os cofres com cantoneiras e fechaduras de ferro, os cheirosos escaninhos de ervas medicinais, as cadeiras de couro, os espigões e cercaduras barrocos, os respaldares recurvados, as traves torneadas, as máscaras policromadas, os tachões de bronze, os couros lavrados, os pés cabriolados de garra e pena, as casulas de fio de prata, as poltronas de damasco, os sofás de veludo, as mesas de refeitório, os cilindros e as ânforas, os tabuleiros biselados, as camas de baldaquino e tela, os postes estriados, os escudos e as orlas, os tapetes de merino, as chaves de ferro, os óleos craquelados, as sedas e caxemiras, as lãs e os tafetás, os cristais e os candelabros, a louçaria pintada a mão, as vigas calorosas, não tocarão isso: isso será seu:

estenderá a mão:

um dia qualquer, que porém será um dia excepcional: há três, quatro anos; não recordará; recordará por recordar; não, recordará porque a primeira coisa que recorda, quando tenta recordar, é um dia separado, um dia de cerimônia, um dia separado dos demais pelos números vermelhos; e este será o dia — você mesmo pensará então — em que todos os nomes, pessoas, palavras, acontecimentos de um ciclo fermentam e fazem ranger a crosta da terra; será uma noite na qual você celebrará o novo ano; seus dedos artríticos segurarão o corrimão de ferro com dificuldade; enfiará a outra mão no fundo do bolso do paletó e descerá pesadamente:

estenderá a mão:

(1955: Dezembro 31)

Ele segurou o corrimão de ferro com dificuldade. Enfiou a outra mão no fundo do bolso do roupão e desceu pesadamente sem olhar os nichos dedicados às virgens mexicanas. Guadalupe, Zapopan, Remedios.

O sol poente, ao entrar pelos vitrais, dourou os estofados quentes, os forros amplos semelhantes a velames de prata; avermelhou a madeira queimada das vigas; iluminou meio rosto do homem. Já estava de calça, camisa e gravata de smoking: coberto pelo roupão vermelho, parecia um ilusionista velho e cansado: imaginou a repetição, nessa noite, dos atos que em algum momento poderiam se revelar com um encanto singular; hoje, reconheceria com fastio os mesmos rostos, as mesmas frases que ano após ano davam o tom da festa de São Silvestre na enorme residência de Coyoacán.

Os passos soaram ocos sobre o piso de *tezontle*. Ligeiramente apertados dentro dos sapatos de verniz preto, os pés se arrastaram com um peso cambaleante que já não conseguia evitar. Alto, balançando sobre os saltos indecisos, com o peito grosso e as mãos pendentes, nervosas, sulcadas de veias também grossas, percorreu com lentidão os corredores caiados, pisando sobre os espessos tapetes de lã, olhando-se nos espelhos patinados e nos vidros dispersos das cômodas coloniais, roçando com os dedos os tampos e aldravas, os cofres com cantoneiras e fechaduras de ferro, os cheirosos escaninhos de ervas medicinais, as incrustações opulentas. Um criado abriu para ele a porta do grande salão. O velho se deteve pela última vez em frente a um espelho e ajeitou a gravata-borboleta. Alisou, com a palma da mão, os escassos cabelos grisalhos, crespos, que rodeavam a testa alta. Apertou a mandíbula para acomodar direito a dentadura e entrou no salão de piso polido, uma vasta esplanada de cedros brilhantes despojada dos tapetes para permitir a dança, aberta sobre o jardim gramado e os terraços de ladrilhos, adornada com quadros da Colônia: São Sebastião, Santa Lucia, São Jerônimo, São Miguel.

Ao fundo esperavam-no os fotógrafos, reunidos ao redor da poltrona de damasco verde, sob o lustre de cinquenta lâmpadas preso ao teto. Soaram as sete no relógio posto sobre a lareira aberta ladeada por banquetas de couro dispostas em torno do fogo aceso nesses dias de frio. Cumprimentou com a cabeça e tomou assento na poltrona, ajeitando o peitilho engomado e os punhos de fustão. Outro criado se aproximou com dois mastins acinzentados, de focinhos rosados e olhos melancólicos, e colocou as correias ásperas nas mãos do amo. As coleiras dos cães, cravejadas de bronze, brilharam com luzes contrastantes. Ergueu a cabeça e apertou os dentes de novo. Os flashes iluminaram com tonalidades de cal a grande cabeça cinza. À medida que lhe solicitavam novas poses, ele insistia em alisar o cabelo e percorrer com os dedos as duas bolsas pesadas que pendiam das narinas e se perdiam no pescoço. Só as maçãs altas mantinham a rigidez de sempre, embora fossem marcadas pelas redinhas de rugas nascidas nas pálpebras cada dia mais afundadas, como se quisessem proteger aquele olhar entre o divertido e o amargo, aquelas íris verdosas escondida entre as dobras de carne solta.

Um dos mastins latiu e tentou se desprender. Um flash foi disparado no momento em que ele era arrancado bruscamente da poltrona, com expressão de rígido desconcerto, pela força do cão. Os demais fotógrafos olharam com severidade para o que havia tirado a foto. O responsável extraiu o retângulo preto da câmera e o entregou, em silêncio, a outro fotógrafo.

Quando os fotógrafos saíram, ele estendeu a mão trêmula e tirou um cigarro com filtro da caixa de prata depositada sobre a mesa rústica. Acendeu a chama do isqueiro com dificuldade e percorreu lentamente, assentindo com a cabeça, a hagiografia de pinturas a óleo velhas, envernizadas, manchadas por grandes espaços mortos de luz direta que cegavam os detalhes centrais das obras mas, em contrapartida, conferiam um relevo opaco aos cantos de tom amarelo e sombra avermelhada. Alisou o damasco e aspirou o fumo filtrado. O criado se aproximou sem fazer barulho e perguntou se poderia lhe servir alguma coisa. Ele assentiu e pediu um martíni muito seco. O criado afastou duas folhas de cedro lavrado para descobrir os espelhos embutidos, o aparador de etiquetas de cores e líquidos engarrafados: opala verde-esmeralda, vermelho, branco cristalino: Chartreuse, Peppermint, Acquavit, Vermouth, Courvoissier, Long John, Calvados, Armagnac, Beherovka, Pernod, e as fileiras de copos de cristal, espesso e talhado, fino e tilintante. Recebeu a bebida. Instruiu o criado a escolher na adega as três marcas do jantar. Esticou as pernas e pensou no detalhe com que havia cuidado da construção e das comodidades desta, sua verdadeira casa. Catalina podia viver no casarão de Las Lomas, carente de personalidade, idêntico a todas as residências de milionários. Ele preferiu encontrar essas velhas paredes, com seus dois séculos de cantaria e *tezontle*, que de modo misterioso aproximavam-no de episódios do passado, de uma imagem da terra que não queria perder de todo. Sim, percebia que havia em tudo isso uma substituição, um truque de mágica. No entanto, as madeiras, a pedra, as grades, as molduras, as mesas de refeitório, a marcenaria, os pinázios e entrepanos, o trabalho de madeira torneada das cadeiras conspiravam para devolver-lhe realmente, com um ligeiríssimo perfume de nostalgia, cenas, ares, sensações táteis da juventude.

Lilia se queixava; mas Lilia jamais compreenderia. O que um teto de vigas antigas poderia dizer àquela mulher? Uma janela gradeada com opacidades de ferrugem? O tato suntuoso de uma casula sobre a lareira, escamada de ouro, bordada com fios de prata? O cheiro de ervas medicinais dos baús? O brilho lavado da cozinha de azulejo de Puebla? Os bancos arquiepiscopais da sala de jantar? Tão rica, tão sensual, tão suntuosa era a posse desses objetos quanto a do dinheiro e dos sinais mais evidentes da plenitude. Ah, sim, que gosto redondo, que sensualidade das coisas inanimadas, que prazer, que gozo isolado… Uma única vez por ano participavam disso tudo os convidados à célebre recepção de São Silvestre… Dia de gozos multiplicados, porque os hóspedes precisavam aceitar esta como sua verdadeira casa e pensar na Catalina solitária que, reunida com eles, com Teresa, Gerardo, jantava a essa altura na residência de Las Lomas… Enquanto ele presenteava Lilia e abria as portas de uma sala de jantar azul, louça azul, linho azul, paredes azuis… onde os vinhos são derramados e as travessas circulam repletas de carnes raras, peixes rosados e mariscos cheirosos, ervas secretas, doces empilhados…

Era necessário interromper seu descanso? O arrastar de chinelos preguiçoso de Lilia sobre o piso. Suas unhas sem pintar sobre a porta do salão. O rosto untado de gordura. Quer saber se o vestido rosa lhe cai bem para a noite. Não quer destoar como no ano passado, provocar aquela raiva desdenhosa. Ah, já está bebendo! Por que não lhe oferece uma taça? Está cansando dessa falta de confiança, desse bar trancado a cadeado, desse criado impertinente que lhe nega o direito de entrar na adega. Entedia-se? Como se ele não soubesse. Queria estar velha, feia, para que ele a despachasse de uma vez e a deixasse viver à vontade. Nada a impede? E então o dinheiro, o luxo, a casinha? Muito dinheiro, muito luxo, mas sem alegria, sem diversões, sem o direito de beber sequer um copinho. Claro, gosta muito dele. Já disse mil vezes. As mulheres se acostumam a tudo; depende do carinho que recebem. É possível acostumá-las a um amor juvenil assim como a um amor paternal. Claro que tem carinho por ele; não faltava mais… Já vão completar oito anos vivendo juntos e ele não fez cena, não a repreendeu... Não a obrigou a mais nada... Mas como cairia bem outra diversão... O quê? Imaginava-a tão boba?... Está bem, está bem, nunca soube ouvir uma piada. De acordo, mas percebe como são as coisas... Ninguém dura eternamente... Pés de galinha ao redor dos olhos... Os corpos... Só que ele também está acostumado a ela, não é verdade? Em sua idade teria dificuldade para começar de novo. Por mais milhões... dá trabalho e se perde muito tempo procurando uma mulher... as condenadas... conhecem tantas saídas, gostam tanto de se fazer de sonsas... prolongar os momentos iniciais... a negativa, a dúvida, a espera, a tentação, ai, tudo isso!... e fazer os velhos de bobo... Claro que ela está confortável... E não se queixa, não, que nada. É até um afago à sua vaidade que retornem todo Ano Novo... E gosta dele, sim, jura, já está muito acostumada com ele... mas como se entedia!... vejamos, o que há de mal em ter umas quantas amigas íntimas, em sair de vez em quando para se divertir, em... beber uma tacinha a cada semana...?

Ele permaneceu imóvel. Não concedia a ela este direito de importuná-lo, e no entanto... uma lassidão morna e abúlica... escutando as sandices daquela mulher cada dia mais vulgar e... e... não, ainda era apetitosa... embora insuportável... Como a dominaria?... Tudo o que dominava obedecia, agora, só a certa prolongação virtual, inerte... da força de seus anos jovens... Lilia poderia abandoná-lo... oprimiu seu coração... Não bastava para conjurar isso... esse medo... Talvez não houvesse outra oportunidade... ficar sozinho... Moveu com dificuldade os dedos, o antebraço, o cotovelo, e o cinzeiro caiu no tapete e derramou as bitucas molhadas e amarelas em uma ponta, o pó de capa branca, escama cinza, entranha negra. Agachou-se, respirando com dificuldade.

— Não se agache. Já vou chamar Serafín.

— Sim.

Talvez... Tédio. Mas nojo, repulsa... Sempre, imaginando tomado pela dúvida... Uma ternura involuntária o fez virar o rosto para fitá-la...

Observava-o, do marco da porta... Rancorosa, doce... O cabelo tingido de loiro-cinza e aquela pele morena... Tampouco ela podia retornar... jamais o recuperaria e nisso eram iguais... por mais que a idade ou o caráter os separasse... Cenas para quê?... Sentiu-se cansado. Apenas... Decidiram a vontade e o destino... Nada mais... Não mais coisas, mais lembranças, mais nomes que os conhecidos... Voltou a alisar o damasco... As bitucas, as cinzas derrubadas não cheiravam bem. E Lilia, parada ali com o rosto engordurado.

Ela no umbral. Ele sentado na poltrona de damasco.

Então ela suspirou e foi arrastando os pés até o quarto e ele esperou sentado, sem pensar em nada, até que a escuridão o surpreendeu ao ver-se refletido com tanta nitidez nas portas de vidro que davam para o jardim. O criado entrou de paletó, com um lenço e um frasco de água de colônia. De pé, o velho deixou-se vestir e depois abriu o lenço para que o criado pingasse algumas gotas de loção. Quando colocou o lenço no bolso do coração, trocou um olhar com o criado. O criado baixou os olhos. Não. Por que pensaria no que poderia sentir aquele homem?

— Serafín, as bitucas, rápido...

Levantou-se, apoiando-se com as duas mãos nos braços da poltrona. Deu alguns passos até a lareira e acariciou os ferros de Toledo e sentiu a respiração do fogo sobre o rosto e as mãos. Adiantou-se ao escutar os primeiros murmúrios de vozes — encantadas, admirativas — no corredor da casa. Serafín terminava de recolher as bitucas.

Deu ordens para atiçarem o fogo e os Régules entraram enquanto o criado manejava os ferros e uma grande labareda subia pela chaminé. Da porta comunicada com a sala de jantar saiu outro criado com uma bandeja nas mãos. Robergo Régules recebeu uma taça enquanto o jovem casal — Betina e seu marido, o jovem Ceballos — percorria a sala de mãos dadas e elogiava as antigas pinturas, as molduras de gesso e ouro, os entalhes suntuosos, os espigões e cercaduras barrocos, os respaldares recurvados, as traves torneadas, as máscaras policromadas. Ele estava de costas para a porta quando o copo se estatelou no chão com um ritmo de campainha estragada e a voz de Lilia gritou algo em tom de deboche. O velho e os convidados viram o rosto daquela mulher sem maquiagem que surgia presa à maçaneta da porta:

— Ora, ora! Feliz Ano-Novo!... Não se preocupe, velhinho, que em uma horinha passa... e desço novinha em folha... só queria dizer que resolvi passar um ano muito suave... muito suavezinho mesmo!...

Ele se dirigiu até ela com o passo cambaleante e difícil e ela gritou:

— Já estou entediada de ver programas de tevê o dia inteiro... velhinho!

A cada passo do velho, a voz de Lilia se aflautava mais.

— Já sei de cor todas as histórias de caubóis... bangue-bangue.... o Marshall do Arizona... o acampamento de peles-vermelhas... bangue-bangue... já sonho com essas vozinhas... velhinho... beba Pepsi... só isso... velhinho... segurança com comodidade; apólices...

A mão artrítica esbofeteou o rosto sem maquiagem e os cachos tingidos caíram sobre os olhos de Lilia. Parou de respirar. Deu as costas e foi embora, devagar, tocando a bochecha. Ele voltou para o grupo com os Régules e Jaime Ceballos. Olhou-os fixamente, cada um deles, por vários segundos, de cabeça erguida. Régules bebeu o uísque; escondeu o olhar atrás do copo. Betina sorriu e se aproximou do anfitrião com um cigarro em mãos, como se pedisse fogo.

— Onde arranjou essa arca?

O velho se afastou e o criado Serafín acendeu um fósforo perto do rosto da moça e ela precisou afastar a cabeça do busto do velho e lhe dar as costas. No fundo do corredor, atrás de Lilia, entravam os músicos, envoltos em cachecóis, tiritando de frio. Jaime Ceballos estalou os dedos e girou sobre o salto do sapato como um bailarino de flamenco.

Na mesa com pés de delfim, sob os lustres de bronze, perdizes temperadas com molho de toucinho e vinagre, linguados embrulhados em folha de mostarda tarragonesa, patos silvestres cobertos de raspas de laranja, carpas ladeadas de ovas de marisco, sopa catalã cheirando a azeitona, coq-au-vin flambado nadando em Macon, codornas recheadas de purê de alcachofra, travessas de canto sobre massas de gelo, brochetes de lagosta rosada em um espiral de limão fatiado, champignon e fatias de tomate, presunto de Bayona, guisados de carne regados a Armagnac, pescoços de ganso recheados com patê de porco, purê de castanha e casca de maçãs fritas com nozes, molhos de cebola e laranja, de alho e pistache, de amêndoas e escargot: nos olhos do velho, ao se abrir a porta lavrada com cornucópias e anjinhos bundudos, policromada em um convento de Querétaro, brilhou aquele ponto inacessível: abriu de duas em duas as portas e soltou um riso seco, rouco, cada vez que um prato de Dresde era oferecido por um garçom a algum dos cem convidados, unido à percussão dos talheres sobre a louça azul; as taças de cristal se estendiam na direção das garrafas estendidas pela criadagem e ele deu ordens para que abrissem as cortinas que ocultavam o vitral aberto para o jardim sombreado de cerejeiras, de ameixeiras desfolhadas, frágeis, de estátuas limpas de pedra monacal: leões, anjos, frades emigrados dos palácios e conventos do vice-reinado; estourou-se o foguetório de luzes, os grandes castelos de fogos-fátuos disparados na direção do firmamento invernal, claro e distante: anúncio branco e faiscante cruzado com o voo vermelho de um leque serpenteado de amarelos: provedor das cicatrizes abertas da noite, monarcas festivos que ostentavam seus medalhões de ouro contra o pano negro da noite, carroças de luz em uma corrida rumo aos astros enlutados da noite. Atrás dos lábios cerrados, ele riu essa risada grunhida. As travessas vazias eram repostas com mais aves, mais mariscos, mais carne sangrando. Os braços nus circularam ao redor do velho sentado pesadamente em um nicho da velha cadeira de couro, entalhada, trabalhada com exuberância, espigões e cercaduras caprichosos. Cheirou, olhou os perfumes das mulheres, a redondeza dos decotes, o segredo depilado dos sovacos, os lóbulos carregados de joias, os pescoços brancos e os trajes justos de onde partia o voo do tafetá, da seda, a malha dourada; aspirou esse cheiro de lavanda e cigarros acesos, de batom e rímel, de calçados femininos e conhaque derramado, de digestões pesadas e esmalte de unha. Ergueu a taça e ele mesmo se levantou; o criado pôs entre seus dedos as correias dos cães que o acompanhariam durante as horas restantes da noite; espocou a gritaria do ano novo: as taças se estatelaram contra o chão e os braços acariciaram, apertaram, levantaram-se para festejar essa festa do tempo, este funeral, esta pira da memória, esta ressureição fermentada de todos os fatos, enquanto a orquestra tocava "Las golondrinas"[30], de todos os fatos, palavras e coisas mortas do ciclo, para festejar a continuidade dessas cem vidas que suspendiam as perguntas, homens e mulheres, para dizerem umas às outras, às vezes com os olhos umedecidos, que não haverá outro tempo senão este, o vivido e prolongado durante estes instantes artificialmente ampliados pelo estalido de foguetes e sinos lançados aos ares: Lilia acariciou o pescoço dele como se pedisse perdão: ele sabia, talvez, que muitas coisas, muitos pequenos desejos precisavam ser reprimidos para que se pudesse, em um só momento de plenitude, gozar completamente, sem desgaste prévio, e ela deveria agradecer-lhe por isso: ele dizia isso com um murmúrio. Quando os violinos, na sala, retomaram a execução de "A pobre gente de Paris", ela, com um beiço conhecido, tomou-o pelo braço, mas ele fez que não com a cabeça branca e caminhou precedido pelos cães até a poltrona que ocuparia pelo resto da noite, de frente para os casais... se divertiria vendo os rostos, dissimulados, doces, pícaros, maliciosos, idiotas, inteligentes, pensando na sorte, na sorte que tiveram todos, eles e ele... rostos, corpos, danças de seres livres, como ele... o afiançam, o asseguram ao se deslocarem ligeiros pelo chão encerado, debaixo do

30 **"LAS GOLONDRINAS":** Canção tradicional mexicana composta no século XIX, associada a despedidas e sentimentos de saudade. Tornou-se popular em funerais e momentos de partida, sendo executada por mariachis ou orquestras.

lustre luminoso... libertar, ofuscando-as, suas lembranças... obrigam-no, perversamente, a desfrutar ainda mais dessa identidade... liberdade e poder... não estava sozinho... esses dançarinos o acompanhavam... foi o que lhe disse o calor do ventre, a satisfação das entranhas... escolta negra, carnavalesca, da velhice poderosa, da presença acinzentada, artrítica, pesada... eco do sorriso persistente, rouco, refletido no movimento dos olhinhos verdes... brasões recentes, como o seu... às vezes até mais novos... giravam, giravam... conhece-os... industriários... comerciantes... malandros... rapazes finos... agiotas... ministros... deputados... jornalistas... esposas... noivas... alcoviteiras... amantes... giravam as palavras cortadas dos que passavam dançando diante dele...

— Sim... — Vamos, depois... — ... mas meu pai... — ... te amo... — ... livre?... — Foi o que me disseram... — ... temos tempo de sobra... — Então... — ... assim... — ... eu gostaria... — Onde? — ... me diga... — ... não voltarei a... — ... gostava?... — ... difícil... — isso se perdeu... — grossa... — ... saboroso... — afundou-se... — ... muito merecido... — ... hmmm...

Hmmm!... sabia adivinhar nos olhos, nos movimentos dos lábios, dos ombros... poderia dizer-lhes em silêncio o que pensava... poderia dizer-lhes quem eram... podia lembrá-los de seus verdadeiros nomes... falências fraudulentas... desvalorizações monetárias reveladas de antemão... especulação de preços... ágio bancário... novos latifúndios... reportagens pagas por linha... contratos de obras públicas inflados... puxadas de tapete em acordos políticos... ostentação da fortuna paterna... maracutaias nas secretarias de Estado... nomes falsos: Arturo Capdevila, Juan Felipe Couto, Sebastián Ibargüen, Vicente Castañeda, Pedro Caseaux, Jenaro Arriaga, Jaime Ceballos, Pepito Ibargüen, Roberto Régules... E os violinos tocavam e os saiotes esvoaçavam e as caudas dos fraques... Não falarão de tudo isso... falarão de viagens e amores, de casas e automóveis, de férias e feriados, de joias e criados, de doenças e sacerdotes... Mas estão ali, ali na corte... diante do mais poderoso... destruí-los ou bajulá-los com uma menção no jornal... impor-lhes a presença de Lilia... instá-los, com uma voz secreta, a dançar, comer, beber... senti-los quando se aproximam...

— Tive que trazê-lo, só para mostrar esse quadro do Arcanjo, esse aqui, divino...

— Eu sempre disse: só tendo o bom gosto de dom Artemio...

— Como podemos retribuir?

— O senhor tem razão em não aceitar convites.

— Estava tudo tão divino que fiquei muda; muda, muda, dom Artemio; que vinhos! E esses pratos com essas coisinhas tão divinas!

... afastar o rosto e se desentender... bastavam os rumores... não queria se deter em nada... os sentidos gozavam do puro murmúrio dos arredores... texturas, cheiros, sabores, imagens... Que o chamem, entre risos e cochichos, de múmia de Coyoacán... que façam troça de Lilia com sorrisos secretos... Ali estão, dançando sob seu olhar...

Ergueu um braço: um sinal para o regente da orquestra: a música cessou na metade e todos pararam de dançar: o pout-pourri oriental ditado pelas cordas, o corredor aberto entre as pessoas, a mulher seminua que avançou da porta, ondulando os braços e as cadeiras até ocupar o centro do salão: um grito alegre: a bailarina parada diante do ritmo de tambores que domina a cintura: corpo lambuzado de óleo, lábios alaranjados, pálpebras brancas e sobrancelhas azuis: de pé, dançando ao redor do círculo, movendo o ventre em espasmos cada vez mais rápidos: escolheu o velho Ibargüen e arrastou-o pelo braço até o centro da pista, sentou-o no chão, pôs seus braços na posição de um deus Vishna, dançou em torno dele e ele tentou imitar as ondulações: todos sorriram: ela se aproximou de Capdevila, obrigou-o a retirar o paletó, a dançar ao redor de Ibargüen: o anfitrião riu, afundado em sua poltrona de damasco, acariciando as correias dos cães; a bailarina montou nas costas de Couto e estimulou várias mulheres a imitarem-na: todos riram: a cavalgada, em meio a gargalhadas, destruiu os penteados e manchou de suor os rostos inflamados das amazonas: as saias se enrugaram, levantadas acima dos joelhos: alguns jovens, entre risadas estridentes, esticaram as pernas para meter rasteiras nos corcéis apopléticos que batalhavam entre os dois velhos dançarinos e a mulher de coxas abertas.

Ergueu o olhar, como se emergisse de um mergulho à força de lastro: acima das cabeças despenteadas e dos braços ondulantes, o claro céu de vigas e as paredes brancas, os óleos do século XVII e os estofados angelicais... e no ouvido desperto, a corrida escondida dos ratos imensos — presas negras, focinhos afiados — que povoavam as cobertas e as fundações deste antigo convento jerônimo, que às vezes escorriam sem pudicícia pelos cantos da sala e que na escuridão, aos milhares, acima e abaixo dos alegres celebrantes, esperavam... talvez... a oportunidade de pegar todos de surpresa... infectar a febre e a enxaqueca... o enjoo e o tremor frio... o inchaço duro e doloroso no meio das pernas e nas axilas... as manchas escuras sobre a pele... o vômito de sangue... se voltasse a erguer o braço... para que os criados fechassem com barras de ferro as saídas... as vias de escape desta casa de ânforas e cilindros... tabuleiros biselados... camas de tela e baldaquino... chaves de ferro... cantoneiras e assentos... portas de metais redobrados... estátuas de frades e leões... e o grupo se visse obrigado a permanecer ali... a não abandonar o navio... borrifar os corpos com vinagre... acender fogueiras de madeira perfumada... pendurar rosários de tomilho em torno do pescoço... espantar com desídia as moscas verdes e zumbidoras... enquanto ele mandava dançar, viver, beber... Procurou Lilia entre o mar de gente alvoroçada: bebia sozinha e quieta em um canto, com um sorriso inocente nos lábios, de costas para as danças e as lutas fingidas... alguns homens saíam para urinar... já estavam com a mão na braguilha... algumas mulheres para retocar-se.... já abriam a bolsa de festa... sorriu com dureza... a única coisa que provocava a dispersão da alegria e da munificência: cacarejou em silêncio... imaginou-

-os... todos, cada um, em fila diante dos dois lavabos do primeiro andar... todos se mijando com a bexiga carregada de líquidos esplêndidos... todos cagando os restos da comida preparada durante dois dias com uma minúcia, um gosto, uma seleção... de todo alheios a esse destino final dos patos e das lagostas, dos purês e dos molhos... ah sim, o maior prazer de toda a noite...

Cansavam-se depressa. A bailarina terminou de dançar e ficou rodeada de indiferença. As pessoas voltaram a conversar, a pedir mais champanhe, a sentar-se nos sofás fundos; outros retornavam da excursão, abotoando as braguilhas, guardando os estojos de maquiagem nas bolsas de festa. Esgotava-se. A breve orgia prevista... a pontual exaltação programada... as vozes retornavam ao tom comedido e cantado... à dissimulação da meseta mexicana... retornavam a essas preocupações... como se quisessem se vingar do momento passado, do fugaz instante...

— ... não, porque a cortisona me provoca erupções...

— ... não sabe os exercícios espirituais que o padre Martínez tem dado...

— ... veja só ela: quem diria; dizem que foram...

— ... tive que botá-la para correr...

— ... Luis chega tão cansado que só tem vontade...

— ... não, Jaime não gosta...

— ... ficou muito pretensiosa...

— ... de ver um pouco de tevê...

— ... não dá para confiar nessas criadas de hoje em dia...

— ... amantes uns vinte anos atrás...

— ... como vão dar voto para essa cambada de índios?

— ... e a mulher sozinha em sua casa; nunca...

— ... são questões da alta política; recebemos a...

— ... que o PRI continue escolhendo a dedo e já...

— ... consigna do sr. Presidente na câmara...

— ... eu me atrevo...

— ... Laura; acho que se chama Laura...

— ... trabalhamos uns quantos...

— … se voltarem a mencionar o *income tax*…
— … para trinta milhões de vagabundos…
— … eu já de cara levo minhas economias para a Suíça…
— … os comunistas só entendem…
— … não, Jaime, ninguém deve incomodá-lo…
— … vai ser um negócio fabuloso…
— … aos punhados…
— … investimos cem milhões…
— … é um Dalí lindíssimo…
— … e recuperamos em uns poucos anos…
— … os agentes de minha galeria mandaram para mim…
— … ou menos…
— … em Nova York…
— … morou muitos anos na França; decepções… dizem…
— … vamos nos juntar só as senhoras…
— … Paris é a cidade por antonomásia…
— … para nos divertirmos sozinhas…
— … se quiser, vamos amanhã à Acapulco…
— … do riso; as rodas da indústria suíça…
— … o embaixador americano telefonou para me alertar…
— … se movem graças aos dez bilhões de dólares…
— … Laura; Laura Rivière; casou-se outra vez com ela…
— … no avião…
— … que nós latino-americanos temos depositados…
— … que nenhum país está a salvo da subversão…
— … claro que sim, se eu li no Excélsior…
— … vou te dizer: dança divinamente…
— … Roma é a cidade eterna por excelência…
— … mas não tem nem um quinto…
— … fiz meu pé-de-meia trabalhando duro…
— … ah, você, pensa que é a última bolacha…
— … por que vou pagar impostos a um governo de ladrões…?
— … chamam ele de a múmia, a múmia de Coyoacán…
— … Darling, um estilista sensacional…
— … créditos para a agricultura?…
— … estou avisando, na hora agá sempre falha…

— ... pobre Catalina...

— ... e depois quem controla as secas e as geadas?...

— ... não há rodeios possíveis: sem investimento americano...

— ... dizem que foi sua grande paixão, mas...

— ... Madri, divina; Sevilha, encantadora...

— ... nunca sairemos do buraco...

— ... mas como a Cidade do México...

— ... prevaleceram os interesses, percebe?...

— ... a senhora da casa; se não fosse...

— ... recupero quarenta centavos por cada peso...

— ... entram com seu dinheiro e know-how...

— ... desde antes de emprestar...

— ... e ainda nos queixamos...

— ... isso faz vinte e tantos anos...

— ... de acordo: caciques, líderes venais e tudo o que quiser...

— ... decorou tudo em branco e dourado, fantástico!...

— ... mas o bom político não tenta reformar a realidade...

— ... o sr. Presidente me honra com sua amizade...

— ... mas sim aproveitá-la e trabalhar com ela...

— ... pelos negócios que tem com Juan Felipe, de repente...

— ... faz milhares de obras de caridade, mas nunca fala delas...

— ... eu só disse a ele: não há de quê...

— ... todos nós devemos favores, não é...

— ... o que não daria para deixá-lo!...

— ... ia embora de uma vez, pobre Catalina!...

— ... pechinchou, mas menos de dez mil dólares...

— ... Laura; acho que se chama Laura; acho que foi muito bonita...

— ... mas esperava o quê, se é fraca desse jeito...

Afastava-os, aproximava-os: a maré da dança e da conversa. Só agora, esse jovem de sorriso aberto e cabelos loiros se acocorou ao lado do velho, balançou a taça de champanhe com uma das mãos, segurou o braço da poltrona com o outro... O jovem perguntou se não o afastaria e o velho disse: "Você não fez outra coisa durante a noite inteira, sr. Ceballos..." e não olhou para o jovem... continuou com o olhar fixo no centro da balbúrdia… uma regra não escrita… os convidados não deviam se aproximar dele, exceto para elogiar a casa e o jantar apressadamente… respeitar sua distância… impune… retribuir a hospitalidade com a diversão… cena e poltrona… não se dava conta… obviamente o jovem Ceballos não se dava conta… "Sabe? Admiro o senhor…" procurou no bolso do paletó e tirou um maço amassado de cigarros… acendeu um deles lentamente… sem olhar para o jovem… que dizia que só um rei podia olhar com o desprezo que ele olhou para eles quando… e ele perguntou se era a primeira vez que comparecia a… e o jovem respondeu que sim… "Seu sogro não te…" "Claro que sim…" "Então…" "Essas regras foram feitas sem me consultar, dom Artemio…" não resistiu… com os olhos lânguidos… volutas de fumaça… virou a cara para Jaime e o jovem fitou-o sem pestanejar… picardia no olhar… jogo dos lábios e do maxilar… do velho… do jovem… reconheceu-se, ah… desconcertou-o, ah… "Como é, sr. Ceballos?…" o que sacrificou… "Não entendo você…" não o entendia, dizia que não entendia… exalou uma risada pelas narinas… "A ferida que nos causa uma traição, amigo…" Com quem pensa que está falando? Está pensando que eu me engano…? Jaime aproximou dele o cinzeiro… ah, cruzaram o rio a cavalo, naquela manhã… "… em uma justificativa…?" … observava sem ser observado… "Certamente seu sogro e outras pessoas com quem o senhor lida…" cruzaram o rio, essa manhã… "… que nossa riqueza é justificada, que trabalhamos para conquistá-la…" "… nossa recompensa, né?…" perguntou se iriam juntos, até o mar… "O senhor sabe por que estou por cima de toda essa gentinha… e os domino?…" Jaime aproximou o cinzeiro dele; fez um gesto com o cigarro consumido… saiu do vau com o torso nu… "Ah, o senhor se aproximou, eu não o chamei…" Jaime semicerrou os olhos e bebeu da taça… "Perde suas ilusões?…" Ela repetia, "Meu Deus, não mereço isso", levantando o espelho, perguntando-se se é isso que ele veria quando voltasse… "Pobre Catalina…" "Porque eu não me engano… distinguirão na outra ribeira um espectro de terra, um espectro, sim... "O que acha dessa festa? ... *vacilón, qué rico vacilón, cha, cha, cha*... Cheirava a banana. Cocuya... "Não me interessa..." ele apertou as esporas; deu o rosto e sorriu... "... meus quadros, meus vinhos, minhas cômodas e as domino como domino vocês..." "Acha mesmo...?" ... recordou sua juventude por ele e por esses lugares... "O poder vale por si só, só sei disso, e para tê-lo é preciso fazer tudo..." mas não quis dizer a ele o quanto significava para você porque talvez tivesse forçado seu afeto... "... como fiz eu e fez seu sogro e fizeram todos os que dançam aí na frente..." essa manhã eu o esperava com alegria... "Como você terá que fazer, se quiser..." "Colaborar com o senhor, dom Artemio, ver se, em uma de suas empresas, o senhor poderia..." o braço erguido do rapaz apontou para o oriente, de onde saiu o sol, para uma laguna separada do mar pela barra do rio... "Geralmente, isso se acerta de outra maneira..." os cavalos correrão lentamente, repartindo o mato plantado, agitando as crinas, erguendo uma espuma desfeita... "o sogro me telefona e insinua que o genro é..." se olharam nos olhos, sorriram... "Mas veja bem, eu tenho outros ideais..." ao mar livre, ao mar aberto, para onde correu Lorenzo, ágil, para as ondas que arrebentam ao redor da cintura... "Aceitou as coisas como são; tornou-se realista..." "Sim, é isso mesmo. Como o senhor, dom Artemio..." perguntou se nunca pensava no que há do outro lado do mar; a terra é toda parecida, só o mar é diferente... "Igual a mim!..." Disse a ele que havia ilhas... "... lutou na revolução, expôs a própria pele, esteve a ponto de ser fuzilado?..." o mar tinha gosto de cerveja amarga, cheiro de melão, marmelo, morango... "Hein?..." "Não... eu..." Sai um barco em dez dias. Já comprei a passagem... "Você chegou no final do banquete, amigo. Apresse-se para recolher as migalhas..." "Você não faria o mesmo, papai?..." "... em cima durante quarenta anos porque fomos batizados com a glória dessa..." "Sim..." "mas... você? Acha que isso se herda? Com o que vão prolongar...?" "Agora tem essa frente. Acho que é a única que resta..." "Sim..." "... nosso poder?..."

"Vou embora..." "Vocês não nos ensinaram como..." "Bá! Você chegou tarde, estou dizendo..." Eu o esperava com alegria, essa manhã... "Tentem enganar os outros; eu nunca fui enganado; por isso estou aqui..." cruzaram o rio, a cavalo... "apresse-se... farte-se... porque o está levando..." perguntou se iriam juntos, até o mar... — E que me importa... o mar vigiado pelo voo baixo das gaivotas... "Morrerei e acharei graça..." o mar que só assoma sua língua cansada sobre a ... "... e acharia graça em pensar..." até as ondas que arrebentaram ao redor da cintura... "... manter vivo um mundo para o qual não têm tamanho..." o velho aproximou a cabeça do ouvido de Ceballos... o mar que tem gosto de cerveja amarga... "Quer que eu confesse uma coisa?..." o mar que tem cheiro de melão e goiaba... bateu secamente com o dedo indicador na taça do jovem... os pescadores que arrastavam suas redes até a areia... "... o verdadeiro poder nasce sempre da rebeldia..." "Crer? Não sei. Você me trouxe aqui, me ensinou todas essas coisas..." "E você... vocês..." Com os dez dedos abertos, sob o céu encoberto, voltado para o mar aberto... "e vocês... não têm mais o que é preciso ter..."

Voltou a olhar para o salão.

— Então — murmurou Jaime — posso passar para visitá-lo... um dia desses?

— Fale com Padilla. Boa noite.

O relógio do salão soou três vezes. O velho suspirou e chicoteou as correias dos cães adormecidos, que ergueram as orelhas e se se puseram de pé enquanto ele, apoiando-se nos braços da poltrona, levantava-se com esforço e a música cessava.

Atravessou o salão em meio aos murmúrios de gratidão e as cabeças inclinadas dos convidados. Lilia abriu caminho,

— Com licença...

e pegou o braço rígido. Ele de cabeça erguida (Laura, Laura); ela com o olhar baixo e curioso, percorreram a passagem aberta entre os convidados, entre os entalhes suntuosos, as incrustações opulentas, as molduras de gesso e ouro, as cômodas de osso e casco de tartaruga, as chapas e aldravas, os cofres com cantoneiras e fechaduras de ferro, os cheirosos escaninhos de ervas medicinais, as cadeiras de couro, os espigões e cercaduras barrocos, os respaldares recurvados, as traves torneadas, as máscaras policromadas, os tachões de bronze, os couros lavrados, os pés cabriolados de garra e pena, as casulas de fio de prata, as poltronas de damasco, os sofás de veludo, os cilindros e as ânforas, os tabuleiros biselados, os tapetes de merino, os óleos craquelados, sob os cristais dos lustres, as vigas calorosas, até chegar ao primeiro degrau da escada. Então acariciou a mão de Lilia e a mulher o ajudou a subir, segurando-o pelo cotovelo, inclinando-se para melhor ampará-lo. Sorriu:

— Não se cansou muito?

Ele negou com a cabeça e voltou a acariciar a mão.

Eu despertei... outra vez... mas dessa vez... sim... neste automóvel, nesta carroça... não... não sei... correr sem fazer barulho... esta ainda não deve ser a consciência verdadeira... por mais que abra os olhos não consigo discerni-los... objetos, pessoas... ovos brancos e luminosos que rodam diante de meus olhos... parede de leite que me separa do mundo... das coisas que podem ser tocadas e das vozes alheias... estou separado... morro... me separo... não, um ataque... um ataque pode acontecer a um velho de minha idade... morte não, separação não... não quero dizer... quero perguntar... mas digo... se fizesse um esforço... sim... já escuto os ruídos sobrepostos da sirene... é a ambulância... da sirene e de minha própria garganta... minha garganta estreita e fechada... a saliva goteja por ela... até um poço sem fundo... separar-se... testamento?... ah, não se preocupem... existe um papel escrito, timbrado, preenchido diante do tabelião... não esqueço ninguém... por que iria esquecê-los, odiá-los...? ... não teriam tido prazer em pensar que até o último momento pensei em vocês para debochar?... ah, que engraçado, ah, que piada... não... lembro-os com a indiferença de um trâmite frio... reparto essa riqueza que atribuirão em público ao meu esforço... à minha determinação... ao meu senso de responsabilidade... às minhas qualidades pessoais... façam isso... fiquem tranquilos... esqueçam que essa riqueza eu ganhei, expus, ganhei... dar tudo em troca de nada... não é verdade?... como se chamará dar tudo em troca de tudo?... ponham o nome que quiserem... regressarão, não se deram por vencidos... sim, penso e sorrio... debocho de mim mesmo, debocho de vocês... debocho de minha vida... não é meu privilégio?... não é esse o único momento para fazer isso?... não podia debochar enquanto vivia... agora sim... meu privilégio... lhes deixarei o testamento... legarei esses nomes mortos... Regina... Tobías... Paéz... Gonzalo... Zagal... Laura, Laura... Lorenzo... para que não me esqueçam... separado... posso pensar e perguntar a mim mesmo... sem saber... porque essas últimas ideias... disso eu sei... penso, dissimulo... correm alheias à minha vontade, ah, sim... como se o cérebro, o cérebro... pergunta... a resposta me chega antes que a pergunta... provavelmente... as duas são a mesma coisa... viver é outra separação... com aquele mulato, ao lado da cabana e o rio... com Catalina, se tivéssemos falado... naquela prisão, naquela madrugada... não cruze o mar, não há ilhas, não é verdade, te enganei... com o professor... Esteban?... Sebastián?... não me lembro... me ensinou tantas coisas... não me lembro... deixei-o e fui para o Norte... ah... sim... sim... sim... sim, a vida teria sido diferente... mas só isso... diferente... não a vida desse homem agonizante... não, agonizante, não... lhes digo que não não não... um ataque... um velho, um ataque... convalescença... é isso... senão outra... senão a do outro... diferente... mas também separada... ai decepção... nem vida nem morte... ai decepção... na terra do homem... vida escondida... morte escondida... prazo fatal... sem sentido... Meu Deus... ah, esse pode ser o último negócio... quem põe a mão sobre meus ombros?... crer em Deus... sim, um bom investimento, como negar... quem me obriga a deitar, como se tivesse desejado me levantar daqui?... há outra possibilidade de crer que continua existindo mesmo quando não se creia mais nela?... Deus Deus Deus... basta repetir mil vezes uma palavra para que perca todo sentido e não seja mais que um rosário... de sílabas... vazias... Deus Deus... que secos meus lábios... Deus Deus... ilumine os que ficam... faça-os pensar em mim de vez... em quando... faça com que minha memória... não se perca... penso... mas não os vejo bem... não os vejo... homens e mulheres em luto... quebra-se esse ovo negro... de meu olhar e vejo... que continuam vivendo... retornam aos seus trabalhos... ócios... intrigas... sem recordar... o pobre morto... que escuta cair as pás de terra... molhada... sobre o rosto... o avanço sinuoso... sinuoso... sinuoso... sim... luxurioso... desses vermes... a garganta... goteja como um mar... uma voz perdida que... quer ressuscitar... ressuscitar... seguir vivendo... continuar a vida onde a interrompeu a outra... morte... não... voltar a começar do princípio... ressuscitar... voltar a nascer... ressuscitar... voltar a decidir... ressuscitar... voltar a escolher... não... que frio nas têmporas... que unhas... azuis... que barriga... inchada... que náuseas... de merda... não morra sem razão... não não... ah velhas... velhas impotentes... que todos tiveram... os objetos da riqueza... e a cabeça... da mediocridade... se ao menos... houvessem compreendido para que servem... como se usam... essas coisas... nem isso... enquanto eu tive tudo... estão ouvindo?... tudo... o que se compra e... tudo o que não se compra... tive Regina... estão ouvindo?... amei Regina... chamava-se Regina... e me amou... me amou sem dinheiro... me seguiu... me deu a vida... lá embaixo... Regina, Regina... como te amo... como te amo hoje... sem necessidade de tê-la por perto... como me enche o peito dessa satisfação... cálida... como... me inunda... de seu velho perfume... esquecido, Regina... lembrei de ti... viu? veja bem... antes lembrei de ti... consegui lembrar... tal como é... como me ama... como te amei no mundo... que ninguém pode nos tirar... Regina, de você e de mim... o que trago e conservo... protegendo com as duas mãos... como... se fosse um fogo... pequeno e vivo... que você me deu de presente… você me deu… você me deu… devo ter tirado… mas dei a você… ai, olhos pretos; ai, carne escura e cheirosa, ai lábios pretos, ai amor escuro que não posso tocar, nomear, repetir: ai suas mãos, Regina… suas mãos em meu pescoço e… o esquecimento de seus encontros… o esquecimento… de tudo o que existiu… fora de você e de mim… ai Regina… sem pensar… sem falar… existindo nas coxas escuras… da abundância sem tempo… ai meu orgulho irrepetível… o orgulho de ter te amado… o desafio sem resposta… o que pode nos dizer o mundo… Regina… o que posso acrescentar a isso… que razão pôde falar… com a loucura… de nos amarmos?… o quê?… pomba, cravo, trepadeira, espuma, trevo, clave, arca, estrela, fantasma, carne: como te nomearei… amor… como te aproximarei… novamente… de meu hálito… como te suplicarei… a entrega… como te acariciarei… as bochechas… como te beijarei… os lóbulos… como te respirarei… entre as pernas… como direi… teus olhos… como tocarei… seu sabor… como abandonarei… a solidão… de mim mesmo… para me perder… na solidão… dos dois… como repetirei… que te quero… como desterrarei… tua lembrança para esperar teu retorno?… Regina, Regina… essa pontada volta, Regina, estou acordando… desse meio sonho ao qual me induziu o calmante… estou acordando… com a dor… no centro… de minhas entranhas, Regina, me dê a mão, não me abandone, não quero acordar sem encontrá-la ao meu lado, meu amor, Laura, minha mulher adorada, minha lembrança salvadora, minha saia de percal, Regina, me dói, minha ternura irrepetível, meu narizinho arrebitado, me dói, Regina, me dou conta de que me dói: Regina, venha para que sobreviva outra vez; Regina, troque outra vez sua vida pela minha; Regina; morra de novo para que eu viva; Regina. Soldado. Regina. Me abracem. Lorenzo. Lilia. Laura. Catalina. Me abracem. Não. Que frio nas têmporas… Cérebro, não morra… razão… quero encontrá-la… quero… quero… terra… país… te amei… quis voltar… razão da sem-razão… contemplar de um lugar muito alto a vida vivida e não ver nada… e se não vejo nada…

para que morrer... por que morrer... por que morrer sofrendo... por que não seguir vivendo... a vida morta... por que passar... do nada vivo ao nada morto... esgota-se... esgota-se ofegante... o ganido da sirene... uivo... a ambulância para... cansado... mais cansado não... terra... outra luz entra em meus olhos... outra voz...

— O dr. Sabines vai operar.

Razão? Razão?

A maca corre sobre os trilhos, fora da ambulância. Razão? Quem vive? Quem vive?

Você não poderá estar mais cansado; mais cansado não; é que já terá caminhado muito, a cavalo, a pé, nos velhos trens e o país que não termina nunca. Recordará o país? Recordará e não é um; são mil países com um só nome. Saberá disso. Trará os desertos vermelhos, as estepes de palma-doce e agave, o mundo do nopal[31], o cinturão de lava e crateras frias, as muralhas de cúpulas douradas e seteiras de pedra, as cidades de cal e seixos, as cidades de *tezontle*, os povoados de adobe, as aldeias de taquara, as trilhas de lodo preto, os caminhos da seca, os lábios do mar, as praias espessas e esquecidas, os vales doces do trigo e do milho, as pastagens do Norte, os lagos do Bajío, os bosques finos e altos, os galhos carregados de feno, os cumes brancos, as planícies de alcatrão, os portos da malária e do bordel, a crosta calcária do henequém[32], os rios perdidos, precipitados, as perfurações de ouro e prata, os índios sem voz comum, voz *cora*, voz *yaqui*, voz *huichol*[33], voz

31 **NOPAL:** Espécie de cacto comestível típica do México, cujas folhas são usadas na culinária e também como planta medicinal. É um dos símbolos nacionais do país e muito presente na dieta popular.

32 **HENEQUÉM:** Espécie de agave cultivada no México. Seu uso exige limpeza cuidadosa dessa crosta calcária para que suas fibras possam ser usadas na produção de cordas, tapetes e outros tecidos resistentes.

33 **HUICHOL:** Povo indígena da região da Sierra Madre Ocidental, conhecido por sua arte colorida e práticas xamânicas.

pima[34], voz *seri*[35], voz *chontal*[36], voz *tepehuana*[37], voz *huasteca*[38], voz *totonaca*[39], voz *nahua*[40], voz maia, a charamela e o tambor, a dança terciada, o violão e a viola, as plumagens, os ossos finos de Michoacán, a carne gorducha de Tlaxcala, os olhos claros de Sinaloa, os dentes brancos de Chiapas, as camisas, os pentes jarochos, as tranças mixtecas, os cintos tzotziles, as mantilhas de Santa María, a marcenaria poblana, o vidro jaliscience, o jade oaxaquenho, as ruínas da serpente, as ruínas da cabeça negra, as ruínas do grande nariz, os sacrários e os retábulos, as cores e os relevos, a fé pagã de Tonantzintla e Tlacochaguaya, os nomes antigos de Teotihuacán e Papantla, de Tula e Uxmal: você os carrega e sente o peso, são lajes pesadas demais para um homem só: não se mexem nunca e você as carrega amarradas no pescoço: sente seu peso, já entraram em suas entranhas... são seus bacilos, seus parasitas, suas amebas...

sua terra

pensará que há um segundo descobrimento da terra nessa labuta guerreira, um primeiro pé sobre montanhas e barrancos que são como um punho desafiando o avanço desesperado e lento do caminho, a presa, o trilho e o poste de telégrafo: essa natureza que se recusa a ser compartilhada ou dominada, que quer seguir existindo em solidão abrupta e só presenteou os homens com uns tantos vales, uns tantos rios, para que se entretenham neles ou em suas margens; ela segue sendo a dona arisca dos picos lisos e inalcançáveis, do deser-

---

34 **PIMA:** Grupo indígena do norte do México e sul dos EUA, tradicionalmente agricultores e caçadores.

35 **SERI:** Povo indígena que vive no deserto e litoral de Sonora, com forte ligação ao mar.

36 **CHONTAL:** Nome dado a diferentes povos indígenas do México, especialmente em Oaxaca e Tabasco, com línguas distintas.

37 **TEPEHUANA:** Grupo indígena do norte de Durango, tradicionalmente ligado à agricultura e à medicina tradicional.

38 **HUASTECA:** Povo indígena da região da Huasteca, que fala variantes do *náhuatl* e mantém danças e rituais próprios.

39 **TOTONACA:** Povo originário do leste mexicano, famoso pela cerâmica e pela dança dos *voladores*.

40 **NAHUA:** Maior grupo indígena do México, descendente dos astecas, cuja língua é o *náhuatl*.

to plano, das selvas e da costa abandonada; e eles, fascinados por esse poder altivo, permanecerão de olhos fixos nele: se a natureza inóspita dá as costas ao homem, o homem dá as costas ao amplo mar esquecido, apodrecendo em sua ferocidade quente, fervendo com riquezas perdidas

herdará a terra

não verá outra vez esses rostos que conheceu em Sonora e em Chihuahua, que um dia viu adormecidos, aguentando, e no seguinte encolerizados, lançados a uma luta sem razões nem paliativos, ao abraço dos homens que outros homens separaram, a esse dizer aqui estou e existo contigo e contigo e contigo também, com todas as mãos e todos os rostos vedados: amor, estranho amor comum que se esgotará em si mesmo: dirá a si mesmo, porque viveu e não entendeu ao vivê-lo: só ao morrer aceitará e dirá abertamente que mesmo sem compreendê-lo o temeu durante cada um de seus dias de poder: temerá que esse encontro amoroso volte a espocar; agora morrerá e não terá mais medo porque não o verá; mas dirá aos demais que o temam: temam a falsa tranquilidade que ele lega, temam a concórdia fictícia, a palavraria mágica, a cobiça sancionada: temam essa injustiça que nem sequer sabe sê-lo:

aceitarão seu testamento: a decência que conquistou para eles, a decência: agradecerão ao descarnado Artemio Cruz por ter feito deles gente respeitável; agradecerão por não ter se conformado em viver e morrer em uma choça de negros; agradecerão por ter ido e apostado a vida: irão justificá-lo porque não terão mais sua justificativa: não poderão invocar as batalhas e os chefes, como você, e se escudar atrás deles para justificar a rapinagem em nome da revolução e o engrandecimento próprio em nome do engrandecimento da revolução: você pensará e ficará assombrado: que justificativa eles encontrarão? que barreira irão erigir?: não pensarão nisso, desfrutarão do que você lhes deixa enquanto puderem; viverão felizes, se mostrarão magoados e agradecidos — em público, não pedirá mais que isso — enquanto você espera com um metro de terra sobre o corpo; espera, até voltar a sentir o tropel de pés sobre seu rosto morto e então dirá

— Regressaram. Não se deram por vencidos

e sorrirá: rirá deles, rirá de si mesmo: é seu privilégio: a nostalgia o tentará: seria a maneira de embelezar o passado: não fará isso:

legará as mortes inúteis, os nomes mortos, os nomes de todos os que caíram mortos para que o nome seu vivesse; os nomes dos homens despojados para que o nome seu possuísse; os nomes dos homens esquecidos para que o nome seu jamais fosse esquecido:

legará este país; legará seu jornal, as cotoveladas e a adulação, a consciência adormecida pelos discursos falsos de homens medíocres; legará as hipotecas, legará uma classe sem casta, um poder sem grandeza, uma estultícia consagrada, uma ambição anã, um compromisso bufão, uma retórica apodrecida, uma covardia institucional, um egoísmo prosaico;

legará seus líderes ladrões, seus sindicatos sujeitados, seus novos latifúndios, seus investimentos americanos, seus operários encarcerados, seus usurários e sua grande mídia, seus trabalhadores braçais, sua tropa de choque e seus agentes secretos, seus depósitos no exterior, seus agiotas engomados, seus deputados servis, seus ministros lambe-botas, seus elegantes conjuntos habitacionais, seus aniversários e suas comemorações, suas pulgas e suas tortilhas bichadas, seus índios iletrados, seus trabalhadores cessantes, seus montes raspados, seus homens gordos armados de aqualungs e ações, seus homens magros armados de unhas: tenham seu México: tenham sua herança:

herdará os rostos, doces, indiferentes, sem amanhã porque fazem tudo hoje, dizem hoje, são o presente e são no presente: dizem "amanhã" porque dizem hoje, são o presente e são no presente: dizem "amanhã" porque amanhã não lhes interessa: você será o futuro sem sê-lo, você será consumido hoje pensando no amanhã: eles serão amanhã porque só vivem hoje:

seu povo

sua morte: animal que prevê sua morte, canta sua morte, diz, dança, pinta, recorda sua morte antes de morrer sua morte:

não morrerá sem regressar:

este povoado ao pé do monte; habitado por trezentas pessoas e discernível apenas por umas manchas de telha em meio à folhagem que, depois de criar raízes na pedra da montanha, encrespa-se na suave ladeira em seu percurso até o mar próximo: como uma lua verde, o arco de Tamiahua a Coatzacoalcos devorará o rosto branco do mar em uma tentativa inútil — devorado, por sua vez, pela coroa brumosa da serra, assento e limite da meseta indígena — de ligar-se ao arquipélago tropical de ondulações graciosas e carnes quebradas: mão lânguida do México seco, imutável, triste, do claustro de pedra e pó encerrado no altiplano, a meia-lua de Vera Cruz deve ter outra história, atada por fios dourados às Antilhas, ao Oceano e, mais além, ao Mediterrâneo que na verdade só será vencido pelos contrafortes da Sierra Madre Oriental: onde se atam os vulcões e as insígnias silenciosas do agave se levantam, morrerá um mundo que em repetidas ondas envia suas cristas sensuais da partitura do Bósforo e dos seios do Egeu, seu chapinhar de uvas e golfinhos de Siracusa e de Tunes, seu vagido profundo de reconhecimento desde a Andaluzia e as portas de Gibraltar, sua reverência de negro cortesão de peruca do Haiti à Jamaica, seus companheiros de danças e tambores e paineiras e corsários e conquistadores desde Cuba: a terra negra absorve os mares: nas sacadas de ferro e nos portais cafeteiros se fixarão as ondas distantes: nas colunas brancas dos pórticos campestres e nas entonações voluptuosas do corpo e da voz morrerão os eflúvios: aqui haverá uma fronteira: depois se erguerá o pedestal sombrio das águias e do sílex: uma fronteira que ninguém derrotará: nem os homens de Estremadura e Castela que se esgotaram na primeira fundação e depois foram vencidos sem saber na ascensão à plataforma vedada que os deixou destruir e deformar apenas as aparências: vítimas, por fim, da fome concentrada das estátuas de pó, da sucção cega da laguna que engoliu o ouro, o cimento, os rostos de todos os conquistadores que a violaram; nem os bucaneiros que encheram seus bergantins com os escudos atirados do cume da montanha indígena com uma gargalhada azeda; nem os frades que cruzaram o Passo da Malinche para entregar novos disfarces a deuses impassíveis que se faziam representar em uma pedra destrutível mas que habitavam o ar; nem os negros trazidos para as plantações tropicais e aliciados pelas índias avançadas que ofereceram seus sexos lisos como reduto de vitória sobre a raça crespa; nem os príncipes que desembarcaram dos veleiros imperiais e se deixaram enganar pela doce paisagem de palmeiras e frutas carnudas e subiram com sua bagagem carregada de rendas e lavanda até a meseta de paredões esburacados; nem sequer os caciques de tricórnio e dragonas que na muda opacidade do altiplano encontraram, no fim das contas, a derrota exasperante da reticência, do deboche surdo, do indiferente:

você será essa criança que sai para a terra, encontra a terra, sai de sua origem, encontra seu destino, hoje que a morte iguala a origem e o destino e entre os dois crava, apesar de tudo, o fio da liberdade:

(1903: Janeiro 18)

Ele acordou ao escutar o murmúrio do mulato Lunero — Ah bebum, ah bebum — quando todos os galos (aves enlutadas que tinham caído na servidão silvestre, abandonado os galinheiros que em outra época foram o orgulho desta fazenda porque competiram com os currais de briga do grande senhor da região, há mais de meio século) anunciaram a veloz manhã do trópico, que era o fim da noite para o sr. Pedrito, embarcado em mais uma bebedeira solitária, lá no quintal de lajotas vermelhas do velho casarão perdido: o canto ébrio do amo chegou até o teto de palmas sob o qual Lunero já estava de pé, borrifando o piso de chão batido com punhados de água tirada da xícara, vinda de outro lugar, com patos e florezinhas pintados que haviam ostentado cores brilhantes em outros tempos. Lunero acendeu em seguida o braseiro para esquentar o picadinho de peixe, sobra do dia anterior; no cesto de frutas procurou, piscando os olhos, as cascas mais escuras para consumi-las logo, antes que a corrupção total, irmã da feracidade, deixasse-as amolecidas e bichadas. Depois, quando a fumaça da chapa de ferro terminou de despertar o menino, o cântico fleumático parou, mas ainda se ouvia o arrastar de pés do bêbado, cada vez mais distante, e então a batida de porta final, prelúdio da longa manhã de insônia:

de bruços sobre o colchão nu e estendido na grande cama de mogno, enrolado no mosquiteiro, na cama de baldaquino sem lençóis, desesperado porque as reservas de aguardente já haviam se esgotado. Antes — lembrou Lunero, quando acariciou a cabeça despenteada do garoto que se aproximou do fogo com a camiseta curta, mostrando as primeiras sombras da puberdade —, quando a terra era grande, as cabanas ficavam longe da casa e não se sabia o que acontecia ali se as cozinheiras gordas e as jovens ajudantes que manejavam a vassoura e engomavam as camisas não levassem seus relatos até o outro mundo dos homens queimados de sol nas plantações de tabaco. Agora tudo ficava perto, e na fazenda minguada pelos agiotas e inimigos políticos do antigo amo morto só restavam a casa sem vidraças e a cabana de Lunero; e naquela só se suspirava a lembrança dos criados, mantidos pela magra Baracoa que ainda cuidava da avó trancada no quarto azul do fundo; nesta viviam apenas Lunero e o garoto, e eles eram os únicos trabalhadores.

O mulato sentou-se no chão aplainado e dividiu o prato de peixe, esvaziando a metade na panela de barro e mantendo a outra sobre a chapa. Ofereceu uma manga para o garoto e ele descascou uma banana, e os dois comeram em silêncio. Quando o pequeno montículo de cinzas se apagou, entrou pela única abertura — porta, janela, soleira dos cães farejadores, fronteira das formigas vermelhas detidas por um risco pintado de cal — a nuvem pesada da trepadeira que Lunero plantou anos atrás para disfarçar o adobe pardo das paredes e envolver a cabana nessa fragrância noturna de flores tubulares. Não falavam. Mas o mulato e o garoto sentiam essa mesma gratidão por estarem juntos que nunca diriam, que nunca, sequer, expressariam em um sorriso comum, porque estavam ali não para dizer ou sorrir, mas para comer e dormir juntos e juntos saírem a cada madrugada, via de regra silenciosa, carregada de umidade tropical, e juntos cumprirem as tarefas necessárias para irem passando os dias e entregar à índia Baracoa as peças que todo sábado compravam a comida da avó e os garrafões do sr. Pedrito. Eram lindas aquelas grandes garrafas azuis separadas do calor pela esteira tecida de junco e a alça de couro: barrigudas, de pescoço curto e estreito. O sr. Pedrito as arrumava na entrada da casa e todo mês Lunero ir até o povoado no pé da serra carregando a grande estaca que na fazenda usava para carregar os baldes de água e retornava com ela atravessada sobre os ombros e os garrafões amarrados, pendentes, porque a mula de outros tempos havia morrido. Aquele povoado ao pé do monte era a única vizinhança. Habitado por trezentas pessoas e discernível apenas por umas manchas de telha em meio à folhagem que, depois de criar raízes na pedra da montanha, encrespa-se na suave ladeira em seu percurso até o mar próximo.

O garoto saiu da cabana e correu pela trilha de samambaias que rodeavam os troncos cinzentos e suaves das mangueiras; a ladeira lamacenta o conduziu, debaixo do céu escondido pela flor vermelha e o fruto amarelo, à ribeira onde Lunero, a golpes de facão, abriu uma clareira junto ao rio — aqui ele começava a aumentar, ainda turbulento — para o trabalho diário. O mulato de braços grandes chegou enrolando a calça de brim, larga nas aberturas das extremidades, lembrança de alguma moda marinheira perdida. O garoto pegou a bermuda curta e azul, que passou a noite secando ao sereno, em cima do círculo de ferro enferrujado do qual agora se aproximou Lunero. Algumas cascas de plantas do manguezal jaziam, abertas e escovadas, com as bocas dentro d'água. Lunero se deteve um instante, os pés mergulhados no lodo. Rumo ao mar, o rio alargava sua respiração e acariciava massas crescentes de samambaias e bananais. O mato parecia mais alto que o céu, porque este era plano, reverberante, baixo. Os dois sabiam o que fazer. Lunero pegou a lixa e continuou polindo, com uma força que fazia dançar os nervos largos do antebraço, as cascas. O garoto aproximou um banquinho capenga e apodrecido e colocou-o dentro do círculo de ferro, suspenso por uma haste central de madeira. Nas dez aberturas perfuradas no círculo estavam pendurados diversos outros pavios de barbante. O garoto fez girar o círculo e depois se agachou para acender o fogo debaixo da caçarola: a murta derretida borbulhou sua espessura; o círculo girou; o garoto ia derramando a cera nos orifícios.

— O dia da Purificação já está chegando — disse Lunero com três pregos entre os dentes.

— Quando?

A pequena fogueira sob o sol iluminou os olhos verdes do menino.

— Dia 2, menino Cruz, dia 2. Então vamos vender mais velas, não só para os de perto, mas para toda a comarca. Sabem que as velas daqui são as melhores.

— Lembro do ano passado.

Às vezes, a cera quente dava uma chicotada; o garoto tinha as coxas manchadas de pequenas cicatrizes redondas.

— É o dia em que a marmota procura sua sombra.

— Como você sabe?

— É uma história que veio de outro lugar.

Lunero parou e pegou um martelo. Franziu a testa escura.

— Menino Cruz, acha que já sabe fazer as canoas?

Agora havia um grande sorriso branco no rosto do rapaz. Os reflexos verdes do rio e as samambaias úmidas acentuavam o corte pálido, ossudo, do rosto. Penteado pelo rio, o cabelo se enroscava na testa larga, na nuca escura. O sol lhe dera tons de cobre, mas a raiz era preta. Todo o tom de fruta verde corria pelos braços finos e o peito firme, formado de nadar corrente acima, com os dentes brilhantes na gargalhada do corpo refrescado pelo rio de leito herbáceo e ribanceiras lodosas.

— Sim, já sei. Vi como você faz.

O mulato abaixou os olhos que por si só já eram baixos, serenos, mas atentos.

— Se o Lunero for embora, você já saberia fazer todas as coisas?

O garoto parou de girar a roda de ferro.

— Se o Lunero for embora?

— Se precisar ir embora.

Não devia dizer nada, pensou o mulato; não diria nada, partiria como partiam os seus, sem dizer nada, porque conhece e aceita a fatalidade e sente um abismo de razões e memórias entre esse conhecimento e essa aceitação e o conhecimento e o rechaço de outros homens; porque conhece a saudade e a peregrinação. E embora soubesse que não devia dizer nada, sabia que o garoto — seu companheiro desde sempre — havia observado com curiosidade, com a cabecinha inclinada, o homem de casaca justa, todo suado, que ontem procurara Lunero.

— Você sabe, vender vela no povoado e fazer mais quando chega o dia da Purificação; levar as garrafas vazias todos os meses e deixar para o sr. Pedrito o licor na porta... fazer as canoas e levar todas rio abaixo a cada três meses... e sim, também entregar o ouro a Baracoa, você sabe, guardando um pouco para si, e pescar os *charales* aqui mesmo...

A pequena clareira junto ao rio não pulsava mais com o rangido do círculo enferrujado nem com o martelo sonâmbulo do mulato. Espremido pelo verde, crescia o rumorejo de água veloz que arrastava bagaços e troncos fulminados pelas tempestades noturnas e o capim ondulante dos campos de cima. Rodopiavam as borboletas pretas e amarelas, também seguindo para o mar. O garoto deixou cair os braços e interrogou o olhar caído do mulato.

— Vai embora?

— Você não conhece todas as histórias deste lugar. Em outro tempo toda a terra, até a montanha, era da gente daqui. Depois perdemos. O senhor avô morreu. O sr. Atanasio foi ferido por traição e ficou tudo sem cultivar. Ou passou para os outros. Só fiquei eu e me deixaram em paz por catorze anos. Mas minha hora tinha de chegar.

Lunero parou, porque não sabia por onde seguir. Os debruns prateados da água o distraíram e seus músculos pediram que continuasse a tarefa. Há treze anos, quando lhe entregaram o menino, pensou em soltá-lo no rio, cuidado pelas borboletas, como o rei antigo das histórias brancas, e esperar que retornasse, poderoso e grande. Mas a morte do amo Atanasio permitiu que ficasse com o garoto sem nem sequer discutir com o sr. Pedrito, incapaz de se distrair ou debater, sem discutir com a avó que já vivia trancada naquele quarto azul com cortinas de renda e candeeiros que tilintavam nas tempestades e jamais se inteiraria do crescimento do rapaz a poucos metros de sua loucura confinada. Sim, o amo Atanasio morreu em bom momento; ele teria mandado matar o garoto; Lunero o salvou. Os últimos campos de fumo passaram para as mãos do novo cacique e lhes restou apenas aqueles cercados de mato e ribanceira e a velha casa como uma panela vazia e rachada. Viu como todos os trabalhadores passaram para as terras do novo senhor e como começaram a chegar novos homens, trazidos lá de cima para trabalhar nos novos plantios e como os homens foram tirados de outros povoados e ranchos e ele, Lunero, precisou inventar esses trabalhos das velas e das canoas para assim garantir o sustento de todos e pensar que daquela parcela improdutiva, apenas uma unha entre o rio e a casa derrubada, ninguém o haveria de tirar, porque ninguém repararia nele, perdido em meio às ruínas vegetais com seu garotinho. O coronel demorou catorze anos para reparar nele, mas em algum momento precisaria terminar seu levantamento obstinado da região e encontrar a última agulha perdida no palheiro. E por isso ontem à tarde havia se apresentado, sufocado na casaca preta e com o suor jorrando pelas têmporas, o recrutador do coronel, para informar Lucero de que amanhã mesmo — hoje — deveria ir à fazenda do senhor no sul do Estado, porque faltavam bons trabalhadores para o tabaco e Lunero já estava no bem-bom havia catorze anos cuidando de um bêbado e de uma velha louca. Lunero não sabia como contar tudo isso ao menino Cruz, porque achava que ele não entenderia. O menino que conhecia apenas o trabalho à beira do rio e o frescor da água antes do almoço; as viagens ao litoral, onde lhe davam de presente siris e caranguejos vivos, e ao povoado próximo, povoado de índios onde ninguém falava com ele. Mas na realidade o mulato sabia que se começasse a puxar o fio da história, o véu cairia inteiro e ele precisaria chegar à origem e perder o garoto. E amava o garoto — disse a si mesmo agora o mulato de braços compridos, agarrado ao lado da casca lixada —; amava-o desde que correram a pauladas sua irmã Isabel Cruz e lhe entregaram o menino e Lunero o alimentou na cabana com o leite da cabra velha remanescente do rebanho dos Menchaca e desenhou para ele na lama as letras que havia aprendido quando criança, quando era garçom dos franceses em Veracruz, e ensinou-o a andar, a identificar e saborear as frutas, a manejar o facão, a fabricar as velas, a cantar canções trazidas pelo pai de Lunero de Santiago de Cuba, quando espocou a guerra e as famílias se mudaram com a criadagem para Veracruz. E era tudo o que Lunero queria saber do garoto. E talvez não fosse necessário saber mais, exceto que o garoto também amava Lunero e não queria viver sem ele. Essas sombras perdidas do mundo — o senhorzinho Pedrito, a índia Baracoa, a avó — agora avançavam com um perfil de navalha, para separá-lo de Lunero. O estranho, o alheio à vida comum com o amigo, eram eles. E isso era tudo o que o menino pensava e era tudo o que entendia.

— Cuidado, senão falta vela e o padre vai se irritar — disse Lunero.

Uma brisa estranha entrechocou os cabos suspensos; uma arara assustada emitiu o alarido do meio dia.

Lunero ficou de pé e entrou no rio; na metade da correnteza estava a rede. O mulato mergulhou e emergiu com a redinha pendurada em um dos braços. O garoto tirou o calção e se lançou na água. Como nunca, sentiu o frescor em todos os recantos da carne; submergiu e abriu os olhos: as ondulações cristalinas da primeira camada, veloz, corriam sobre um fundo lodoso e verde. E acima, atrás — agora se deixou levar pela corrente, como uma flecha — havia aquela casa na qual nunca, em treze anos, tinha entrado, com aquele homem só visto de longe e aquela mulher que só conhecia de nome. Tirou a cabeça da água. Lunero já estava fritando o peixe e abrindo um mamão com o facão.

Logo depois do meio-dia, os raios de sol se embrenharam entre o teto de folhas tropicais, agredindo, forte, na descida para o poente. A hora dos galhos parados, em que nem sequer o rio parecia correr. O garoto se levantou nu debaixo da palmeira solitária e sentiu o calor dos raios que iam projetando cada vez mais longe a sombra do tronco e da copa. O sol começou sua corrida final; porém, os raios oblíquos pareciam ascender iluminando, poro a poro, o corpo inteiro. Primeiro os pés, quando se acomodou contra o pedestal nu. Então as pernas abertas e o sexo adormecido, a barriga plana e os peitos endurecidos na água, o pescoço alto e o queixo recortado, onde a luz começava a quebrar duas comissuras fundas, presas como arcos tensionados às maçãs duras que emolduravam a claridade dos olhos perdidos, essa tarde, na sesta profunda e tranquila. Ele dormia e Lunero, perto, havia se deitado de bruços e tamborilava com os dedos sobre a caçarola preta. Ia ganhando um ritmo. A lassidão aparente do corpo esparramado era apenas a tensão contemplativa de seu braço dançante, que tirava tons concentrados do cacareco e começava a murmurar, como todas as tardes, a memória recobrada do ritmo cada vez mais rápido, a canção da infância e da vida que já não viveu, quando seus antepassados eram coroados, ao lado da paineira, com chapéus enfeitados com chocalhos, e esfregavam os braços com aguardente e aquele homem era sentado na cadeira com a cabeça coberta por um pano branco e todos bebiam até o fundo de açúcar preto a mistura de milho e laranja azeda e ensinavam os garotos que não deviam assoviar de noite:

tó...
a filha do jejé...
gosta du maridô...
dumotra muié...
*tó, a filha de Jej*é, gosta du maridô, d*umotra muié...*
toá fiadijejé gotade.

O ritmo ia tomando conta dele. Estendeu os braços e tocou as extremidades da terra úmida e com os dedos continuou espalmando-a e embarrando a barriga nela e um grande sorriso brotou em seu rosto e quebrou as bochechas presas ao osso largo: *gostadumaridô*dumotramu*ié*... O sol caía como chumbo sobre a cabeça redonda e crespa e ele não conseguia levantar de sua postura, jorrando suor pela testa, pelas costelas, no meio das pernas, e o cântico ia se tornando mais silencioso e profundo. Quanto menos o escutava, mais sentia e mais se grudava à terra, como se fornicasse com ela. *Toáfiadijejé*: ia espocar seu sorriso, ia espocar o esquecimento do homem da casaca negra, o que viria esta tarde, que já é esta tarde e Lunero estava perdido em seu canto e em sua dança deitada que o fazia lembrar da tumba, que o fazia lembrar da tumba francesa e das mulheres esquecidas na prisão daquela casa queimada.

Detrás, as frondes e a casa da fazenda com a qual sonha, entre sonhos, o garoto banhado de sol. Aquelas paredes enegrecidas que foram incendiadas quando os liberais passaram por ali, na campanha final contra o Império, já morto Maximiliano, e encontraram a família que havia emprestado seus cômodos ao marechal chefe das forças francesas e suas adegas à tropa conservadora. Na fazenda de Cocuya, os soldados de Napoleão III se abasteceram para sair, com as mulas carregadas de conservas, feijão e tabaco, e tomar de assalto as posições das guerrilhas juaristas na serra, de onde aqueles bandos de foragidos acossavam os acampamentos franceses das terras baixas e as fortalezas das cidades vera-cruzenses. E nos arredores da fazenda, os zuavos encontraram os grupos de harpa e viola que cantavam *Balajú foi para a guerra e junto não quis me levar* e alegravam suas noites com as índias e mulatas que por ali andaram parindo mestiços aclarados, mulatos de olhos claros e pele de pinhão, que receberam os sobrenomes Garduño e Álvarez quando deveriam se chamar Dubois e Garnier. Sim, na mesma tarde aplainada pelo calor, a velha Ludivinia, trancada para sempre no quarto de lustres absurdos — dois pendendo do teto raso e caiado, um no canto ao lado da cama de traves estriadas — e cortinas de renda amarelada, abanada pela índia Baracoa que perdeu seu nome original para receber este da população negroide da fazenda, tão inadequado a seu perfil de águia e suas tranças sebosas: a velha Ludivinia cantarola com os olhos bem abertos essa maldita canção que, caso percebesse, não relembraria, e que no entanto quer saborear, porque faz troça do general Juan Nepomuceno Almonte, que antes foi amigo da casa e compadre do defunto Ireneo Menchaca, o marido de Ludivinia, e parte da corte santanista, e depois, quando o salvador do México e grande protetor dos Menchaca — vidas e fazendas — quis voltar do enésimo desterro e desembarcou e se curava de um ataque de disenteria, renegou suas velhas lealdades, mandou que os franceses o prendessem e embarcassem de novo: *San Juan de Nepomuceno, la monda*. Ludivinia lembra do rosto escuro de Juan Nepomuceno Almonte, filho das mil mulheres variolizadas do padre Morelos, e retorce a boca chupada, sem dentes, quando lembra da estrofe picaresca dessa maldita cantiga dos juaristas que mataram de humilhação o general Santa Anna: *... e o que tu pensarias se chegassem os ladrões, afanassem tua velha e abaixassem os calções...* Ludivinia riu cacarejando e com um gesto pediu à índia que acelerasse os movimentos do leque de palma. O quarto abafado, caiado, cheirava a trópico trancado, suplantado, disfarçado de frio. As manchas de umidade das paredes agradavam à velha, porque a faziam pensar em outros climas, os de sua infância antes de se casar com o tenente Ireneo Menchaca e atrelar-se à vida e à sorte do general Antonio López de Santa Anna e obter de sua vênia as ricas terras junto ao rio, terras escuras e extensas vizinhas da montanha e do mar. *Lá na França, lará, lará laiá, morreu Benito Juárez, acabou-se a liberdade*. E agora o semblante se retorceu de desgosto e desbaratou em mil crostas empoeiradas todo o rosto que permanecia unido por uma redinha de veias azuis. A garra trêmula de Ludivinia afastou com outro gesto Baracoa e sacudiu as mangas de seda preta e os punhos de renda destruída. Renda e cristal, mas não só isso: mesas de álamo trabalhado com pesados tampos de mármore sobre os quais repousavam os relógios de redomas de vidro, com pesados pés esféricos cabriolados; cadeiras de balanço de vime sobre o piso ladrilhado, cobertas pelos vestidos de crinolina que nunca mais usou, tabuleiros biselados, tachões de bronze, cofres com cantoneiras e fechaduras de ferro, retratos ovais de crioulos desconhecidos, rígidos, envernizados, com hastes acolchoadas e bustos altos e pentes de casca de tartaruga, molduras de latão para os santos e o Menino de Atocha, este reproduzido no estofado velho, carcomido, que mal conservava a primeira camada de lâmina de ouro, a cama de lâminas prateadas e baldaquim e traves estriadas, depósito do corpo exangue, ninho de cheiros apertados e lençóis de múltiplas manchas e tumores de palha que se embrenhavam pelas fendas abertas no colchão.

O incêndio não havia chegado até aqui. Nem a notícia das terras perdidas e do filho morto em emboscada e do menino nascido na choça dos negros: as notícias, não, mas os pressentimentos sim.

— Índia, traga um jarro d'água.

Deixou que Baracoa saísse e então quebrou todas as regras, abriu as cortinas e franziu o rosto para espreitar o que acontecia lá fora. Tinha visto crescer aquele menino desconhecido; espiava-o da janela, do outro lado do pano. Tinha visto os mesmos olhos verdes e cacarejado de prazer por saber-se em outra carne jovem, ela que trazia grudada ao cérebro a memória de um século e nos sulcos do rosto camadas de ar e terra e sol desaparecidos. Persistiu. Sobreviveu. Custou-lhe chegar até a janela; caminhava quase engatinhando, de olhos fixos nos joelhos, as mãos apertadas contra as coxas. A cabeça de mechas brancas estava perdida nos ombros, às vezes mais altos que o crânio. Mas sobreviveu. Seguia aqui, tentando cumprir da cama bagunçada os gestos da jovem branca e bela que abriu as portas de Cocuya para o longo desfile de prelados espanhóis, comerciantes franceses, engenheiros escoceses, britânicos vendedores de títulos, agiotas e flibusteiros que por aqui passaram em sua marcha rumo à Cidade do México e as oportunidades do país jovem, anárquico: suas catedrais barrocas, suas minas de ouro e prata, seus palácios de *tezontle* e pedra lavrada, seu clero negociante, seu perpétuo carnaval político e seu governo em dívida permanente, suas fáceis concessões aduaneiras para o estrangeiro de fala insinuante. Eram os dias gloriosos no México, quando os Menchaca deixaram a fazenda nas mãos do filho mais velho, Atanasio, para que se fizesse homem na lida com os trabalhadores, os bandidos, os índios e subiram para o altiplano para brilhar na corte fictícia de Sua Alteza Sereníssima. Como viveria o general Santa Anna sem seu velho companheiro Menchaca — agora coronel —, que entendia de galos e paliçadas e podia passar a noite bebendo e relembrando o plano de Casamata, a expedição de Barradas, El Álamo, San Jacinto, a Guerra dos Bolos, inclusive as derrotas diante do exército invasor ianque, às quais o generalíssimo se referia com uma hilaridade cínica, enquanto batia no chão com a perna de pau e erguia o copo e acariciava a cabeleira negra de Flor de México, a esposa-menina levada ao leito ainda quente logo ao último estertor da primeira mulher? E eram os dias de pena, quando o Senhor foi expulso do México pelo bando liberal e os Menchaca retornaram à fazenda para defender o que era seu: os milhares de hectares obsequiados pelo tirano rengo e fã de rinhas de galo; apropriadas sem pedir permissão aos camponeses indígenas que precisaram permanecer como peões ou retirar-se da montanha a pé; cultivadas pelo novo trabalho negro, barato, das ilhas do Caribe; ampliadas com a cobrança das hipotecas impostas a todos os pequenos proprietários da região. Túmulos de tabaco estendido. Carretas lotadas de banana e manga. Manadas de cabras pastoreadas nos primeiros morros da Sierra Madre. E no centro a casa térrea, com sua torrezinha vermelha e suas quadras vibrantes de relinchos, seus passeios de barco e carruagem. E Atanasio, o filho dos olhos verdes, vestido de branco sobre o cavalo branco, também presente de Santa Anna, cavalgando sobre a terra fértil com o chicote em riste, pronto para impor sua vontade decisiva, para saciar seu farto apetite com as jovens camponeses, para defender com o bando de negros importados a integridade das terras contra as incursões cada vez mais frequentes dos juaristas. Em primeiro lugar Viva México, viva a nossa nação, morte ao príncipe estrangeiro... E os últimos dias do império, quando avisaram ao velho Ireneo Menchaca que Santa Anna voltava do exílio para proclamar uma nova República: o velho partiu em sua carruagem negra rumo a Veracruz, onde um barco esperava-o no cais e no convés do *Virginia*, à noite, Santa Anna e seus flibusteiros alemães faziam sinais em frente a San Juan de Ulúa sem que ninguém respondesse. A guarnição do porto estava com o Império e debochava do tirano deposto que passeava pelo convés, sob as flâmulas, desesperado, cuspindo asneiras de seus lábios carnosos. As velas se inflaram de novo e os velhos amigos jogaram cartas no camarote do capitão ianque: navegavam em um mar tórrido, lento, do qual mal se percebia a linha da costa, perdida atrás de um véu de calor. Da silhueta embandeirada do barco, os olhos furiosos do ditador viram a silhueta branca de Sisal. E o velho coxo desceu seguido de seu velho compadre, lançou uma proclama aos iucatecos e voltou a viver seu sonho de grandeza: Maximiliano acabava de ser condenado à morte em Querétaro e a República tinha direito a contar, mais uma vez, com a patriótica entrega de seu chefe natural e autêntico, de seu monarca sem coroa. Contaram isso a Ludivinia: como foram capturados pelo comandante de Sisal, como foram enviados a Campeche e, ali, levados pelas ruas com as mãos acorrentadas, em meio a empurrões do piquete, como ladrões comuns. Como foram atirados em uma masmorra do presídio. Como morreu no verão sem latrinas, inchado de água putrefata, o velho coronel Menchaca, enquanto os jornais norte-americanos informavam que Santa Anna tinha sido executado pelos juaristas, assim como o inocente Príncipe de Trieste. Não: só o cadáver de Ireneo Menchaca foi enterrado no cemitério de frente para a baía, fim de uma vida de acasos e loterias, como a do próprio país, e Santa Anna, com a careta permanente de uma loucura infecciosa, partiu para o novo exílio.

Atanasio contou a ela, recordou a velha Ludivinia nesta tarde quente, e desde então ela não saiu mais do quarto e para lá levou suas melhores roupas, o lustre da sala de jantar, as arcas chapeadas, os quadros mais envernizados. Para esperar uma morte que sua cabeça romântica julgava iminente, mas que havia demorado trinta e cinco anos perdidos, que não eram nada para uma mulher de noventa e três, nascida no ano da primeira revolta, quando a gritaria de paus e pedras se ergueu na paróquia de Dolores, e sua mãe a pariu em uma casa de portas trancadas pelo terror. Seus calendários haviam sido perdidos e aquele ano de 1903 era para ela apenas um tempo transgredido pela rápida morte por desgosto que deveria ter sucedido à do coronel. Como tampouco existiu, no ano de 68, o incêndio da casa, detido pelas portas do quarto selado enquanto os filhos — havia outro, não era só Atanasio, mas ela só amou a este — gritavam para que ela se salvasse e ela amontoava as cadeiras e as mesas contra a porta e tossia aquela fumaça espessa que se embrenhava por cada ranhura. Não quis ver mais ninguém, só a índia pela necessidade de que alguém lhe trouxesse comida e costurasse suas roupas pretas. Não quis saber de mais nada, apenas recordar os tempos idos. E entre as quatro paredes perdeu de todo a razão, exceto pelo essencial: sua viuvez, o passado e, subitamente, este menino que sempre corria à distância, pisando os calcanhares de um mulato desconhecido.

— Índia, traga um jarro d'água.

Mas em vez de Baracoa, apareceu na porta esse espectro amarelo. Ludivinia gritou em silêncio e se retraiu em direção ao fundo da cama: os olhos afundados se abriram com espanto e todas as cascas do rosto pareceram se pulverizar. O homem que entrava se deteve na soleira e estendeu uma mão trêmula.

— É o Pedro...

Ludivinia não entendeu. Seu tremor a impedia de falar, mas os braços conseguiam se agitar, exorcizar, recusar-se em um tumulto de trapos pretos, enquanto o fantasma pálido avançava com a boca aberta:

— Ã... Pedro... ã... — disse, esfregando a barba rala e manchada. — Pedro...

Com esse movimento nervoso nas pálpebras. A velha paralisada não entendeu o que disse aquele homem sonolento, fedendo a suor e álcool barato: — Ã... não sobrou nada, a senhora sabe?... tudo... ao diabo... e agora... — balbuciava, com um pranto seco — vão levar o negro; mas a senhora não sabe, mamãe...

— Atanasio...

— Ã... Pedro — o bêbado se atirou na cadeira de balanço e abriu as pernas como se tivesse chegado ao seu porto de partida. — Vão levar o negro... que é quem nos dá de comer... a mim e à senhora...

— Não; um mulato; um mulato e um menino...

Ludivinia escutava, mas não olhava para o espectro que havia se acomodado para falar com ela, porque não podia ter corpo uma voz que se deixasse escutar dentro da caverna proibida.

— Um mulato, então; e um menino... ã?

— Que às vezes corre lá longe. Eu o vi. Me deixa contente. É um menino.

— O recrutador veio me avisar... Atrapalhar meu sono a pleno raiar do dia... Vão levar o negro... O que vamos fazer?

— Vão levar um negro? O sítio está cheio de negros. O coronel diz que são mais baratos e trabalham mais. Mas, se gosta tanto dele, cobre seis reais.

E permaneceram, estátuas de sal, pensando o que depois teriam gostado de dizer, quando já fosse tarde demais, quando o garoto não estivesse mais entre eles. Ludivinia tentou aproximar o olhar da presença que se negava a admitir: quem seria o homem que de propósito, só hoje, havia desempoeirado suas melhores roupas para dar o passo proibido? Sim: o peitilho de linho fino, manchado de bolor pela clausura tropical, as calças justas, justas demais, estreitas demais para a pequena barriga desse corpo exausto.

As velhas peças não toleravam a verdade do suor de costume — tabaco e álcool — e os olhos transparentes eram alheios a toda afirmação e presteza que as roupas supunham: os olhos de um bêbado sem malícia, alheio a todo trato há mais de quinze anos. — Ah — suspirou Ludivinia, encarapitada em seu leito revolto, admitindo por fim que essa voz tinha um rosto —, esse não é Atanasio, que era como o prolongamento de sua mãe na virilidade: este é a própria mãe, mas com barba e testículos — sonhou a velha —, não a mãe como teria sido na hombridade, como foi Atanasio; e por isso amou um filho e não o outro — suspirou —, o filho que sempre viveu enraizado no lugar que lhes coube na terra e não o que, mesmo na derrota da causa, quis seguir usufruindo, lá em cima, nos palácios, do que já não lhes correspondia: — teve a certeza —: enquanto tudo foi deles, tinham direito de impor sua presença ao país inteiro: hesitou: — quando nada era deles, seu lugar estava dentro dessas quatro paredes.

Contemplaram-se mãe e filho, com a muralha de uma ressurreição entre os dois.

(— Vem me dizer que já não há terras nem grandeza para nós, que outros se aproveitaram de nós como nós nos aproveitamos dos primeiros, dos donos originais de tudo? Vem me contar o que sei, em minhas entranhas, desde a primeira noite de minha vida de esposa?

(— Venho com um pretexto. Venho porque não quero mais ficar sozinho.

(— Queria lembrar de você pequeno. Te amei então, porque na juventude uma mãe deve amar todos os filhos. Quando velhas, ficamos mais sábias. Não há por que amar ninguém sem motivo. O sangue natural não é um motivo. O único motivo é o sangue amado sem motivo.

(— Quis ser forte, como meu irmão. Tratei com mão de

ferro esse mulato e o garoto; proibi-os de pisar na casa grande. Como Atanasio fazia, lembra? Mas na época havia tantos trabalhadores. Hoje só restam o mulato e o garoto. O mulato vai embora.

(— Ficou sozinho. Me procura para não ficar sozinho. Acha que estou sozinha; vejo em seus olhinhos compadecidos. Bobo, sempre, e fraco: não meu filho, que não pedia compaixão a ninguém, mas minha própria imagem de esposa jovem. Agora não, agora não mais. Agora tenho minha vida inteira para me acompanhar e deixar de ser velha. Velho você, que acha que tudo terminou com seus cabelos grisalhos e sua bebedeira e sua falta de vontade. Ah, te conheço, te conheço, safado! É o mesmo que subiu conosco para a capital; o mesmo que pensou que nosso poder era uma desculpa para gastar com mulher e bebida e não um motivo para intensificá-lo e torná-lo mais forte e usá-lo como um chicote; o mesmo que achou que nosso poder havia passado sem custo para ele e que por isso pensou que podia permanecer lá em cima, sem nosso amparo, quando nós tivemos que descer de novo a essa terra quente, a essa fonte de tudo, a esse inferno do qual subimos e ao qual tínhamos de cair outra vez… Fede! Tem um cheiro mais forte que o suor de cavalo e a fruta e a pólvora… Já parou para sentir o cheiro da cópula de um homem e uma mulher? É esse o cheiro da terra daqui, lençol de amor, e você nunca soube… Escute, ah, eu te acariciei quando nasceu e te amamentei e te chamei de meu, meu filho, e só estava recordando o momento em que seu pai o criou com toda a cegueira de um amor que não era para criá-lo, mas para me dar prazer: e isso ficou e você desapareceu… Lá fora, escute…

(— Por que você não fala? Está bem… está bem… a senhora continue calada, que já é alguma coisa vê-la aí, olhando assim para mim; já é algo mais que essa cama exposta e essas noites em claro…

(— Procura alguém? E esse garoto lá fora, não está vivo? Desconfio de você; deve pensar que não sei de nada, que não enxergo nada daqui… Como se não pudesse sentir que há outra carne minha rondando por aqui, outro prolongamento de Ireneo e Atanasio, outro Menchaca, outro homem como eles, lá fora, escute... Certeza que é meu, quando você não o procurou... O sangue se entende sem a necessidade de se aproximar...)

— Lunero — disse o menino quando acordou da sesta e viu que o mulato jazia, esgotado, sobre a terra mais úmida. — Quero entrar na casa grande.

Depois, quando tudo houvesse terminado, a velha Ludivinia romperia seu silêncio e sairia, como um corvo sem asas, para gritar pelas avenidas de samambaias, com os olhos perdidos no mato e erguidos, por fim, na direção da Sierra; para estender os braços à forma humana que espera encontrar, cega pela noite desacostumada em seu claustro de velas permanentes, atrás de cada galho que açoita seu rosto sulcado de veias mortas. E sentiria o cheiro dessa conjunção de terra e gritaria com sua voz surda os nomes esquecidos e recém-aprendidos, morderia as mãos pálidas com raiva, porque em seu peito alguma coisa — os anos, a memória, o passado que era sua vida inteira — lhe diria que ainda existiria uma margem de vida fora de seu século de lembranças: uma oportunidade de viver e amar outro de seu sangue: algo que não havia morrido com as mortes de Ireneo e Atanasio. Mas agora, diante do sr. Pedrito, no quarto que não havia deixado em trinta e cinco anos, Ludivinia acreditava ser o centro que conectava a memória e as presenças circundantes. O sr. Pedrito acariciou a barba rala e voltou a falar, agora em voz alta:

— Mamãe, a senhora não sabe...

O olhar da velha gelou a voz do filho.

(— O quê? Que nada podia durar? Que aquela força se fundava em meras aparências, em uma injustiça que devia perecer nas mãos de outra injustiça? Que os inimigos que mandamos fuzilar para continuarmos sendo os amos; que os inimigos de quem seu pai mandou cortar a língua ou as mãos para continuar sendo o amo; que os inimigos de quem seu pai arrebatou as terras para começar a ser o amo passaram vitoriosos um dia e atearam fogo à nossa casa; passaram um dia e nos tiraram o que era nosso, o que tínhamos por nossa força e não por nosso direito? Que apesar de tudo seu irmão se negou a aceitar a diminuição e a derrota e continuou sendo Atanasio Menchaca, não lá em cima, longe do palco, como você, mas aqui embaixo, entre seus servos, dando a cara ao perigo, violando as mulatas e as índias e não como você, seduzindo as mulheres dispostas? Que de mil coitos ferozes, descuidados, rápidos de seu irmão devia ficar uma prova, uma, uma, de sua passagem por nossa terra? Que de todos os filhos regados por Atanasio Menchaca ao largo de nossas posses, um devia ter nascido perto? Que, no mesmo dia em que nasceu seu filho em uma choça de negros — como devia nascer, para baixo, para demonstrar outra vez a força do pai —, Atanasio foi...)

Nos olhos de Ludivinia, o sr. Pedrito não adivinhou as palavras. O olhar da velha, desprendido do rosto gasto, flutuou como uma onda de mármore sobre o líquido cálido do quarto. O homem das roupas justas não precisou escutar a voz de Ludivinia.

(— A senhora não me repreenda por nada. Também sou seu filho... Meu sangue era o mesmo de Atanasio... então por quê, essa noite...? A mim só disseram: — O sargento Robaina, da velha tropa santanista, encontrou isso que vocês tanto buscaram, o cadáver do coronel Menchaca, no cemitério de Campeche. Outro soldado, que viu onde enterraram seu pai sem marcações, contou ao sargento quando o mandaram para a guarnição do porto. E o sargento, esquivando-se do comando, roubou à noite os ossos do coronel Menchaca e agora aproveita que foi transferido a Jalisco para passar por aqui e lhes entregar os restos. Espero você e seu irmão esta noite, depois das onze, na clareira da selva a dois quilômetros da entrada do povoado, ali onde antes ficava o poste para pendurar os índios rebeldes. Não é muito sagaz? Atanasio acreditou tanto quanto eu; seus olhos se encheram de lágrimas e nunca duvidou do recado. Ai, para que fui vir a Cocuya naquela temporada? Sim, porque na capital meu dinheiro começava a escassear e Atanasio nunca me negou nada; até me preferia longe daqui, porque queria ser o único Menchaca da região, o único guardião da senhora. Havia essa lua vermelha da época mais calorosa quando chegamos a cavalo no lugar. Ali estava o sargento Robaina, de quem lembrávamos da época de criança, apoiado naquele cavalo percheron. Os dentes brilhavam como arroz, igual aos bigodes brancos. Lembrávamos dele da época de crianças. Sempre acompanhava o general Santa Anna e conquistou fama de domador de potros; sempre tinha rido assim, como se ele mesmo fosse parte de uma piada colossal. E ali vinha ele, no lombo do percheron, o saco sujo que esperávamos. Atanasio abraçou-o e o sargento riu como nunca; até assoviou de tanto rir, e foi quando saíram do mato os quatro homens, muito brilhantes sob a lua, porque estavam todos de branco. "As almas benditas!", gritou com sua voz risonha o sargento, "as almas benditas pros que não se conformam de ter perdido e andam querendo recuperar!", e então mudou de rosto e também avançou contra Atanasio. Ninguém se atentou em mim, juro; só avançavam fitando meu irmão, como se eu não existisse; e nem sequer sei como consegui subir no cavalo e correr para fora daquele círculo maldito dos quatro homens que avançavam com os facões fora do cinto, enquanto Atanasio me gritava como uma voz entre rouca e serena: "Volte, irmão, lembre-se do que está levando", e eu sentia a coronha grudar no joelho, mas não consegui mais ver como os quatro homens foram se aproximando de Atanasio e primeiro amarraram suas pernas e depois o fizeram em pedaços, ali sob a lua, para que tudo fosse feito em silêncio. Que ajuda eu pediria na fazenda, se sabia que estava morto, e ainda por cima pelos rapazes do novo coronel que cedo ou tarde precisaria matar Atanasio para sê-lo de verdade? Já naquele momento, quem iria se opor a ele? Nem quis mais me inteirar da nova cerca levantada, no dia seguinte, pelo amo que havia nos derrotado na luta por nossa terra. Para quê? Os trabalhadores passaram a servi-lo sem queixas; pior que Atanasio não devia ser. E como se para me mandar ficar quieto, o pelotão federal passou uma semana inteira ali, sem se mover, nos novos limites. Como eu poderia me mover? Tinha bastante a lhes agradecer por terem me perdoado. E por algum motivo, um mês depois, o general Porfirio Díaz visitou a nova casa-grande da região. Não se furtaram nem do deboche. Com o cadáver mutilado de Atanasio me entregaram uns ossos de vaca, uma grande caveira com chifres: o que o sargento trazia em sua mochila. Eu só pendurei aquela escopeta carregada na entrada de casa, vai saber?, como um ato de homenagem ao pobre Atanasio. De verdade, naquela noite... nunca me ocorreu que eu a levava atravessada na montaria, por mais que a culatra batesse em meu joelho, durante aquela cavalgada tão longa, mamãe, juro, tão longa...)

— Ali nunca se deve entrar — disse Lunero e se levantou de sua dança de terror e tristeza, de sua despedida silenciosa na última tarde ao lado do garoto; deviam ser cinco e meia e o recrutador não devia demorar.

— Tente se enfiar embaixo da terra — lhe dissera ontem. — Pode tentar. Temos uma coisa melhor que cães de caça: os desgraçados que preferem entregar um peão fugido a saber que algum escapou de ter o mesmo destino que eles.

Não: em direção à costa corriam os pensamentos de Lunero, encarcerado, enfim, por um terror e uma nostalgia. Como o mulato pareceu grande aos olhos do garoto quando ficou de pé e observou a corrente rápida do rio correndo para o golfo do México! Como lhe pareciam altos seus trinta e três anos de carne cor de canela e palmas rosadas! Os olhos de Lunero estavam na costa e suas pálpebras pareciam pintadas de branco, não pela idade que assim clareia o olhar da raça, mas pela nostalgia que é outra idade, mais velha, para trás. Lá estava a barra que quebrava a saída do rio e tingia com uma mancha parda a primeira fronteira do mar. Porém mais longe começava o mundo das ilhas e depois se chegava ao continente onde alguém como ele podia se perder na selva e dizer que havia voltado. Para trás ficavam a serra, os índios, a meseta.

Para trás não quis olhar. Respirou fundo e olhou para o mar como quem fita um encantamento de liberdade e plenitude. O garoto soltou as amarras do pudor e correu até o mulato; seu abraço só alcançou as costelas de Lunero.

— Não vá embora, Lunero...

— Menino Cruz, por Deus, que se há de fazer?

O mulato tristonho acariciou o cabelo do garoto e não conseguiu evitar essa felicidade, essa gratidão, esse momento que sempre temeu tão doloroso. O menino ergueu o rosto:

— Preciso falar com eles e dizer que você não pode ir...

— Lá dentro?

— Sim, na casa-grande.

— Não nos querem ali, menino Cruz. Não entre ali nunca. Venha, vamos continuar trabalhando. Ainda temos uns bons dias até eu ir. Quem sabe eu não precise ir nunca.

O rio barulhento da tarde recebeu o corpo de Lunero que mergulhou para evitar as palavras e o toque de seu jovem companheiro de vida inteira. O garoto voltou a trabalhar nas velas e sorriu outra vez quando Lunero, nadando contra a corrente, simulou os movimentos de alguém se afogando, emergiu como uma flecha, deu uma meia-volta na água, voltou a aparecer com um pau entre os dentes e então, na margem, sacudiu-se e emitiu sons cômicos antes de, por fim, sentar-se de costas para o menino, de frente para as madeiras polidas, e pegar o martelo e os cravos. Teve de pensar de novo: agora o recrutador não demoraria. O sol se perdia atrás das copas das árvores. Lunero resistiu a pensar no que precisava pensar; o fio da amargura cortava sua felicidade, já perdida.

— Traga mais lixa da cabana — disse ao menino, certo de que eram suas palavras de despedida.

Podia ir embora assim, com a camisa e a calça de sempre. Para que mais? Agora que o sol se escondera, ficaria de guarda na entrada da vereda, para que o homem de casaca não precisasse se aproximar da cabana.

— Sim — disse Ludivinia —; Baracoa me dá uma ideia de tudo. Como vivemos do trabalho do garoto e do mulato. Será que quer reconhecer isso? Que comemos graças a ele, e não sabe o que fazer?

A voz real da idosa era difícil de compreender; tão acostumada ao murmúrio solitário, brotava com o silêncio e a gravidade de um manancial sulfuroso.

— ... o que teriam feito seu pai e seu irmão: sair em defesa desse mulato e do garoto, impedir que os levem... se for preciso, dar a vida para que não nos pisoteiem... vai você ou vou eu, molenga?... Traga-me o menino!... quero falar com ele...

Mas o menino não distinguia as vozes, nem sequer os rostos: só as silhuetas atrás do véu de renda, agora que Ludivinia, com um gesto de impaciência, ordenava ao sr. Pedrito que acendesse as velas. O menino se afastou da janela e procurou, caminhando nas pontas dos pés, a frente da casa-grande, com as colunas sujas de fuligem e o terraço esquecido de onde pendia a rede dos festins solitários. E outra coisa: sobre a soleira, amparada por dois ganchos enferrujados, a escopeta que o sr. Pedrito carregou sobre a montaria naquela noite de 1889 e que desde então havia mantido lubrificada e pronta, como último reduto de sua covardia, sabendo que jamais a usaria.

O cano duplo brilhava mais que a soleira branca. O menino a transpôs: o que um dia fora a sala da fazenda havia perdido o piso e o teto; a luz verde das primeiras horas noturnas entrava aos borbotões, iluminando um chão de grama e cinzas, onde coaxavam algumas rãs e, nos cantos, havia se acumulado água da chuva. Depois se abria o pátio de ervas daninhas, e ao fundo uma porta mostrava a linha de luz do quarto habitado. Cresciam as vozes que vinham de lá. Do extremo oposto — o que restava da velha cozinha — surgiu a índia Baracoa, com os olhos incrédulos: o menino escondeu o rosto na sombra da sala. Saiu para o terraço e aproveitou as partes danificadas do adobe para alcançar a soleira e a escopeta. O som das vozes aumentou. Chegava em uma mistura de fúria delgada e desculpas balbuciantes. Por fim, uma sombra alta saiu do quarto: as abas da casaca chicoteavam com agitação e as botinas de couro retumbavam sobre os ladrilhos do corredor. O menino não esperou; sabia o caminho que aqueles pés tomariam; correu com a escopeta em mãos pela trilha que levava à cabana.

E Lunero já estava esperando, longe da casa-grande e do barraco, no lugar onde se encontravam as trilhas de terra vermelha. Eram umas sete da noite. Agora sim não devia demorar. Esquadrinhou as duas direções do caminho largo. Aquele cavalo do recrutador levantaria uma poeirada insana. Mas não esse estampido distante, essa dupla explosão que Lunero escutou às suas costas e que por um momento impediu-o de se mexer ou pensar.

Porque o menino se agachou entre os arbustos com a escopeta em mãos, temendo que os passos o alcançassem, e viu passar as botinas apertadas, a calça cor de chumbo e as extremidades da casaca: a mesma casaca de ontem: não teve mais dúvidas, ainda menos quando o homem sem rosto entrou na cabana e gritou: "Lunero!", e em sua voz impaciente o rapaz adivinhou a irritação e a ameaça que ontem tinha notado nas atitudes do homem da casaca que procurou o mulato. Quem iria buscar o mulato, se não fosse para levá-lo à força? E a escopeta pesava, com um poder que prolongava a ira silenciosa do garoto: ira porque agora sabia que a vida tinha inimigos e já não era esse fluir ininterrupto do rio e o trabalho; ira porque agora descobria a separação. Saíram da cabana as pernas da calça, a casaca cor de chumbo, e ele apontou para o alto o cano duplo e apertou o gatilho.

— Cruz! Meu filho! — gritou Lunero quando se aproximou do rosto destruído do sr. Pedrito, o peitilho tingido de vermelho, o sorriso simulado da morte súbita. — Cruz!

E o garoto, ao sair tremendo do meio dos arbustos, não tinha como reconhecer aquele rosto banhado de sangue e pólvora, o rosto de um homem que sempre viu de longe, quase nu, com a garrafa emborcada e a camiseta esburacada sobre um peito liso e pálido. Este não era aquele, como não era o cavalheiro que desceu da Cidade do México, elegante e bem-posto: o que lembrava Lunero; como não era o menino acariciado, há sessenta anos, pelas mãos de Ludivinia Menchaca: era só um rosto sem feições, um peitilho ensanguentado, uma careta estúpida. Só as cigarras. Lunero e o menino não se mexeram, mas o mulato entendeu. O amo morreu por causa dele. E Ludivinia abriu os olhos, molhou o dedo indicador nos lábios e apagou a vela da cabeceira: quase engatinhando, caminhou até a janela. Algo havia acontecido. O lustre voltou a tilintar. Acontecido para sempre. Estremecido pelo duplo disparo. Escutou as vozes perdidas, até que se apagaram e os insetos voltaram ao seu coro. Só as cigarras. Baracoa se encolheu na cozinha; deixou que o lume morresse e estremeceu ao pensar que os tempos da pólvora haviam retornado. Ludivinia tampouco se moveu, até que no silêncio foi vencida pela fúria delgada que já não cabia no confinamento do quarto e saiu aos tropeços, apequenada pelo céu noturno que assomava por todos os buracos da casa incendiada, pequeno verme branco e enrugado que estendia os braços na esperança de tocar uma forma humana que durante treze anos soube próxima, mas que só agora desejava tocar e chamar por seu nome, em vez de criá-la no pressentimento: Cruz, Cruz sem nome nem sobrenome verdadeiros, batizado pelos mulatos, com as sílabas de Isabel Cruz ou Cruz Isabel, a mãe que foi corrida a pauladas por Atanasio: a primeira mulher do lugar a lhe dar um filho. A velha desconheceu a noite; suas pernas cambalearam, mas insistiu em caminhar, em se arrastar de braços abertos, disposta a encontrar o último abraço de sua vida. Mas só se aproximaram aquele estrondo de cascos e aquela nuvem de poeira. Só aquele cavalo suarento que se deteve com um relincho quando a forma corcunda de Ludivinia cruzou o caminho e o recrutador gritou da sela:

— Aonde foram o menino e o negro, velha espertalhona? Aonde foram, antes que eu tenha que soltar os cães e a tropa?

E Ludivinia só soube responder com um punho nervoso, agitado na noite, e sua maldição natural:

— Seu fodido — disse para o rosto que não conseguiu ver, alto na sela. — Seu fodido — repetiu, com o resfolegar do cavalo próximo ao punho erguido. O chicote cruzou suas costas e Ludivinia caiu por terra, enquanto o cavalo girou sobre o próprio corpo, envolveu-a na poeira e arrancou para longe da fazenda.

Eu sei que me atravessam a pele do antebraço com essa agulha; grito antes de sentir qualquer dor; o anúncio dessa dor viaja até meu cérebro antes que a pele o sinta… ah… para me prevenir da dor que sentirei… para me pôr em guarda e que eu me dê conta… para que sinta a dor com mais força… porquê… se dar conta… enfraquece… me transforma em vítima… quando me dou conta… das forças que não me consultarão… não me levarão em conta… mais: os órgãos da dor… mais lentos… vencem os de meu reflexo… dor que não é mais… a da injeção… mas a própria… eu sei… que me tocam o ventre… com cuidado… o ventre inchado… pastoso… azul… tocam-no… não aguento… tocam-no… com essa mão ensaboada… essa lâmina que depila meu ventre, o púbis… não aguento… grito… preciso gritar… me seguram… os braços… os ombros… grito para que me deixem… me deixem morrer em paz… não me toquem… não tolero que me toquem… esse estômago inflamado… sensível… como um olho ferido… não tolero… não sei… me contêm… me apoiam… meus intestinos não se movem… não se movem, agora eu sinto, agora eu sei… os gases incham, não saem, paralisam… não fluem esses líquidos que deveriam fluir, não fluem mais… me incham… eu sei… não tenho febre… eu sei… não sei para onde me mover, a quem pedir auxílio, direção, para me levantar e andar… empurro… empurro… não chega o sangue… sei que não chega aonde deveria chegar… deveria sair sangue pela boca… pelo ânus… não sai… não sabem… adivinham… me apalpam… apalpam meu coração acelerado… tocam meu pulso sem pulso… me dobro… me dobro em dois… me seguram pelos sovacos… durmo… me deitam… me dobro… durmo… digo a eles… preciso dizer a eles antes de dormir… digo a eles… não sei quem são…

"Cruzamos o rio... a cavalo..." cheiro meu próprio hálito... fétido... me deitam... a porta se abre... as janelas se abrem... corro... me empurram... vejo o céu... vejo as luzes borradas que passam em frente à minha vista... toco... cheiro... vejo... saboreio... ouço... me levam... passo junto... junto... por um corredor... decorado... me levam... passo junto tocando, cheirando, saboreando, vendo, cheirando os entalhes suntuosos... — as incrustações opulentas — as molduras de gesso e ouro — as cômodas de osso e casco de tartaruga — as chapas e aldravas — os cofres com cantoneiras e fechaduras de ferro — os cheirosos escaninhos de ervas medicinais — as cadeiras de couro — os espigões e cercaduras barrocos — os respaldares recurvados — as traves torneadas — as máscaras policromadas — os tachões de bronze — os couros lavrados — os pés cabriolados de garra e pena — as poltronas de damasco — as casulas de fio de prato — os sofás de veludo — as mesas do refeitório — os cilindros e as ânforas — os tabuleiros biselados — as camas de baldaquino e tela — os postes estriados — os escudos e as orlas — os tapetes de merino — as chaves de ferro — os óleos quarteados — as sedas e caxemiras — as lãs e os tafetás — os cristais e os candelabros — a louçaria pintada à mão — as vigas calorosas — não tocarão nisso... isso não será seu... as pálpebras... é preciso abrir as pálpebras... abram as janelas... rodo... as mãos grandes... os pés enormes... durmo... as luzes que passam em frente às minhas pálpebras abertas... as luzes do céu... abram as estrelas... não sei...

Você estará ali, nos primeiros cumes do monte que às suas costas ganhará em altura e respiração... Aos seus pés, descerá a ladeira ainda envolta em galhos frondosos e chilreios noturnos, até se diluir na planície tropical, tapete azul da noite que se levantará redonda e envolvente... Você se deterá na primeira plataforma rochosa, perdido na incompreensão agitada do que aconteceu, do fim de uma vida que em segredo acreditou eterna... A vida da cabana emaranhada em flores do campo, do banho e da pesca no rio, do trabalho com a cera de murta, da companhia do mulato Lunero... Mas diante de sua convulsão interna... um alfinete na memória, outro na intuição do porvir... se abrirá este novo mundo da noite e da montanha e sua luz escura começará a abrir passagem nos olhos, também novos e tingidos pelo que deixou de ser vida para se transformar em recordação, de um garoto que agora pertencerá ao indomável, ao alheio às próprias forças, à vastidão da terra... Liberto da fatalidade de um local e um nascimento... escravizado a outro destino, o novo, o desconhecido, o que se esconde atrás da serra iluminada pelas estrelas. Sentado, recuperando o fôlego, se abrirá ao vasto panorama imediato: a luz do céu apertado de estrelas chegará a você regular e permanentemente... Girará a Terra em sua corrida uniforme sobre um eixo próprio e um sol mestre... girarão a terra e a lua ao redor de si mesmas e do corpo oposto e ambas ao redor do campo comum de seu peso... Se moverá toda a corte do sol dentro de seu cinturão branco e o rastro de pólvora líquida se moverá diante dos conglomerados externos, em torno dessa abóboda clara da noite tropical, na dança perpétua de dedos entrelaçados, no diálogo sem direção e fronteiras do universo... e a luz bruxuleante seguirá banhando, você, a planície, a montanha com uma constância alheia ao movimento da estrela e ao giro da terra, o satélite, o astro, a galáxia, a nebulosa; alheias às fricções, às coesões e aos movimentos elásticos que unem e prensam a força do mundo, da rocha, de suas próprias mãos unidas essa noite em uma primeira exclamação de assombro... Você quererá fixar o olhar em uma só estrela e recolher toda a sua luz, essa luz fria, invisível como a cor mais ampla da luz do sol... mas essa luz não se deixa sentir sobre a pele... Piscará os olhos e na noite como no dia não conseguirá ver a verdadeira cor do mundo, proibida aos olhos do homem... Se perderá, distraído, na contemplação da luz branca que penetrará em sua pupila com seu ritmo entrecortado e descontínuo... Desde todos os seus mananciais, toda a luz do universo iniciará sua corrida veloz e curva, dobrando-se sobre a presença fugaz dos corpos adormecidos do próprio universo... Através da concentração móvel do tangível, os arcos de luz se cingirão, separarão e criarão em sua permanência veloz o contorno total, a armação... Sentirá chegar as luzes e ao mesmo tempo... próximos os sabores exuberantes da montanha e da planície: a murta e o mamão, a dama-da-noite e o gafanhoto, a bromélia e a magnólia, a baunilha e a dália, a violeta silvestre, a mimosa, a flor de tigre... você as verá claramente retrocedendo, cada vez mais ao fundo, em um refluxo enjoativo das ilhas geladas... cada vez mais longe da primeira abertura e do primeiro estalo... A luz até seus olhos; correrá ao mesmo tempo até a borda mais distante do espaço... Porá as mãos no assento de rocha e fechará os olhos... Voltará a escutar o rumor próximo das cigarras, o balido de uma tropa extraviada... Tudo parecerá marchar, nesse instante de olhos fechados, ao mesmo tempo, para adiante, para trás e para o chão que o sustenta... esse abutre que voa preso à atração do mais profundo cotovelo do rio vera-cruzense e que depois pousará na imobilidade de um penhasco, pronto para alçar o voo que cortará, em ondas escuras, a insistência regular das estrelas... E você não sentirá nada... Nada pareceria se mover na noite: nem sequer o abutre interromperá a quietude... A corrida, o giro, a agitação infinita do universo não serão sentidos em seus olhos, em seus pés, em seu pescoço quietos... Contemplará a terra adormecida... Toda a terra: rochas e veios minerais, massa da montanha, densidade do campo arado, corrente do rio, homens e casas, animais e aves, camadas ignoradas do fogo subterrâneo, irão se opor ao movimento irreversível e imperturbável mas não resistirão a ele... Você brincará com uma pedrinha, esperando a chegada de Lunero e da mula: irá jogá-la na encosta para que alcance um minuto de vida própria, veloz, enérgica: pequeno sol errante, breve caleidoscópio de luzes duplas... Quase tão rápido quanto a luz que o contrasta; em seguida, grão perdido ao pé da montanha, enquanto a iluminação das estrelas segue correndo de sua origem, com a rapidez imperceptível e total... Sua vista se perderá nesse precipício lateral por onde a pedra rolou... Apoiará a barba no punho e seu perfil se recortará sobre a linha do horizonte noturno... Será esse novo elemento da paisagem que logo desaparecerá em busca, no outro lado da montanha, do futuro incerto de sua vida... Mas já, aqui, a vida começará a ser o próximo e deixará de ser o passado... A inocência morrerá, não pelas mãos da culpa, mas do assombro amoroso... Tão alto, tão alto, nunca havia estado... As cruzes da vastidão, nunca as tinha visto... A proximidade costumeira do mundo grudado no rio será apenas uma medida dessa imensidão insuspeita... E não se sentirá pequeno ao contemplar, nesse ócio sereno da incerteza, as nuvens distantes, o plano ondulante da terra e a subida vertical do céu... Se sentirá melhor... organizado e distante... Não se saberá em um novo solo, emergido do mar há apenas algumas horas, para chocar cordilheira contra cordilheira e se enrugar como um pergaminho apertado pela mão poderosa da terceira época... Se sentirá alto sobre a montanha, perpendicular ao campo, paralelo à linha do horizonte... E se sentirá na noite, no ângulo perdido do sol... no tempo... Lá longe, essas constelações estão, como parecem a olho nu, uma do lado da outra, ou as separam um tempo imensurável?... Girará outro planeta sobre sua cabeça e o tempo do planeta será idêntico a si mesmo: a rotação escura e distante talvez se consuma nesse instante, único dia do único ano, medida mercurial, separado para sempre dos dias de seus anos... Aquele agora não será o seu, como não será o presente das estrelas que voltará a contemplar, adivinhando a luz passada de um tempo alheio, quem sabe morto... A luz que verão seus olhos será apenas o espectro da luz que iniciou sua viagem há vários anos, vários séculos seus: continuará vendo essa estrela?... Viverá enquanto seus olhos a virem... E só saberá que já estava morta enquanto a olhava na noite futura em que acabará de chegar até seus mesmos olhos — se ainda existe — a luz que realmente brotou, no agora da estrela, quando seus olhos contemplavam a luz antiga e acreditavam batizá-la com o olhar... Morto em sua origem o que estará vivo em seus sentidos... Perdido, calcinado, o manancial de luz que seguirá viajando, já sem origem, até os olhos de um rapaz em uma noite de outro tempo... De outro tempo... Tempo que se encherá de vida, de ações, de ideias, mas que jamais será um fluxo inexorável entre o primeiro marco do passado e o último do porvir... Tempo que só existirá na reconstrução da memória isolada, no voo do desejo isolado, perdido uma vez que a oportunidade de viver se esgote, encarnado nesse ser singular que é você, um garoto, já um velho moribundo, que se liga em uma cerimônia misteriosa, esta noite, aos pequenos insetos que trepam pelas rochas da vertente e aos imensos astros que giram em silêncio sobre o fundo infinito do espaço... Nada acontecerá no minuto sem ruído da terra, o firmamento e você... Tudo existirá, se moverá, se separará, em um rio de mudança que nesse instante o dissolverá, envelhecerá e corromperá tudo, sem que se erga uma voz de alarme... O sol está se queimando vivo, o ferro está se derrubando no pó, a energia sem rumo está se dissipando no espaço, as massas estão se gastando com a radiação, a terra está esfriando para morrer... E você esperará um mulato e um animal para cruzar a montanha e começar a viver, preencher o tempo, executar os passos e lances de um jogo macabro no qual a vida avançará ao mesmo tempo em que a vida morre; de uma dança de loucura na qual o tempo devorará o tempo e ninguém poderá deter, vivo, o curso irreversível do desaparecimento... O menino, a terra, o universo: nos três, algum dia, não haverá nem luz, nem calor, nem vida... Haverá apenas a unidade total, esquecida, sem nome e sem homem que a nomeie: fundidos espaço e tempo, matéria e energia... E todas as coisas terão o mesmo nome... Nenhum... Mas ainda não... Ainda nascem os homens... Ainda escutará o aoooo prolongado de Lunero e o som das ferraduras sobre a rocha... Seu coração ainda baterá em um ritmo acelerado, consciente por fim de que a partir de hoje começa a aventura desconhecida, o mundo se abre e lhe oferece seu tempo… Você existe… Você está de pé na montanha… Você responde com um assovio à entonação de Lunero… Vai viver… Vai ser o ponto de encontro e a razão da ordem universal… Seu corpo tem uma razão… Sua vida tem uma razão… É, será, foi o universo encarnado… Para você se acenderão as galáxias e se incendiará o sol… Para que você ame e viva e seja… Para que encontre o segredo e morra sem poder participar dele, porque só o possuirá quando seus olhos se fecharem para sempre… Você, de pé, Cruz, treze anos, na margem da vida… Você, olhos verdes, braços magros, cabelo cobreado pelo sol… Você, amigo de um mulato esquecido… Você será o nome do mundo… Você escutará o aooo prolongado de Lunero… Você compromete a existência de todo o fresco infinito, sem fundo, do universo… Você escutará as ferraduras sobre a rocha… Em você se tocam a estrela e a terra… Você escutará o disparo do fuzil atrás do grito de Lunero… Sobre sua cabeça cairão, como se retornassem de uma viagem sem origem nem fim no tempo, as promessas de amor e solidão, de ódio e esforço, de violência e ternura, de amizade e desencanto, de tempo e esquecimento, de inocência e assombro… Você escutará o silêncio da noite, sem o grito de Lunero, sem o eco das ferraduras… Em seu coração, aberto à vida, esta noite; em seu coração aberto…

(1889: Abril 9)

Ele encolhido sobre si mesmo, no centro dessas contrações, ele, com a cabeça escura de sangue, pendurado, segurado pelos fios mais tênues: aberto à vida, por fim. Lunero deteve os braços de Isabel Cruz ou Cruz Isabel, sua irmã, fechou os olhos para não ver o que acontecia entre as pernas abertas da irmã. Perguntou-lhe, com o rosto corado: "Contou os dias?", e ela não conseguiu responder porque gritava, gritava para dentro, com os lábios fechados, os dentes cerrados, e sentia que a cabeça já surgia, já vinha enquanto Lunero a segurava pelos ombros, só Lunero, com a vasilha de água fervendo no fogo, a navalha e os panos prontos e ele saía do meio das pernas, saía empurrado pelas contrações do ventre, cada vez mais frequentes e Lunero precisava soltar os ombros de Cruz Isabel, Isabel Cruz, ajoelhar-se entre as pernas abertas, receber aquela cabeça úmida e negra, o pequeno corpo pegajoso, preso a Cruz Isabel, Isabel Cruz, o pequeno corpo separado por fim, recebido pelas mãos de Lunero, agora que a mulher parava de gemer, respirava, deixava escapar um suspiro espesso, secava com as palmas brancas o suor do rosto, procurava, procurava-o, estendia os braços: Lunero cortou o cordão, amarrou a ponta, lavou o corpo, o rosto, acariciou-o, beijou-o, quis entregá-lo à irmã mas Isabel Cruz,

Cruz Isabel já gemia com uma nova contração e as botas se aproximavam da cabana onde jazia a mulher sobre a terra solta, sob o teto de palmas, as botas se aproximavam e Lunero mantinha de barriga para baixo aquele corpo, batia nele com a palma aberta para que chorasse, chorasse enquanto se aproximavam as botas; chorou: ele chorou e começou a viver...

Eu não sei... não sei... se ele sou eu... se você foi ele... se eu sou os três... Você... trago-o dentro de mim e vai morrer comigo... Deus... Ele... o traz dentro de mim e vai morrer comigo... os três... que falaram... Eu... o trarei dentro de mim e morrerá comigo... sozinho...

Você não saberá mais: não conhecerá seu coração aberto, esta noite, seu coração aberto... Dizem... "Bisturi, bisturi"... Eu sim escuto, eu que continuo sabendo quando você não sabe mais, antes que você saiba... eu que fui ele, serei você... eu escuto, no fundo do vidro, atrás do espelho, ao fundo, debaixo, em cima de você e dele... "Bisturi"... te abrem... te cauterizam... abrem suas paredes abdominais... separam-nas a faca fina, fria, precisa... encontram esse líquido no ventre... separam sua fossa ilíaca... encontram esse pacote de dobras intestinais irritadas, inchadas, ligadas ao seu mesentério duro e injetado de sangue... encontram essa placa de gangrena circular... banhada em um líquido de cheiro fétido... dizem, repetem... "infarto"... "infarto do mesentério"... olham seus intestinos dilatados, de um vermelho vivo, quase preto... dizem... repetem... "pulso"... "temperatura"... "perfuração puntiforme"... comer, roer... o líquido hemorrágico escapa de seu ventre aberto... dizem, repetem... "é inútil"... "é inútil"... os três... esse coágulo se desprende, se desprenderá do sangue negro... correrá, se deterá... se deteve... seu silêncio... seus olhos abertos... sem vista... seus dedos gelados... sem tato... suas unhas negras, azuis... sua mandíbula trêmula... Artemio Cruz... nome... "inútil"... "coração"... "massagem"... "inútil"... não saberá mais... te trouxe dentro de mim e morrerei contigo... os três... morreremos... Você... morre... morreu... morrerei.

Havana, maio de 1960
Cidade do México, dezembro de 1961

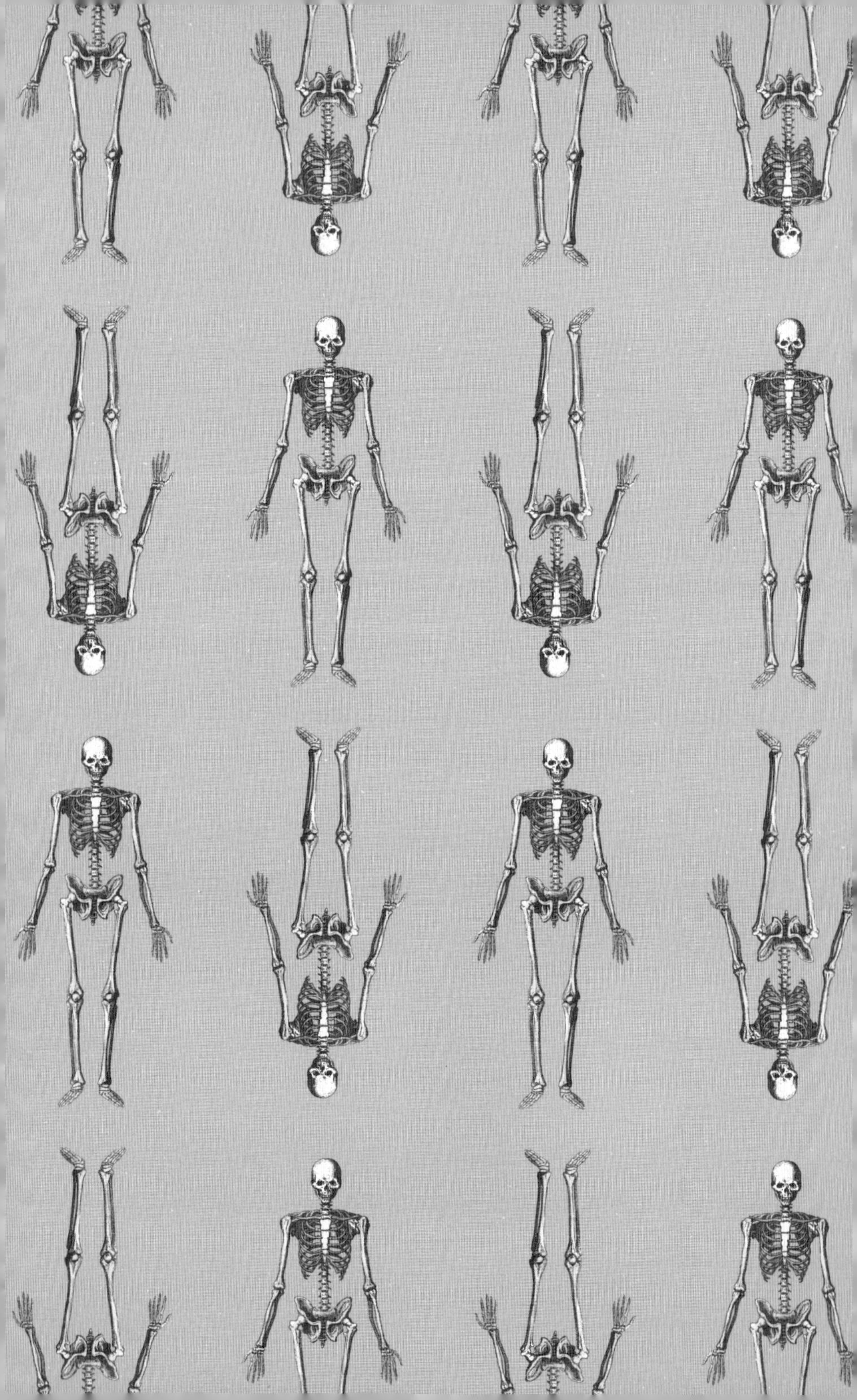

POSFÁCIO

A morte de Artemio Cruz e o segundo nascimento de Emiliano Zapata

Graziano Uchoa[1]

Quando nos debruçamos sobre o livro de Carlos Fuentes, intitulado *A morte de Artemio Cruz,* podemos refletir como é possível ligar as emoções dos personagens de Fuentes a uma base "real", sendo aceitável pensar como a Revolução Mexicana (1910) ocorreu através dos olhos de Artemio Cruz (idealizado pelo romancista), e como o personagem foi "inventando" o processo a partir de suas experiências, de suas memórias.

A relação entre história e literatura pode ser resolvida no campo epistemológico: são formas de narrar e apresentar os sentimentos de determinada época – não podendo ser descartado o devido distanciamento que deve haver entre as formas narrativas. Aqui temos como interesse colocar o leitor a par do lugar social, pensando que Carlos Fuentes construiu sua narrativa falando de determinado contexto em que estava inserido e, ainda mais, que se preocupou em utilizar determinado procedimento em sua escrita.

---

1 Graduado pela Universidade Federal de Mato Grosso (UFMT) em Licenciatura e Bacharelado em História (2005-2008). Obteve o título de mestre pela mesma instituição em 2011 . Tem experiência na área de História da América Latina, atuando principalmente nos seguintes temas: ditadura, repressão, Paraguai (período stronista), grupos insurgentes, Brasil (regime militar). Concluiu o doutorado em 2017 pela Universidade Federal de Mato Grosso. Atualmente é professor e funcionário do Estado de MT.

O tempo da narrativa de Fuentes não é o mesmo da narrativa do historiador. Por isso, o que nos chama atenção durante a leitura da obra não é a questão da forma, mas sim o tempo da escrita. Por meio do autor e da construção de seus personagens podemos ver traços dos momentos históricos em que a obra estava inserida, influenciando de maneira interessante as escolhas narrativas.

Cabe situar Carlos Fuentes como participe da escola literária conhecida como *realismo maravilhoso*. Essa ideia ganhou força com o romancista cubano Alejo Carpetier como parte da iniciativa que pretendia criar uma identidade para a literatura da América Latina que ao mesmo tempo rompesse com a literatura fantástica europeia e seus padrões pré-determinados. O estilo da escrita bem como a construção da narrativa difere-se totalmente dos padrões europeus, o que caracteriza um modo específico – algo que possa se chamar de literatura latino-americana.

É possível observar, que o estranho e o irreal aparecem como elementos constitutivos do cotidiano. Não como algo surreal, mas como uma ligação muito forte com as angústias, anseios, paixões – como algo que aponta para uma atitude frente à determinada realidade. Alguns nomes aparecem tendo suas obras enquadradas na concepção do realismo maravilhoso ou realismo mágico. O que é bastante interessante é que os autores identificados dentro dessa escola literária – ou movimento literário – são sujeitos ligados aos países de língua espanhola. Os autores que aparecem como referências do *real maravilhoso* são: Gabriel Garcia Marquez (Colômbia), Mario Vargas Llosa (Peru), Julio Cortázar (Argentina) e os já citados Alejo Carpertier (Cuba) e o autor que mais nos interessa neste momento, que é Carlos Fuentes (México).

Essa corrente literária ganhou expressão durante as décadas de 60 e 70 do século XX. É necessário apontar o período em que essa movimentação ocorreu: exatamente em tempos de Guerra Fria, um momento decisivo para mudanças. Essas transformações ocorreram porque a disputa entre os projetos políticos que apareciam nuclear o mundo colocavam uma possibilidade não muito ampla de enquadramento no jogo político da época: ou apoiava-se os EUA ou a URSS.

Um acontecimento foi basal para a tomada de iniciativa desses autores: a Revolução Cubana de 1959. O fato histórico levou os romancistas ligados ao *real maravilhoso* a pensar na função social de suas obras. Nas palavras de Alejo Carpetier o papel dos romancistas latino-americanos eram o de: "ocupar-se desse mundo, desse pequeno mundo, desse grandíssimo mundo, é a tarefa do romancista atual. Entender-se com ele, com esse povo combatente, criticá-lo, exaltá-lo, pintá-lo, amá-lo, tentar compreendê-lo". Em suma, era preciso que existisse algo que parasse de pensar a literatura com os padrões europeus, e que houvesse um intento de construir uma leitura da América Latina pelos latino-americanos.

Com isso, os romances desses escritores começaram a alcançar uma difusão que antes não era pensada para autores desta parte da América. Surge o chamado *Boom literário.* Ao que nos parece, esse fenômenonão esteve ligado apenas ao campo comercial, mas sim, como já dizemos anteriormente, com a preocupação desses autores com o campo social, que os levou a apoiarem decididamente os projetos socialistas da época – em especial, a Revolução Cubana.

Um grupo que criou uma rede, com o objetivo de caracterizar uma identidade. É assim que podemos observar os principais escritores do *boom.* Nos bastidores, os autores eram amigos. Porém, em 1971, ocorreu uma cisão entre os membros do grupo. Em função do chamado "caso Padilla" (o escritor Heberto Padilla tecia críticas ao regime cubano e acabou condenado a prisão), as opiniões ficaram divididas. Parece que, aqui, o governo revolucionário e o projeto de alguns intelectuais não podiam mais andar juntos. Vargas Llosa rompe com Cuba enquanto Gabriel Garcia Marquéz permanece fiel a Fidel Castro.

A opinião de Carlos Fuentes sobre o regime cubano também sofreu grandes mudanças. Ao que nos parece, é interessante ressaltar essas falas, para indicar que, assim como houve uma mudança na ideia de "invenção" da Revolução Mexicana e seu processo por Artemio Cruz, o mesmo ocorreu no campo real com seu criador, Carlos Fuentes. Guardadas as devidas proporções nessa comparação, tanto a História como a Literatura mostram facetas humanas e, sem dúvida, uma que é importantíssima para a construção de nosso trabalho: a possibilidade de mudança. Vamos à análise da obra.

Um homem, de setenta e um anos de idade, que se encontra a beira da morte. É assim que Carlos Fuentes idealizou o protagonista de sua obra *A morte de Artemio Cruz*. Vivenciando uma situação de fragilidade frente a algo inevitável para todos nós – a morte – Artemio busca uma fuga de tal certeza humana e refugia-se em seu passado, nos levando, através de sua memória, a uma viagem de vários momentos de sua vida.

A narrativa construída por Carlos Fuentes foge dos padrões. Não se prende a uma linearidade e se encontra em diferentes níveis de consciência, com tempo e espaço sobrepostos. Na leitura da obra, é possível identificar uma variedade de vozes narrativas que constroem esses últimos momentos da vida do personagem.

O romance *A morte de Artemio Cruz* não faz sentido se, ao lê-la, o leitor não despender um tempo razoável afim de conseguir situar o pensamento de Artemio dentro do contexto social da Revolução Mexicana. O romance tem um cenário definido que merece uma descrição nesta parte do trabalho.

Contra a elite agrária mexicana e seu poderio, ocorre à organização de um grande movimento armado que tem início em 1910 com uma rebelião liderada por Francisco Madero. Este último irá levantar-se contra Porfirio Diaz, governante do México que há mais de 30 anos encontrava-se no poder. Nessa conjuntura, Madero aparecia como uma boa opção e a população, então, apoia a retirada de Porfirio Diaz do poder. Assim, assume como governante do México, Francisco Madero com a promessa de fazer a tão sonhada Reforma Agrária.

No entanto, as promessas não foram cumpridas e a vida

dos trabalhadores do campo em nada melhorou. Os camponeses do sul, liderados por Emiliano Zapata, começam a organizar um exército popular. Ao norte, outro personagem, Pancho Villa, surge – ambos defendem uma radical reforma agrária.

Neste contexto, a organização de um exército popular incomodava não só ao novo governo de Madero, mas também ao seu vizinho: os Estados Unidos. A situação agrava-se ainda mais com a deposição e o assassinato de Madero em 1913. Em seu lugar, assume Vitoriano Huerta, que foi apoiado pelos norte-americanos.

Em 1919, Emiliano Zapata é assassinado e, em 1923, Pancho Villa teve o mesmo destino. Os nomes mais conhecidos da Revolução Mexicana foram os que impulsionaram uma perspectiva mais combativa no processo revolucionário. As terras tomadas pelo exército revolucionário são distribuídas aos ex-combatentes e, em 1929, é criado o Partido Nacional Revolucionário (PRN), resultado da junção das diversas correntes revolucionárias. O PRN foi à base para a construção do Partido Revolucionário Institucional (PRI), criado em 1946. E o PRI manteve-se no poder até o ano de 2000.

A obra de Carlos Fuentes e o protagonista Artemio Cruz estão ligados aos rumos que a Revolução Mexicana tomou. O processo pós-revolução mostrou que as escolhas feitas por Artemio Cruz estão dentro de um campo social estabelecido pelo jogo político da época, que eliminou qualquer pauta revolucionária – levando o PRI no México, assim como a Artemio, a reforçarem as desigualdades vividas no país de forma tão cruel quanto os porfiristas.

Carlos Fuentes nos possibilita, com sua obra, uma visão desencantada do processo revolucionário mexicano e do contexto pós-revolução. E nos leva a pensar sobre o desenvolvimento do cenário politico mexicano na contemporaneidade. Vimos como, através de determinado ponto de vista, é possível estabelecer, ou "inventar" um discurso. Representações do passado mexicano podem ser vistas com nostalgia ou desencantada, como Carlos Fuentes fez com o personagem Artemio Cruz, ou pode se escolher olhar para frente, e, novamente, "inventar" novos discursos, como constatado no contexto politico-social do México. Podemos ver na história recente do México o surgimento de inúmeros movimentos sociais, a exemplo do Movimento Zapatista de Chiapas. No clássico livro de Eduardo Galeano *As veias abertas da América Latina* existe um capítulo que tem o emblemático nome de *Artemio Cruz e a segunda morte de Emiliano Zapata*, referente aos rumos que a Revolução Mexicana tomou. Se, em algum momento, vimos Artemio Cruz e a segunda morte de Emiliano Zapata, foi possível presenciar, igualmente, Artemio Cruz e o segundo nascimento de Emiliano Zapata.

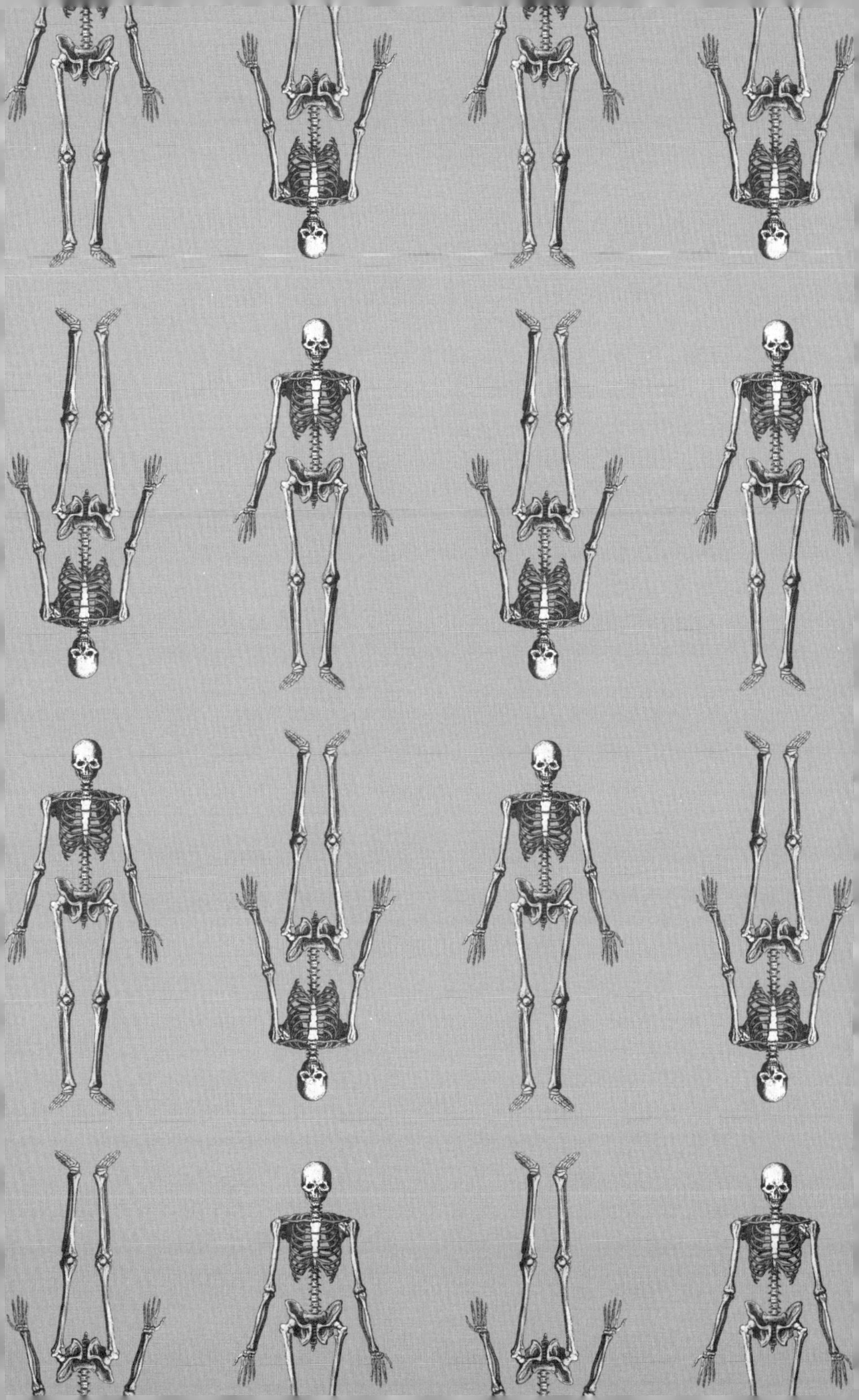

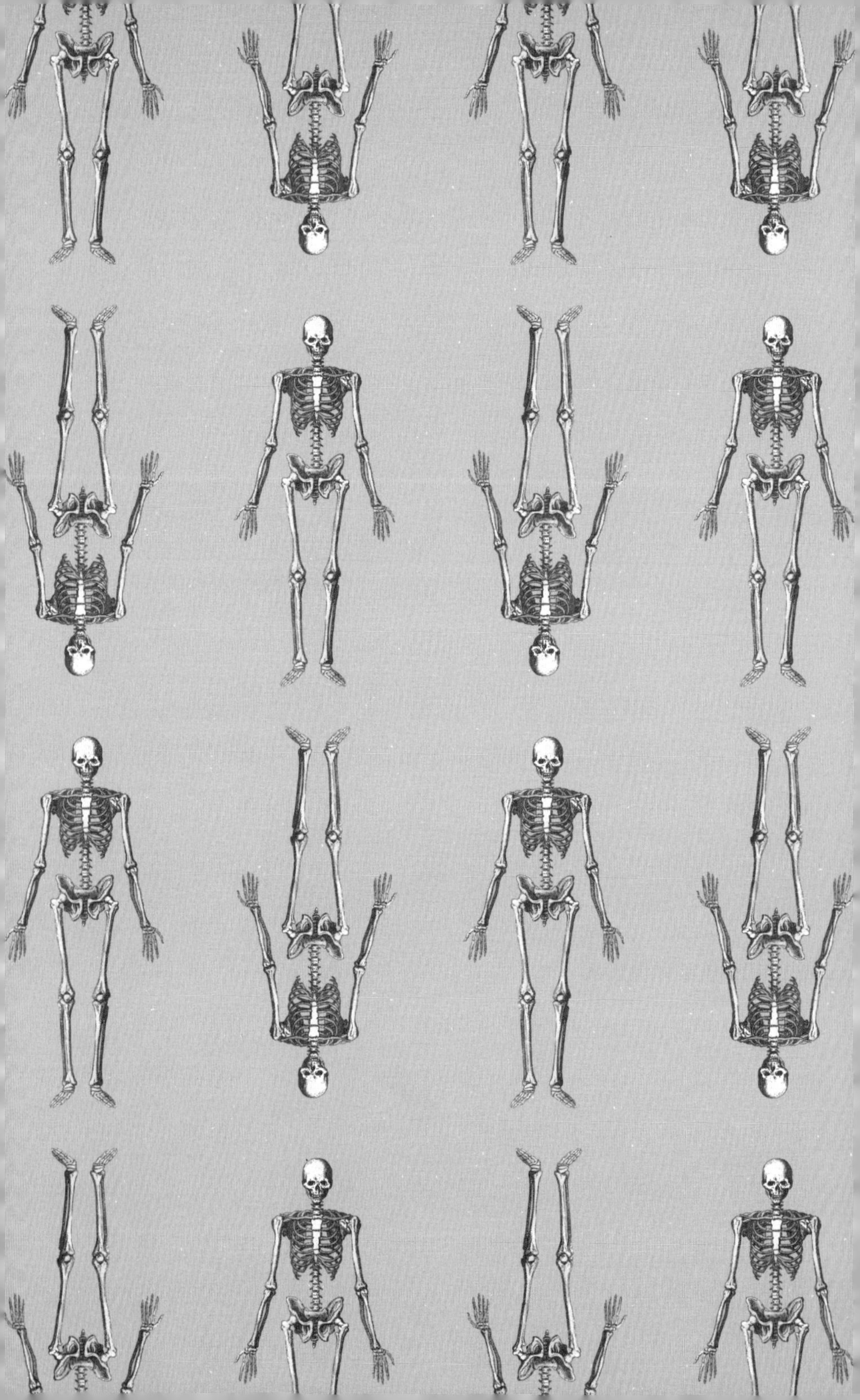

Apoiadores

O livro não seria possível sem os 493 apoiadores da campanha de financiamento coletivo realizada entre os meses maio e junho de 2025 na plataforma Catarse. A todos, um grande obrigado da equipe Pinard.

Adalberto Rafael Guimarães
Ademar De Castro Neto
Adriane Cristini De Paula Araújo
Ágabo Araújo
Aisha Morhy De Mendonça
Alan Dos Anjos Ramos
Alan Santiago
Alberon De Lemos Gomes
Alberto Hainal Coimbra
Alessandra Conradt
Alessandro Lima
Aline Teixeira
Aline Veloso Dos Passos
Amanda Carvalho
Amanda Silva
Amílcar Mielmiczuk
Ana Carolina Macedo Tinós
Ana Gabriela Barbosa
Ana Helena Branco Maia
Ana Luísa Fernandes Fangueiro
Ana Luiza Lima Ferreira
Ana Paula Lima Ferreira
Anderson Francisco
Anderson Silva Da Costa
André Luis Machado Galvão
André Luiz Silva Ramos
Andrea Carla Pereira Cavalcante
Andreia Santana
Andressa K
Angela Batista
Anna Samyra Oliveira Paiva
Antonio Chaves Sampaio Filho
Antonio Cyrillo
Antonio Paulo Brasil Neves
Antonio Vilamarque Carnauba De Sousa
Ariane Berg Albuquerque
Arianni Ginadaio
Arthur De Paula Keller
Arthur Ferraz Ribeiro Junior
Arthur José Ferreira de Sousa
Augusto Cesar De Castro
Barbara Molinari Ribeiro Teixeira
Brendo Faisca
Breno De Souza Juz

Bruna Dos Santos Pinheiro
Bruna Maria Silva Silverio
Bruno Cavalcante Pereira
Bruno Cunha
Bruno Fiuza
Bruno Miano
Bruno Miranda E Silva
Bruno Moreira
Bruno Novaes Bezerra
Cavalcanti
Bruno Pinheiro Ivan
Bruno Santiago Portugal
Bruno Sergio Procopio Junior
Cadmo Soares Gomes
Caio Nascimento Santos
Caliane Bastos Borba Costa
Camila Almeida
Camila Dias
Camila Karen De Oliveira
Barbosa
Camila Vieira Da Silva
Carla Hilst
Carlos Alberto Marques Da
Silva
Carlos Augusto Hosken
Carlos Barreira
Carlos Federico Buonfiglio
Dowling
Carlos Henrique De Sousa
Guerra
Carmelo Ribeiro Do
Nascimento Filho
Carolina Martins Gonçalves
Caroline Domingos De Souza
Caroline Tomazelli
Cássia Lacerda Mantovani
Cassio Casteli
Catarina Chaves Costa
Catarina Chaves Costa
Catharino Pereira Dos Santos
Cauê Soares Lopes
Celso Correa Pinto De Castro
Celso Oliveira
Charles Cooper
Cintia Cristina Rodrigues
Ferreira
Claudia Avila Klein
Claudia Battaglia
Claudia Oliveira Guia
Claudio Gonçalves Tiago
Conrado Ramos
Cyntia Micsik Rodrigues
Dafne Takano Da Rocha
Daniel Tomaz De Sousa
Daniela Nascimento Da Silva
Daniela Vivian
Daniele Cristina Godoy Gomes
De Andrade
Danielle Da Cunha Sebba
Danielle Nunes
Danilo Segin
Darwin Oliveira
David Miguel Costa
Debora Araujo Mello
Denis Jucá
Diego Ciotta De Castro
Diego Domingos
Dieguito
Diogo Gomes
Diogo Souza Santos
Diogo Vasconcelos Barros
Cronemberger

Djonatan Avila
Dk Correia
Douglas Castanha
Edgar Seith Zambrana
Edielton De Paula
Edson Augusto Vicente
Eduardo Da Mata
Eduardo Etcheverry
Eduardo Vasconcelos
Eleonora Mesquita Ceia
Eliana Maria De Oliveira
Elysandra Figueredo Cypriano
Emmanuel Feliphy
Erick Dias
Érico Zacchi
Erika Gutierrez
Evandro José Braga
Everaldo Siqueira
Fabiana Bigaton Tonin
Fabiano Costa Camilo
Fábio Luís Minhão
Fábio Sousa
Fabíola Ratton Kummer
Fátima Pessoa
Felipe Bergamasco Perri Cefali
Felipe Cuesta
Felipe Da Silva Mendonça
Felipe Pessoa Ferro
Felipe Pin Rinaldi
Felipe Svaluto Paúl
Ferdinando Rios
Fernanda Da Conceição Felizardo
Fernanda Fernandes De Lima Melo
Fernanda Martinez Tarran
Fernanda Oliveira
Fernando Bueno Da Fonseca Neto
Fernando Cesar Tofoli Queiroz
Fernando Da Silveira Couto
Fernando José Da Silva
Fernando Luz
Flávia Silveira Amaral
Francine Luz Da Luz
Francisco Das Chagas Da Conceição
Francisco De Albuquerque Nogueira Junior
Francisco De Assis Rodrigues
Francisco Serpa Peres
Frank Gonzalez Del Rio
Fred Vidal Santos
Frederico Bourroul
Gabriel Fernandes
Gabriel Rossini Martins
Gabriel Souto
Gabriel Tavares Cezar Camara
Gabriela Salazar
Geraldo Penna Da Fonseca
Germana Lúcia Batista De Almeida
Germana Marques
Geth Araújo
Getúlio Nascentes Da Cunha
Gilmar José Taufer
Giovana Sachett
Giovanna Atolini Setter
Giovanna Fiorito
Glaucia Alves
Glayson Martins
Guilherme Magalhães

Guilherme Mayer Amin
Guilherme Onofre Alves
Guilherme Priori
Guilherme Rocha Sartori
Guilherme Salvador Banzato Facco
Guilherme Torres Costa
Guilherme Zaccaro
Gunnar Jorg Kelsch
Gustavo Bastos Neiva
Gustavo Henrique Montes Frade
Gustavo Henrique Peres
Gustavo Jansen De Souza Santos
Gustavo Peixoto
Hádassa Bonilha Duarte
Haryel Azevedo
Helaine Cristina De Jesus
Helena Coutinho
Heloisa Kasper
Henrique Carvalho Fontes Do Amaral
Henrique De Carvalho
Henrique De Moraes Lopes
Henrique Luiz Voltolini
Henrique Santiago
Henrique Weichsung Hentges
Hítalo Tiago Nogueira De Almeida
Hugo César Rocha De Paiva
Hugo Melo Da Silva
Iago Martins Souza Silva
Iago Silva De Paula
Igor Macedo De Miranda
Igor Montenegro
Iris Matsushige
Isabela Cristina Agibert De Souza
Isabella Lubrano
Isadora Soares
Itamar Kalil
Ivandro Menezes
Janete Yamazato
Janine Soares De Oliveira
Jaques Sztajnbok
Jaurez Teixeira Silva Valença
Jaurez Teixeira Silva Valença
Jeferson Bocchio
Jeff Rodrigues
Jéssica Caliman
Jheyscilane Cavalcante
Joao Henrique Ribeiro Roriz
João Lúcio Xavier
Joao Luis Cruz Flores
João Paulo Bezerra Gomes
João Pedro Fahrion Nüske
João Vianêis Feitosa De Siqueira
João Vitor Alves Cesar
Joao Vitor Tsuyoshi Sato
Joeser Silva
Jorge Luiz Valença Mariz
José Antonio Veras Júnior
José De Carvalho
José Guilherme Pimentel Balestrero
José Luis Mixtro
Jose Paulo Da Rocha Brito
Josiane Ferreira
Joviana Fernandes Marques
Joyce K. Da Silva Oliveira

Jucélia Kátia Da Silva Barbosa Franca
Juliana Nasi
Juliana Salmont Fossa
Juliano Peleteiro
Karina Aimi Okamoto
Karina Frensel Delgado
Karina Pizeta Brilhadori
Karinna Julye Checchi
Karla Rodrigues Dias Ferreira
Katherine Reed Calvert
Kevynyn Onesko
Laís Nolasco Macedo
Lana Raquel Morais Rego Lima
Landiele Chiamenti De Oliveira
Larissa De Almeida Isquierdo
Larissa Sanches Paulino
Laura Hanauer
Lauriete Aparcida Pereira
Lázaro Marques De Oliveira Neto
Leandro Ferreira Da Silva
Leandro Megna
Leandro Schuch Palmeiro
Leonardo Zanon
Leonardo Da Costa Serran
Leonardo Pinto De Almeida
Leonel Souza
Lethycia Santos Dias
Levi Gurgel Mota De Castro
Lilian Vieira Bitencourt
Lívia Magalhães
Livia Marinho
Livia Marques Siqueira
Lorena Nunes Da Silva
Luanna Nascimento Gomes De Figueiredo
Lucas Cabral
Lucas Do Couto Gurjão
Lucas Fantini
Lucas Freitas
Lucas Gonçalves Bitencourt
Lucas Josijuan
Lucas Santos Fonseca
Lucas Silva De Souza
Lucca Sf
Luciana Almeida Piovesan
Luciana Braga Luz De Mendonça
Luciana Harada
Luciana Maria Truzzi
Luciana Schuck
Luciana Vasconcellos
Luciano Busato
Luciene Assoni Timbó De Souza
Ludmilla Leonez
Ludymila Fonseca Da Silva
Luis Barbon/Roseli
Luís Eduardo Lopes Gonçalves
Luís Guilherme Comar Freza
Luís Henrique Vasconcelos
Luiz Antônio Correia De Medeiros Gusmão
Luiz Eduardo Lima
Luiz Fernando Carneiro
Luiz Guilherme Barbar Fabrini
Luiz Hideki Sakaguti
Luiz Paulo Melo Costa
Luíza Dias
Luiza Pimentel De Freitas
Magaly Regina Linhares Ramos
Maiquel Luis Pruinelli

Maisa Carvalho
Manil Gomes Da Silva
Marcelo De Mello Vieira
Marcelo Medeiros
Marcelo Novo E Trigueiros
Marcelo Ottoni
Marcelo Scrideli
Marcia Ferreira Mathias
Marcia Oliveira
Marcio Gomes Pinto
Marco Antonio Da Costa
Marco Antonio De Toledo
Marco Aurélio Amaral
Marco Severo
Marcos Kopschitz Xavier Bastos
Maria Antonieta Rigueira Leal Gurgel
Maria Celina Monteiro Gordilho
Maria Clara Modesto
Maria Elisa Noronha De Sá
Maria Helena Firmbach Annes
Maria Izabel Vidotti
Maria Salet Ferreira Novellino
Mariana Castro
Mariana Pairé Rosa
Marianne Teixeira
Marília Costa Rodrigues
Marília Nadir
Marina Dieguez de Moraes
Marina Landherr
Maríndia Brites
Marisa Benfica Alvarez
Marjorie Sommer
Marta Isaac
Matheus Arcanjo
Matheus Cruz Da Silva
Matheus Lolli Pazeto
Matheus Miguel Brustolin Da Silva
Matheus Sanches
Mathias Vinicius Santos Rocha
Mauricio Bergamo
Miguel De Jesus Velani
Miguel Fragelli
Milena Vieira
Mirella Maria Pistilli
Miriam Borges Moura
Miriam Paula Dos Santos
Miriam Potzernheim
Miro Wagner
Moacir Júnior Rezende Pereira
Mônica Vilela De Lima
Natalia A.
Nathalia Costa Val Vieira
Nathália Faria Cairo De Oliveira
Nielson Saulo Dos Santos Vilar
Pamela Moreno Santiago
Pamella Xavier
Paola Lili Lucena
Patricia Borba
Patricia Celidonio
Patricia Moraes Dos Santos
Patricia Quartarollo
Paula Arrais Moreira Dodde
Paula Arrais Moreira Dodde
Paulo Bourroul
Paulo Cezar Mendes Nicolau
Paulo Henrique Augusto De Carvalho
Paulo José De Carvalho Moura

Paulo Olivera
Paulo Ribeiro Junior
Paulo Ricardo Rocha Lima
Paulo Werneck
Pedro Américo Melo Ferreira
Pedro Antonio Martins De Siqueira
Pedro Cavalcanti Arraes
Pedro Dolav Da Cunha
Pedro Fernandes De Oliveira Neto
Pedro Henrique
Pedro Henrique Argolo Costa
Pedro Leite
Pedro Nathan
Pedro Pacifico
Pedro Roberto Da Silva
Pedro Sant'Angelo
Priscila Lima
Prof. Cezar Tramontini
Queniel De Souza Andre
Quim Douglas Dalberto
Rafael Amorim
Rafael Machado
Rafael Martins
Rafael Müller
Rafael Oliveira De Sousa
Rafael Theodor Teodoro
Rafaela De Oliveira Massi
Ramon Blanco
Ramon Furtado Santos
Raphael Nunes Nicoletti Sebrian
Raphael Scheffer Khalil
Raquel Silva Do Rosario
Rebeca Casemiro De Oliveira Loiola
Regina Kfuri
Renata Bossle
Renata Cristina Kredens Aymone
Renata Sanches
Rgmail
Riana Medella
Ricardo Alexandre De Omena Rodrigues
Ricardo Bilha Carvalho
Ricardo Eduardo Neto
Ricardo Henrique Carvalho Lara
Ricardo Mk
Ricardo Rincon
Rita Mury
Roberson Guimaraes
Roberta Mateus
Roberto Jannarelli
Rocinante Sebo
Rodolfo Alves De Macedo
Rodrigo Casarin
Rodrigo Jaime Viegas
Rodrigo Mineiro
Rodrigo Soares
Rogério Mendes
Rogerio Santana Freitas
Romildo Gregorio De Lira
Ronald Arruda
Ronaldo Nelson Günther
Ruben Maciel Franklin
Rudi Ricardo Laps
Sabrina Da Paixão
Sabrina Dos Santos
Samantha Da Silva Brasil

Samuel Caetano
Samuel Da Silva Sobral
Sandra Costa Fonseca
Sandra Margarido Bertollo
Sandy Pombo
Sandy Pombo
Sebastião Lopes Jr.
Sérgio Yanagui
Silvia Helena Temporini
Gonçalves
Sophia Duarte Porto
Suely Abreu De Magalhães
Trindade
Suely Custodio
Tadeu Meyer Martins
Tânia Maria Florencio
Tati Bonini
Thais P. Julião
Thales Veras Pereira De Matos
Filho
Thélio Queiroz Farias
Theo Lucas Borges
Thiago Bonna
Thiago D'Martin Maia
Thiago Felippe
Thiago Oliveira
Thiago Rabelo Maia
Thiago Tonoli Boldo
Thiagosf
Tiago João De Castro
Tiago Nogueira De Noronha
Tiago Pavinato Klein
Tiago Rech
Túlio Monteiro
Uilma Santos
Urraca Miramuri De Figueiredo
Mendes
Vagner Reis
Valeria Pinto Fonseca
Valeria Villa Verde Reveles
Pereira
Valquiria Gonçalves
Vanessa Coimbra Da Costa
Vanessa Huenerwadel
Vanessa Panerari Rodrigues
Vanessa Ramalho Martins
Bettamio
Vanessa Zapparolli
Vicente Florêncio
Victor Cruzeiro
Victor Gabriel Menegassi
Victor Hugo Siqueira
Victor Wanderley Costa
Vinicius Cayres Salles
Vinicius Eleuterio Pulitano
Vinícius F. Ribeiro
Vinicius Lazzaris Pedroso
Vinicius Letti Flores
Vinícius Monteiro Lhamas
Vinicius Vilas Boas Gonçalves
Viviane Amaral
Viviane Tavares Nascimento
Wagner Geraldo Da Silva
Campos
Wandeclarkson Alberto Santos
Wasislewska Ramos
Wesley Santos Rocha
Yahel Mores Podcameni
Ybéria Soares
Yuri Miranda

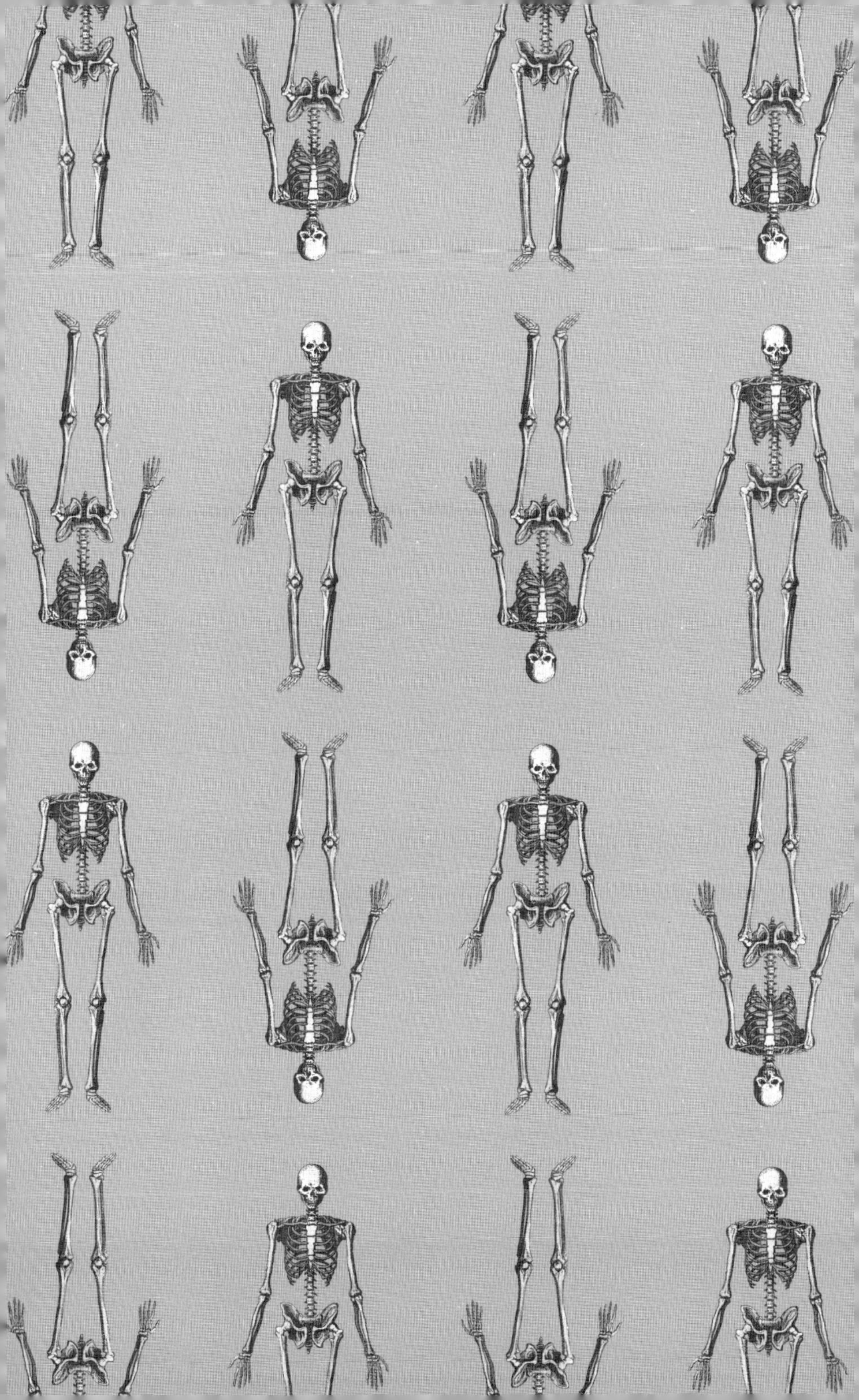

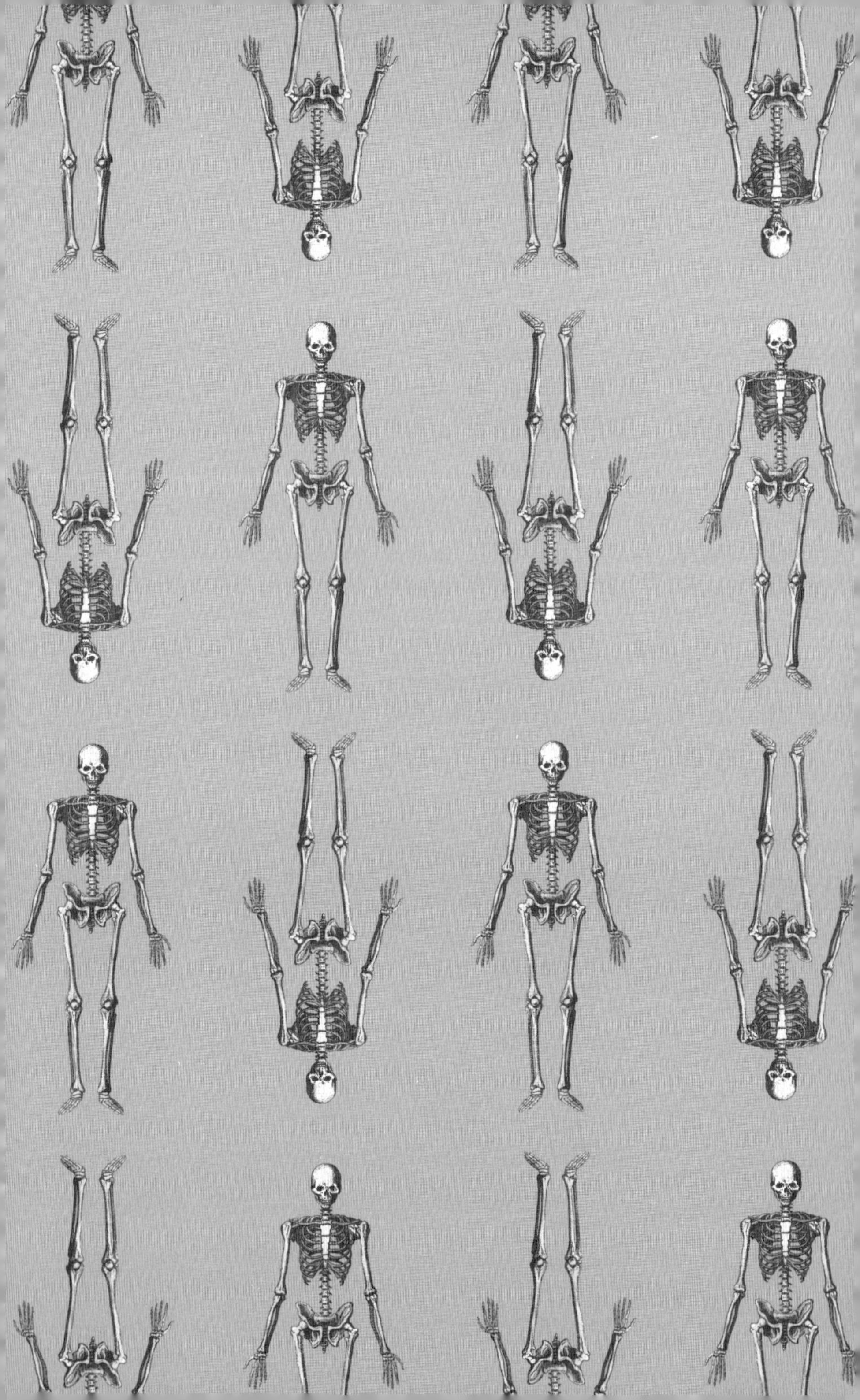

Coleção Prosa Latino-americana

Originária do latim, a palavra *prosa* significa o discurso direto, livre por não ser sujeito à métricas e ritmos rígidos. Massaud Moisés a toma como a expressão de alguém que se dobra para fora de si e se interessa mais pelos outros "eus", pela realidade do mundo exterior. A prosa está no cotidiano, no rés do chão, nas vizinhas que conversam por cima do muro, nos parentes que plantam cadeiras nas calçadas para tomar ar fresco e ver a vida lá fora. Se ouvimos dois dedos de prosa, já sabemos que estamos em casa. Em "Las dos Américas", escrito em 1856, o poeta colombiano José María Torres Caicedo apresenta pela primeira vez a ideia de latino-americano ao falar de uma terra merecedora de futuro glorioso por conter "um povo que se proclama rei". Hoje o termo diz respeito a todo o território americano, exceto os Estados Unidos, abrangendo os 12 países da América do Sul, os 14 do Caribe, os 7 da América Central e 1 país da América do Norte. É a nossa casa. Dona de uma literatura rica pela diversidade, mas ainda com muitos títulos desconhecidos pelos leitores brasileiros, a prosa latino-americana vem composta pelos permanentes ideais de resistência, sendo possuidora de alto poder de contestação, dentro de uma realidade que insiste em isolá-la e esvaziá-la. Com esta coleção cumpre-se o objetivo de ampliar nosso acervo de literatura latino-americana, para corrermos e contemplarmos a casa por dentro, visitá-la em estâncias aconchegadas, de paredes sempre sempre bem revestidas.

1. Dona Bárbara, de Rómulo Gallegos
2. O aniversário de Juan Ángel, de Mario Benedetti
3. A família do Comendador, de Juana Manso
4. Homens de Milho, de Miguel Ángel Asturias
5. Eu o Supremo, de Augusto Roa Bastos.
6. Museu do romance da Eterna, de Macedonio Fernández
7. O Caudilho, de Jorge Guillermo Borges
8. Huasipungo, de Jorge Icaza
9. Sab, de Gertrudis Gomez de Avellaneda
10. Raça de bronze, de Alcides Arguedas
11. Avalovara, de Osman Lins
12. A semana das Cores, de Elena Garro
13. O Recurso do Método, de Alejo Carpentier
14. Quão caro foi o açúcar?, de Cynthia McLeod
15. A morte de Artemio Cruz, de Carlos Fuentes

Grafia atualizada segundo o Acordo Ortográfico da Língua Portuguesa de 1990, que entrou em vigor no Brasil em 2009

EDIÇÃO
Igor Miranda e Paulo Lannes

TRADUÇÃO
Bruno Cobalchini Mattos

PREPARAÇÃO
Silvia Massimini Felix

REVISÃO E NOTAS
Paulo Lannes

POSFÁCIO
Graziano Uchôa

COMUNICAÇÃO
Pedro Cunha

PROJETO GRÁFICO
Luísa Zardo

ILUSTRAÇÕES E DIAGRAMAÇÃO
Gabriela Heberle

DADOS INTERNACIONAIS DE
CATALOGAÇÃO NA PUBLICAÇÃO (CIP)
(Câmara Brasileira do Livro, SP, Brasil)

Fuentes, Carlos, 1928-2012
A morte de Artemio Cruz / Carlos Fuentes ;
tradução de Bruno Cobalchini Mattos. -- 1. ed. --
São Paulo : Pinard, 2025.
Título original: La muerte de Artemio Cruz.
ISBN 978-65-83919-00-7
1. Romance mexicano I. Título.
Índices para catálogo sistemático:
1. Romances : Literatura mexicana M863
Eliane de Freitas Leite - Bibliotecária - CRB 8/8415

PINARD
contato@pinard.com.br
instagram – @pinard.livros

PINARD

Impresso em julho de 2025, momento em que o México trava uma guerra comercial e política com os Estados Unidos por conta da taxação de produtos importados e da crise gerada pela imigração. Nesse momento, o Brasil estreita os laços com o país e fortalece acordos bilaterais.

Composto em
HK GOTHIC E DANTE

Impressão
GRÁFICA PALLOTTI

papel
LUX CREAM 70g